VIRGINIA

Antje Windgassen

Von der Elbe *in die* Neue Welt

Die Hexen sollen brennen Catarina lebt glücklich mit der Familie ihres Mannes auf Gut Warmenau in Schiplage und freut sich auf den Besuch ihrer Mutter. Nachdem Anneke eingetroffen ist, wird jedoch bekannt, dass sowohl sie als auch ihre Tochter einst als Hexen verfolgt wurden. Als dann auch noch die Schwester des Gutsherrn auftaucht und sich herausstellt, dass sie eine gesuchte Hexe und Mörderin ist, schlägt die Sorge der Bevölkerung in blanke Angst um. Für viele Schiplager gibt es nur noch eine Lösung: Die Hexen müssen brennen. Sie senden daher einen Hilferuf an den Bischof von Osnabrück, der sie unterstützen soll. Währenddessen müssen sich die belagerten Bewohner Warmenaus auf ihrem Anwesen verschanzen. Zwar können Anneke und Catarina ihre Unschuld mithilfe des Wiegezertifikats aus Oudewater nachweisen, aber beide haben bereits am eigenen Leibe erfahren müssen, dass man der Obrigkeit nicht trauen darf. In den Verdächtigen reift nun der Entschluss, dieses Land des Hexenwahns zu verlassen und in die Neue Welt zu gehen. Eine gefährliche Reise beginnt.

© privat

Antje Windgassen ist in Hamburg geboren und aufgewachsen. Nach einem 14-jährigen Abstecher ins Nordrhein-Westfälische lebt die Historikerin heute mit ihrer Tochter in einem kleinen Ort in Schleswig-Holstein. Seit 1986 schreibt sie vorrangig als freie Autorin und Fachjournalistin für Magazin- und Zeitschriftenverlage. Schwerpunktthemen ihrer bisher publizierten Bücher sind historische Frauenfiguren. Als echtes »Nordlicht« liebt Windgassen das Meer und dann und wann auch eine »steife Brise«. Ein scharfer Ostwind, so behauptet sie, ist wie geschaffen dafür, einem die nötige Standfestigkeit um die Ohren zu pfeifen.

Antje Windgassen

Von der Elbe *in die* Neue Welt

Die gefährliche Reise der Hexe von Hamburg

GMEINER

Die Veröffentlichung dieses Werkes erfolgt auf Vermittlung von BookaBook, der Lit. Agentur Elmar Klupsch, Stuttgart.

Im Ehnried 5, 88605 Meßkirch
Telefon 07575/2095-0
info@gmeiner-verlag.de

1. Auflage 2020

Lektorat: Sven Lang
Herstellung: Mirjam Hecht
Umschlaggestaltung: U.O.R.G. Lutz Eberle, Stuttgart
unter Verwendung der Bilder von: © https://commons.wikimedia.org/wiki/File:Map_of_Virginia_-_Travels_through_Virginia_(1618),_ff.14v-15_-_BL_Sloane_MS_1622.jpg
und https://commons.wikimedia.org/wiki/File:PPN612294064_Hambourg_(1730).jpg
Druck: CPI books GmbH, Leck
Printed in Germany
ISBN 978-3-8392-2769-5

Vorwort oder Was bisher geschah

Man schrieb das Jahr des Herrn 1622 und es war finster in Europa, finster und kalt. Das siebzehnte Jahrhundert brachte den Menschen nicht nur Hungersnöte und Seuchen, sondern auch den Krieg der Kriege, der dreißig lange Jahre währen sollte.

Feldherren wie Wallenstein, Tilly und Schwedenkönig Gustav II. Adolf führten riesige Armeen durch das Land, die ständig auf der Suche nach Nahrung wogende Felder zermalmten und nichts als verheerten Boden und erschlagene Bauern zurückließen. Millionen Menschen mussten ihr Leben lassen, unzählige wurden gefoltert, vergewaltigt und vertrieben. Die Spirale der Gewalt und der Verrohung drehte sich immer schneller.

Eine der wenigen Städte, die von den Schrecken des Krieges unbehelligt blieben, war die Freie Reichs- und Hansestadt Hamburg. Mit vierzigtausend Einwohnern galt sie als die größte Stadt des Heiligen Römischen Reiches Deutscher Nationen – und als die reichste. Der Handel blühte und der Wohlstand war groß.

Um ihn zu schützen, hatten die Hamburger beschlossen, ihre Stadt zur stärksten Festung Deutschlands auszubauen. Sechs Jahre dauerten die Arbeiten unter der

Leitung des niederländischen Baumeisters Johan van Valckenburgh bereits an – und noch war ein Ende nicht absehbar.

Auf dieser gigantischen Baustelle – in einem der großen Häuser der Hamburger Deichstraße, die Wohnung, Kontor und Lager unter einem Dach vereinten – lebte die siebzehnjährige Anneke Claen mit ihrer Familie: mit Großvater Ludwig Claen, der das erfolgreiche Handelshaus aufgebaut hatte, Vater Leopold, der die Geschäfte führte, Mutter Elisabeth und den beiden älteren Brüdern Friedrich und Philipp.

Infolge der historisch belegten Explosion einer spanischen Galeone am zweiten Juni 1622 vor dem Dorf Neumühlen, bei der es sich, wie sich herausstellte, um ein Schmugglerschiff handelte, veränderte sich das Leben der angesehenen Familie Claen von Grund auf.

Der leichtlebige und leichtsinnige Philipp, der in die missglückten Schmuggelgeschäfte der Spanier involviert war und durch die Explosion viel Geld verloren hatte, musste nun vor seinen Gläubigern fliehen. Um sich nicht auch noch vor seiner Familie verantworten zu müssen, täuschte er seinen Tod vor und heuerte unter anderem Namen auf einem Handelsschiff an, das ihn in den Mittelmeerraum bringen sollte. Der Segler wurde jedoch von Piraten gekapert, die Ladung geraubt und die Mannschaft, einschließlich Philipp, in die Sklaverei verkauft.

In Hamburg trauerte die Familie Claen um den verlorenen Sohn, ohne zu wissen, dass sie die sterblichen Überreste eines Fremden zu Grabe trug.

Nach der Beisetzung kamen drei der Gläubiger Philipps, die Brüder Stolten, in die Deichstraße und verlangten von seinem Vater das ihnen zustehende Geld. Leopold

Claen glaubte jedoch nicht an die kriminellen Geschäfte seines Sohnes, verweigerte die Zahlung und wies den Herren die Tür. Dass er damit seine ganze Familie und vor allem seine Tochter in Gefahr brachte, ahnte er nicht einmal.

Aus Rache zeigten die zwielichtigen Partner seines Sohnes Anneke nun als Hexe an.

Ein teuflisches Amulett sollte sie in ihrem Besitz haben und damit alle Menschen in ihrem Umkreis in Gefahr bringen. Tatsächlich kam es in der folgenden Zeit zu mehreren unerklärlichen Todesfällen in der Umgebung Annekes, und alle Toten hatten ein seltsames Brandmal an ihrer Hand.

Als bei der Durchsuchung ihrer Schlafkammer das dubiose Amulett tatsächlich gefunden wurde, schützte selbst die vornehme Herkunft die Claen-Tochter nicht. Sie wurde gefangen gesetzt, in den Kerker geworfen und als Hexe hochnotpeinlich verhört. Allerdings war sie auch unter der Folter nicht bereit, die schrecklichen Verbrechen zu gestehen, die man ihr zur Last legte.

Der junge Utrechter Maarten van Aelst, Assistent Baumeister van Valckenburghs und aufrichtig in Anneke verliebt, setzte nun alles daran, ihre Unschuld zu beweisen. Dafür gab es jedoch nur einen Weg: Er musste das Mädchen aus den Fängen der Gerichtsbarkeit befreien und mit ihr nach Oudewater fliehen, in jene kleine holländische Stadt, die mit kaiserlichem Privileg eine Hexenwaage betrieb. Nur die Wiegeprobe konnte beweisen, dass Anneke keine Hexe war. Und die Stadt Hamburg, dem Kaiser direkt untergeben, musste das Ergebnis dieser Probe anerkennen.

Doch die Reise nach Holland war weit und voller

Gefahren. Als sie von Wegelagerern überfallen wurden, fand Maarten den Tod. Anneke überlebte schwer verletzt und bewusstlos. Durch Zufall wurde sie von den Nonnen eines nahen Klosters gefunden, die sie mit sich nahmen und gesund pflegten.

Letztendlich wurde Anneke von einem eigenwilligen Schicksal in die süditalienische Stadt Strongoli verschlagen.

Was sie nicht wusste: Ihr abenteuerlicher Lebensweg war damit noch lange nicht beendet …

Die Geschichte der »Hexe von Hamburg« beruht auf einer alten Handschrift aus dem 17. Jahrhundert.

»Aufgeschrieben von Philipp Claen, Kaufmann zu Hamburg. Anno Domini Nostri Iesu Christi 1664«, heißt es dort und setzt sich fort: »Alles, was ich selbst erlebt habe, im Großen Krieg, mit meinem Geschlecht und Stamm, meinen Eltern, meinen Geschwistern und Freunden.«

Das Original des handschriftlichen Familienbuchs des Philipp Claen ist vermutlich nicht erhalten geblieben, wurde jedoch von einer Frau namens Gretje Petersen im 19. Jahrhundert kopiert. Und eben diese Abschrift fand sich 1923 im Keller eines Gebäudes am Hamburger Holzdamm wieder an, das dem Kloster St. Johannis gehörte und als Mädchenschule und Lehrerinnenseminar genutzt wurde.

Um die alte Handschrift so lange wie möglich zu erhalten, wurde sie sorgfältig verpackt, ging während des Zweiten Weltkrieges jedoch endgültig verloren.

Was blieb, waren mündliche Überlieferungen.

Nach ihnen wurde der erste Teil »Die Hexe von Hamburg« geschrieben.

Mit »Die Hexe von Hamburg und der König der Diebe« fand die Geschichte ihre Fortsetzung:

Ein glückliches Geschick war Anneke zuteil geworden. Dreiundzwanzig Jahre lebte Donna Crisopulli-Claen nun in der kalabresischen Stadt Strongoli – erfüllte Jahre an der Seite ihres Gemahls Don Luigi.

Sie war in Kalabrien völlig heimisch geworden, hatte drei gesunden Kindern das Leben geschenkt und sie aufgezogen – Elisabetta, Giuseppe und Catarina, mit ihren fünfzehn Jahren die Jüngste der Geschwister.

Anneke lebte in einem prächtigen Haus, bewegte sich in den ersten Kreisen der Stadt und konnte sogar Francesco Campitelli, Prinz von Strongoli II. und Graf von Melissa, zu ihren Freunden zählen.

An die schrecklichen Erlebnisse ihrer Vergangenheit erinnerte nichts mehr – außer dem Wiegezertifikat der Stadt Oudewater, mit dem sie einst ihre Unschuld bewiesen hatte, einigen verblassten Narben an Händen und Füßen und das liebevolle Andenken an ihren Retter Maarten van Aelst.

Ihr Leben änderte sich jedoch von Grund auf, als ihr Gemahl im Kampf gegen Piraten ums Leben kam. Ihre Verzweiflung war groß und ihre Zukunftsängste brachten sie in die Abhängigkeit einer Opiumtinktur. Schließlich besann sie sich jedoch ihrer Stärke und es gelang ihr, mithilfe ihrer Freundin Donna Bianca, sich von der Sucht zu befreien. Einen Vorschlag ihrer Kinder aufgreifend ging Anneke noch während ihrer Genesungszeit auf Reisen. Hamburg war ihr Ziel, die alte Heimat, in der sie die Familie wiedersehen wollte. Ihre jüngste Tochter Catarina begleitete sie in dieses neue, gefährliche Abenteuer, in dem sie die größte Überraschung ihres Lebens erleben sollte.

Die Geschichte um Anneke Claen und ihre Familie setzt sich nun in diesem dritten Band fort. Er ist zugleich das Ende der Trilogie der Hexe von Hamburg.

Viel Spaß beim Lesen wünscht Ihre

Antje Windgassen

Erstes Kapitel

Es war ein sonniger Septembermorgen im Jahr des Herrn 1651 und von der Chiesa di Santa Maria della Sanità schlug es zur neunten Stunde. Die Hitze hatte die Stadt Strongoli noch nicht erreicht. Die Luft war klar und duftete würzig nach wilden Kräutern und Feigen.

Im Hof der Crisopulli-Villa in der Via Vallone wartete eine Kutsche, abfahrbereit, mit eingespannten Pferden. Unten, im Hafen von Strongoli, sollte heute die kleine Kapelle geweiht werden, die Anneke anlässlich des dritten Todestages ihres Gemahls gestiftet hatte. Anschließend würde darin ein Gedenkgottesdienst zu ehren Don Luigis abgehalten werden – ein Liebesdienst, den die Witwe ihrem verstorbenen Gemahl erwies.

Anneke und ihre Kinder verließen die Villa und bestiegen die Kalesche. Maarten van Aelst folgte ihnen, doch bevor auch er im Inneren des Gefährts verschwinden konnte, bemerkte er einen Mann am Tor des Anwesens, der ihn zu sich heranwinkte.

Verwundert ging er zu ihm hinüber. Was mochte der Bursche von ihm wollen? Er hatte ihn noch nie gesehen und kannte auch sonst, außer den Menschen, die zum Haushalt der Crisopulli gehörten, kaum jemanden in dieser Stadt.

»Ich habe gestern gesehen, dass auf der Poststation ein Brief liegt, der aus dem Reich kommt«, sagte der Fremde. »Er ist zwar an Donazella Catarina adressiert, aber es heißt, dass dieses Dokument auch von Euch dringend erwartet wird. Ich dachte, diese Nachricht wäre von Interesse für Euch. Zumal in wenigen Minuten der Postreiter eintrifft, der die Station öffnen und Euch den Brief aushändigen könnte.« Der Kerl lächelte, ließ dabei sein schadhaftes Gebiss sehen und hielt vorsorglich schon einmal die Hand auf.

Maarten wunderte sich nicht über die Auskunft. Er war viel zu froh und erleichtert, dass Jakob sich endlich gemeldet hatte, als zu hinterfragen, woher der Fremde sein Wissen hatte. Schließlich warteten sie seit zwei Wochen auf eine Nachricht des Freundes und hatten sich bereits Sorgen gemacht.

Der sonst so misstrauische Utrechter dankte dem Burschen herzlich, drückte ihm eine Münze in die ausgestreckte Hand und lief zurück zur Kutsche. Auf dem Weg rief er einem Diener zu, dass dieser Wotan satteln möge, einen der Friesen, die Anneke und er aus den Niederlanden mit nach Strongoli gebracht hatten. Zu den Wartenden sagte er hingegen: »Ich habe noch etwas zu erledigen. Fahrt schon zum Hafen hinunter. Ich komme gleich nach. Es wird gewiss schnell gehen und ich hole euch noch auf dem Weg ein.«

Auf die erstaunten Fragen antwortete er mit einem geheimnisvollen Lächeln.

»Lasst euch überraschen.«

Gleich darauf rollte die Kalesche vom Hof, während Maarten seinen Friesen bestieg und den Weg zur Poststation einschlug.

Ausgerechnet heute war der Postreiter, der normalerweise so rechtzeitig eintraf, dass man nach ihm die Uhr hätte stellen können, nicht pünktlich.

Unruhig ging Maarten auf dem Platz vor der Station auf und ab. Wenn der Mann noch lange auf sich warten ließ, würde er sich am Ende noch zur Einweihung der Hafenkapelle verspäten. Das würde Anneke ihm gewiss übel nehmen. Warum nur hatte er nicht mehr Geduld bewiesen und den Brief erst nach dem Gedenkgottesdienst abgeholt?

Nervös ging er zur Straße zurück, um Ausschau nach dem Säumigen zu halten. Die auf einem Felsplateau gelegene Stadt bot weite Ausblicke auf das Umland, und von seinem Standort aus konnte Maarten daher nicht nur das Nordtor sehen, sondern darüber hinaus auch die serpentinenreiche Straße, die sich zur Stadt hinauf schlängelte. Ein paar Eselfuhrwerke waren auszumachen, doch von dem Postreiter fehlte jede Spur.

Der Utrechter blickte ungeduldig auf die Straße hinab und bemerkte dabei nicht, dass der Mann, der ihm die Nachricht von Jakobs Brief überbracht hatte, auf den Platz vor der Poststation getreten war. So weit wie möglich den Sichtschutz einiger Pinien nutzend, näherte er sich dem Friesen. Noch einmal vergewisserte er sich, dass Maarten abgelenkt war, und machte sich dann an dem Sattel des Tieres zu schaffen. Anschließend verschwand er wieder. Genauso unauffällig, wie er gekommen war.

Wotan wieherte unwillig und scharrte nervös mit dem Vorderhuf. Sofort sah der Utrechter sich nach ihm um. Und obwohl er keinen Grund für das abwehrende Verhalten seines Pferdes entdecken konnte, kehrte er doch zu ihm zurück.

»Was ist mit dir, mein Freund?«, murmelte er leise und strich mit der Hand über Stirn und Nüstern des Hengstes. »Ist dir langweilig oder …?«

In diesem Augenblick ertönte das Posthornsignal. Endlich! Wenig später erreichte der Reiter die Poststation. Er war sichtlich schlechter Laune.

»Eine Horde Witzbolde hatte die Straße versperrt und sich geweigert, mich durchzulassen«, beschwerte er sich lautstark, während er das Felleisen vom Sattel schnallte. »So eine Dreistigkeit. Als wenn ich zu meinem Vergnügen unterwegs wäre.« Mit dem ledernen Postsack unter dem Arm ging er zu dem Gebäude hinüber und schloss die Tür auf.

Hinter ihm drängte Maarten. »Schon gestern soll hier ein Brief an Donazella Catarina Crisopulli eingetroffen sein«, erklärte er ungeduldig. »Den würd ich gerne abholen.«

Indessen betraten weitere Strongolesen, durch das Hornsignal angelockt, die Station. Der Reiter ließ sich jedoch nicht aus der Ruhe bringen, sondern begann umständlich das Felleisen zu öffnen und die Sendungen zu sortieren.

»Hier geht alles der Reihe nach«, sagte er in vollem Bewusstsein seiner Wichtigkeit.

Auf einen Stapel legte er die Briefe, die von Strongoli aus weitergeleitet wurden – ein zweiter Reiter würde sie gleich abholen. Auf einen anderen Stapel kam die Post für Strongoli, die anschließend alphabetisch in Holzfächer eingeordnet wurde. Es kostete Maarten noch einige Minuten Wartezeit, bis er den Brief Jakobs entgegennehmen durfte.

Als er endlich wieder zu seinem Pferd trat, schnaubte Wotan entrüstet. Abwehrend schüttelte er den Kopf mit der langen, gewellten Mähne und scharrte mit den Hufen. Es war offensichtlich, dass der schwarze Friese sich nicht wohlfühlte. Doch Maarten reagierte nicht. Normalerweise achtete er stets auf die Befindlichkeiten seines Pferdes, aber gerade hatte er keine Zeit dafür. Eines stand schon jetzt fest.

Er würde sich zur Weihe der Kapelle verspäten. Wenn er sich eilte, kam er noch rechtzeitig zu dem Gedenkgottesdienst. Immerhin galt es, sieben Kilometer über eine steile und serpentinenreiche Straße, die von der Stadt Strongoli zum Hafen am Meer hinabführte, zu überwinden.

Der Utrechter schwang sich in den Sattel.

Wotan wieherte erschrocken auf, beruhigte sich dann aber wieder und folgte gehorsam dem Zügel.

Die engen Gassen Strongolis mussten sie im Schritt zurücklegen. So wollte es das Gesetz, weil es mit galoppierenden Pferden bereits zu viele Unfälle gegeben hatte. Auch auf dem ersten Stück des Weges, gleich hinter dem Südtor, konnten sie nicht beschleunigen, weil die Straße hier sehr steil abfiel. Erst als sie eine etwas ebenere Passage erreichten, trieb Maarten seinen Hengst zur Eile an.

Wotan schnaubte, fiel aber gehorsam in Trab und dort, wo die Straße nicht ganz so steil abfiel, sogar in Galopp. Er war ein starkes Tier, dabei gutmütig und seinem Herrn treu ergeben.

Doch als Maarten ihn ein wenig harsch zügelte, weil der Weg wieder steiler wurde, wieherte er erschrocken und bäumte sich auf. Damit hatte der Utrechter nicht gerechnet. Er wurde aus dem Sattel geschleudert, schlug am Rande der Straße hart auf und rollte auf den steilen Abhang zu. Instinktiv klammerte er sich an eine Baumwurzel, war jedoch zu benommen, um sein Gewicht lange halten zu können. Er biss die Zähne zusammen und suchte mit seinen Füßen fieberhaft nach einem Halt und glitt dabei aber immer wieder ab. Seine Hände begannen zu zittern, er spürte noch den heißen Scirocco, der an seinen Haaren und seiner Brokatjacke zerrte. Dann gaben seine Finger entkräftet nach.

Unten im Hafen begannen feierlich die Glocken zu läuten. Zuerst die kleinere, mit glasklarem Ton. Dann setzte die zweite Glocke ein. Ihr Klang war tiefer, voller. Im Duett läutete sie mit der ersten, mal gleichzeitig, mal im Wechsel mit ihr. Die Töne zogen durch die Straßen.

Ein ungewohnter Laut.

Denn wenn es auch oben in der Stadt viele Kirchen gab und zahlreiche Glocken zu den unterschiedlichsten Anlässen läuteten, so war es doch hier unten, im Hafen, ein neuer Ton.

Die Menschen horchten auf. Gewiss, sie wussten, dass Donna Anneke Crisopulli einen Andachtsort gestiftet hatte, aber es war dennoch etwas Besonderes, die Glocken dieses neuen Gotteshauses das erste Mal zu hören.

Die kleine Hafenkapelle sollte Sankt Nikolaus von Myra, dem Schutzheiligen der Seefahrer, geweiht werden. Sie war voll besetzt, als Bischof Carlo Diotallevi seines Amtes waltete. Er besprengte die Außen- und Innenwände mit Weihwasser, salbte das Portal und den kleinen Altar.

Dann verstummten die Glocken und eine Orgel begann ihr Spiel. Eigentlich hatte Anneke auf ein derart kostspieliges Instrument verzichten wollen, bis ihr Bruder Philipp eine Kabinettorgel bei dem berühmten Orgelbauer Friedrich Stellwagen in Lübeck entdeckte und sie kurzerhand gekauft und nach Strongoli geschickt hatte.

»Zu Ehren meines guten Freundes Cryso«, hatte er dazugeschrieben und mit der Erwähnung von Luigis altem Spitznamen auf die Zeit angespielt, in der sie gemeinsam als Sklaven des Sultans in Konstantinopel gewesen waren.

Anneke hatte sich sehr über Philipps Geschenk gefreut. Und als die Orgeltöne nun durch die Kapelle brausten, war sie mit ihrem Werk wirklich zufrieden. Dieses Gotteshaus war Luigis würdig.

Alle waren gekommen. Ihre Tochter Elisabetta, die die Firma Crisopulli und Claen dank eines Sondererlasses des Fürsten von Strongoli leitete. Ihr Sohn Giuseppe, der den Beruf des Seefahrers erlernte und nur selten daheim war. Und ihre Jüngste, Catarina, die mit ihrem Wissen über Heilkräuter und ihrer prophetischen Gabe auf dem besten Wege war, eine Weise Frau zu werden.

Zu Annekes Rechten hatte sich Francesco Campitelli, Fürst von Strongoli II. und Graf von Melissa, eingefunden, der beste Freund ihres Mannes, der auch ihr in den fast dreißig Jahren, die sie inzwischen in Kalabrien lebte, ein guter und stets hilfsbereiter Kamerad geworden war.

Hinter ihnen saßen Zia Lorena, ebenso wie Donna Bianca, die Weise Frau Strongolis, die Bediensteten der Familie Crisopulli und natürlich die Honoratioren der Stadt. Nur der für Maarten reservierte Platz war frei geblieben.

»Wo bleibt er denn nur? Was kann ihn aufgehalten haben?« Auch Catarina vermisste den Utrechter. Er war doch sonst so verlässlich. Und ausgerechnet zu diesem Anlass ließ er auf sich warten? Das passte nicht zu ihm. Zumal er wusste, wie wichtig es ihrer Mutter war, dass er ihr in dieser Stunde zur Seite stand, ihr Trost und Kraft gab.

»Ich verstehe es auch nicht«, gab Anneke zurück. Und obwohl sie flüsterte, war ihre Besorgnis deutlich zu vernehmen. »Ich hoffe, ihm ist nichts geschehen.«

Auch Catarina war unruhig. Und das nicht ohne Grund. Schließlich war Maarten erst kürzlich auf dem Weg von der Stadt in den Hafen von einem Maskierten überfallen worden. Zwar hatte der in den Waffen geübte Utrechter den Angreifer in die Flucht schlagen können, aber was konnte er ausrichten, wenn sein Widersacher sich Verstärkung geholt hatte?

Bischof Carlo Diotallevi sprach inzwischen das Weihegebet. Es folgte die Schlussansprache und dann der Gedenkgottesdienst für Don Luigi Crisopulli.

Anneke war nicht ganz bei der Sache.

Natürlich, sie hatte den Verstorbenen sehr geliebt und schmerzlich um ihn getrauert, damals, vor drei Jahren, als er im Kampf gegen die Piraten ums Leben gekommen war. Doch dann war sie vor etwa einem halben Jahr Maarten wiederbegegnet, ihrer großen Jugendliebe. Die alten Gefühle waren schnell zurückgekehrt, gar aufgeblüht und so stark und innig wie einst geworden.

Bischof Carlo Diotallevi sprach das Paternoster.

»Pater noster, qui es in caelis.«

Sofort fiel die Gemeinde ein:»Sanctificetur nomen tuum …«

Anneke konzentrierte sich auf das Gebet: »Adveniat regnum tuum. Fiat voluntas tua, sicut in caelo, et in terra«, erklärte sie im Chor mit den Gläubigen. Schließlich war es ein Gebet für Luigi. Und einerlei, was Maarten widerfahren war – diese Stunde gehörte dem Verstorbenen.

»Panem nostrum cantidianum da nobis hodie.
Et dimitte nobis debita nostra,
sicut et nos dimittimus debitoribus nostris.
Et ne nos inducas in tentationem,
sed libera nos a malo.
Quia tuum est regnum et potestas et gloria
in saecula.
Amen.«

Nach einer Schlussansprache des Bischofs fanden die Weihe und der Gedenkgottesdienst ein Ende. Die Menschen strömten aus der Kapelle.

Anneke dankte jedem persönlich für sein Kommen. Als sie jedoch Catarina bemerkte, wurde auch sie wieder zunehmend nervöser. Ihre Tochter blickte unruhig zur Stadt hinauf und ließ die Straße nicht aus den Augen, auf der Maarten seinen Weg in den Hafen hätte finden müssen.

Hastig verabschiedete sie sich und ging zu der bereits wartenden Kutsche hinüber. Es war wirklich an der Zeit, zur Stadt hinaufzufahren und nach Maarten zu sehen. Ihre Kinder begleiteten sie.

Zweites Kapitel

Auf dem grossen Platz vor der Kirche, dort, wo die alten Linden mit ihren ausladenden Kronen angenehmen Schatten spendeten, standen acht oder zehn Frauen im aufgeregten Gespräch. Frauen des westfälischen Städtchens Spenge, das den heiligen Sankt Martin gut dreihundertfünfzig Jahre zuvor zu seinem Schutz- und Kirchenpatron erwählt hatte.

Den aufgebrachten Bäuerinnen auf dem Kirchplatz ging es heute aber keineswegs um diesen Heiligen und erst recht nicht um die Nächstenliebe, die er gepredigt hatte, sondern im Gegenteil um Barbara Hoier, ein Weibsbild, das in der Schenke arbeitete und das mit Schönheit und Sittenlosigkeit die Männerwelt des Dorfes schier verrückt machte. Es gab wohl kaum einen Mann in Spenge, so behaupteten es zumindest die zornigen Frauen, der nicht mindestens eine Nacht in der Schlafkammer dieser Dirne verbracht hatte. Und darum, da waren sie sich alle einig, musste Barbara das Dorf verlassen – lieber heute als morgen.

»Wir könnten den Dorfschulzen um Unterstützung zu bitten«, schlug eine der Frauen vor. »Barbara bringt nur böses Blut ins Dorf, und es sollte doch auch in seinem Interesse sein, dass der Friede der Gemeinschaft erhalten bleibt.«

Die Idee gefiel den Frauen und sie wollten sich sofort auf den Weg machen, um beim Dorfschulzen Beschwerde zu führen, wurden aber von einer Kameradin zurückgehalten.

»Anna Hoier wird niemals zulassen, dass ihre Ziehtochter des Dorfes verwiesen wird. Zumindest nicht ohne einen triftigen Grund. Und Beweise für Barbaras Verfehlungen können wir keine erbringen.«

Die Frauen mussten ihr zähneknirschend recht geben. Die resolute Gastwirtin Anna Hoier war eine honorige Person in Spenge. Sie führte ihre Schenke allein und mit fester Hand. Zwar war sie verheiratet, aber ihren Mann hatte sie, wegen anhaltender Untreue und Faulheit, schon vor dreißig Jahren zum Teufel gejagt. Bald darauf hatte sie im Schilf des Flüsschens Warmenau einen schwer verletzten Säugling gefunden – ein kleines Mädchen, mehr tot als lebendig. Anna nahm es mit nach Hause. Sie pflegte es gesund, ließ es auf den Namen Barbara taufen und nahm es an Kindesstatt an.

Inzwischen waren fast dreißig Jahre vergangen und Barbara war eine schöne und intelligente Frau geworden. Vor etwa zehn Jahren hatte sie geheiratet – den Sohn eines wohlhabenden Bauern der Umgebung. Kurz nach der Hochzeit starb ihr Mann Andreas jedoch – plötzlich und völlig unerwartet. Er hatte eines Morgens einfach tot im Bett gelegen. Eine Todesursache konnte der herbeigerufene Medikus nicht verlässlich nennen. Er hielt eine Herzkrankheit aufgrund durcheinandergeratener Körpersäfte für möglich. Da der Tote jedoch noch einen Tag zuvor jung, kräftig und gesund gewesen war, wollte er auch Zauberei nicht ausschließen.

Sofort gaben böse Zungen Barbara die Schuld am Tod ihres Mannes – allen voran der Vater des Verstorbenen, der sie nun unter bösen Verwünschungen des Hofes verwies. Die Bewohner Spenges waren geneigt, sich auf seine Seite zu stellen – zumal man rein gar nichts über Barbaras Herkunft wusste.

Ohne zu zögern hatte sich Anna Hoier damals vor ihre Ziehtochter gestellt und sie wieder bei sich aufgenommen. Seitdem half Barbara ihr im Gasthaus, das nun auffallend häufig von den einheimischen Männern besucht wurde – unter anderem auch von ihrem Schwager Melchior, dem jüngeren Bruder ihres verstorbenen Mannes, der sie aufrichtig liebte.

Barbara war mit ihren langen dunklen Haaren zweifellos eine attraktive Frau, doch noch mehr war es ihre Ausstrahlung, die die Männer der Umgebung anziehend fanden. Ihr heiteres Naturell, ihre ruhige Freundlichkeit und ihre aufrichtige Anteilnahme an den Problemen ihrer Mitmenschen. Und eben dieses Entgegenkommen verstanden die eifernden Frauen Spenges völlig falsch und unterstellten Barbara die Unkeuschheit einer Dirne.

Anna Hoier, die wusste, dass ihre Ziehtochter keinen der zahlreichen Bewunderer in ihre Schlafkammer ließ, ärgerte sich immer wieder darüber.

»Die Weiber stehen schon wieder auf dem Kirchplatz und zerreißen sich die Mäuler über dich«, brummte sie, als sie vom Markt zurückkehrte. »Eine eifersüchtiger als die andere. Sie sind wirklich unbelehrbar.« Ächzend wollte sie den schweren Korb in die Küche tragen, aber Barbara sprang sofort herbei, um ihn ihr abzunehmen.

Sie lachte. »Und daran wird sich gewiss auch nichts ändern. Es sei denn, ich nehme jede Nacht eine von ihnen mit in meine Kammer als Aufpasserin.«

Anna schnaufte geringschätzig. »So weit kommt es noch. Meinetwegen können sie ja vor unserem Wirtshaus wachen. Herein kommen sie sicher nicht.«

Barbara leerte den Korb und versorgte die Lebensmittel, die Anna mitgebracht hatte, in Schränken und Kästen.

Dabei grinste sie amüsiert. »Dann müssen sie aber zumindest zu zweit sein, damit eine an der Vordertür und die andere an der Hintertür aufpassen kann.«

»Zu viert«, berichtigte Anna und musste nun auch lächeln. »Für jede Hausseite eine. Sonst heißt es hinterher noch, dass deine Galane durchs Fenster eingestiegen sind.«

Beide kicherten.

Doch Anna wurde gleich wieder ernst. Sie öffnete noch einmal die Tür und schaute besorgt zum Himmel empor. »Der Wind hat aufgefrischt und der Himmel wird immer dunkler«, stellte sie fest. »Gewiss wird es noch ein schlimmes Unwetter geben. Ich spüre es schon seit heute Morgen in meinen Knochen.«

»Man kann es nicht ändern«, erwiderte Barbara gleichmütig und wandte sich ihrem Tagwerk zu. »Krautsuppe soll es heute geben?«

Anna nickte bestätigend und schloss sorgfältig die Tür. »Mit Speck und Graupen.« Sie bot in ihrem Gasthaus *Zum weißen Hahn* jeden Tag nur ein Gericht an, aber das wurde stets gerne angenommen, weil es gut, nahrhaft und preiswert war.

Barbara zog ein großes Messer hervor und begann, den ersten Kohlkopf in Streifen zu schneiden, während Anna den großen Kessel über das Feuer hängte und den Speck anbriet. Sie waren eine eingespielte Gemeinschaft.

Schweigend arbeiteten sie nebeneinander und hingen ihren Gedanken nach. Barbara war niedergeschlagen, auch wenn sie es sich, mit Rücksicht auf Anna, nicht anmerken ließ. Die ewigen Anfeindungen der Spenger Frauen verletzten sie tief. Dreißig Jahre lebte sie nun in diesem Dorf, war stets freundlich und hilfsbereit gewesen und hatte niemandem jemals ein böses Wort gesagt. Warum nur hassten diese Frauen sie so sehr?

»Na, jedenfalls werden sich die Weiber jetzt nicht mehr auf dem Kirchplatz herumdrücken«, grinste Anna.

Verständnislos sah Barbara auf. »Was meinst du?«

Bevor Anna antworten konnte, hörte sie es jedoch selbst. Es hatte zu regnen begonnen. In Strömen fielen die Tropfen vom Himmel. Und dann leuchtete plötzlich ein Blitz auf, so hell, dass die beiden Frauen von dem gleißenden Licht geblendet waren. Gleich darauf rollte der Donner heran, krachte, dass die Schüsseln in ihren Regalen vibrierten.

Anna bekreuzigte sich. »Es scheint irgendwo eingeschlagen zu haben.«

Barbara nickte beklommen. »Und so laut, wie der Donner gegrollt hat, muss es ganz in der Nähe gewesen sein.«

Die beiden Frauen traten ans Fenster. Es war klein. Der Rauchabzug über der Feuerstelle brachte mehr Tageslicht in den Küchenraum. Außerdem war das Glas so dick, dass alles, was man draußen sehen konnte, sehr verzerrt war. Dennoch hatte Anna seinerzeit auf Glas bestanden, weil es Wind, Regen und Kälte besser abhielt als Häute oder Pergament.

Die beiden Frauen eilten zur Türe und blickten hinaus, konnten in ihrer unmittelbaren Nachbarschaft jedoch keinen Einschlag ausmachen. Eine Weile beobachteten sie schweigend die ebenso faszinierende wie beängstigende entfesselte Natur.

Wieder blitzte es und wieder grollte der Donner. Dann kam auch noch Hagel hinzu – zahllose große Eisklumpen, die ohrenbetäubend auf das Dach prasselten.

Betroffen sahen sich die Frauen an. Bevor sie jedoch etwas sagen konnten, begann es von Sankt Martin her zu läuten. Der Kirchdiener brachte – einer alten Tradition nach – die geweihten Glocken zum klingen, um das Unwetter zu vertreiben.

Als Kinder ihrer Zeit glaubten auch Anna und Barbara daran, dass der Brauch erfolgreich sein konnte. Schließlich wäre es nicht das erste Mal, dass die Glocken ein Unwetter dazu brachten, die Richtung zu wechseln. Und auch der Wettersegen, den der Geistliche vor der Kirche stehend in alle vier Himmelsrichtungen verteilte, war ihnen immer hilfreich erschienen. Doch heute schüttelte Anna nur missbilligend den Kopf.

»Es ist viel zu spät. Was sollen die Glocken und der Segen jetzt noch ausrichten? Der Hagel geht bereits auf die Felder nieder und wird einen Großteil der Ernte vernichten.«

Barbara stimmte ihr niedergeschlagen zu. »Das wird ein harter Winter für Spenge. Und auch der alte Paul Bahlow wird unter seinem Versäumnis leiden müssen. Die Gemeinde wird ihm sein Neujahrsgeschenk, das ihm als Kirchdiener zusteht, gewiss streichen und …« Sie verstummte und hielt unwillkürlich den Atem an. Wieder zuckte ein greller Blitz am Himmel über Sankt Martin. Und diesmal schlug er ein – mit lautem Krachen, direkt in die Spitze des vierunddreißig Meter hohen Kirchturms. Die Glocken verstummten. Gleich darauf stieg schwarzer Rauch auf.

Wie erstarrt blickten die beiden Frauen zur Kirche hinüber. Und es war Barbara, die die Lähmung als Erste abschüttelte.

»Geh ins Haus zurück und schließ die Tür«, ordnete sie an. »Ich laufe zum Kirchhof. Vielleicht ist dem alten Bahlow noch zu helfen.«

Ohne lange zu überlegen, griff sie sich den Deckel eines leeren Bierfasses, das für den Brauer zur Abholung neben der Wirtshaustür bereitstand, hielt ihn sich schützend über den Kopf und lief los, so schnell sie ihre Beine tragen konnten, zur Kirche hinüber.

Anna wollte sie noch zurückhalten. »Dem Kirchdiener wird gewiss nicht mehr zu helfen sein. Den hat ohne Frage der Blitz erschlagen und du bringst dich ganz unnötig selbst in Gefahr.«

Doch ihre Ziehtochter hörte nicht mehr. Sie war schon fort.

Die Schäden des Unwetters waren für Spenge eine Katastrophe. Auch wenn Gewitter und Hagel kurz nach dem Blitzeinschlag weiterzogen, war der Kirchturm von Sankt Martin zerstört und die Ernte weitgehend vernichtet. Die Halme mit den fast reifen Ähren von Roggen, Gerste und Weizen lagen umgeschlagen auf den Feldern.

Auch was den alten Kirchdiener anging, sollte Anna recht behalten. Da er sich zum Wetterläuten im Glockenturm befand, als der Blitz einschlug, hatte es auch ihn getroffen. Barbara fand lediglich seinen völlig verkohlten Leichnam vor.

Der Rest des Unglückstages verlief im *Weißen Hahn* ungewöhnlich ruhig. Draußen war alles friedlich, die Sonne brach durch die Wolkendecke und die Vögel sangen, als wäre nichts geschehen. Drinnen köchelte die Kohlsuppe im Kessel appetitlich duftend vor sich hin, fand heute jedoch keine Abnehmer, da die Gäste ausblieben.

Am Abend, als Anna gerade die Tür ihres Wirtshauses absperren wollte, kam doch noch ein später Besucher.

Am liebsten hätte sie ihn fortgeschickt, aber er bat dringend darum, mit Barbara sprechen zu dürfen. Missbilligend runzelte Anna die Stirn und ließ ihn zögernd herein. Dann ging sie in die Küche, um ihrer Ziehtochter Bescheid zu geben.

»Dein Schwager will mit dir reden«, brummte sie.

»Der Melchior?« Erstaunt sah Barbara, die gerade dabei war, die Kupfertiegel zu reinigen, auf. »Ja, was will er denn? Er weiß doch, dass sein Vater es nicht leiden kann, wenn er mit mir spricht.«

Anna zuckte mit den Schultern. »Woher soll ich das wissen? Er wartet in der Gaststube. Aber lass ihn später durch die Hintertür hinaus. Nicht dass es wieder Gerede gibt.«

Barbara betrat den Schankraum und begriff sofort, als sie Melchiors ansichtig wurde, dass etwas passiert sein musste. Er hatte sich an einen der Tische gesetzt, die Ellenbogen aufgestützt und den Kopf in seinen Händen vergraben.

»Was ist geschehen?«

Er sah auf. »Der Vater ist tot«, erwiderte er mit tonloser Stimme. »Er hat am Fenster gestanden und in das Unwetter hinausgeschaut, das unsere Felder vernichtete. Und dann ist er plötzlich umgekippt. Wie ein gefällter Baum.«

Barbara erschrak und setzte sich. Sie wusste, dass der alte Bauer sie nicht hatte leiden können und gegen die Heirat seines Sohnes gewesen war. Von daher konnte sie ihn keinen Freund nennen. Aber seinen Tod bedauerte sie natürlich dennoch – schon um Melchiors willen.

»Hast du den Medikus gerufen?«

Er fuhr sich mit der Hand über die Augen, so, als wollte er die dunklen Schatten, die sich vor ihm auftaten, fortwischen. »Ja natürlich«, seufzte er. »Aber er konnte nichts mehr machen. Da war der Vater schon tot. Und einen Grund für sein plötzliches Dahinscheiden wusste er nicht zu nennen. Wie schon seinerzeit bei Andreas hält er eine Erkrankung des Herzens für möglich, wegen einer Störung des natürlichen Säftegleichgewichts. Möglicherweise hatte er zu viel Blut und gelbe Galle. Da Vater jedoch gestern noch vollkommen gesund gewesen war, wollte er auch …« Melchior verstummte, doch Barbara wusste auch so, was er sagen wollte.

»Zauberei nicht ausschließen?«

Der Schwager nickte. »Genau. So sind die Menschen halt, wenn sie sich etwas nicht erklären können, muss es Hexerei gewesen sein.«

»Ja, ich weiß«, gab Barbara leise zurück. »Vermutlich werden mir die Spenger, wie schon beim Andreas auch, nun die Schuld am Tode deines Vaters geben.«

»Es ist ihnen zuzutrauen«, entgegnete Melchior und fuhr nach kurzem Zögern fort: »Nun, ich bin allerdings nicht nur hier, um dich von Vaters Tod zu unterrichten. Ich möchte dir auch sagen, dass du nun wieder nach Hause kommen kannst.«

Erstaunt sah Barbara ihn an. »Nach Hause?«

»Ja, gewiss. Der Riet-Hof ist schließlich auch dein Heim. Zwar hat dir mein Vater das Recht abgesprochen, aber nun bin ich der Bauer auf dem Hof. Und als solcher wollte ich dir sagen, dass du immer willkommen bist.«

Barbara war gerührt, wusste aber, dass sie das hochherzige Angebot nicht annehmen konnte. Die Leute würden sich schon mächtig die Mäuler zerreißen, wenn sie gemeinsam mit Melchior auf dem Riet-Hof lebte. Abgesehen davon wollte sie Anna nicht allein lassen. Die Gute wurde schließlich auch nicht jünger und benötigte von

Jahr zu Jahr mehr Hilfe. Und obwohl sie ihre Bedenken nicht ausgesprochen hatte, verstand der Schwager.

»Es muss ja nicht gleich morgen sein«, sagte er. »Ich wollte nur, dass du weißt, dass du jederzeit zurückkommen kannst. Denk einfach darüber nach. Einverstanden?«

Sie nickte. »Das werde ich, Melchior. Ganz gewiss.«

Barbara erzählte ihrer Ziehmutter am nächsten Morgen zwar von dem Tod des Riet-Bauern, nicht aber von Melchiors Angebot, auf den Hof zurückzukehren. Überhaupt sprachen sie wenig an diesem Tag. Schon früh war Anna aufgebrochen, um auf den Markt zu gehen. Und nach ihrer Rückkehr war sie ungewohnt schweigsam. Sie schien sich über irgendetwas Sorgen zu machen. Aus Erfahrung wusste Barbara, dass es keinen Sinn hatte, nachzufragen. Probleme regelte Anna immer mit sich selbst und war erst bereit, darüber zu sprechen, wenn sie eine Lösung gefunden hatte.

Auch an diesem Tage kamen kaum Gäste ins Wirtshaus. Der Krautsuppe wurde nur von ein paar Durchreisenden zugesprochen. Von den Spengern ließ sich keiner blicken. Erst am Abend – es dunkelte bereits – betrat der Dorfschulze mit ernstem Gesicht die Schankstube. Er setzte sich an einen Tisch, doch als Barbara nach seinem Begehr fragte, bestellte er lediglich einen Krug Bier und verlangte ansonsten Anna zu sprechen.

Sie ging in die Küche, um ihre Ziehmutter zu benachrichtigen. Diese zögerte jedoch, den Gastraum zu betreten. Wie es schien, suchte sie nach einer Ausrede, um nicht mit dem Dorfschulzen reden zu müssen. Doch nach kurzer

Zeit stellte sie sich dem Unvermeidlichen, holte tief Luft und richtete sich gerade auf.

»Guten Abend. Ich habe mit Eurem Kommen gerechnet.«

Der Bürgermeister Spenges nickte. »Dann könnt Ihr Euch auch vorstellen, wie ungern ich diesen Weg genommen habe.«

Anna zuckte mit den Schultern und setzte sich zu ihm. »Ob gern oder ungern – Ihr seid hier und habt mir etwas zu sagen, nehme ich an.«

Da die Schankwirtin die Küchentür nicht richtig geschlossen hatte, konnte Barbara die Unterredung verfolgen. Sie wunderte sich sehr über den merkwürdigen Dialog, sollte aber sogleich eine Erklärung dafür bekommen.

»Zwei Spenger Bürger werden sich morgen früh auf den Weg nach Herford machen. Sie werden den Fall dem Schöffenstuhl vortragen und um Prüfung bitten. Ich dachte, das solltet Ihr wissen.«

Anna begehrte bitter auf. »Welchen Fall überhaupt? Was wird meiner Tochter vorgeworfen? Heute Morgen habe ich auf dem Markt die haarsträubendsten Gerüchte gehört, aber ich kann nicht glauben, dass irgendjemand diese lächerlichen Anschuldigungen wirklich ernst meint.«

Der Dorfschulze wiegte den Kopf. »So närrisch sind die Vorwürfe überhaupt nicht. Immerhin hat man die Barbara während des Unwetters auf dem Kirchplatz gesehen. Sie trug einen merkwürdigen Hexenhut und hat einen verdächtigen Tanz aufgeführt, gerade zu der Zeit, als der Hagelschlag am stärksten war.«

»So ein Unsinn. Wir haben von unserer Tür aus gesehen, wie der Blitz in Sankt Martin einschlug. Barbara ist sofort losgelaufen, um zu sehen, ob man dem Kirchdiener noch helfen kann. Und dabei hat sie keinen Hut getragen, sondern sich lediglich, zum Schutze gegen die Hagelkörner, den Deckel eines Bierfasses über den Kopf gehalten.«

Der Dorfschulze schüttelte vorwurfsvoll den Kopf. »Diese Erklärung muss Euch doch selbst unglaubwürdig erscheinen, Gevatterin. Aber der Wetterzauber ist ja nicht das Einzige, was man Eurer Ziehtochter vorwirft. Habt Ihr gehört, dass der Riet-Bauer verstorben ist? Und zwar unter genauso mysteriösen Umständen wie sein Sohn, der Andreas. Bei seinem Tod hat der Medikus bereits die Möglichkeit erwogen, dass Hexerei im Spiel gewesen sein könnte. Wie groß ist die Wahrscheinlichkeit – nach diesem zweiten Todesfall –, dass die Riets eines natürlichen Todes gestorben sind? Sagt selbst.«

»Ich habe keine Ahnung«, musste Anna zugeben. »Ich bin kein Heilkundiger. Wie soll ich wissen, ob es sich um Zufall handelt oder um eine Familienkrankheit? Vielleicht sogar um Hexerei. Doch Barbara hat damit ganz gewiss nichts zu tun.«

Der Dorfschulze erhob sich. »Ich sehe, Ihr seid unbelehrbar. Aber ich bin nicht hergekommen, um mit Euch zu streiten. Ihr sollt lediglich wissen, dass man Eure Ziehtochter in den nächsten Tagen abholen und zur Befragung nach Herford bringen wird. Und ich möchte Euch raten, sich dieses Mal nicht schützend vor sie zu stellen. Die Schergen des Schöffenhofes würden kein langes Federlesen machen, Euch gleichfalls in Eisen legen und mit nach Herford nehmen. Damit gerietet Ihr in Gefahr, die Gehilfin einer Person zu sein, die sich der Zauberei verdächtig gemacht hat.«

»Und wenn schon«, widersprach Anna zornig. »Zweifellos wird die Untersuchung des Schöffenstuhls ergeben, dass Barbara unschuldig ist. Und somit auch ich.«

»Verlasst Euch nicht zu sehr darauf«, entgegnete der Dorfschulze seufzend. »Bisher haben die Herforder noch keine gemeldete Hexe als unschuldig erachtet. Und selbst wenn man Barbara verurteilen und Euch gehen lassen würde, seid gewiss, dass Ihr Eure Schankkonzession hier in Spenge verliert. Niemand will ein Wirtshaus, in dem eine Hexe großgezogen und geschützt wurde.« Der Dorfschulze erhob sich, um zu gehen.

Barbara hörte seine Schritte und gleich darauf das Zufallen der Gasthaustür. Er war fort. Rasch beugte sie sich wieder über den Spültiegel. Wenn Anna gleich in die Küche zurückkehrte, durfte sie auf keinen Fall erfahren, dass sie das Gespräch belauscht hatte. So bald wie möglich wollte sie sich in ihre Kammer zurückziehen und überlegen, was nun zu tun sei. Im Augenblick wusste sie nur zweierlei: Ganz gewiss würde sie nicht warten, bis die Schergen des berüchtigten Herforder Schöffenstuhls sie holten. Und ebenso gewiss wollte sie Anna nicht in Schwierigkeiten bringen.

Also musste sie schnell handeln.

Es war mitten in der Nacht, als Barbara das Wirtshaus verließ. Um mit der Dunkelheit besser verschmelzen zu können, hatte sie einen schwarzen Umhang umgelegt. Ansonsten trug sie ein kleines Bündel bei sich, in dem sie Kleider, ein paar Lebensmittel und ihre wenigen Ersparnisse verstaut hatte. In ihren Augen standen Tränen. Wie gern hätte sie sich von ihrer Ziehmutter verabschiedet und ihr für alles gedankt, was sie ihr Gutes getan hatte. Aber Anna hätte sie nur aufgehalten und sie hatte keine Zeit mehr zu verlieren. Gewiss würden die berittenen Häscher des Schöffenstuhls gegen Mittag eintreffen. Und bis dahin musste sie einen ausreichenden Vorsprung haben.

Einen Augenblick überlegte sie noch, sich an Melchior zu wenden und ihn um Hilfe zu bitten. Ebenso wie Anna würde er wissen, dass sie unschuldig war, und ihr gewiss ein Pferd zur Verfügung stellen. Doch dann entschied sie sich dagegen. Falls irgendjemand sie auf dem Riet-Hof sah, würde auch der Schwager in Schwierigkeiten geraten. Das Risiko durfte sie auf keinen Fall eingehen.

Da Herford im Osten Spenges lag, schlug Barbara den Weg in westliche Richtung ein. Wenn sie zügig ausschritt, würde sie in einer guten Stunde das Flüsschen Warmenau erreicht haben. Es bildete die Grenze zum Osnabrücker Land. Hatte sie es überquert, wäre sie außerhalb der Herforder Gerichtsbarkeit. Wirkliche Sicherheit bedeutete das allerdings nicht. Wenn man herausbrachte, dass sie sich auf Osnabrücker Gebiet geflüchtet hatte, kostete es die Herforder nur eine Depesche und sie würde die Schergen beider Städte auf den Fersen haben. Sie durfte sich also auf keinen Fall sehen lassen.

Als Barbara die Warmenau erreicht hatte, ergab sich schon die nächste Schwierigkeit. Das sonst so ruhig dahinfließende Bächlein hatte sich aufgrund des Unwetters zu einem Hochwasser tragenden Fluss gewandelt. Er war zu tief und zu reißend, um einfach durchwatet zu werden. Und Barbara war des Schwimmens nicht kundig.

Drittes Kapitel

Es war Catarina, die Wotan als Erste entdeckte. Der Friese stand im Schatten eines Olivenbaums.

Anneke hieß den Kutscher sofort anhalten. Sollten sich ihre finsteren Vorahnungen bewahrheiten? War Maarten tatsächlich etwas zugestoßen?

Sie ergriff den herabhängenden Zügel des Pferdes und sah sich suchend um, konnte den Utrechter aber nirgends entdecken.

»Sieh nur, er blutet«, stellte Catarina bestürzt fest.

Auch Giuseppe trat nun näher und fuhr dem Friesen mit der Hand über das dichte, feuchte Fell. Anschließend waren seine Finger tatsächlich blutverschmiert.

Catarina suchte sofort nach einer Wunde.

»Warte«, meinte ihr Bruder. »Die Verletzung muss höher liegen. Wir müssen ihm den Sattel abnehmen.« Rasch löste er den Gurt und hob den ledernen Reitsitz vom Rücken des Tieres.

Wotan schnaubte vor Schmerz. Den Grund dafür erkannten sie sofort. Eine scharfe Glasscherbe hatte sich in den Rücken des Friesen gebohrt. Entsetzt sahen sie einander an.

»Wer macht denn so was?«, brummte Giuseppe böse. »Und vor allen Dingen, warum?«

Vorsichtig entfernte er die Scherbe. Der Hengst hielt still, als wüsste er, dass ihm geholfen werde.

»Ich sehe mir die Wunde daheim an«, erklärte Catarina.

»Dort kann ich eine entzündungshemmende Salbe …« Sie unterbrach sich, als sie den schwarzen Krempenhut mit den Reiherfedern entdeckte, der an dem Ast einer Pinie hing, die unterhalb der Straße am Abhang stand. »Das ist doch – Maartens Hut.« Die letzten Worte flüsterte sie fast.

Anneke folgte ihrem Blick und wurde kreidebleich. »Also ist ihm etwas geschehen«, sagte sie. Es war eine Feststellung, keine Frage.

»Es muss wohl so sein«, entgegnete Giuseppe und trat an den Abgrund, um hinabzublicken.

Catarina ging zu ihm und sah sich gleichfalls um. Selbst wenn Maarten abgestürzt war, musste er ja irgendwo sein.

Anneke war wie gelähmt vor Sorge. »Natürlich«, murmelte sie. »Der Hut und der verletzte Wotan lassen keinen Zweifel mehr zu. Irgendjemand muss Maarten die Scherbe unter den Sattel geschoben haben, jemand, der wusste, dass er zum Hafen hinunterwollte, und der damit genau diesen Absturz bezweckt hat.«

Giuseppe schüttelte verwirrt den Kopf. »Wer sollte Maarten so etwas antun? Er ist doch erst kurze Zeit in Strongoli und kennt kaum jemanden.«

»Das stimmt«, entgegnete Catarina bitter. »Er kennt hier noch nicht viele Menschen, aber ganz Strongoli kennt ihn. Und sie zerreißen sich das Maul, weil er in unserem Haus …«

»Da ist er. Ich sehe ihn!«, rief Giuseppe aus. »Bei Gott. Der Mann hat wirklich ein verdammtes Glück gehabt.«

Unter normalen Umständen hätte Anneke ihren Sohn wegen des Fluchs getadelt, heute bemerkte sie ihn nicht einmal.

Aufgeregt blickte auch sie den Abhang hinab. Unzählige knorrige Olivenbäume überzogen den Berg und wirkten wie silbrig-grüne Tupfen. Einer dieser Bäume hatte Maartens Absturz abgefangen.

»Ich steige zu ihm hinunter«, erklärte Giuseppe und machte sich sofort auf den Weg.

Es war kein sonderlich gefährliches Unterfangen. Die Pflücker, die die Bäume im Herbst aberntеten, waren darin geübt. Für sie stellte die Böschung keine Probleme dar. Giuseppe musste nur umsichtig vorgehen, er hatte ja nicht vor, sich von einem Pferderücken den Abhang hinabwerfen zu lassen.

Wenige Augenblicke später hatte Giuseppe den Freund erreicht. Er beugte sich zu ihm hinab, hielt sich aber mit einer Hand weiterhin an dem Baum fest. Die Oliven hatten tiefe Wurzeln. Er würde sie beide halten.

»Maarten lebt«, rief Giuseppe zu den wartenden Frauen hinauf. »Er ist nur ohnmächtig. Außer ein paar Abschürfungen kann ich keine äußerlichen Verletzungen feststellen.«

Anneke traten die Tränen der Erleichterung in die Augen, und auch Catarina atmete auf. Wirklich beruhigt würden aber beide erst sein, wenn der Niederländer in ihrer Villa in der Via Vallone in seinem Bett lag und sorgfältig untersucht worden war.

Während Giuseppe sich weiter um den Verletzten bemühte, horchte Catarina auf. Hufgetrappel war zu hören und das Knirschen von Kutschrädern. Im nächsten Augenblick bog ein Gefährt um die Kehre der steilen Serpentinenstraße.

»Es ist der Fürst«, rief Catarina aus.

»Dem Himmel sei Dank«, murmelte ihre Mutter. »Er wird uns helfen, Maarten den Abhang heraufzutragen.« Während sie sprach, lief sie auch schon der herannahenden Kalesche entgegen, um sie anzuhalten. Die Pferde, die gerade einen steilen Anstieg bewältigt hatten, schnauften schwer, als sie stehen blieben.

»Bitte, Hoheit. Wir benötigen Eure Hilfe.«

Der Fürst lächelte. »Mein Name ist Francesco. Ihr sollt mich doch nicht ständig Hoheit nennen, Anneke. Wie oft muss ich Euch das noch sagen?« Seinen beiden livrierten Leibdienern, die auf dem hinteren Trittbrett der Kutsche standen, gab er einen Wink. »Ihr habt gehört, was die Madonna gesagt hat.«

Die Männer sprangen auf die Straße und sahen sich unschlüssig an. Sie wollten ja helfen, aber wie? Catarina erkannte ihr Dilemma und wies auf den Straßenrand, an dem der Berg abfiel. Die Diener eilten zu der angegebenen Stelle, entdeckten Giuseppe, der sich gerade abmühte, Maarten auf die Beine zu stellen, und kletterten flink den Abhang bis zu dem Olivenbaum hinab.

»Und? Was ist ihm geschehen, Eurem Mijnher van Aelst?«

Erstaunt sah Anneke ihn an. »Woher wisst Ihr?«

Für einen kleinen Augenblick war der Fürst verunsichert. Doch dann schmunzelte er erneut. »Nun, das ist nicht schwer zu erraten. Der Utrechter war weder bei der Weihe der neuen Hafenkapelle noch beim Gedenkgottesdienst zugegen. Und hier steht sein herrenloses Pferd. Dass es da einen Zusammenhang gibt, liegt doch auf der Hand.«

»Ja natürlich«, nickte Anneke. Doch bevor sie nun eine Erklärung abgeben konnte, wurde sie von Catarina unterbrochen:

»Komm, Mutter. Sie bringen Maarten jetzt herauf. Wir sollten gleich nach ihm sehen. Seiner Hoheit kannst du später noch erklären, was geschehen ist.«

Sofort wandte Anneke sich um und lief ohne ein weiteres Wort an den Rand der Straße. Catarina folgte ihr. Maartens Versorgung war wichtiger. Über alles andere würde man später sprechen können.

Donna Bianca, der als Frau ein Studium der Medizin zwar verwehrt war, die aber dennoch in Fragen der Gesundheit das vollste Vertrauen der gesamten Stadt genoss, deckte Maarten zu und richtete sich auf. Dann verließ sie das Zimmer und schritt die Treppe hinab. Anneke und ihre Kinder warteten im Wohnzimmer.

»Sein linkes Bein ist gebrochen und zwei oder drei Rippen«, berichtete sie mit ruhiger Stimme. »Beides habe ich bandagiert. Außerdem hat er am Kopf eine starke Schwellung davongetragen. Er sollte nun mindestens eine Woche ruhen und sich so wenig wie möglich bewegen. Er ist jetzt wieder bei Bewusstsein. Aber ich habe ihm einen Trank gegeben, der ihm die Schmerzen nimmt, Entzündungen entgegenwirkt und ihn schläfrig machen wird. Sofern er sich keine inneren Verletzungen zugezogen hat, wird er gewiss bald wieder vollständig genesen.«

Anneke war noch immer in heller Aufregung und durch die Diagnose Donna Biancas alles andere als beruhigt. »Innere Verletzungen? Was können sie bewirken?«

Die Weise Frau Strongolis war bekannt dafür, dass sie kein Blatt vor den Mund nahm: »Er würde innerlich verbluten. Und es gibt nichts, was wir dagegen tun könnten.«

Entsetzt rang Anneke die Hände. Und es war Giuseppe, der die Frage stellte, die ihr nicht über die Lippen wollte. »Wann werden wir es wissen?«

»Wenn seine Haut morgen früh sehr bleich, fahl und schweißig wirkt, müssen wir mit dem Schlimmsten rechnen«, antwortete Donna Bianca und zog bei ihren Worten einen Brief aus der Beuteltasche, die an ihrem Gürtel hing. »Diese Nachricht ist für Catarina. Signore van Aelst hat sie vor seinem … seinem Unfall von der Poststation abgeholt.«

Anneke beobachtete, wie Catarina das Siegel brach und das Dokument entfaltete. Bitter sagte sie dabei: »Es war kein Unfall.«

Donna Bianca nickte. »Ich ahnte es. Da die Stute, die Ihr mir von Eurer Hamburgreise mitgebracht habt, aus der gleichen Zucht stammt wie der Hengst Signore van Aelsts, kenne ich die Gutmütigkeit und Ausgeglichenheit der Friesenpferde. Das Tier wird sich nicht ohne Grund aufgebäumt und seinen Herrn abgeworfen haben.«

Catarina, die den Brief inzwischen gelesen hatte, sagte: »Jakob kommt. Er ist bereits auf dem Weg und wird schon in den nächsten Tagen hier eintreffen. Ich muss gestehen, dass mich diese Nachricht, trotz der traurigen Situation, sehr glücklich macht. Und wenn jemand herausfindet, wer Maarten schaden will, dann ist er es.«

»Er ist Euer Verlobter, nicht wahr?«, wollte Donna Bianca wissen.

Catarina nickte zustimmend.

»Ja, das ist er. Und zugleich Maartens bester Freund. Er wird nicht ruhen, bevor die Sache nicht aufgeklärt ist.«

»Nun, das ist eine gute Nachricht. Dann müssen wir uns wenigstens um Jakob keine Sorgen mehr machen. Schließlich hatte er schon vor vier Wochen hier sein wollen.«

Ein kleines Lächeln schlich sich auf Catarinas Lippen. »Oh, er ist aufgehalten worden. Und zwar von Graf Philipp I. zu Schaumburg-Lippe persönlich. Seine Erlaucht hat es sich nämlich nicht nehmen lassen, Herrn Maarten van Aelst – aufgrund seiner großen Verdienste um die Menschen im Schaumburger Land – in den Baronenstand zu erheben. Daher ist Jakob, bevor er sich nach Strongoli einschiffen konnte, erst nach Stadthagen geritten, um den Adelsbrief stellvertretend entgegenzunehmen.« Das Lächeln verschwand. Catarina wurde wieder ernst und wandte sich an Donna Bianca: »Würdet Ihr uns noch einen Gefallen erweisen und nach Wotan sehen? Ich habe den Hengst zwar bereits behandelt, aber mir wäre wohler, wenn auch Ihr einen Blick auf das Tier werfen würdet.«

»Ist er verletzt?«, wollte die Angesprochene wissen.

Catarina nickte. »Ja. Und die Wunde ist sogar ziemlich tief. Wenn Ihr mich bitte in den Pferdestall begleiten wollt. Dort werde ich Euch alles erklären.«

Die beiden Damen verließen den Raum und auch Anneke folgte ihnen. Allerdings waren die Stallungen nicht ihr Ziel. Stattdessen schritt sie die Treppe empor und ging leise in Maartens Schlafgemach. Dort trat sie an sein Bett und musterte ihn aufmerksam. Er wirkte etwas blass, aber sein Gesicht war weder heiß noch feucht, sondern warm und trocken.

Anneke sank vor seinem Bett in die Knie und faltete ihre Hände zum Gebet. »Bitte, lieber Gott. Nimm ihn mir nicht. Ich würde es nicht noch einmal ertragen …«

Währenddessen führte Catarina die Weise Frau zu Wotan in den Stall. Sie war sicher, die Wunde des Hengstes gut versorgt zu haben. Die Bitte, den Verband noch einmal zu kontrollieren, war nur ein Vorwand für ein vertrauliches Gespräch. Wenn Catarina einem Menschen vertraute – neben ihrer Familie natürlich –, war es Donna Bianca. Ihr wollte sie den schrecklichen Verdacht, den sie hegte, gestehen, und genau das schien ihre Freundin auch zu wissen.

»Ihr möchtet mir etwas sagen?«

Catarina nickte und schilderte kurz, wie es zu Maartens Sturz gekommen war. Sie wies auch die Scherbe vor, die sie unter dem Sattel des Friesen gefunden hatten.

»Es war also tatsächlich kein Unfall?«

»Nein«, erwiderte Catarina mit fester Stimme. »Und es war auch nicht der erste Anschlag auf Herrn van Aelst. Erst vor wenigen Tagen ist er auf dem Weg zum Hafen überfallen worden. Offensichtlich hat der Angreifer ihn jedoch unterschätzt. Der Utrechter weiß sich gut zu wehren und konnte den Maskierten in die Flucht schlagen. Vielleicht ist ja alles nur Zufall gewesen und die beiden Vorkommnisse haben nichts miteinander zu tun. Allerdings halte ich das für unwahrscheinlich. Vielmehr glaube ich, dass es jemanden gibt, der Herrn van Aelst aus dem Wege räumen will.«

»Und der Grund dafür?«

Catarina zuckte mit den Schultern. »Genau betrachtet kann es nur einen geben: meine Mutter.«

So gut es ging, machte es sich Donna Bianca auf einem Ballen Stroh bequem. »Das müsst Ihr mir genauer erklären.«

Catarina setzte sich zu ihr und dämpfte unwillkürlich die Stimme. Mithörer konnte sie bei diesem Gespräch gewiss nicht gebrauchen. »Ihr werdet Euch daran erinnern, wie schmerzlich meine Mutter um meinen Vater getrauert hat. Das ist nun drei Jahre her. Selbst die Kirche, die wegen des Seelenheils des Verstorbenen eine mehr als einjährige Witwenschaft fordert, könnte gegen eine Wiedervermählung Donna Crisopullis nichts einzuwenden haben. Und tatsächlich spielt meine Mutter seit Kurzem mit dem Gedanken, sich noch einmal zu verheiraten. Sie hat es niemals gesagt, aber ich vermute, dass die Stiftung der Hafenkapelle damit zusammenhängt. Das kleine Gotteshaus ist ein Symbol dafür, dass sie ihr altes Leben abgeschlossen hat und sich endlich einer neuen Zukunft zuwenden will. Und die heißt Maarten van Aelst. Er ist ihre große Jugendliebe. Und ihn hätte sie gewiss auch schon damals geheiratet, wenn sie nicht lange Jahre in dem Glauben gewesen wäre, dass er bei einem Überfall von Marodeuren ums Leben gekommen war. Sie und mein Vater wären sich vermutlich niemals begegnet. Da ist es naheliegend, dass sie nun ihm die Hand reichen will. Doch es gibt jemanden, der diese Ehe verhindern will. Die Gründe dafür kann ich nur vermuten. Vielleicht, weil er auf das Vermögen meiner Mutter aus ist, vielleicht, weil er sich in sie verliebt hat, vielleicht beides. Auf jeden Fall ist Maarten ihm im Weg. Und weil er gewohnt ist, immer das zu bekommen, was er haben will, versucht er ihn ermorden zu lassen.«

Falls Donna Bianca über Catarinas Theorie erstaunt war, ließ sie es sich nicht anmerken. »Habt Ihr einen konkreten Verdacht, wer dieser jemand sein könnte?« Aufmerksam beobachtete sie Catarina, die mit einer Antwort zögerte. Doch dann sprach sie das Ungeheuerliche doch aus: »Ich vermute, dass es sich um Fürst Campitelli handelt«, flüsterte sie. »Er mag meine Mutter sehr. Und er braucht außerdem dringend Geld, um seinen aufwendigen Lebenswandel weiterhin finanzieren zu können. Früher hat Vater ihm immer ausgeholfen, wenn die Mittel knapp wurden, aber Mutter interessiert sich nicht für die Situation des Fürsten. Sie kümmert sich einfach nicht darum. Wenn er sie aber heiraten würde, hätte er Zugriff auf ihr gesamtes Vermögen. Da ist ihm der Utrechter natürlich im Weg.«

»Sind das alle Gründe, auf die Ihr Euren Verdacht stützt?«

»Nein«, erwiderte Catarina. »Als wir Maarten vorhin verletzt gefunden hatten, kam der Fürst auf seinem Weg in die Stadt bei uns vorbei. Wir baten ihn um Hilfe, und er fragte sofort nach Signore van Aelst, ohne dass sein Name überhaupt gefallen war. Wie hätte er das wissen können, wenn er nicht für den Anschlag verantwortlich ist?«

Einen Augenblick blieb es still zwischen ihnen, dann entgegnete Donna Bianca nachdenklich: »Mein Gefühl sagt mir, dass Ihr recht habt. Ihr müsst Signore van Aelst unbedingt warnen. Eurer Mutter braucht Ihr die Geschichte ohne handfeste Beweise allerdings nicht aufzutischen. Sie ist viel zu sehr von der Anständigkeit und der Freundschaft des Fürsten überzeugt, als dass sie ihm so viel Niedertracht zutrauen würde.«

»Ich weiß«, stimmte Catarina zu. »Darum wollte ich ja mit Euch reden. Das Ganze ist so verzwickt – ich weiß nicht, was ich tun soll. Denn selbst wenn man die Mordabsicht des Fürsten beweisen könnte – es ließe sich dennoch nichts gegen ihn ausrichten. Als unser Landesherr ist er unantastbar.«

»Ihr mögt den Utrechter sehr, nicht wahr?«

»Oh ja«, bestätigte Catarina mit Nachdruck. »Schließlich habe ich ihm viel zu verdanken. Er war es, der mich damals aus den Klauen der Lemgoer Hexenverfolgung befreit hat. Aber auch sonst. Er ist ein guter Mann, der beste Freund meines Verlobten und der feinste Gemahl, den meine Mutter finden könnte.«

Donna Bianca lächelte. »Das freut mich zu hören. Madonna Crisopulli hätte es bei Gott verdient, nach allem, was sie durchgemacht hat, endlich wieder glücklich zu werden. Nun gut, mein Rat an Euch: Warnt Signore van Aelst – aber bitte ganz diskret. Sprecht auch mit Eurem Verlobten über die Gefahr. Dann haltet Hochzeit und verlasst Strongoli, wie es geplant ist. Allerdings solltet Ihr Eure Mutter und den Utrechter gleich mitnehmen. Gemeinsam werden sie in dieser Stadt ihres Lebens nicht froh werden.«

Am nächsten Morgen ging es Maarten den Umständen entsprechend gut. Innere Verletzungen konnten, zur größten Erleichterung aller, weitgehend ausgeschlossen werden. Und nun, da er wieder bei Sinnen war, war er auch in der Lage, über seine Erlebnisse zu sprechen.

»Vielleicht war es gar kein Mordversuch«, gab Giuseppe zu bedenken. »An dem Berg mit den Olivenbäumen zu Tode zu stürzen ist gar nicht so leicht. Die Bäume sind rautenförmig angepflanzt und stehen recht dicht. Der eine oder andere hätte den Sturz immer abgefangen.«

»Das stimmt natürlich«, gab Maarten nachdenklich zurück. »Aber ich glaube nicht, dass meine Feinde den genauen Ort berechnen konnten, an dem Wotan aufsteigt. Bei den Schmerzen, die das arme Tier zweifellos erleiden musste, hätte er mich auch schon viel früher abwerfen können. Zum Beispiel gleich hinter dem Stadttor. Da ist der Abhang sogar zu steil für Olivenbäume und dort hätte ich gewiss den Tod gefunden. Ich vermute daher, dass die Leute, die mich beseitigen wollen, nicht mit der Sanftmütigkeit Wotans gerechnet haben. Abgesehen davon konnte die Scherbe ja nicht versehentlich unter seinen Sattel geraten sein. Nein, ich bin überzeugt davon, dass es ein weiterer Anschlag auf mich war. Die Frage ist nur: warum? Ich kenne kaum jemanden in Strongoli. Wie soll ich mir da einen Todfeind geschaffen haben?«

Sieben Tage später traf Jakob ein.

Er war überglücklich, Catarina endlich wieder in seine Arme schließen zu können. Als sie ihm jedoch von Maartens unheimlichen Erlebnissen und seinen Verletzungen berichtete, war die Wiedersehensfreude getrübt. Jakob konnte es kaum erwarten, den Freund, den er wie einen Bruder liebte, zu sehen und zu sprechen.

Maartens Genesung war in den vergangenen Tagen gut vorangeschritten und Jakob war auch sogleich ein wenig beruhigt, als er ihn in recht guter Verfassung auf seinem Krankenlager vorfand.

»Die gebrochenen Rippen schmerzen noch ein wenig, und bis das Bein wieder einsetzbar ist, wird noch etwas Zeit vergehen«, erklärte Maarten gut gelaunt. »Aber Sorgen musst du dir keine machen. Unkraut vergeht nicht. Und wenn alles ausgeheilt ist, bin ich wieder ganz der Alte.«

Vorwurfsvoll schüttelte Jakob den Kopf. »Dich kann man aber auch wirklich nicht allein lassen. Wen um alles in der Welt hast du denn so sehr verärgert, dass er dir ans Leder will?«

»Ich weiß es nicht«, gab Maarten zurück. »Ich zermartere mir schon selbst den Kopf deswegen, bin mir aber keiner Schuld bewusst. Sicher, die Strongolesen begegnen mir bisher mit Misstrauen, weil sie sich meine Anwesenheit nicht erklären können und weder Anneke noch ich es für nötig befunden haben, Gründe dafür zu nennen, aber das reicht als Anlass nicht aus, mich ins Jenseits befördern zu wollen.«

»Das sehe ich genauso«, stellte Jakob fest. »Also gilt es, den wirklichen Grund herauszufinden. Einstweilen habe ich aber eine andere Aufgabe, nämlich dir deinen Adelsbrief zu überreichen, Herr Baron von Aelst.« Er übergab Maarten das gefaltete Pergament, das das Siegel von Graf Philipp I. zu Schaumburg-Lippe trug.

Der Utrechter lachte. »Ich bin Euch vielmals verbunden, Herr von Cappel. Diesen Aufstieg haben wir uns damals, auf dem alten Hüggel, nicht träumen lassen, nicht wahr?«

»Ehre, wem Ehre gebührt«, schmunzelte Jakob. »Aber nun muss ich dich allein lassen. Ich habe die Dame des Hauses noch nicht begrüßt. Ich muss ihr nämlich berichten, dass ich die Aufgaben, die sie mir auferlegt hat, alle ausgeführt habe und der Vermählung zwischen Catarina und mir nichts mehr im Wege steht.«

»Das ist eine gute Nachricht«, sagte Maarten. »Ich hoffe aber, dass ihr erst vor den Traualtar tretet, wenn ich wieder so weit hergestellt bin, dass ich an der Zeremonie teilnehmen kann.«

»Nichts da«, wehrte Jakob ab. »Die Hochzeit wird so bald wie möglich stattfinden. Aber natürlich mit dir. Und wenn ich dich in die Kirche tragen muss.«

Anneke begrüßte ihren zukünftigen Schwiegersohn herzlich. »Ich hoffe, Ihr hattet eine angenehme Reise, Herr von Cappel.«

»Ich bin kein Seemann«, gestand Jakob lächelnd. »Sobald sich das Meer ein wenig rauer zeigt, ereilt mich sogleich die Seekrankheit. Immerhin hatten wir eine sturmfreie Passage ohne besondere Vorkommnisse.«

»Das freut mich zu hören. Und nun wandelt Ihr auf Freiersfüßen?«

Jakob nickte. »Eure Bedingungen habe ich alle erfüllt. Ich sprach mit meiner Familie. Mein Onkel Arvid und seine Frau Emma werden sich glücklich schätzen, Catarina als meine Frau in ihre Arme schließen zu können. Und ich war in Hamburg. Dort sind die Wiegezertifikate aus Oudewater eingetroffen und akzeptiert worden. Weder gegen Euch noch gegen Euren Sohn oder Catarina ist ein Verfahren anhängig.«

»Und in Lemgo?«

»Auch dort wurden alle Anklagen gelöscht. Euer Bruder Philipp hat sich persönlich darum bemüht und von Bürgermeister Kerkmann ein Dokument dazu erlangt. Wir haben es also schriftlich, dass Ihr und Eure Kinder in Lemgo nicht mehr verfolgt werdet. Weder wegen Hexerei noch wegen Widerstands gegen die Staatsgewalt oder sonst irgendeines Vergehens.«

»Dann steht Eurer Hochzeit mit Catarina nichts mehr im Wege«, stellte Anneke zufrieden fest. »Und wie ich Euch kenne, wollt Ihr gewiss so schnell wie möglich vor den Altar treten.«

Jakobs Augen leuchteten auf. »Das ist mein innigster Wunsch, Madonna.«

»Das kann ich sehr gut verstehen«, lächelte Anneke gerührt. »Ich werde alles in die Wege leiten. Aber nun geht. Bringt Catarina die Freudenbotschaft. Sie wird schon ungeduldig darauf warten.«

Als Donna Bianca am Abend noch einmal nach Maarten sehen wollte, wurde sie von der glückstrahlenden Catarina empfangen und sogleich mit Jakob bekannt gemacht.

Die Weise Frau Strongolis gratulierte dem Paar auf das Herzlichste. Doch als sie ihre junge Freundin anschließend um ein Gespräch unter vier Augen bat, schüttelte diese den Kopf.

»Ich habe Jakob zwar noch nichts von unseren Befürchtungen erzählt, weil bisher noch keine Zeit dafür war, aber wir können ihn ohne Bedenken einweihen – müssen es sogar, weil wir vielleicht seine Unterstützung benötigen.«

Donna Bianca hatte nichts anderes erwartet und berichtete leise von dem schrecklichen Verdacht, den sie und Catarina hegten.

»Bisher ist das alles nur eine Vermutung und wir haben keine Beweise«, fuhr sie leise fort. »Aber dafür, dass der Fürst von Strongoli hinter den Anschlägen auf Signore van Aelst steckt, habe ich heute einen weiteren Hinweis bekommen.«

»Bitte erzählt«, forderte Catarina ungeduldig.

»Ich bin heute Nachmittag in den Hafen gerufen worden«, begann Donna Bianca bereitwillig. »Ein Gast des Fürsten, der an den Königshof von Neapel zurückreisen wollte, war beim Besteigen des Schiffes auf der Fallreeptreppe ausgeglitten, ins Wasser gestürzt und zwischen Bordwand und Kaimauer geraten. Er ist einigermaßen glimpflich und nur mit einigen Blessuren davongekommen. Während ich den Signore behandelte, bat er den Fürsten eindringlich, seine Warnungen ernst zu nehmen. Ansonsten würde er beim König in Ungnade fallen. Und dagegen sei die Tatsache, dass die vermögende Witwe nicht von Adel wäre, doch entschieden das kleinere Übel, zumal sich seine Misere bei Hofe bereits herumgesprochen hätte und edle Damen ohnehin nicht zur Verfügung stünden.«

»Einen Namen nannte der Verletzte nicht?«, wollte Catarina wissen.

Donna Bianca verneinte die Frage. »Zugegeben, es ist wieder nur ein Fingerzeig und kein Beweis. Aber die einzige bürgerliche Witwe Strongolis, die vermögend genug wäre, den Fürsten aus seiner misslichen Lage zu retten und seine Schulden beim König tilgen zu können, ist nun einmal Donna Anneke.«

Verständnislos sah Jakob von der einen zur anderen. »Ich verstehe nicht ... Wovon ist überhaupt die Rede?«

Catarina übernahm es, ihn aufzuklären. »Wir haben Gründe zu vermuten, dass hinter den Anschlägen auf Maarten der Fürst von Strongoli steckt. Er versucht, ihn beseitigen zu lassen, weil er meine Mutter selbst zur Gemahlin will. Nur auf diese Weise würde es ihm gelingen, Hand auf ihr Vermögen zu legen und seine Schulden bei unserem König begleichen zu können.«

Entsetzt sah Jakob sie an. »Was sagt deine Mutter zu eurem Verdacht?«

Catarina erhob sich seufzend und trat ans Fenster. »Sie weiß es nicht. Und wenn wir es ihr sagten, würde sie uns keinen Glauben schenken, weil sie von der aufrichtigen Freundschaft des Fürsten überzeugt ist.«

»Und Maarten?«

»Auch er weiß es nicht. Bisher gab es keine Möglichkeit, ihn von unserem Verdacht zu unterrichten. Er ist ja nie alleine. Irgendjemand sitzt immer an seinem Krankenlager.«

»Aber ihr seid euch sicher?«

Catarina nickte entschieden. »Es sind mehrere kleine Begebenheiten, die uns auf die Idee gebracht haben. Wie gesagt, Beweise haben wir keine, aber es ist auch ...« Sie unterbrach sich, um dann fast eigensinnig fortzufahren: »Es sind zum einen logische Schlussfolgerungen und zum anderen unsere Ahnungen, verstehst du? Und da wir beide an diese Vorgefühle glauben, sind wir auch überzeugt davon, dass Strongoli für Maarten gefährlich ist. Er muss die Stadt so schnell wie möglich verlassen, denn es gibt nichts und niemanden, der ihn hier und gegen die Machenschaften des Fürsten auf Dauer schützen kann.«

Anneke konzentrierte sich in den folgenden Tagen auf die Hochzeitsvorbereitungen. Die Trauung ihrer Tochter sollte in der Kathedrale San Pietro e San Paolo vorgenommen werden, die anschließende Feier auf dem stattlichen Anwesen der Crisopulli in der Via Vallone. Die Gäste mussten geladen, ein Festmahl geplant und Musiker verpflichtet werden.

Um Maarten brauchte sie sich in dieser Zeit nicht zu sorgen. Bei Jakob, der ihm nicht von der Seite wich, war er in den besten Händen. Aber was würde sein, wenn der Ritter von Cappel nicht mehr in Strongoli weilte? Denn die Zeit, die er zu bleiben beabsichtigte, war nur kurz. Immerhin trieb das Hochzeitspaar die Vorbereitungen zur Vermählung ungeduldig voran und plante bereits seine Abreise für den Tag nach der Zeremonie.

Die Eile kränkte Anneke ein wenig. Natürlich, sie hatte darauf bestanden, dass die Vermählung in Strongoli stattfinden sollte, und ihr war bewusst, dass auch Jakobs Familie beabsichtigte, dem Paar ein Fest auszurichten. Aber auf eine Woche mehr oder weniger wäre es doch nun wirklich nicht angekommen. Auch die Tatsache, dass die Kinder das hochherzige Angebot ihres Freundes, des Fürsten von Strongoli, ablehnten, der ihnen seinen stolzen Segler für die Reise nach Rotterdam zur Verfügung stellen wollte, war ihr unverständlich, und so erkundigte sie sich schließlich bei Maarten, der gerade auf seinem Krankenlager das Frühstück einnahm.

»Weißt du, warum Jakob und Catarina es einerseits so eilig haben, Strongoli den Rücken zu kehren, andererseits aber auf das schnelle Segelschiff des Fürsten verzichten wollen? Ich verstehe es einfach nicht.«

Maarten zögerte mit seiner Antwort, entschloss sich dann aber, Anneke die Wahrheit zu erzählen: »Es ist nicht nur das. Sie haben mich auch aufgefordert, mit ihnen zu reisen. Und der Grund für all das: Sie sind der Überzeugung, dass dein fürstlicher Freund hinter den Angriffen auf mich steckt, weil er dich und dein Vermögen für sich selbst beanspruchen will.«

Anneke lachte. »Was redest du für einen Unfug? Nein, im Ernst. Kennst du die Gründe der beiden?«

Maarten zuckte mit den Schultern. Er hatte gewusst, dass Anneke ihm nicht glauben würde, aber er hatte es wenigstens versuchen müssen.

»Ich habe sie dir genannt. Jakob, Catarina und im Übrigen auch Donna Bianca sind der Überzeugung, dass ich in Strongoli nicht sicher bin. Darum die Eile. Denn gegen die Macht des Fürsten kann mich auf Dauer nichts und niemand schützen.«

Verwirrt sah Anneke ihn an. »Du meinst, dass du tatsächlich beabsichtigst, die Kinder nach Warmenau zu begleiten? Aber warum denn nur? Ich dachte … wir haben doch noch vor Kurzem mit dem Gedanken an eine Doppelhochzeit gespielt, und jetzt … Jetzt willst du mich verlassen?«

»Von wollen kann nun wirklich keine Rede sein«, widersprach Maarten. »Und ich werde gewiss nicht ohne dich gehen. Aber wir sollten ernsthaft über eine Umsiedlung nachdenken. Campitelli wird unsere Eheschließung niemals zulassen und dich zu meiner Witwe machen, bevor du meine Gemahlin werden kannst.«

»Ich verstehe wirklich nicht … Wie kommt ihr nur alle auf den Unsinn? Francesco würde niemals etwas unternehmen, das den meinen oder mir schaden könnte.«

Maarten verdrehte die Augen. »Ich wusste, dass du es nicht glauben würdest. Aber vielleicht kannst du uns zumindest vertrauen? Es gibt immerhin genügend Anhaltspunkte, die unsere Befürchtungen rechtfertigen. Wenn sie dich interessieren, sprich mit Donna Bianca. Vielleicht gelingt es ihr, dich zu überzeugen.«

Ohne ein weiteres Wort verließ Anneke das Krankenzimmer.

»Scherben bringen Glück«, so heißt es. Und auch wenn der Hochzeitsbrauch der Polternacht in Kalabrien nicht bekannt war, wollte Anneke ihn am Abend vor der Vermählung mit ihrer Tochter feiern.

Gleich nach dem Mittagessen dieses Tages kam ein Bote Fürst Campitellis, der Donna Crisopulli um einen Besuch bat. Eigentlich hatte Anneke noch alle Hände voll zu tun und keine Zeit, zum Castello hinaufzugehen. Doch das schlechte Gewissen Francesco gegenüber, der von ihrer Familie so übel verleumdet wurde, überwog. Eilig gab sie der Dienerschaft ihre Anweisungen, tauschte ihr schlichtes Hauskleid gegen eine hoffähige Robe und machte sich auf den Weg.

Der Fürst begrüßte sie wie immer herzlich, bot ihr Trauben und Wein zur Erfrischung an und hieß sie, sich zu setzen.

Anneke folgte der Aufforderung. Doch entgegen ihrer Annahme, Campitelli habe ein besonderes Anliegen mit ihr zu besprechen, war ihm anscheinend nur an ihrer Anwesenheit gelegen. So war dies nur ein Treffen, wie es schon unzählige zwischen ihnen gegeben hatte. Leider kamen dabei auch unliebsame Themen zur Sprache, wie die Rückweisung seines Angebotes, die Frischvermählten nach Rotterdam zu segeln.

Anneke suchte nach glaubwürdigen Ausreden, wand sich unter seinen Fragen und blieb daher wesentlich länger auf dem Castello, als sie ursprünglich geplant hatte.

Währenddessen hatte Maarten es sich an einem schattigen Plätzchen auf der Terrasse bequem gemacht. Seine Rippen schmerzten noch, aber er konnte an Krücken laufen und musste seine Tage nicht mehr im Bett verbringen.

»Signore van Aelst?«

Erstaunt sah Maarten auf. Er hatte den Fremden, der wie aus dem Boden gewachsen neben ihm stand, nicht kommen gehört.

»Der bin ich.«

»Ich bin ein Bote seiner Hoheit, Francesco Campitelli, Fürst von Strongoli II und Graf von Melissa. Und ich habe den Auftrag, Euch zum Castello zu geleiten. Donna Crisopulli, die zurzeit bei meinem Herrn weilt, wünscht Euch dringend zu sprechen.«

Maarten wollte die Aufforderung zunächst ablehnen, besann sich dann aber. Er hatte zwar nicht gewusst, dass Anneke zum Castello hinaufgegangen war, doch wenn sie nun nach ihm schickte, sollte es vielleicht ein klärendes

Gespräch mit dem Fürsten geben. Vielleicht wurde ja doch noch alles gut. Und da der Bote die Livree des Fürsten trug und die Kalesche, mit der er zum Castello gebracht werden sollte, das Wappen, glaubte er sich nicht in Gefahr. Offen würde der Fürst niemals gegen ihn vorgehen.

Der Weg war nur kurz und bereits wenige Minuten später betrat Maarten das Castello. Der Diener führte ihn in den Empfangssalon und bot ihm einen Platz an. Dann befahl er einem Mädchen, dem Gast Wein und Gebäck zu servieren, und verneigte sich höflich.

»Seine Hoheit und Donna Crisopulli werden in wenigen Minuten bei Euch sein.«

Maarten nickte, lehnte seine Krücken gegen einen Stuhl und sah sich neugierig um.

Das nahezu quadratische Castello, mit seinen vier mächtigen Ecktürmen, lag auf der Spitze des hohen Felsens, auf dem die Stadt Strongoli erbaut war. Hier wurde das trutzige Gebäude von drei tiefen Abgründen umgeben und konnte nur durch die Vorderfront betreten werden. Daher boten die Fenster des Salons, von roten, bis auf den Boden reichenden Samtportieren eingerahmt, einen wunderbar weiten Ausblick über die Hügel der Campagne bis hinunter zum azurblauen Mittelmeer und den Golfo di Taranto.

Der Raum war prächtig ausgestattet, mit dunklen Holzvertäfelungen, kostbaren Möbeln und Marmorfliesen auf dem Fußboden.

Das Mädchen kam zurück, stellte Wein, Früchte und Gebäck auf den kleinen Tisch, verbeugte sich und verschwand wieder.

Maarten bediente sich. Als er jedoch das Glas zum Mund führte, hörte er Stimmen aus einem Nebenzimmer, dessen Tür nicht richtig verschlossen war. Nun war der Utrechter kein Mann, der lauschte, doch die Stimmen der beiden Menschen nebenan waren zu laut, als dass er sie überhören konnte.

»Stell dir vor«, sagte eine weibliche Stimme amüsiert, »Francesco hat die Crisopulli-Witwe so leidenschaftlich entkleidet, dass ihr Gewand zerriss. Jetzt kann sie nicht nach Hause. Die Beschädigung muss erst repariert werden.«

»Ich habe die beiden vorhin in seinem Schlafzimmer stöhnen gehört«, entgegnete eine männliche Stimme. »Wie es scheint, wird mein Onkel auf seine alten Tage noch sehr heißblütig. Ich verstehe nur nicht, warum er die Dame nicht endlich heiratet. Diese geheimen Schäferstündchen mögen ja recht anregend sein, für uns aber sind sie vor allem peinlich. Vielleicht solltest du einmal mit ihm sprechen.«

»Oh, das habe ich bereits. Und Francesco würde auch gern mit der Witwe vor den Traualtar treten. Aber die Dame ziert sich. Sie hat nämlich einen zweiten Galan, musst du wissen. Einen, der ihr vor langer Zeit einmal das Leben gerettet hat und dem sie sich verpflichtet fühlt. Ich bin sicher, dass die gute Anneke am Ende Francesco wählen wird. Seine hohen Titel sind für eine Bürgerliche schließlich verlockend. Einstweilen muss mein Bruder aber noch abwarten. Und Geduld gehört, wie du weißt, nicht gerade zu seinen Tugenden.«

Wie versteinert saß Maarten auf seinem Stuhl. Hatte er die Unterhaltung eben tatsächlich gehört? Das konnte doch nicht sein. Es musste sich um ein Missverständnis handeln.

Eine Zofe betrat den Salon, die ein rotes Kleid trug. Als sie Maarten sah, knickste sie kurz und ging dann weiter in das Nebenzimmer.

»Der Schaden ist behoben. Der Riss ist nicht mehr zu sehen. Soll ich Madonna Crisopulli das Kleid hinaufbringen?«

»Ja, aber nicht ins Schlafgemach. Leg es …«

Die Tür wurde geschlossen. Die weitere Unterhaltung konnte Maarten nicht mehr verfolgen. Aber er hatte auch so genug gehört.

Viertes Kapitel

Polterabend und Hochzeit wurden mit aller Pracht, zu der die wohlhabenden Crisopulli fähig waren, gefeiert. Die Gäste tafelten an langen Tischen die erlesensten Speisen, der Wein floss in Strömen und die Musikanten verführten mit beschwingten Klängen und mitreißendem Takt zu ausgelassenen Tänzen.

Die frischgebackene Catarina von Cappel sah in ihrem Hochzeitskleid bezaubernd aus. Es war aus schneeweißem, mit Silberfäden verwobenem Brokat geschneidert und harmonierte wunderbar zu ihren dunklen lockigen Haaren. Das eckige Dekolleté war mit zarten Spitzen eingefasst und der Rock fiel, bedingt durch die mächtigen Hüftwulste, fast gerade und in reichen Falten zu Boden. An der Hand trug sie einen kostbaren Rubinring, der einmal Jakobs Mutter gehört hatte und den er nun ihr, als Pfand ihrer Liebe, an den Finger gesteckt hatte.

Catarinas ernstes Gesicht passte jedoch weder zu der ausgelassenen Feierstimmung noch zu ihrem prächtigen Gewand. Sie war sehr besorgt. Wie hatte es zwischen den Menschen, die sie liebte, nur zu diesen bitteren Spannungen kommen können?

Jakob allerdings konnte das Ende der Feierlichkeiten kaum erwarten. Er wünschte sich nur eines: endlich mit seiner Frau und Maarten das Schiff besteigen zu können, das sie heim- und damit außer Gefahr bringen würde.

Der Utrechter hingegen blickte so düster drein, dass es kaum jemand wagte, ihn anzusprechen. Und Anneke schien in ihrer Ahnungslosigkeit verzweifelt. Was war mit Maarten? Warum wechselte er kein einziges Wort mehr mit ihr? Und wieso war er fest entschlossen, Strongoli mit dem gleichen Schiff zu verlassen wie Catarina und Jakob?

Anneke verstand die Welt nicht mehr. Natürlich machte auch sie sich Sorgen um den geliebten Mann, dem so übel mitgespielt worden war. Den Verdacht, dass Fürst Francesco hinter den Attentaten stecken konnte, wies sie jedoch nach wie vor weit von sich.

Das hatte sie auch versucht, Maarten begreiflich zu machen, aber er hatte sie nur mit einer Geringschätzigkeit gemustert, die sie nicht verstand, sich umgewandt und sie einfach stehen lassen.

Abermals suchte sie das Gespräch, flehte ihn an zu bleiben und schlug vor, dass er in der nächsten Zeit nur noch mit einer Schar Leibwachen aus dem Hause gehen sollte – bis der Attentäter ausgemacht war, doch er würdigte sie nicht einmal einer Antwort.

Nun gut, begehrte sie innerlich auf. Dann sollte er gehen, wenn ihm die Probleme hier zu groß erschienen und er nicht bereit war, nach einer Lösung zu suchen. Sie würde ihm jedenfalls keine Träne nachweinen.

Allerdings glaubte sie bis zum Schluss nicht wirklich daran, dass Maarten Strongoli tatsächlich verlassen würde. Sie konnte es sich einfach nicht vorstellen, dass er so einfach bereit war, ihre Liebe aufzugeben. Dennoch erfolgte der Abschied am nächsten Tag – der von Catarina tränenreich, der von Jakob herzlich und der von Maarten schweigend.

Wie gelähmt blickte Anneke dem Pinasschiff hinterher, das den Hafen verließ und mit seinen vom Wind geblähten Segeln davonglitt.

Anneke fuhr heim und zog sich in ihr Schlafzimmer zurück.

Zia Lorena und Donna Bianca kamen zu Besuch, doch sie wies beide ab. Sie wollte niemanden sehen, sondern mit ihrem Schmerz alleine sein. Auch als das Hausmädchen Francesco Campitelli meldete, hätte sie ihn am liebsten fortgeschickt, aber das ging natürlich nicht. Seinem Fürsten gegenüber konnte man sich nicht so einfach verleugnen lassen.

Der Herr von Strongoli gab sich dann auch alle Mühe, ihr zu gefallen. Er hatte Blumen mitgebracht und Türkischen Honig, den sie so gerne aß. Außerdem seine Hofmusiker, die den Abschiedsschmerz vertreiben sollten. Doch heute ließ sich Annekes Laune offensichtlich durch nichts und niemanden aufheitern. Das musste auch der Fürst einsehen. Also empfahl er sich und versprach, schon bald wiederzukommen.

Von nun an kam Francesco jeden Tag. Er brachte ihr kleine Geschenke und Süßigkeiten, erzählte ihr heitere Anekdoten und ließ hin und wieder seine Musikanten oder gerade am Hofe weilende Gaukler vor ihr auftreten, um ihre trübe Stimmung zu vertreiben.

Mit der Zeit gewöhnte Anneke sich daran, den Freund täglich um sich zu haben, und begann schließlich sogar auf sein Eintreffen zu warten. Wenn er sich verspätete, vermisste sie ihn, und wenn er einmal gar nicht erschien, was allerdings selten vorkam, wusste sie nichts mit sich anzufangen.

Donna Bianca betrat das Castello. Prinzessin Giovanna, die Schwester des Fürsten, hatte sie rufen lassen, damit sie ihr die Zukunft aus den Karten weissagte. Die Weise Frau Strongolis musste nicht warten, sondern wurde sofort vorgelassen. Wie üblich behandelte die Prinzessin sie höflich und mit Respekt, der ihresgleichen zukam.

»Kann ich Euch etwas anbieten? Einen Kaffee vielleicht? Oder lieber ein Glas Wein?«

Die Besucherin lehnte dankend ab und zog die Trionfi-Karten aus dem Beutel, der an ihrem Gürtel hing. »Habt Ihr spezielle Fragen an die Karten oder ist Euer Interesse eher allgemeiner Art?«

Unverwandt sah Giovanna sie an und antwortete dann mit einer Gegenfrage:« Wie verbunden seid Ihr meinem Bruder eigentlich, Donna Bianca? Ich meine, wenn ich versuchte, etwas über ihn herauszufinden, würdet Ihr Euch dann bemüßigt fühlen, ihn einzuweihen?«

»Was ich mit meinen Klienten bespreche, gebe ich normalerweise nicht an Dritte weiter.«

»Normalerweise?«

»Nun, eine Ausnahme wäre zum Beispiel, wenn es um Leib und Leben dieses Dritten ginge.«

Die Prinzessin lachte. »Oh nein. So finstere Absichten hege ich nicht. Aber wenn ich gerne wissen möchte, wer nach dem natürlichen Ableben des Fürsten sein Thronerbe wird. Würdet Ihr ihm das erzählen?«

»Dazu gibt es keine Notwendigkeit«, entgegnete Donna Bianca. »Zumal ich dazu ja nicht einmal die Karten befragen müsste. Es ist doch allgemein bekannt, dass Euer Sohn Domenico den Thron übernehmen wird.«

Die Prinzessin nickte. »Gewiss. Aber was wäre, wenn

Francesco noch einmal zu heiraten beabsichtigte und diese Dame bereits einen Sohn hätte?«

»So wäre dieser kein leiblicher Sohn Eures Bruders und daher eigentlich nicht erbberechtigt.«

»Er könnte ihn aber dazu bestimmen, nicht wahr?«

»Das könnte er wohl.«

»Das habe ich befürchtet«, nickte Giovanna mit finsterer Miene. »Und deshalb würde ich gern die Karten dazu befragen.«

Donna Bianca hatte verstanden und reichte der Prinzessin den Kartenstoß. »Konzentriert Euch auf Eure Frage und mischt.«

Giovanna tat wie ihr geheißen und gab die Karten anschließend zurück. Donna Bianca legte sie aus, prüfte sie und schob sie wieder zusammen.

»Die Antwort ist eindeutig. Euer Sohn wird Eurem Bruder auf den Thron nachfolgen.«

Erleichtert atmete die Prinzessin auf. »Können wir das noch einmal wiederholen? Nur um die Aussage zu überprüfen. Ich würde Euch auch gut entlohnen.«

Die Weise Frau schüttelte den Kopf.

»Ich bedaure, Hoheit. Es ist nicht möglich, die gleiche Frage an einem Tag zweimal zu stellen. Wir können es morgen noch einmal versuchen. Es sei denn …«

»Was meint Ihr?«

Nachdenklich sah Donna Bianca ihre Klientin an. Vielleicht war dies eine einmalige Gelegenheit herauszufinden, ob der Fürst etwas mit Maartens Abreise zu tun hatte, die weder Anneke noch sie bis heute verstehen konnten.

»Nun«, entgegnete sie. »Ich brauche mehr Hintergrundwissen, um Euer Anliegen anders formulieren zu können. Ist Euch zum Beispiel bekannt, wen Euer Bruder zu ehelichen gedenkt?«

»Aber ja. Natürlich. Doch wenn ich es Euch verrate, muss es unbedingt unter uns bleiben.«

»Darüber sprachen wir bereits«, entgegnete die Weise Frau ausweichend.

»Ja, ich weiß. Also, es ist die Hamburgerin, die Witwe Crisopulli. Mit ihr und ihrem bemerkenswerten Vermögen würde er sich gern vermählen.«

Donna Bianca zeigte sich überrascht. »Hegt diese nicht ganz andere Heiratsabsichten? Ich meine gehört zu haben, dass dieser Utrechter …«

Giovanna lächelte verschmitzt. »Ach der. Nein, dem haben wir sie ausgeredet.«

Verständnislos sah ihre Besucherin sie an. »Wie habe ich das zu verstehen?«

»Wir haben ihm weisgemacht, dass die Hamburgerin eine leidenschaftliche Affäre mit meinem Bruder hat. Eigentlich war es ganz einfach und …« Sie schlug sich die Hand vor den Mund und brach ab. »Das hätte ich Euch vielleicht doch nicht erzählen dürfen.«

Donna Bianca zuckte mit den Schultern. »Die Sache interessiert mich ja nur, um Euch helfen zu können, Hoheit«, sagte sie beruhigend. »War diese Intrige Eure eigene Idee?«

Giovanna wehrte ab. »Wo denkt Ihr hin? So gerissen bin ich nicht. Francesco hat mich genötigt. Wenn ich mich weigerte, hat er gedroht, würde er mir und meinem Sohn die Apanage entziehen und sich einen anderen Thronerben suchen.«

Donna Bianca drang vorerst nicht weiter in die Prinzessin und sagte stattdessen: »Immerhin können wir den Karten nun eine andere Frage stellen. Ihr wollt also wissen, ob der Sohn Donna Crisopulli Erbe des Fürstentums Strongoli werden könnte. Nicht wahr?«

Die Prinzessin nickte und die Weise Frau hielt ihr die Karten abermals entgegen. Bevor Giovanna jedoch danach greifen konnte, zog sie die Karten noch einmal zurück. »Hat Euer Bruder am Ende auch etwas mit den Attentaten auf den Utrechter zu tun?«

»Ich weiß es nicht«, lautete die Antwort und sie klang aufrichtig. »Ausschließen kann ich es jedoch nicht, denn Francesco ist wirklich angewiesen auf das Vermögen der Witwe. Er würde alles tun, um an ihr Geld zu gelangen, und ganz gewiss nicht zulassen, dass ein anderer ihm die Dame vor der Nase wegschnappt.«

Diesmal bekam sie die Karten.

Noch am gleichen Abend suchte Donna Bianca Anneke auf, um sie einzuweihen.

Ungläubig schüttelte diese den Kopf. »Der Fürst ist ein Freund der Familie. Niemals würde er …«

»Nun ist es aber genug«, herrschte die Weise Frau sie an. »Natürlich ist er ein Freund und gewiss hat er Euch auch gern, aber in erster Linie will er Euer Vermögen. Er braucht es dringend. Versteht Ihr? Er hätte niemals zugelassen, dass Ihr einem anderen Manne das Jawort gebt.«

Anneke war noch immer nicht überzeugt. »Gleich morgen werde ich ihn aufsuchen und mit ihm reden.«

Donna Bianca lachte bitter. »Und Ihr glaubt, er würde alles zugeben – die Attentate und die Intrige? So dumm könnt Ihr nicht sein. Nein, auf keinen Fall werdet Ihr mit dem Fürsten darüber sprechen. Damit würdet Ihr ja auch mich in Gefahr bringen.«

Verblüfft sah Anneke sie an. »Wieso Euch?«

»Heilige Einfalt«, stöhnte Donna Bianca. »Der Fürst hat zweimal versucht, Signore van Aelst umbringen zu lassen, weil er seinem Plan im Wege stand. Was glaubt Ihr, was er mit mir machen wird?«

Donna Bianca benötigte viel Zeit und Geduld, aber letztendlich ließ sich Anneke überzeugen. Nicht zuletzt deswegen, weil alles perfekt zusammenpasste und vor allem Maartens merkwürdiges Verhalten in den Tagen vor seiner Abreise erklärte. Sie wollte ihm schreiben, das Missverständnis aufklären, doch Donna Bianca redete ihr auch das aus.

»Und dann? Soll er zurückkehren und alles geht wieder von vorne los? Nein, es gibt nur eine Lösung. Wenn Ihr Francesco Campitelli nicht heiraten wollt, müsst Ihr Strongoli, den Hoheitsbereich des Fürsten und am besten das ganze Königreich Neapel verlassen. Nur dann werdet Ihr in Euren Entschlüssen frei sein.«

Anneke sah ein, dass die Weise Frau recht hatte, und begann – in aller Heimlichkeit, versteht sich – ihre Abreise vorzubereiten.

Catarina, Jakob und Maarten kamen wohlbehalten auf Gut Warmenau an und wurden von den dortigen von Cappels auf das Herzlichste willkommen geheißen. Arvid und Emma wunderten sich zwar über Maartens Rückkehr, hielten sich aber mit Fragen vorerst zurück. Wenn der Herr Baron van Aelst wollte, dass sie den Grund dafür erfuhren, würde er mit ihnen reden.

Doch Maarten wollte nicht. Erst recht nicht über Anneke. Die Enttäuschung saß einfach zu tief. Catarina und Jakob dagegen hatte er während der langen Heimreise von dem Gespräch erzählt, das er im Castello unfreiwillig belauscht hatte. Beide waren entsetzt gewesen und hielten das Ganze für ein Missverständnis.

»Meine Mutter liebt dich«, hatte Catarina erklärt. »Und zwar ausschließlich dich. Ich weiß ganz sicher, dass ihre Empfindungen für den Fürsten nicht über freundschaftliche Gefühle hinausgehen. Außerdem, kannst du dir wirklich vorstellen, dass meine Mutter irgendjemandes … Liebchen wird? Sie ist die keuscheste Frau, die ich kenne.«

Maarten hatte das Gespräch abgebrochen. Schließlich wusste er, was er gehört hatte. Die Worte waren ohne Zweifel eindeutig gewesen und ließen keinen Raum für ein Missverständnis.

Nein, über Anneke wollte er weder reden noch nachdenken. Abgesehen davon bestand nun die Notwendigkeit, sein eigenes Leben neu zu ordnen. Was sollte er unternehmen? Auf keinen Fall wollte er auf Warmenau bleiben und Jakob auf der Tasche liegen. Er brauchte eine Aufgabe und wog sorgfältig die Möglichkeiten ab, die sich ihm boten. Sollte er sich in einer Stadt mit unzureichenden Befestigungsanlagen als Baumeister anbieten? Gewiss, es war viele Jahre her, dass er im Festungsbau gearbeitet hatte, aber sein alter Lehrmeister, Johan van Valckenburgh, war seiner Zeit weit voraus gewesen und noch heute eine gute Referenz. Für einen seiner Schüler sollte es nicht allzu schwer werden, eine Anstellung zu finden. Andererseits konnte er sich aber auch bei Graf Philipp zu Schaumburg-Lippe um ein Hofamt bewerben. Schließlich hatte der Mann ihn aufgrund seiner Verdienste um die Menschen im Schaumburger Land zum Baron erhoben. Konnte es eine bessere Empfehlung geben?

Schließlich entschied sich Maarten sein Heil zuerst bei Graf Philipp in Stadthagen zu versuchen. Und nachdem die Entscheidung einmal gefallen und er zudem wieder völlig genesen war, gab es keinen Grund, seine Abreise hinauszögern.

Jakob, Catarina und die ganze Familie von Cappel ließen ihn nicht gerne ziehen, mussten seinen Entschluss jedoch akzeptieren.

Also verließ Baron Maarten van Aelst eines Morgens Gut Warmenau und machte sich mit seinem Friesen Wotan, der ihn auf der Reise von Strongoli hierher natürlich begleitet hatte, auf den Weg.

Catarina und Jakob lebten sich schnell auf Warmenau ein und verstanden sich auf Anhieb mit Jakobs Onkel Arvid, seiner Frau Emma und deren Töchtern. Dass die Bürger Schiplages ihnen – den Fremden – mit einigem Argwohn begegneten, trugen sie mit Fassung. Das Misstrauen der Kinder des Großen Krieges war typisch für ihre Zeit, in der sich die Menschen vor allem fürchteten, was fremd und anders war. Auch Catarinas und Jakobs Kenntnisse über die Wirkung von Heilkräutern ließ sie in den Augen der Menschen verdächtig erscheinen.

Und dann geschah etwas, was unter allen Umständen hätte vermieden werden müssen. Emma, Jakobs Tante, erzählte einer Freundin im Vertrauen, dass sowohl Catarina als auch ihre Mutter früher einmal unter dem Verdacht gestanden hatten, Zauberinnen zu sein. Emma hatte die Folgen nicht absehen können, wollte sie doch nur ein wenig tratschen, und sie beteuerte auch gleich, dass die

Unschuld beider erwiesen worden wäre. Aber es war zu spät – der Giftstachel war gesetzt. Hinter vorgehaltener Hand wurden schon bald Vermutungen angestellt, dass Arvid und die Seinen von den Auswärtigen mit dem Ziel verhext worden wären, sie um ihr Erbe zu bringen. Erst das Eingreifen des Pfarrers von St. Annen, der beteuerte, dass Jakob ein wahrhaftiger von Cappel sei und als Enkel Heinrich von Cappels der rechtmäßige Erbe Gut Warmenaus war, beruhigte die Gemüter ein wenig.

Emma war untröstlich, dass sie es gewesen war, die den Stein ins Rollen gebracht hatte. Aber Catarina und Jakob trugen ihr das Geschwätz nicht nach. Schließlich waren beide unschuldig und konnten dies zur Not sogar mit den Wiegezertifikaten der Hexenwaage in Oudewater beweisen.

Es kehrte wieder Ruhe ein auf Warmenau – und der Alltag hatte alle wieder. Jakob lernte eifrig und entwickelte sich mehr und mehr zum Landwirt. Für ihn erfüllte sich damit ein Kindheitstraum. Als er noch mit seinem Großvater und Maarten – auf der Flucht vor dem Großen Krieg – in der Abgeschiedenheit des Hüggels gelebt hatte und sie ihr Brot mit einer Köhlerei verdienten, wünschte er sich nichts sehnlicher, als Felder zu bestellen und Vieh zu halten. Nun konnte er all dies tun – jeden Tag.

Auch Catarina war mit ihrem neuen Leben zufrieden. Sie half Emma im Haushalt und hatte ansonsten begonnen, einen Garten anzulegen, der nicht nur Küchen-, sondern auch Heilkräuter enthielt.

Eines Tages machte sie sich auf die Suche nach Pflanzen, die ihrem Gärtlein noch fehlten. Mit Korb und Grabstock bewaffnet lief sie über Wiesen und Felder und sammelte ein, was sie finden konnte. Schließlich erreichte sie den Waldrand und bückte sich, um eine Schafgarbe auszugraben. Da entdeckte sie einen Fuß, der aus den dichten Farnbüschen herausschaute. Er steckte in einem schwarzen Schuh mit kurzer Stulpe und war so klein, dass er keinem Manne gehören konnte. Also trat Catarina näher und bog, um besser sehen zu können, die Farnwedel auseinander.

Die Frau, die hier lag, war in einen schwarzen Umhang gehüllt. Ihre langen dunklen Haare waren schweißnass, die Haut fahl, die Wangen eingefallen. Sie stöhnte – leise und schwach.

Catarina kniete neben sie nieder und legte ihre Hand auf die Stirn der Fremden. Sie war glühend heiß. Ganz offensichtlich hatte die Frau hohes Fieber.

»Ihr braucht dringend Hilfe«, sagte sie. »Wo seid Ihr zu Hause? Kann ich jemandem Bescheid geben, Euch zu holen?«

Die Frau öffnete kurz die Augen, schloss sie aber gleich wieder. Kraftlos schüttelte sie den Kopf. Zum Sprechen schien sie zu schwach.

Catarina überlegte nicht lange. »Ihr werdet nicht laufen können und ich kann Euch nicht tragen«, erklärte sie der Kranken. »Also muss ich Euch leider zurücklassen. Aber ich hole einen Wagen und meinen Mann. Gemeinsam werden wir Euch zu uns nach Hause bringen. Ihr werdet sehen, sobald Ihr in einem warmen Bett liegt, werdet Ihr Euch besser fühlen.«

Sie richtete sich auf und wollte schon nach ihrem Korb greifen, unterließ es dann aber. Er würde sie nur beim Laufen behindern.

»Habt keine Angst«, sagte sie tröstend zum Abschied. »Ich beeile mich und werde noch vor Einbruch der Dunkelheit zurück sein.«

Catarina eilte davon. Sie hatte kein gutes Gefühl, die Frau alleine zu lassen, aber ihr blieb keine andere Wahl.

Die Fremde wurde auf Warmenau in eine Schlafkammer für Gäste gebracht. Außer Catarina und Jakob durfte keiner zu ihr, da noch nicht absehbar war, ob sie an einer ansteckenden Krankheit litt.

Arvid fragte durch die geschlossene Tür, ob er nach dem Medikus schicken sollte, doch Catarina lehnte das Anerbieten ab. Bei dem hohen Fieber würde ein Arzt, so befürchtete sie, die Patientin nur zur Ader lassen. Und dazu war die Frau viel zu schwach.

Sie bat lediglich um eine Schale mit Hühnersuppe und einen Tiegel kalten Wassers. Und während Jakob einen Sud aus Eschenrinde herstellte, der das Fieber senken sollte, machte sie der Kranken kalte Wadenwickel und flößte ihr anschließend die Suppe ein, die sie gierig hinunterschlang.

»Ich vermute, dass unsere Patientin keine gefährliche Krankheit hat. Sie ist verkühlt, wie es scheint halb verhungert und völlig verwahrlost, so als würde sie auf der Straße leben.«

Jakob gab ihr recht. »Eine weitere Schale Suppe wird ihr gewiss mehr helfen als die Schröpfköpfe eines Medikus. Ich gehe gleich in die Küche, um sie zu holen.«

Während seiner Abwesenheit wusch Catarina die Kranke und zog ihr ein sauberes Hemd über. Dann erneuerte sie die Kaltwickel und beobachtete, wie hungrig die Frau, mit Jakobs Hilfe, auch die zweite Schale Suppe leerte.

»Ich denke, wir können sie jetzt schlafen lassen«, erklärte Catarina. »Eine Nacht in einem warmen Bett, ohne Hunger, ohne Angst vor Kälte und wilden Tieren wird jetzt am heilsamsten für sie sein. Sieh nur, ihre Haut ist längst nicht mehr so fahl wie vorhin.«

Jakob nickte und gemeinsam verließen sie leise die Kammer.

Vorm Schlafengehen fragten sich beide, was für ein schreckliches Schicksal die Frau erlitten haben mochte. Sie waren sich sicher, dass sie schon bald genesen sein würde. Dass das Erscheinen der Fremden ihrer beider Leben jedoch vollständig verändern würde, ahnten sie freilich nicht.

Fünftes Kapitel

Am nächsten Morgen sah Catarina als Erstes nach der Kranken, die noch tief und fest schlief. Ihr Atem ging jedoch ruhig und das Fieber war deutlich zurückgegangen. Anschließend stieg die junge Frau die Treppe hinab und betrat den Speiseraum, in dem die Familie bereits zum Frühstück zusammengekommen war.

»Ich denke, wir müssen uns keine Sorgen über eine gefährliche und ansteckende Krankheit machen«, erklärte sie. »Der Fremden geht es bereits viel besser. Wie es scheint, hat sie sich lediglich eine Verkühlung zugezogen. Vor allem ist sie aber durch Hunger geschwächt. Offensichtlich hat sie schon längere Zeit im Freien gelebt und ohne Mundvorräte auskommen müssen.«

Die von Cappels atmeten erleichtert auf.

»Du hättest sie trotzdem nicht einfach in unser Haus bringen dürfen«, rügte Emma. »Wenn sie nun eine Pestkranke gewesen wäre? Du hättest uns alle in Gefahr gebracht.«

Das Eintreten Kutscher Johanns enthob Catarina einer Antwort. Ehrerbietig zog er die Kappe vom Kopf.

»Darf ich sprechen?«

»Natürlich, Johann«, erwiderte Jakob, der nun ebenfalls den Raum betrat. »Was hast du auf dem Herzen?«

»Ich habe sie ja gesehen, die Kranke, gestern, als wir sie aus dem Wald geholt haben. Und ich glaube zu wissen, wer sie ist.«

Erstaunt sahen die von Cappels ihn an.

»Immer heraus mit der Sprache«, forderte Jakob den Kutscher auf.

»Als ich unlängst in St. Annen war und einige Erledigungen machen sollte, bin ich auf dem Marktplatz Zeuge einer öffentlichen Bekanntmachung geworden«, begann der Kutscher umständlich zu berichten. »Mit der besonderen Erlaubnis des Osnabrücker Hochstifts ist der Herforder Schöffenstuhl in unserer Region auf der Suche nach einer Frau mit langen dunklen Haaren. Sie soll etwa dreißig Jahre alt sein und den Namen Barbara tragen. Den Nachnamen habe ich leider vergessen.«

»Die Beschreibung trifft zu«, erwiderte Jakob nachdenklich. »Aber auf viele andere Frauen ebenso. Was wird der Gesuchten denn vorgeworfen?«

»Sie soll in Spenge, auf der anderen Seite der Warmenau, im Verdacht stehen, für mehrere Todesfälle verantwortlich zu sein, und wird zudem eines bösartigen Wetterzaubers bezichtigt. Einer Verhaftung konnte sie sich aber bisher durch Flucht entziehen. Vor Kurzem ist sie nun in Schiplage gesehen worden, wo sie wohl versucht hat, in einem Gasthaus etwas zu essen zu bekommen. Dem Wirt, der von der Suche nach einer Schwarzhaarigen gehört hatte, kam sie verdächtig vor. Er jagte sie fort und meldete sie den Herforder Häschern. Ja, und nun wird hier die ganze Gegend nach ihr auf den Kopf gestellt. Ich dachte, dass Ihr das wissen solltet.«

Jakob dankte dem Kutscher und entließ ihn. Eine Weile saßen sie schweigend um den Tisch herum.

»Sie ist also so entkräftet, weil sie nirgendwo etwas zu essen kaufen konnte«, stellte Catarina mitleidig fest.

Vorwurfsvoll sah Emma sie an. »Hast du Johann nicht zugehört? Ob die Frau wohlgenährt oder halb verhungert ist, spielt überhaupt keine Rolle. Du hast uns eine Hexe ins Haus geholt, die mehrere Menschen auf dem Gewissen hat. Das ist unser Problem. Und die einzige Lösung dafür muss lauten, sie so schnell wie möglich wieder loszuwerden. Oder besser noch, an die Herforder auszuliefern.«

Ihre Worte waren an Catarina gerichtet, doch Jakob war es, der ihr antwortete. Seine Stimme klang dabei ungewöhnlich scharf: »Was hätten wir denn machen sollen? Die hilflose Frau zurücklassen, damit sie am Waldrand sterben kann? Nein, meine Liebe. Bei allem Verständnis für deine Sorge um dich und die deinen. So unmenschlich würde ich niemals handeln.«

»Aber wie sollen wir uns schützen, damit die da oben uns nicht alle mit ihrer Hexerei umbringt?« Emma war aufgeregt und wurde zunehmend kopfloser.

»So ein Unsinn«, versuchte Catarina zu beruhigen. »Wäre die da oben, wie du sie nennst, wirklich der Hexerei mächtig, hätte sie es doch sicher verstanden, besser für sich zu sorgen und …« Sie unterbrach sich, denn in diesem Augenblick bemerkte sie die Fremde, die in der geöffneten Tür stand. Über das Nachthemd hatte sie lediglich ihren schwarzen Umhang geworfen und die Füße waren nackt. Immerhin, auch wenn sie noch ein wenig unsicher auf den Beinen schien, hatte ihre Kraft doch ausgereicht, allein die Treppe herabzusteigen und die Unterhaltung mit anzuhören.

»Ich wollte mich bedanken, dass ihr mir das Leben gerettet habt«, sagte sie mit leiser, immer noch schwacher Stimme. »Und ich möchte Euch sagen, dass ich unschuldig bin. Auch wenn Ihr mir das nicht glauben werdet – ich bin weder eine Mörderin noch eine Hexe. Auf jeden

Fall will ich Euch keine Unannehmlichkeiten bereiten und Euch nicht länger zur Last fallen. Wenn Ihr mich gehen lasst, kann ich noch in dieser Stunde Euer Haus verlassen.«

Emma sprang entsetzt auf und hieß ihre Töchter ihr zu folgen. Allesamt verließen sie fluchtartig den Raum.

Jakob hingegen lächelte freundlich. »Das ist keine gute Idee. Ihr seid noch lange nicht gesund und kräftig genug, um ohne Unterschlupf überleben zu können. Die Nächte sind schon recht kühl dort draußen.«

Auch Catarina wollte der Kranken das Vorhaben versuchen auszureden, doch dann fiel ihr Blick auf Arvid, der die Frau ansah, als stünde er einem Geist gegenüber. Sollte er in der Fremden am Ende die gleiche Ähnlichkeit erkennen, die auch ihr sogleich aufgefallen war?

Langsam erhob Arvid sich von seinem Stuhl. »Bitte, wie ist Euer Name?«, fragte er mit fast tonloser Stimme.

Verwirrt sah sie ihn an. »Barbara Hoier«, entgegnete sie leise.

»Und wer sind Eure Eltern?«

»Das weiß ich nicht«, entgegnete die Frau. »Meine Ziehmutter hat mich vor vielen Jahren im Schilf der Warmenau gefunden. Ich war noch ein Säugling und schwer verletzt. Sie hat mich mitgenommen, gesund gepflegt und aufgezogen.«

»Wann genau?«

»Ich weiß nur das Jahr. 1622.«

»Und was für eine Verletzung war das?«

»Auch das weiß ich nicht genau. Es gibt aber eine Narbe an meinem rechten Oberarm, die noch von der alten Wunde rührt.«

»Zeigt sie mir.«

Jakob, der sich über das Verhör wunderte und an dieser Stelle eingreifen wollte, wurde von Catarina zurückgehalten. »Ja, bitte. Ich würde sie auch gern sehen.«

Barbara wirkte verwirrt, öffnete aber gehorsam das Band, mit dem ihr Hemd am Hals geschlossen war, und zog es über die rechte Schulter, bis der Oberarm frei lag. Eine große, dunkelrote Narbe wurde sichtbar.

Catarina trat zu ihr und untersuchte das Wundmal. »Es könnte tatsächlich von einer Lanze stammen«, stellte sie fest. Auch Jakob kam nun näher. Und als sie die beiden nebeneinander sah, konnte es eigentlich keinen Zweifel mehr geben. Sie wandte sich zu Arvid um und las auch in seinen Augen, was sie bereits vermutete.

»Folgt mir«, sagte er nun und führte sie durch die geräumige Diele zu der Treppe mit dem reich geschnitzten Geländer, die in die oberen Stockwerke führte. Er stieg einige Stufen empor, vorbei an zahlreichen Porträts derer von Cappels, die als Ahnengalerie an der Wand des Aufgangs hingen. Schließlich blieb er vor einem der Bilder stehen.

»Bitte, seht selbst.«

Ungläubig betrachtete Barbara das Bildnis, das eine Frau zeigte, die ihr wie ein Ei dem anderen ähnelte – bis auf die letzte Spitze der langen dunklen Haare. Auf einem in den Rahmen eingelassenen Schild stand ein Name: »Greta von Cappel«.

»Das … Das ist unheimlich«, stieß Barbara verwirrt hervor. »Wie kommt ein Bild von mir …«

»Oh nein«, widersprach Arvid. »Das seid nicht Ihr. Das Bild stellt die Gemahlin Jakobs I. von Cappel dar.« Er zeigte auf das Porträt daneben. Und die beiden sind die Eltern des jetzigen Ritters von Cappel.« Bei den Worten wies er auf Jakob. »Aber die Ähnlichkeit ist tatsächlich groß und lässt, im Zusammenhang mit Eurer Geschichte, eigentlich nur einen Schluss zu …«

Endlich hatte auch Jakob begriffen. Jubelnd umarmte er Barbara. »Du bist meine Schwester. Wahr und wahrhaftig!«

Die Kranke konnte die plötzliche Wendung noch immer nicht fassen. »Glaubt Ihr wirklich? Aber was ist geschehen mit mir, damals? Wie kam ich schwer verletzt in das Schilf der Warmenau?«

Auch Arvid trat nun zu Barbara, die plötzlich keine Fremde mehr war. Herzlich schloss er sie in seine Arme und sagte: »Ich bin dein Onkel, liebes Kind, und heiße dich im Kreise derer von Cappel willkommen. Was sich damals zugetragen hat, soll dir Jakob später erzählen. Einstweilen solltest du aber zurück ins Bett gehen. Ich werde in der Küche veranlassen, dass man dir als Frühmahl ein Warmbier zubereitet. Das ist kräftigend und dürfte genau das Richtige für deine Genesung sein. Dann werde ich mich um meine Frau kümmern.« Er lachte leise. »Deine Tante Emma hatte große Angst vor der angeblichen Hexe in unserem Haus. Natürlich vor allem wegen unserer Töchter. Ich werde sie beruhigen und ihr die gute Nachricht deiner Heimkehr überbringen.«

Arvid entfernte sich und Catarina brachte ihre neue Schwägerin zurück in ihre Schlafkammer.

»Sobald das Warmbier bereitet ist, werde ich es dir heraufbringen«, versprach sie.

Barbara blieb allein zurück. Noch wusste sie nicht recht, wie ihr geschah. Sie sollte wahrhaftig eine von Cappel sein? Wie wunderbar. Endlich hatte auch sie eine Familie, zu der sie wirklich gehörte.

»Es war im Jahre 1622. Genau wie du gesagt hast«, begann Jakob seine Erzählung, die er bewusst kurz zu halten gedachte. Es nutzte seiner Schwester wenig, wenn sie das grauenhafte Geschehen in allen schrecklichen Einzelheiten erfuhr, das ihre Familie heimgesucht hatte. »Soldaten der Katholischen Liga fielen auf dem Gut ein, um Lebensmittel zu requirieren. Unser Großvater, Heinrich von Cappel, gab ihnen, so viel er entbehren konnte, doch das war den Soldaten nicht genug. Daher machten sie sich selbst auf die Suche – im Haus, in den Scheunen und Stallungen. Dabei entdeckten sie den Weinkeller, in dem auch einige Fässchen Branntwein lagerten. Die Landsknechte taten sich gütlich daran und machten sich anschließend, betrunken, wie sie waren, auf die Suche nach Frauen. Ich war damals zwei Jahre alt, du gerade erst geboren und noch nicht einmal getauft. Unsere Eltern versuchten mit uns zu fliehen, aber sie holten uns ein. Dich rissen sie aus den Armen unserer Mutter, spießten dich mit einer Lanze auf und warfen dich in den Fluss. Viele sind an diesem Tag gestorben – auch unsere Eltern und unsere Großmütter.«

Er verstummte. Mehr musste Barbara nicht wissen. Es war auch so schlimm genug für sie. Ihre Hände, die in ihrem Schoß lagen, waren so sehr ineinander verkrampft, dass es schmerzen musste, ihre Augen vor Entsetzen weit aufgerissen.

»Hinter dem Gutshaus gibt es einen kleinen Friedhof, auf dem alle begraben liegen. Wenn es dir besser geht, führe ich dich dorthin.«

Barbara nickte. »Und du? Was ist dir geschehen?«

»Ich konnte mich verstecken. Großvater hat mich später gefunden und in Sicherheit gebracht. Viele Jahre lang haben wir in aller Abgeschiedenheit gelebt. Erst als er im

Sterben lag, hat er mich nach Warmenau geschickt. Es ist nun drei Jahre her, dass ich als verloren geglaubter Sohn zurückkehrte. Aber dass auch du wiederkehrst … Damit hat keiner gerechnet. Sie haben damals lange nach dir gesucht, dich aber nicht gefunden. Also hielt man dich für tot, und ich danke dem Schicksal, so übel es uns auch mitgespielt hat, dass es nicht so ist.«

»Was hältst du von dieser eigenartigen Geschichte mit der wiedergefundenen Tochter?« Kutscher Johann, der sein Abendmahl gemeinsam mit seinem Freund Gerald einnahm, dem Hausdiener auf Warmenau, stocherte missmutig in seiner Schüssel herum.

»Das ist doch schön«, gab der Freund mit vollem Mund zurück. »Die Familie von Cappel wird sich freuen, über diesen Glücksfall.«

»Du findest die ganze Angelegenheit also nicht sonderbar?«, vergewisserte sich Johann.

Gerald zuckte mit den Schultern. »Im Großen Krieg ist so viel Merkwürdiges geschehen. Ich jedenfalls freue mich für unsere Herrschaft. Und darüber hinaus geht mich die Sache eigentlich nichts an.«

»Schon richtig«, gab der Kutscher zurück. »Andererseits, wenn wir alle in Gefahr sein sollten, müssen wir uns schon dafür interessieren.«

Ungerührt beendete Gerald seine Mahlzeit und kratzte die Schale mit dem Löffel aus. »Was redest du da? Warum sollten wir in Gefahr sein?«

»Gestern wurde die Schwarzhaarige noch verfolgt. Und sie muss so unheilbringend sein, dass die Herforder sie sogar im Osnabrücker Land jagen dürfen. Heute ist sie plötzlich eine von Cappel und daher über jeden Zweifel erhaben. Denk nach. Was ist wahrscheinlicher? Dass eine seit dreißig Jahren Totgeglaubte nach Hause zurückkehrt oder dass sie eine vermögende Familie durch Hexenwerk dazu gebracht hat, an eben diese Geschichte zu glauben?«

Erschrocken sah Gerald auf. »Du hältst es für möglich, dass …?«

Johann zuckte mit den Schultern. »Kann man es ausschließen?«

»Ach, das ist doch Unfug«, wehrte der Hausdiener ab, nachdem er kurz überlegt hatte. »Dafür ist die Ähnlichkeit mit der Mutter viel zu groß. Da muss man sich doch nur das Bild auf der Treppe anschauen.«

»Das ist allerdings wahr«, musste der Kutscher nachdenklich zugeben. »Aber wer sagt uns, dass sie nicht doch gefährlich ist? Nur weil sie eine von Cappel ist? Das glaube ich nicht. Kinder werden ja nicht als Hexen geboren, sie werden erst später dazu. Und es steht doch fest, dass sie wegen Mordes und Wetterzauber verfolgt wird.«

Nun war Gerald wirklich bestürzt. »Du hast verdammt noch mal recht«, sagte er. »Aber was kann man tun? Willst du unsere Herrschaft den Herfordern melden?«

Johann schüttelte den Kopf. »Nein. Das würde mir unredlich erscheinen. Schließlich sind die von Cappels immer gut zu uns gewesen. Aber ich habe eine andere Idee. Wir senden einen Boten zu Baron van Aelst und bitten ihn zu kommen. Ihm kann die Schwarzhaarige gewiss nichts vormachen. Und er wird wissen, was zu tun ist.«

Beide hatten in der einsetzenden Dämmerung den Pferdeknecht nicht bemerkt, der sein Abendmahl in ihrer Nähe eingenommen und die Unterhaltung mit angehört hatte. Nun erhob sich der Mann leise und huschte wie ein Schatten davon. Die blanke Furcht stand ihm ins Gesicht geschrieben.

Die Nachricht, dass die gesuchte Schwarzhaarige aus Spenge in Warmenau mit offenen Armen aufgenommen worden war, verbreitete sich wie ein Lauffeuer in der Umgebung. Es war, als hätte der Pferdeknecht, der in seiner Angst das Gehörte gar nicht schnell genug ausposaunen konnte, Öl in die schwelende Glut des noch nicht erloschenen Hexenwahns gegossen. Als Kinder ihrer Zeit glaubten die weitaus meisten Menschen an Zauberei und Teufelsbuhlschaft und hatten eine heilige Furcht davor. Konnte es wirklich sein, dass auf Warmenau ein Totgeglaubter nach dem anderen auftauchte? War es da nicht viel wahrscheinlicher, dass der Herr der Finsternis persönlich einige seiner Diener und Dienerinnen auf dem Rittergut eingenistet hatte? Immer schrecklicher werdende Gerüchte wurden geboren und machten die Runde: Die Teufelsbuhlen, so hieß es, flögen zu nächtlicher Stunde zu ihren Versammlungen, trieben Unzucht und verspeisten sogar kleine Kinder.

Für viele Schiplager gab es nur noch eine Lösung. Die Hexen mussten brennen! Die Besonneneren unter ihnen verfolgten jedoch einen anderen Plan und schickten einen Hilferuf zum Bischof von Osnabrück. Die geschichtsträchtige Stadt, in welcher der Westfälische Frieden verhandelt worden war, galt als fleißig und bewandert in der Hexenverfolgung. Dort, so glaubten die Menschen, hatte man Erfahrung mit Hexerei und Teufelswerk und konnte besser beurteilen, wer auf Warmenau schuldig geworden war.

In Verdacht geriet allerdings nicht die ganze Familie von Cappel. Arvid, seine Frau und seine Töchter wurden als bedauernswerte und verhexte Opfer angesehen. Nur die Zugezogenen flößten ihren Nachbarn Todesangst ein. Und als mehrere Rinder auf umliegenden Höfen erkrankten und keine Milch mehr gaben, war das für die Bauern Beweis genug für bösartige Zauberei.

Als Anneke das Torhaus Warmenaus erreichte, zogen gerade einige Landarbeiter mit ihren Bündeln auf den Rücken hindurch.

»Wenn Euch Euer Leben lieb ist«, rief ihr einer von ihnen zu, »solltet Ihr die Hexenbrut lieber in Ruhe lassen und schleunigst das Weite suchen.«

Erstaunt sah Anneke den Davoneilenden nach. Was ging hier vor sich? Ein furchterregendes Gefühl beschlich sie. Dieses Grauen, das in der Stimme des Rufers mitgeklungen hatte, war ihr nicht unbekannt.

Sie entließ die besoldeten Diener, die sie in Rotterdam als Begleitschutz angeworben hatte, und ritt durch das Tor. Auf dem Hof stieg sie vom Pferd und betätigte den Klopfer der Gutshaustür.

Eine Magd öffnete.

In diesem Augenblick kam Catarina die Treppe herab, sah ihre Mutter und stürzte ihr entgegen. Die beiden Frauen fielen sich in die Arme und für einen Moment wich die Besorgnis einer großen Wiedersehensfreude.

»Warum hast du nicht geschrieben und dein Erscheinen angekündigt?«, wollte Catarina unter Tränen wissen. »Wir wären dir doch entgegengeritten.«

Anneke lächelte und auch ihre Augen waren dabei feucht. »Donna Bianca hat es mir verboten«, erklärte sie.

»Sie meinte, meine Abreise müsse streng geheim bleiben, und ein Brief, der vom Fürsten abgefangen werden konnte, wäre viel zu gefährlich. Ich durfte mich nicht einmal von deiner Schwester verabschieden. Neben Donna Bianca war lediglich Giuseppe eingeweiht. Und auch das nur, weil er mir heimlich eine Schiffspassage besorgen …«

»Trügen mich meine Augen oder ist das tatsächlich meine Schwiegermutter?« Jakob war in die Diele getreten und begrüßte Anneke nun gleichfalls auf das Herzlichste. »Bist du also endlich klug geworden?«

Sie nickte beschämt. »Leider habe ich nicht gleich auf euch gehört. Dann hätte ich mir die lange, einsame Reise ersparen können und wäre mit euch gesegelt.«

»Nun, Hauptsache ist doch, dass du dich nicht zu spät besonnen hast. Oder bist du etwa die Ehefrau deines fürstlichen Freundes geworden?«

»Nein«, entgegnete Anneke. »Allerdings muss ich zu meiner Schande gestehen, dass ich es einzig Donna Bianca zu verdanken habe, dass ich die Zusammenhänge gerade noch rechtzeitig durchschauen konnte. Bevor wir jedoch weiterreden, möchte ich bitte erst mal Maarten sehen. Ich habe ihm so viel zu erklären und abzubitten.«

Catarina nickte. »Oh ja, das hast du gewiss.«

Und Jakob fügte hinzu: »Nur leider, Maarten befindet sich nicht auf Warmenau. Er wollte nicht bleiben, sondern sich eine Anstellung suchen. Ich weiß selbst nicht, wo er sich zurzeit aufhält. Möglicherweise ist er am Hof von Stadthagen. Er wollte versuchen, sich bei dem Grafen von Schaumburg-Lippe als Baumeister zu verdingen.«

Anneke war sichtlich enttäuscht. »Nun ja«, sagte sie entschlossen. »Ich werde ihn schon zu finden wissen.« Und dann fiel ihr wieder die Warnung der Landarbeiter ein. »Als ich in Warmenau einritt, kamen mir einige Männer entgegen, die etwas von Hexenbrut faselten. Was ist geschehen?«

Catarina und Jakob führten Anneke in den Salon, bestellten in der Küche einen Imbiss für sie und erzählten, was seit ihrer Ankunft in Warmenau geschehen war. Sie sprachen von Barbara, von ihren angeblichen Missetaten und ihren Verfolgern, aber auch von der abergläubischen Angst der Menschen in ihrer Nachbarschaft.

»Dann solltet ihr euer Tor vorsorglich verschlossen halten«, riet Anneke. »Ihr glaubt ja nicht, wozu Menschen in ihrer Furcht vor Hexen, Zauberern und dem Herrn der Hölle fähig sind.«

Annekes Warnung war berechtigt. Das sahen auch Jakob und Arvid ein und versperrten das schwere, eisenbeschlagene Holztor Warmenaus. Kutscher Johann wurde als Torwächter abgestellt und hatte den Auftrag, ohne Erlaubnis seiner Herrschaft niemanden hinein- oder hinauszulassen.

Johann gehorchte zunächst, selbst nicht sicher, ob es klüger war zu bleiben oder lieber das Weite zu suchen.

Währenddessen begannen sich die Bauern der Umgebung und die von Warmenau geflüchteten Landarbeiter zu sammeln.

»Auf der Poststation liegt ein Brief für Euch, Herr Baron.«

Maarten zügelte seinen Friesen und musste unweigerlich grinsen. So eine Nachricht hatte er schon einmal erhalten und sie hatte ihm wahrlich kein Glück beschert.

»Er ist vom Grafen aus Stadthagen«, fügte der Torwächter seiner Botschaft noch auftragsgemäß hinzu.

Der Utrechter nickte dankend und lenkte Wotan sogleich zur Station. Da Graf Philipp zu Schaumburg-Lippe seine Residenz unlängst nach Bückeburg verlegt hatte und er mit ihm über den Ausbau der hiesigen Stadtbefestigung verhandelte, sein angehender Dienstherr sich aber derzeit noch in Stadthagen aufhielt, erwartete er eine Nachricht von ihm. Das war auch richtig. Allerdings befand sich in dem versiegelten Kuvert des Grafen ein Brief aus Warmenau von Johann und Gerald. Erstaunt öffnete Maarten das Schreiben und war sofort beunruhigt.

Auf dem Rittergut sollten sich Hexen eingenistet haben? Was war das wieder für ein Unsinn? Da der Kutscher und der Hausdiener, die er beide von einem gemeinsamen Abenteuer in alter Zeit gut kannte, ihn jedoch inständig um Unterstützung baten, war er sofort bereit zu helfen.

Zwar würde in etwa drei Stunden die Sonne untergehen. Aber Wotan und er hatten einen ruhigen Tag verbracht und waren ausgeruht. Wenn er die Nacht durchritt, würde er Warmenau am nächsten Morgen erreicht haben.

Maarten lenkte seinen Friesen zum Schloss, wo ihm der Graf ein Zimmer zugewiesen hatte. Dort holte er sich aus der Küche sein Abendessen, bat darum, ihm ein wenig Proviant einzupacken, und vergaß auch nicht, seinem zukünftigen Dienstherrn eine Nachricht zu hinterlassen. Dann machte er sich auf den Weg. Er schlug die Straße in Richtung Melle ein und ließ Wotan laufen, ohne ihn zu besonderer Eile anzutreiben. Schließlich hatten sie noch einen langen Weg vor sich.

Als Maarten die Landstraße in Richtung Schiplage verließ, graute der Tag bereits. Ross und Reiter waren rechtschaffen müde und gönnten sich eine kleine Rast an einem Bach. Hier konnte Wotan trinken und seinen Hafersack leerfressen, während Maarten die Reste seines Proviantpakets vertilgte.

Gestärkt machte er sich wieder auf den Weg und erreichte eine knappe Stunde später Schiplage.

Auf dem Marktplatz sah er die aufgebrachten Bauern. Sie waren mit Mistgabeln und Rechen bewaffnet und warteten offensichtlich auf Verstärkung, denn von allen Seiten eilten weitere Männer herbei, um sich ihnen anzuschließen.

Besorgt runzelte Maarten die Stirn. Wenn ihr Ziel tatsächlich Warmenau war, kam er wohl gerade noch rechtzeitig.

Minuten später hatte er das Rittergut erreicht und sah sofort, dass das sonst stets offen stehende Tor verschlossen war. Das war kein gutes Zeichen.

Auf sein Klopfen antwortete die Stimme Johanns: »Wer verlangt Einlass?«

»Ich bin es«, entgegnete Maarten. »Als ich Euren Brief erhielt, habe ich mich sofort auf den Weg gemacht.«

»Dem Himmel sei Dank«, antwortete der Kutscher, zog eilig den schweren Riegel zurück und öffnete das Tor genau so weit, dass der Utrechter und sein Friese passieren konnten.

Eilends erklärte Johann ihm die Lage.

Maarten lachte. »Du kannst versichert sein, weder Jakob noch seine Frau sind gefährliche Diener des Teufels. Wie kommst du überhaupt auf den Unfug?«

Johann berichtete von Barbara und seiner Befürchtung, dass sie sämtliche von Cappels verhext haben könnte.

»Sie behauptet, Jakobs Schwester zu sein?«, vergewisserte sich Maarten. »Das ist allerdings wirklich eigentümlich. Nun gut, dann werde ich jetzt hineingehen und mir die Sache selbst ansehen. Du steigst derweil bitte das Torhaus hinauf und hältst Ausschau. In Schiplage habe ich eine Horde aufgebrachter Männer gesehen. Sollte ihr Ziel tatsächlich Warmenau sein, müssen wir das sofort erfahren.«

Johann nickte, als Zeichen, dass er verstanden hatte.

»Ihr solltet noch wissen, dass es auf dem Gut nicht mehr viele Bedienstete gibt«, sagte er, bevor er das Torhaus betrat. »Die meisten haben sich voller Angst aus dem Staub gemacht.«

Maarten zuckte mit den Schultern. »Solange die Aufständischen keine richtigen Waffen, sondern nur ihre Mistgabeln haben, können sie uns so schnell nicht gefährlich werden. Vergiss nur nicht, mir gleich zu melden, wenn sie auftauchen.«

Wenig später begrüßte Jakob seinen Freund mit einem Jubelschrei.

»Du kommst gerade zur rechten Zeit, Maarten. Stell dir vor, die Bauern der Umgebung halten Warmenau für eine Bastion des Teufels. Sie haben bereits Klage gegen uns bei Bürgermeister und Bischof von Osnabrück geführt. Aber wie es scheint, sind sie zu ungeduldig und wollen das Eintreffen der Obrigkeit nicht abwarten, sondern uns vorher richten. Wir müssen stündlich mit ihrem Angriff rechnen.«

»Ich weiß«, entgegnete der Utrechter. »Sie sammeln sich bereits in Schiplage. Und schuld an allem soll deine Schwester sein?«

Jakobs Miene erhellte sich. »Ja. Dabei ist ihre Heimkehr vielmehr eine gnädige Fügung Gottes denn Hexenwerk. Komm, ich will sie dir sogleich vorstellen.«

Maarten lernte also Barbara kennen, war sogleich bereit,

dem Freund recht zu geben, und freute sich für die von Cappels über das unverhoffte Wiedersehen. Er, der bereits in seiner Zeit in Hamburg nicht mehr an den Sinn der Hexenverfolgung geglaubt hatte, konnte an Barbara nichts Unrechtes ausmachen.

Was Anneke anging, hielt er sich zurück. Natürlich war er überrascht, sie auf Warmenau anzutreffen. Und wenn er sich auch fragte, was in Strongoli geschehen sein mochte, hätte er sich doch lieber die Zunge abgebissen als zu fragen, warum sie Kalabrien nun doch verlassen hatte. Im Übrigen behandelte er sie zwar höflich, aber zurückhaltend, und ihre flehende Bitte um ein klärendes Gespräch lehnte er rundherum ab. Stattdessen ging er wieder hinaus zu Johann, der noch immer in der oberen Etage des Torhauses Wache hielt.

»Ich kann dich beruhigen, Freund. Es gibt kein Teufelsnest auf Warmenau. Barbara ist mit Sicherheit Jakobs Schwester und eine zu Unrecht Verfolgte. Für die Morde, die sie angeblich begangen haben soll, ist sie genauso wenig verantwortlich wie für den ihr angedichteten Wetterzauber. Denk nach, Johann«, sagte er eindringlich. »Wenn man als Erdenmensch das Wetter verändern könnte, müsste man mächtiger sein als unser Herrgott. Das können weder die Hexen noch der Teufel vollbringen.«

Johann schien ein wenig beruhigt, doch dann wies er aufgeregt mit dem Finger nach draußen. »Sie kommen!«

Die Bauern biwakierten vor dem Torhaus, griffen aber nicht an.

»Man könnte meinen, sie wollen uns belagern«, vermutete Jakob, als sich das Bild bis zum nächsten Morgen nicht verändert hatte.

»Gut möglich«, bestätigte Arvid. »Vermutlich versuchen sie uns festzusetzen, bis die Häscher der Osnabrücker da sind.«

Maarten lachte belustigt auf. »Dann haben sie wohl vergessen, dass Hexen auf ihren Besenstielen durch die Luft reiten können.«

Auch Arvid und Jakob mussten über die Worte grinsen. Alle drei standen an den Schießscharten des Torhauses und hatten ihre geladenen Musketen griffbereit neben sich. Sie würden Warmenau nur von hier aus verteidigen müssen, weil der Rest des Gutes von einem breiten Wassergraben umspült wurde und damit vor Angriffen geschützt war. Vorsichtshalber hatten sie dort trotzdem Wachen aufgestellt. Man konnte nie wissen, zu was Menschen in ihrer Angst fähig waren.

»Wir haben etwas Warmes zu essen für euch«, erklang plötzlich Catarinas Stimme. »Dürfen wir hinaufkommen?«

Sie durften, und sofort schleppten sie und Barbara einen Kessel die Treppe empor, der einen deftigen Eintopf enthielt. Anneke, als dritte im Bunde, trug ein Tablett mit einem Krug Bier, den dazugehörigen Bechern, Schüsseln und Löffeln. Sie stellten alles auf einen rohgezimmerten Tisch, an dem auch ebensolche Hocker standen.

»Setzt euch und esst in aller Ruhe«, forderte Catarina die Männer auf. »Wir halten solange Wache.«

»Wo ist Emma?«, wollte Arvid wissen, während er die Kelle in den Kessel tauchte.

»Sie ist bei den Kindern und kontrolliert regelmäßig die Wachen am Wassergraben«, antwortete Barbara.

Catarina blickte hinunter auf die Männer, die in ihrem Lager saßen und vor sich hindösten.

»Ich werde froh sein, wenn die Schergen aus Osnabrück

endlich eintreffen. Diese Belagerung ist irgendwie beängstigend.«

»Ich weiß nicht«, gab Anneke zurück. »Wird man sich darauf verlassen können, dass sie wirklich eine gerechte Untersuchung anstellen? Was die Inquisition angeht, habe ich mit der Obrigkeit bisher nur schlechte Erfahrungen gemacht.«

»Das stimmt«, bestätigte Catarina und musste unwillkürlich an ihre eigenen Erlebnisse in Lemgo denken. »Immerhin haben Jakob, du und ich ja unsere Wiegezertifikate aus Oudewater und können nachweisen, dass wir keine Hexen sind. Und das wird ja wohl als Nachweis ausreichen, dass sich auf Warmenau kein Nest des Bösen eingerichtet hat.«

»Ich hoffe es«, gab Anneke besorgt zurück. »Mir wäre allerdings wohler, wenn wir alle über Zertifikate verfügten.« Sie seufzte leise. »Ihr glaubt gar nicht, wie leid ich es bin, dieser Willkür ausgesetzt zu sein. Wird dieser verrückte Hexenwahn denn niemals enden? Am besten, man packt seine Habe zusammen und verschwindet mit allen Menschen, die einem lieb und teuer sind für immer und ewig aus diesem Land.«

»Das könnt ihr haben«, schmunzelte Arvid. »Den von Cappels gehört in Virginia, das ist eine englische Kolonie in der Neuen Welt, ein Streifen Land von etwa zehntausend Morgen. Da könnt ihr euch ansiedeln und eure eigenen Gesetze machen.«

Die Worte waren von Arvid im Scherz gesagt, doch seine Zuhörer bewiesen sofort großes Interesse.

»Zehntausend Morgen? Das ist eine ganze Menge«, fand Jakob. »Wie um alles in der Welt sind wir an dieses Land gekommen?«

Arvid stellte seine Schale zurück aufs Tablett und verschränkte wohlgesättigt seine Arme vor der Brust. »Ein Bruder meiner Mutter, deiner Großtante Käthe, wanderte vor rund fünfzig Jahren nach Virginia aus. Sein Name war Johann von Pladis. Da er als jüngerer Sohn mit keiner nennenswerten Erbschaft rechnen konnte, wollte er dort sein Glück versuchen. Zu diesem Zweck schloss er sich einer Gesellschaft namens Virginia Company an, die von dem englischen König James das Recht erkauft hatte, in der Neuen Welt eine Kolonie zu errichten. Für seine Unterstützung wurde Johann ein Landbrief über zehntausend Morgen versprochen. Es war im April 1607, als sie in See stachen – etwa hundertvierzig Männer auf drei Segelschiffen. Frauen und Kinder waren nicht dabei. Sie sollten erst später nachgeholt werden, sobald die Kolonie gesichert war. Als sie ihr Ziel erreicht hatten, gründeten die Männer auf einer Flussinsel, rund fünfzig Meilen von der Küste entfernt, die Stadt Jamestown. Es war ein hartes Leben, das sie zu führen hatten. Das Wildvorkommen auf der Insel war bald erschöpft, sumpfiges Marschland machte den Anbau von Nahrungsmitteln schwierig, unbekannte Insekten brachten Krankheiten und zudem mussten sie ständig vor den Ureinwohnern auf der Hut sein. Auch frisches Trinkwasser gab es auf der Insel nicht, und die Männer waren gezwungen, das brackige Flusswasser zu trinken. Die ersten Siedler starben bereits nach sechs Wochen. Nach sechs Monaten hatte sich ihre Zahl halbiert, und den ersten Winter sollen tatsächlich nur vierzig Mann überlebt haben. Mein Onkel war dabei und seine Briefe sind bis heute erhalten geblieben. Insgesamt hielt Johann zwei Jahre durch, dann starb auch er. Meine Mutter erhielt ein Schreiben von einem gewissen John Smith, dem Anführer der Kolonie. Er ließ sie wissen, dass ihr Bruder verstorben sei, und sandte ihr sein einziges Vermächtnis – den eingetragenen Landbrief. Seitdem ruht das Dokument in einer unserer Truhen. Denn auch wenn sich das Leben in Virginia inzwischen wesentlich einfacher gestaltet, die Auseinandersetzungen mit den Indianern beigelegt sind und die Kolonie sich weltgrößter Tabakproduzent rühmen kann, hat sich bisher noch niemand aus unserer Familie gefunden, der den großen Schritt in die Neue Welt gewagt hätte. Schon alleine wegen der Sprachschwierigkeiten, die sich daraus ergeben würden.« Er lächelte bei seinen letzten Worten und nahm wieder seinen Platz an der Schießscharte ein.

»Ich glaube nicht, dass die Sprache ein Problem wäre«, meinte Maarten. »Ich spreche Englisch und könnte es euch beibringen. Zeit würden wir auf der langen Reise genug dafür haben.«

Nachdenklich blickten die anderen vor sich hin. Auch wenn das Thema Auswanderung von ihnen allen bisher niemals in Erwägung gezogen worden war, hatte es doch einen ganz besonderen Reiz.

»Warum eigentlich nicht?«, meinte Jakob schließlich. »Catarina und ich sind auf Warmenau noch nicht wirklich Zuhause, das hat dieser Hexenspuk bewiesen. Und ihr«, er wandte sich an Barbara, Anneke und Maarten, »habt alle drei eure Heimat aufgegeben und noch keine neue gefunden. Warum sollen wir also nicht versuchen, dieses Abenteuer gemeinsam zu erleben und auf einem anderen Kontinent noch einmal neu und ganz von vorn beginnen? Das Land ist, dank diesem Vorfahren, vorhanden, und an Geld mangelt es uns nicht. Was also hält uns noch in diesem Sumpf aus Neid, Misstrauen und Aberglauben?«

Erstaunt sahen die anderen auf. Jakob hatte ziemlich genau das ausgedrückt, was jeder von ihnen für sich gedacht hatte.

»Das ist doch wohl nicht euer Ernst?« Arvid wollte seinen Ohren nicht trauen.

»Warum nicht?«, antwortete Catarina mit einer Gegenfrage. »Glaub mir, deine Emma wird besser schlafen können, wenn wir fort sind. So ganz geheuer sind wir ihr doch alle nicht mehr. Und wenn wir unser Glück in der Neuen Welt nicht finden …«

»Dann kommen wir eben wieder zurück«, vollendete Maarten ihren Satz. »Bis dahin wird zumindest Gras über das Teufelsnest auf Warmenau gewachsen sein.«

»In die Neue Welt auszuwandern mag eine verlockende Idee sein«, gab Anneke zu bedenken. »Eine derart schwerwiegende Entscheidung trifft man jedoch nicht von jetzt auf gleich. Da müssen zahlreiche Fragen geklärt und Vorbereitungen getroffen werden. Diese Zeit bleibt uns aber nicht. Denn wenn die Schergen aus Osnabrück eintreffen, werden zumindest einige von uns nicht mehr die Freiheit haben, nach eigenem Gutdünken zu handeln. Darum schlage ich vor, dass all die, die kein Zertifikat haben, nach Oudewater reisen und sich wiegen lassen. Über eventuelle Auswanderungspläne können wir später beraten.«

Jakob schüttelte unwillig den Kopf. »Das gefällt mir nicht. Barbara, Maarten und Arvid mit seiner Familie müssten nach Holland. Da sie aber Kinder dabeihätten, würden sie mit einer Kutsche reisen und für den Weg mindestens zwei Wochen benötigen. Sollten die Auswanderungswilligen von uns aber morgen früh verschwunden sein, wären Arvid, seine Familie und Warmenau außer

Gefahr. Die Osnabrücker müssten unverrichteter Dinge abziehen und die Bauern würden Ruhe geben.«

»Und wo sollen wir hin?«, wollte Maarten wissen.

Jakob lachte. »Nach Hamburg natürlich. Von dort aus stechen die Schiffe in die Neue Welt in See. Und dort haben wir Zeit genug, um zu überlegen, ob wir den Schritt wirklich gehen wollen, alle Fragen zu klären und die erforderlichen Vorbereitungen zu treffen.«

Maarten nickte. »Das stimmt natürlich. Außerdem hätten wir in Hamburg ganz andere Möglichkeiten, Erkundigungen über Virginia einzuholen. Bleiben zwei Fragen: Ist Arvid bereit, uns den Landbrief auszuhändigen? Und wie entledigen wir uns der Belagerer?«

»Wir würden kurz vor Tagesanbruch aufbrechen. Wenn die Bauern noch schlafen. Da sie ohnehin keine Pferde dabeihaben, müssten sie uns ziehen lassen. Und deine andere Frage kann nur mein Onkel selbst beantworten.«

Alle Augen richteten sich fragend auf Arvid.

»Aber natürlich«, erklärte dieser prompt. »Der Landbrief ist Eigentum derer von Cappel. Ihr könnt darüber frei verfügen. Und wenn ihr mich fragt: Ich halte Jakobs Vorschlag für die bessere Wahl, denn in dem Augenblick, in dem ihr die Belagerung durchbrochen habt, wären wir alle außer Gefahr.«

»Gut«, stellte Jakob fest. »Dann frage ich euch jetzt: Wer ist bereit für die Reise nach Hamburg?«

Die Hände der Anwesenden hoben sich – bis auf Arvids natürlich – ohne Zögern.

Sechstes Kapitel

Aufgeregt blickte Anneke aus dem Fenster der Kutsche. In der Ferne konnte sie die Wälle und Kirchtürme Hamburgs erkennen –Sankt Petri, Sankt Jacobi und Sankt Nikolai. Nur der Turm von Sankt Katharinen war nicht zu sehen. Ihre Mutter hatte ihr geschrieben, dass er zur Fastnacht durch starke Sturmwinde von seinem Sockel geweht worden war.

»Sieh nur, Maarten«, verkündete sie nun. »Man kann schon das Millerntor erkennen.«

Da der Utrechter nicht reagierte – er sprach noch immer nur das Nötigste mit ihr –, machte sie Catarina auf ihre Entdeckung aufmerksam. »Das Tor führt zwischen den Bastionen Henricus und Casparus in die Stadt. Jede einzelne Bastion trägt den Namen eines Mitglieds des Hamburger Rates. Und ich bin früher immer ein wenig stolz darauf gewesen, dass die Bastion Joachimus, zwischen Dammtor und Millerntor, nach meinem Großonkel benannt worden war.«

Catarina nickte. Sie kannte die Geschichte. Konnte die Aufregung der Mutter jedoch gut verstehen. Hamburg war schließlich ihre Heimatstadt und sie zu besuchen immer etwas Besonderes.

Für einen Augenblick bekam sie Heimweh. Sie selbst würde die Stadt, in der sie geboren und aufgewachsen war – Strongoli –, vermutlich niemals wiedersehen. Doch dann bemerkte sie Jakob, der auf seinem Friesen neben der Kutsche ritt. Er war nun ihre Heimat, jetzt und in Zukunft, wo auch immer sie leben würden.

Der Verkehr wurde dichter. Vor dem Millerntor trafen mehrere Straßen zusammen, und da das Tor nicht sonderlich breit war, stauten sich Mensch, Tier und die verschiedensten Gefährte vor dem Stadteinlass.

Gern hätte Anneke die Gelegenheit genutzt, um auszusteigen und sich ein wenig die Füße zu vertreten. Ihre Beine waren ganz taub vom langen Sitzen. Überhaupt war ihr die Reise endlos erschienen, wenn sie auch ereignislos verlaufen war. Kein Überfall, kein Rad- oder Achsbruch, nichts. Selbst die Flucht aus Warmenau war unspektakulär verlaufen. Arvid hatte den Bauern am Abend vorher – angeblich heimlich – ein Fässchen Branntwein vor das Tor gestellt. So schliefen sie noch tief und fest, als Kutsche und Pferde das Gut verließen. Sie erwachten zwar durch das Räderknarren und Hufgetrappel, aber bevor sie noch wussten, was geschah, befanden sich die Ausreißer bereits außer Sichtweite. Und die Verfolgung konnten sie nicht aufnehmen, da ihnen Pferde fehlten.

Neun Tage waren seitdem vergangen. In Hannover hatte Anneke einen Brief an ihre Mutter aufgegeben. Schließlich wollte sie die alte Dame nicht erschrecken, wenn sie plötzlich unangemeldet und zu fünft vor ihrer Tür standen. Und auch Barbara hatte eine Nachricht an Melchior gesandt, um ihm mitzuteilen, dass sie wohlauf und auf dem Weg nach Hamburg wäre, um von dort in die Neue Welt zu reisen. An Anna zu schreiben hatte sie sich nicht getraut. Wohlmöglich wurden ihre Briefe abgefangen, aber der Schwager sollte ihr Grüße ausrichten. Gewiss machte sie sich bereits Sorgen.

Nachdem sie das Millerntor passiert hatten, verfolgte Anneke gespannt den Weg durch die Hamburger Neustadt. Vieles war ihr fremd, nur weniges vertraut. Aus der Ferne grüßte ein schiefergedeckter Turm – der Isern Hinnerk. Vor der Stadterweiterung hatte er einmal zum alten Dammtor gehört. Sie passierten das Schaartor und kamen dann zu der Baustelle einer Kirche für die Neustadt, die, wenn sie denn in vielen Jahren fertiggestellt sein würde, dem Erzengel Michael geweiht werden sollte. Von hier aus waren es nur noch wenige Minuten, bis sie ihr Ziel erreicht hatten.

Annekes Elternhaus gehörte zu den stattlichsten Gebäuden der Deichstraße. Die prächtige Fassade mit ihren geschnitzten Knaggen war zwar schmal, doch das Gebäude, das mit der Rückseite direkt an den Mündungsarm der Alster grenzte, hatte genügend Tiefe, um ausreichend Platz für Wohnung, Kontor und Lager zu bieten.

Die Kutsche hielt und Anneke kletterte steifbeinig hinaus. Aufmerksam sah sie sich um. Hier schien sich überhaupt nichts verändert zu haben, und eigentlich müsste sich jeden Augenblick das reich geschnitzte Eingangsportal öffnen und …

»Sie sind da! Sie sind da!«

Wie Anneke es erwartet hatte, öffnete sich das Tor, und Hausmagd Gertrude trat heraus, dicht gefolgt von Knecht Hinnerk. Die beiden standen in Diensten der Claens, solange Anneke denken konnte, und dementsprechend herzlich war die Begrüßung.

Wenig später saßen die Reisenden in der großen lichten Diele, die das gesamte Erdgeschoss des Hauses einnahm. Eigentlich hatten die von Cappels, einschließlich Maarten, beabsichtigt, während ihres Hamburg-Aufenthaltes im Gasthaus Am Alsterthor abzusteigen, aber Annekes Mutter, Elisabeth Claen, widersprach entschieden.

»Das müsst ihr euch aus dem Kopf schlagen. Wir sind jetzt alle eine Familie und damit gehört ihr hierher. Außerdem haben wir doch wirklich Platz genug. Und uns Alten wird es guttun, wenn ein wenig Leben ins Haus kommt. Nicht wahr, Gertrude?«

Die alte Magd nickte entschieden und brachte ihrer Herrin, auf ihr Zeichen hin, ein kleines Holzkästchen.

»Ich bin Hanseatin«, sagte Elisabeth mit einem kleinen Lächeln, das ihren Worten die Spitze nehmen sollte, »und halte den Adel daher für eine Heimsuchung. Aber die beiden Herren dieses Standes, die heute an meinem Tisch sitzen, sind keine eitlen Gecken, sondern gottlob aus einem anderen Holz geschnitzt. Ich mag beide sehr. Doch einem von ihnen werde ich bis zu meinem letzten Atemzug von ganzem Herzen dankbar sein, dass er mein Kind vor dem schrecklichen Tode auf dem Scheiterhaufen bewahrt hat.« Sie erhob sich, griff nach ihrem Stock und trat zu Maarten. »Auch wenn es schon viele Jahre her ist, bin ich glücklich, dass die Vorsehung dich noch einmal in mein Haus geführt hat und ich diesen Dank persönlich abstatten kann.«

Maarten sprang auf. Unversehens erinnerte er sich an die Nächte, in denen er damals auch an diesem Tisch gesessen und mit der Gevatterin Claen und ihrem Sohn Friedrich heimlich über Annekes Befreiung aus der Fronerey beraten hatte.

Elisabeth umarmte ihn herzlich und überreichte ihm das Kästchen. »Der Ring gehörte einst Ludwig Claen, Annekes Großvater. Ich habe ihn umarbeiten lassen und das

Wappen bei Graf Philipp zu Schaumburg-Lippe erfragt«, fügte sie hinzu. »Eigentlich wollte ich ihn dir nach Kalabrien senden, aber dann erreichte mich der Brief, dass ihr auf dem Weg nach Hamburg seid. Es macht mich sehr glücklich, dir dieses Zeichen meiner Dankbarkeit persönlich überreichen zu können.«

Maarten öffnete das Kästchen und war sprachlos. Es war mit blauem Samt ausgeschlagen und enthielt einen goldenen Siegelring. Das darauf eingravierte Wappen zeigte eine Baronenkrone mit fünf aufsitzenden Perlen und ein diagonal geteiltes rot-weißes Schild. Auf der weißen Seite prangte ein sich aufbäumender schwarzer Friese, auf der roten befand sich ein schwarzer Zirkel, der sich mit den Schenkeln eines Winkelmaßes kreuzte – das Zeichen der Baumeister.

»Was … was für ein herrliches Wappen«, stammelte er. »Rot-weiß sind die Farben Utrechts. Wer hat es entworfen?«

»Ein Heraldiker des Grafen«, entgegnete Elisabeth lächelnd. »Und zwar nach den genauen Anweisungen seines Herrn.«

Maarten schob sich den Ring auf den Finger und umarmte Elisabeth. »An ein Wappen habe ich bisher gar nicht gedacht. Es gab … Es gab Wichtigeres. Aber hätte ich mir eines aussuchen dürfen, hätte ich genau dieses gewählt. Ich danke Euch sehr.«

Die alte Dame schüttelte den Kopf und verbesserte: »Bitte, Maarten, keine formelle Anrede zwischen uns. Dafür haben wir weiß Gott genug zusammen erlebt.« Sie küsste ihn auf die Stirn und ging, schwer auf den Stock gestützt, zu ihrem Stuhl zurück.

Unwillkürlich suchte Maarten Annekes Blick. Er sah,

dass in ihren Augen Tränen standen. Abrupt wandte er sich wieder ab.

Am nächsten Tag beabsichtigte Anneke, die Bank aufzusuchen. Unabhängig davon, ob sie beschloss, mit den anderen in die Neue Welt zu gehen oder in ihrer Heimatstadt zu bleiben – ihre Finanzen mussten geklärt werden. Da ihre Abreise aus Strongoli heimlich erfolgt war, besaß sie nicht sehr viel Bargeld, dafür aber einen Wechsel, den Giuseppe ihr auf das Handelshaus Crisopulli und Claen ausgestellt hatte. Ihn wollte sie jetzt vorlegen.

Als sie die Bank, die im Rathaus untergebracht war, wieder verließ, schlug sie jedoch nicht den Weg zurück in die Deichstraße ein, sondern bog, einer Eingebung folgend, in die Große Johannisstraße. Wenige Schritte später stand sie auf dem großen Platz Berg, unmittelbar vor der Kirche Sankt Petri. Aufmerksam sah sie sich um. Was hatte sie hierhergeführt? Als sie die Fronerey entdeckte, das Gefängnis, das direkt dem Scharfrichter unterstellt war und in das man sie seinerzeit als verdächtige Hexe eingekerkert hatte, wusste sie es. Unweigerlich wurden nun die Erinnerungen wach – an steinerne Treppen, dunkle Zellen und die Qualen der Marter. Sie dachte an Marie, die mit ihr geflohen war, an die Nacht, als Maarten sie befreit hatte, und an die Angst vor Entdeckung, während sie durch das schlafende Hamburg geschlichen waren. An den Stadttoren hatte sie sich damals nicht zeigen dürfen, aber dank Maartens Kenntnissen konnten sie Hamburg über das noch im Bau befindliche Hornwerk verlassen.

Und dann sah Anneke die Frau, die an den Pranger neben der Fronerey gekettet war. Ihr Kopf war gesenkt, in den langen blonden Haaren hingen Reste verfaulten

Gemüses und Pferdekots, mit denen ein paar übereifrige Christenmenschen sie beworfen haben mochten.

Langsam ging sie zu der Frau hinüber, und als sie neben dem Schandpfahl stand, hörte sie sie flüstern: »Wasser. Bitte.«

Anneke sah den Wassereimer, mit einer Kelle darin, gleich hinter dem Pranger stehen. Eigentlich war es die Sache des Scharfrichters, die Verurteilte zu versorgen, aber es war weit und breit niemand zu sehen. Also ergriff Anneke die Kelle und flößte der Durstenden etwas Wasser ein.

»Was um alles in der Welt habt Ihr verbrochen?«, wollte sie mitleidig wissen.

»Ich habe einen Meineid begangen«, gestand die Frau erschöpft. »Mein kleiner Sohn hatte auf dem Hopfenmarkt einen Apfel gestohlen und ich habe es abgestritten. Ich bin zu fünf Stunden Pranger verurteilt worden, aber ich stehe hier schon seit gestern und keiner kommt, um mich freizulassen. Bitte, könnt Ihr nach meinem Kind sehen? Er muss irgendwo hinter mir sein.«

Erst jetzt bemerkte Anneke das kleine Bündel Mensch, das sich an der Hauswand hinter dem Pranger zusammengerollt hatte und schlief. Das Gesichtchen des Kindes war schmutzig. Offensichtlich hatte es sich in den Schlaf geweint und dabei hatten sich die Tränen mit dem Straßenstaub vermischt.

»Euer Sohn liegt hier und schläft«, beruhigte sie die Frau. »Und ich werde jetzt nach dem Scharfrichter suchen, damit er endlich Eure Ketten abnimmt. Haltet aus. Ich bin gleich zurück.«

Es kostete Anneke große Überwindung, die Tür der Fronerey zu öffnen und in den kleinen Vorraum zu treten. Von hier führte eine Treppe, an die sie sich nur zu gut erinnerte, in die Verhör- und Kerkerräume hinab. Über eine andere Treppe gelangte man in die oberen Stockwerke, die Anneke nicht kannte. Und dann entdeckte sie eine halb geöffnete Tür, durch die deutliche Schnarchgeräusche drangen. Anneke trat hindurch und fand sich in einer Art Amtszimmer mit zahllosen Akten wieder. Auf einem Stuhl saß ein Mann, Oberkörper und Kopf auf den davorstehenden Tisch gebettet. Neben ihm stand eine leere Flasche Branntwein, eine zweite war umgefallen und hatte auf der Tischplatte eine kleine Alkohollache hinterlassen. Offensichtlich war der Mann volltrunken eingeschlafen und hatte die arme Frau am Pranger vollkommen vergessen.

Um ihn zu wecken, warf Anneke erbost die Tür lautstark hinter sich ins Schloss. Erschrocken fuhr er auf.

»Was soll das? Wer seid Ihr überhaupt?«

Anneke klärte ihn über den Grund ihrer Anwesenheit auf und war im Stillen froh, dass sie den Mann nicht kannte und es sich nicht um denselben Scharfrichter handelte, mit dem sie es seinerzeit zu tun gehabt hatte.

»Wenn Ihr nicht sofort die Ketten der Frau draußen löst, werde ich Euch bei Gericht melden«, sagte sie zornig.

Mit glasigen Augen sah er sie an. »Welcher Frau?«

»Die, die Ihr über Gebühr am Pranger habt stehen lassen«, antwortete sie böse.

»Steht die noch immer da? Aber mein Gehilfe sollte sie doch … ach nein. Der hat sich ja krankgemeldet.«

Anneke konnte sein Lallen nur schwer verstehen. Immerhin erhob er sich schwankend, suchte in seiner Gürteltasche umständlich nach einem Schlüssel und trat mit unsicheren Schritten auf die Straße hinaus. Es dauerte lange, bis er den Schlüssel in das Schloss bekommen hatte, aber schließlich war die Frau frei.

Ohne ein Wort taumelte der Scharfrichter zurück in die Fronerey, während sich die Frau besorgt über ihren kleinen Sohn beugte und ihn aufhob.

Erst dann bedankte sie sich unter Tränen.

Anneke lächelte. »Ich freue mich, dass ich helfen konnte«, sagte sie und schob der Frau ein Geldstück in die Hand. »Kauft Eurem Sohn zum Trost Äpfel und Euch zur Stärkung ein gutes Warmbier. Das könnt Ihr jetzt brauchen. Und überlegt Euch, ob Ihr den Scharfrichter wegen seines Versäumnisses anzeigen wollt.«

Erschrocken wehrte die Frau ab. »Ich werde froh sein, wenn ich den Mann nie wieder zu Gesicht bekomme.«

Dann ging sie davon. Auch sie schwankte etwas – doch bei ihr war es nicht der Alkohol, sondern die Erschöpfung.

Nachdenklich sah Anneke ihr nach. Die arme Frau. Sie hatte sich wegen einer Geringfügigkeit und um ihr Kind zu schützen ins Unrecht gesetzt und war der Willkür der Gesetzeshüter vollkommen ausgeliefert gewesen. Ebenso wie sie damals, als man sie bezichtigte, eine Hexe zu sein, ebenso wie Catarina vor zwei Jahren in Lemgo, als man sie wegen angeblicher Hexerei einkerkerte, und ebenso wie Barbara, die noch immer vor ihren Verfolgern auf der Flucht war. Gewiss, sie und ihre Tochter waren durch das Wiegezertifikat geschützt. Aber wollte sie noch länger in einem Land leben, in dem man solche Ungerechtigkeiten erleiden musste? Würde es nicht eine Erlösung sein, in die Neue Welt zu reisen, um unbelastet und ohne Angst noch einmal von vorn beginnen zu können?

In diesem Augenblick und hier, vor der Fronerey, in der ihr einst so viel Leid angetan worden war, traf Anneke ihre

Entscheidung: Ja, sie war bereit – bereit, mit ihrer Tochter, mit Jakob, Barbara und Maarten die große Reise an das andere Ende der Welt anzutreten.

Und dann war es so weit.

Eines Tages kamen Maarten und Jakob mit der lang ersehnten Nachricht heim.

»Es ist uns gelungen, eine Passage für uns auf der Morning Star zu buchen. Es ist ein schnelles Pinasschiff, ein Dreimaster aus England, der in einer Woche in See sticht. Wenn Wind und Wetter uns wohlgesonnen sind, werden wir in nur sechs Wochen Virginias Küste erreicht haben.«

»Es ist ein recht komfortables Schiff«, setzte Maarten hinzu. »Der Kapitän ist Engländer und in Virginia geboren. Er hat sogar versprochen, uns bei unseren Sprachstudien zu unterstützen. Dennoch gibt es ein Problem. Wir werden die Friesen nicht mitnehmen können. In den Laderäumen der Morning Star steht uns nicht genug Platz zur Verfügung.«

»Du willst unsere Pferde in Hamburg lassen?« Ungläubig sah Anneke ihn an, und ausnahmsweise bequemte der Utrechter sich diesmal, ihr zu antworten: »Nicht gerne, wie du dir unschwer denken kannst. Und auch nicht auf Dauer. Ich habe bereits mit deinem Bruder Philipp gesprochen. Er wird uns die Friesen mit einem anderen Schiff nachsenden. In etwa vier Wochen wird ein holländisches Schiff nach Jamestown segeln. Philipp und ein befreundeter Kaufmann wollen Wein verschiffen, werden aber genug Platz im Laderaum haben, weil es bei der Reise vor allem darum geht, Tabak aus Virginia zu holen.«

»Und warum können wir dann nicht alle mit dem Holländer fahren?«, wollte Anneke wissen.

»Weil das Schiff nicht auf Passagiere eingerichtet ist und weil es für Barbara gefährlich wäre, noch vier Wochen zu warten. Irgendwann werden die Herforder und die Osnabrücker ihre Spur aufgenommen haben und in Hamburg auftauchen. Willst du das Risiko eingehen?«

»Natürlich nicht«, gab Anneke betroffen zurück und ärgerte sich über sich selbst. An die Gefahr hätte sie auch allein denken können.

Im Hafen von Hamburg erhob sich ein Wald aus Masten, Rahen und Wanten gegen den bleigrauen Himmel. Eine steife Brise pflügte über die Elbe. Planken knarrten, Taue und Seilrollen stöhnten. Möwen schrien und die Luft roch nach Brackwasser, Tang und Teer.

Die Stunde des Abschieds war gekommen und Elisabeth Claen wusste – diesmal war es für immer.

»Wäre ich ein wenig jünger«, sagte sie unter Tränen, »würde ich mitkommen. Für eine alte Frau wie mich ist das Abenteuer aber einfach zu groß.«

Mutter und Tochter lagen sich in den Armen, als wollten sie sich nie wieder loslassen. Gertrude und Hinnerk standen traurig daneben. Und auch Annekes Brüder, Philipp und Friedrich, machten betrübte Gesichter. Gewiss, ihre kleine Schwester hatte schon seit vielen Jahren in der Ferne gelebt. Aber Strongoli war nicht aus der Welt. Virginia hingegen ... Wer wusste schon zu sagen, was sie dort erwartete? Gab es überhaupt einen verlässlichen Postverkehr? Auf viele ihrer Fragen würden sie erst mit der Zeit eine Antwort finden.

Die Morning Star lag an einer Duckdalbe inmitten des

Hafenbeckens. Ihr Beiboot befand sich schon am Kai, und die Matrosen, die die Passagiere zum Segler übersetzen sollten, warteten schon. In etwa einer Stunde würde der Gezeitenstrom einsetzen, der die Schiffe elbabwärts mit sich zog. Ihn durfte man nicht verpassen.

Anneke musste sich also von ihrer Familie trennen. Tränenblind und mit Jakobs Hilfe bestieg sie das Beiboot. An Bord der Morning Star wurden sie von Kapitän Wilson in Empfang genommen. Er hieß seine Passagiere willkommen und beauftragte die Matrosen, das Reisegepäck auf die Kabinen zu bringen. Die großen Schrankkoffer hingegen waren bereits am Tag zuvor in den Laderaum des Schiffes gebracht worden.

Anneke trat an die Reling der Morning Star. Ihre Augen suchten inmitten des bunten Menschengewimmels im Hafen ihre Familie zu entdecken. Als sie sie gefunden hatten, bemerkte sie, dass ihre Brüder ihr zuwinkten. Auch sie hob die Hand. Ein letzter Gruß. In wenigen Minuten würde der Segler ablegen, um sie in die Neue Welt zu bringen, einer ungewissen Zukunft entgegen.

Sie blickte zu Maarten hinüber, der sich am Heck des Schiffes mit dem Kapitän unterhielt. Maarten, der Mann, den sie über alles liebte. Ob er ihr wohl jemals wieder sein Vertrauen schenken würde? Entschlossen warf Anneke den Kopf zurück. Ich kann ihn zurückgewinnen, dachte sie. Ich weiß, dass ich es kann. In der Neuen Welt werden wir noch einmal ganz von vorn beginnen, und es wird ein glückliches Leben werden. Daran will ich ganz fest glauben.

In diesem Augenblick pfiff der Bootsmann. Kurze Kommandos wurden gerufen und die Mannschaft stürzte auf ihre Plätze – die einen lösten die Taue an der Duckdalbe, die nächsten ergriffen das Drehkreuz der Ankerwinde, während die anderen in die Takelage hinaufkletterten.

Noch einmal war der schrille Ton der Bootsmannspfeife zu hören und die Männer an der Winde setzten sich in Bewegung.

»John Cherokee was an Indian man
Virginia John Cherokee
He run away every time he can
Virginia John Cherokee,
way, hey, yah –Virginia John Cherokee
way, hey, yah–Virginia John Cherokee«, sangen sie, während sie sich mit voller Kraft gegen das Drehkreuz stemmten.

Inzwischen hatten die Männer in den Wanten die Leinwände an der Fock gelöst. Sofort füllte der Wind die Segel. Langsam, fast widerwillig setzte sich die Morning Star in Bewegung, und der Steuermann schickte sich an, das Pinasschiff durch die enge Hafenausfahrt zu lenken.

Anneke stand noch immer an der Reling, auch wenn sie ihre Lieben nicht mehr sehen konnte. Betroffen stellte sie fest, wie schwer ihr der Abschied fiel. Immerhin, es war ihr Vaterland, das sie nun verließ und in das sie vermutlich niemals wieder zurückkehren würde. Noch einmal grüßten Baumwall und Johannibollwerk. Und als sie auf Höhe des Hornwerks waren, konnte sie auch die Türme von Sankt Nikolai und Sankt Petri ein letztes Mal sehen. Dann hatte die Morning Star Hamburg verlassen. Das Schiff gewann spürbar an Fahrt und segelte nun der etwa hundert Kilometer entfernten Westsee entgegen.

Eine Luke wurde zugeschlagen und Anneke sah Jakob auf Deck erscheinen. Seine Wangen waren von dem scharfen Wind gerötet und sein dunkles Haar wehte im Wind.

Lachend winkte er ihr und kam auf sie zu. Trotz ihres Abschiedsschmerzes musste sie unwillkürlich zurücklachen.

Sie mochte ihn wirklich sehr. Er war der beste Schwiegersohn, den man sich wünschen konnte.

Eine starke Böe traf Anneke, die sich nun von der Reling abwandte. Sie legte die Hand schützend über die Augen und sah zu den Männern hinauf, die sich noch immer an den Segeln zu schaffen machten.

»Ein wenig erinnert mich die Morning Star an die Acquamarina, mit der Catarina und ich vor gut zwei Jahren von Strongoli nach Zeebrugge gesegelt sind«, erzählte sie Jakob. »Es war gleichfalls eine Dreimast-Pinas. Allerdings stand die Reise unter keinem guten Stern. Wir kamen in ein schreckliches Unwetter und die Matrosen gaben uns die Schuld daran. ›Frauen an Bord – Glück ist fort‹, hatte es damals geheißen. Bleibt nur zu hoffen, dass die Männer an Bord der Morning Star nicht so abergläubisch wie ihre Kollegen sind.«

Jakob lachte leise. »Da kann ich dir nur zustimmen. Allerdings werden wir ohnehin nicht viel Kontakt zu den Matrosen haben. Kapitän Wilson hat nämlich erklärt, dass den Passagieren ausschließlich das Achterdeck vorbehalten ist, auf dem wiederum die Mannschaft nichts zu suchen hat.«

Anneke nickte. »Das wurde auf der Acquamarina nicht anders gehandhabt.«

»Dessen ungeachtet ist die Morning Star wirklich ein sehr schönes Schiff, nicht wahr? Schlank und schnittig und mit einer herrlichen Galionsfigur. Hast du sie schon gesehen? Sie soll die Göttin der Morgenröte darstellen und ist sogar mit Flügeln ausgestattet.«

Anneke antwortete nicht. Sie hatte Maarten entdeckt, der gerade den Niedergang heraufkam. Unverwandt blickte er zu ihr herüber. Unwillkürlich lächelte sie ihm zu, doch er wandte sich schweigend ab. Auch Jakob hatte die kleine Szene beobachtet und ergriff nun tröstend Annekes Hand.

»Er ist noch immer tief verletzt, aber du solltest trotzdem nicht den Mut verlieren. Vor uns liegt eine lange Seereise, und ich kann mir kaum vorstellen, dass er deinem Charme und deiner Schönheit wochenlang widerstehen kann. Er liebt dich doch.« Wie Verschwörer lächelten sie einander zu.

Eine Weile standen sie schweigend nebeneinander, und die Traurigkeit, die Anneke eben noch verspürt hatte, war ein wenig gewichen. Sie lauschte dem Klatschen des Wassers gegen die Bordwand, dem Lied des Windes in den Segeln, dem Knirschen der Taue und musste unwillkürlich an die Galionsfigur denken.

Eine weiße Göttin der Morgenröte sollte der Morning Star Glück bringen? Warum also nicht auch ihr?

»Wie wird das Leben wohl sein, in der Neuen Welt?«, fragte Jakob nachdenklich. »Ich habe keinerlei Vorstellungen von Virginia.«

Anneke lachte. »Ich leider auch nicht. Aber es wird das sein, was wir daraus machen, denke ich. Entweder das gelobte Land oder das trostlose Ende der Welt.«

Nach rund sechs Stunden hatten sie Cuxhaven, die Stadt an der Elbmündung, erreicht. Und als der Handelssegler die Insel Neuwerk passierte, eine Enklave Hamburgs, drehte der Wind auf West. Leise knarrten Stagen und Ruder. Vor dem Bug spritzten die Wasser hoch, und das Brausen des

Windes und das Klatschen der Wogen mischte sich mit dem Schrei der Möwen, die aufs Meer niederstießen.

Das Wasser der Westsee begann sich zu kräuseln und die Wellen trugen kleine Schaumkämme. Aus der Trichtermündung der Elbe schoben sich, nun deutlich erkennbar, die helleren Fluten des Stromes in das offene graugrüne Meer.

Anneke war wieder an Deck gekommen, stand an der Reling und blickte zurück auf die Insel Neuwerk mit ihrem mächtigen alten Wehrturm. Dann verschwand auch das letzte Stückchen Hamburg langsam am Horizont.

Siebtes Kapitel

»Ach, hier bist du. Ich habe dich schon gesucht, Mutter.« Catarina betrat das Achterdeck. »Kapitän Wilson bat mich, dich zu holen. Das Essen ist angerichtet. Außerdem will er uns Informationen über die Reiseroute geben und eine weitere Englisch-Lektion. Er meinte übrigens, dass wir alle die Sprache bereits ganz leidlich sprechen und in unserer neuen Heimat schon jetzt zurechtkommen würden.«

»Wir haben ja noch ein paar Wochen Zeit, uns weiter darin zu üben«, stellte Anneke fest. »Aber ich denke auch, dass die Verständigung kein Problem darstellen wird. Schließlich haben wir alle fleißig gelernt.«

Mutter und Tochter machten sich auf den Weg in den Salon, der zugleich als Speisezimmer und Aufenthaltsraum für die Passagiere diente und Offiziersmesse genannt wurde. Dabei war es beileibe kein heimeliger, sondern eher ein nüchterner Ort, den man einzig nach Zweckmäßigkeit eingerichtet hatte. Die Wände waren weiß getüncht, und ein Dachfenster spendete tagsüber Licht. Abends, wenn es dunkel wurde, konnte man eine von einem Deckenbalken hängende Öllampe entzünden. Die Mahlzeiten wurden unter dem Oberlicht an einer langen Tafel eingenommen. Kapitän Wilson saß am Kopfende des Tisches, während die Offiziere und Passagiere die Längsseiten einnahmen. Man saß auf festgeschraubten Stühlen, die bei Seegang nicht verrutschen konnten. Und die wenigen Dinge, die zur Unterhaltung der Offiziere und Passagiere vorhanden waren, wie etwa Bücher, Karten- und Würfelspiele, waren in einem Wandregal extra vor dem Herausfallen gesichert.

Unauffällig musterte Anneke den Kapitän. Er mochte Ende dreißig sein, war kräftig gebaut, mit wetterhartem Seemannsgesicht und scharfen Augen. Seine Haare und der dichte Vollbart waren rotblond, seine Hände groß und stark. Ein Mann, zu dem man Vertrauen haben konnte.

Der Backschafter begann nun die Mahlzeit zu servieren. Schon auf der Acquamarina hatte Anneke gelernt, dass es bei langen Schiffsreisen nicht nur Salzfleisch und Zwieback zu essen gab, und sie hatte die lebenden Schweine und das Geflügel auf dem Vorschiff gesehen. Aber diese Speisen waren nicht nur gut, sie schmeckten köstlich. Der Smutje schien ein hervorragender Koch zu sein, was auf Handelsschiffen keineswegs eine Selbstverständlichkeit war. Und da sie mit ihrer Meinung nie lange hinterm Berg hielt, lobte sie das Essen gebührend.

Kapitän Wilson nickte dankend. »Ich werde Eure Wertschätzung gern weitergeben, Madam. Und damit uns die frischen Zutaten auch nicht so schnell ausgehen, wird das erste Ziel unserer Reise die Azoreninsel Flores sein. Dort haben wir noch einmal die Möglichkeit, Proviant an Bord zu nehmen. Wir wollen doch nicht, dass es unseren Passagieren auf der Morning Star an etwas fehlt. Die Zeiten der eintönigen, ja, ungesunden Ernährung auf langen Schiffsreisen gehören gottlob der Vergangenheit an.«

Die Reisenden lächelten erfreut.

»Und wann werden wir voraussichtlich Flores erreichen?«, wollte Maarten wissen.

»Nun, es ist natürlich nicht ganz einfach, eine Voraussage abzugeben, wenn man gerade einmal die Elbmündung verlassen hat«, schmunzelte der Kapitän gut gelaunt.

»Aber im Augenblick treibt uns der Wind gut voran, und wenn er weiter so günstig steht, werden wir in etwa zehn bis vierzehn Tagen die Insel erreicht haben.«

Maarten zeigte sich beeindruckt. »Ihre Morning Star scheint wirklich ein schnelles Schiff zu sein.«

Kapitän Wilson nickte stolz. »Darauf könnt Ihr Euch verlassen, lieber Baron. Und sie ist außerdem auf das vorzüglichste ausgestattet. Habt Ihr Euch schon in Eurer Kabine umgeschaut? Sie ist recht bequem eingerichtet. Auf anderen Schiffen werden Passagiere in Kojen auf dem Zwischendeck untergebracht.«

Anneke stimmte ihm zu. Sie war angenehm überrascht gewesen, als man ihr die anheimelnde Kabine zuwies, die sie mit Barbara gemeinsam bewohnte. Und auch Catarina, die sich einen Schiffsraum mit ihrem Mann teilte, war zufrieden. Maartens Schlafgelegenheit fiel zwar recht klein aus, aber er konnte sie allein nutzen. Und das war ihm im Augenblick am liebsten. Aber er hatte noch ein anderes Anliegen. »Um ehrlich zu sein«, ließ er sich jetzt vernehmen, »kenne ich nur die ungefähre Lage der Azoreninseln, glaube aber, dass, wenn wir sie erreicht haben, schätzungsweise bereits ein Drittel unserer Reise hinter uns liegt. Ist das richtig?«

»Ganz genau«, bestätigte der Kapitän. »Übrigens ist Flores die westlichste Insel Europas, sie gehört zu Portugal und ihre Hauptstadt heißt Santa Cruz. Den Namen Flores trägt die Insel nach ihrer einzigartigen Blumenlandschaft. Es werden Getreide, Mais und Gemüse angebaut, aber auch ein wenig Tabak und Zuckerrohr. Da wir den benötigten Proviant direkt von den Bauern kaufen können, sind die Waren ganz frisch und die Preise zudem noch recht bescheiden und nicht so hoch wie zum Beispiel auf Madeira, wo die meisten Amerikahändler ihre Schiffe ausrüsten.«

Aufmerksam hatten die Reisenden seinen Worten gelauscht.

Die Morning Star segelte an der niederländischen Küste entlang, und mit jedem Tag, den sie weiter Richtung Südwesten kamen, wurde die Sonne ein wenig wärmer. Das Wetter war bislang gut und der Wind ihnen wohlgesonnen. Am Morgen des dritten Tages erreichten sie den Kanal zwischen England und Frankreich.

Kapitän Wilson erklärte ihnen, dass man in dem Meeresarm wegen zahlreicher Sandbänke äußerst sorgfältig zu navigieren habe und zudem auf die zahlreichen Schiffe achtgeben müsse, die den Kanal durchquerten und ihre Route kreuzten. Und er schwärmte von den weißen Kreidefelsen, die sich an beiden Küsten befanden und auf die man an der schmalsten Stelle des Kanals, zwischen Calais und Dover also, einen wunderschönen Ausblick hätte.

Das hatte die Neugier seiner Passagiere geweckt. Und als der Kanal zusehends enger wurde, eilten Anneke und Jakob an Deck. Auf keinen Fall wollten sie den Anblick verpassen, aber auch die Einfahrt in den Atlantischen Ozean nicht versäumen.

Als sie gemeinsam an der Reling standen, fragte Anneke: »Wo ist Catarina? Geht es der Armen immer noch nicht besser?«

Jakob schüttelte den Kopf. »Sie liegt nach wie vor in ihrer Koje und kämpft mit der Seekrankheit. Eine unangenehme Geschichte, wie es scheint. Ich bin sehr froh, dass es mich bisher verschont hat.«

Anneke konnte ihm nur zustimmen, hatte aber natürlich auch Mitleid mit ihrer Tochter. »Schon auf der Acquamarina musste sie unter den Beschwerden leiden. Giuseppe erzählte uns, dass es irgendwann vorbeigehen würde, zumal die See ja nicht einmal übermäßig unruhig ist. Also geben wir die Hoffnung nicht auf. Deiner Schwester geht es allerdings auch nicht besser. Ich werde beiden gleich Zwieback und Tee bringen. Das beruhigt den Magen. Und in ein paar Tagen ist das Problem bestimmt vergessen und beide seefest.« Sie lächelte und blickte dann angestrengt nach Nordwesten, wo sie die englische Küste vermutete und auf das Auftauchen der Kreidefelsen wartete. Doch sie und Jakob sollten enttäuscht werden. Als sich die Morning Star der Kanalenge näherte, zog dichter Nebel auf – dick, grau und nass. Die Sonne stand jetzt nur noch als blasse, weiß schimmernde Scheibe über ihnen.

»So eine Niedertracht«, schimpfte Anneke und musste gleich darauf über sich selbst lachen. »Wie dumm von mir. Als wenn wir bei der Kanaldurchfahrt einen Anspruch auf schönes Wetter hätten.«

Der Wind frischte merklich auf, als sie den Atlantik erreicht hatten. Die Wellen wurden höher und das Knattern der Segel deutlich lauter. Die Morning Star ächzte gegen die Böen, die Matrosen zerrten an den dicken Tauen und das Meer warf schäumende Gischt auf die Planken.

An diesem Tag bestand das Mittagessen der Passagiere tatsächlich nur aus Zwieback und kaltem, gesalzenen Rindfleisch. Immerhin hatte der Koch es trotz der unruhigen See fertiggebracht, Tee und Kaffee zu kochen. Auf Weisung des Kapitäns wurden die belebenden Getränke aber zunächst den schwer arbeitenden Matrosen ausgeschenkt.

Der Sturm hielt den ganzen Tag über an, und als es dunkel wurde, konnte nicht einmal eine Öllampe entzündet werden, weil die offene Flamme im hin und her schaukelnden Schiff zu gefährlich gewesen wäre. Und da sich auch kein Mond am Himmel zeigte, wurde es eine sehr dunkle Nacht. Fast glaubte Anneke, die Finsternis mit ihren Händen greifen zu können. Zwar legte sie sich wie gewöhnlich in ihre Koje, fand aber dieses Mal kaum Schlaf.

Am nächsten Morgen wurden Wind und See wieder ruhiger. Das Wetter klarte auf, und Anneke ging gleich nach dem Aufstehen an Deck. Sie konnte kaum glauben, dass der ruhige, freundliche Ozean um sie herum derselbe war wie der wilde, furchterregende von gestern.

»Nun, Madam, haben Sie die Nacht gut überstanden?« Freundlich schmunzelnd kam der Kapitän auf sie zu. »Ich wette, Sie haben sich vor der Mütze voll Wind gefürchtet.«

»Mütze voll Wind?«, wiederholte Anneke entgeistert. »Ein schrecklicher Sturm war das.«

»Oh nein, das war kein Sturm«, lachte Wilson sie aus. »Das war überhaupt nichts, nur ein Spiel mit dem Wind. Und dafür werden wir heute mit dem herrlichsten Wetter belohnt.«

Zufrieden vor sich hin pfeifend ging er weiter.

Dreizehn Tage nachdem sie in Hamburg in See gestochen waren, lag die Insel Flores vor ihnen. Knapp zweitausend Seemeilen hatte die Morning Star bereits auf ihrer Reise zurückgelegt.

Zunächst konnte man von dem Eiland nur eine Gruppe von drei Bergen erkennen.

»Der höchste von ihnen ist der erloschene Vulkan Morro Alto. Die Insel selbst ist, wie auch alle anderen des Azorenarchipels, vulkanischen Ursprungs. Der portugiesische Name Ilhas dos Açores bedeutet übersetzt übrigens Habichtsinseln. Diesen Namen gaben die portugiesischen Eroberer der Inselgruppe. Erst viel später wurde entdeckt, dass die hier so zahlreich lebenden Greifvögel in Wahrheit Bussarde waren. Nun ja, auch Bussarde gehören der Familie der Habichte an, von daher ist der Name ja nicht wirklich falsch – und er wurde auch nach der Entdeckung des Irrtums nicht mehr geändert.«

Wie immer war Kapitän Wilson bemüht, die Passagiere an seinem Wissen teilhaben zu lassen.

Als sie der Insel näher kamen, nahm die malerische Landschaft immer mehr Konturen an. Weiße Häuser mit roten Dächern, die auf terrassenartigen Hängen erbaut waren, hoben sich von dem üppigen Grün der Umgebung und dem azurblauen Himmel ab.

Die Morning Star ging im Hafen von Santa Cruz, der Hauptstadt des kleinen Eilands, vor Anker. Die Kathedrale Igreja Matriz da Nossa Senhora da Conceição blickte freundlich auf sie herab.

»Wenn ihr möchtet, könnt ihr für die Dauer des Aufenthaltes gern in ein Gasthaus ziehen«, bot Jakob den Frauen an. »Gewiss würdet ihr es dort bequemer haben.«

Zögernd sah Carina ihn an. »Würdet ihr mitkommen oder auf der Morning Star bleiben?«, fragte sie dann.

»Wir werden überhaupt nicht hier sein«, erklärte Jakob. »Wir können es nämlich kaum erwarten, ins Landesinnere zu reiten. Du musst wissen, dass es auf Flores einige Zuckerrohr- und Baumwollpflanzungen gibt, und wir sind begierig darauf, mit den Bauern zu sprechen, um mehr über den Anbau zu erfahren. Eines haben wir nämlich in Erfahrung gebracht: In den spanischen Kolonien Amerikas – sie liegen südlich von den englischen – wurden inzwischen viele neue Pflanzungen eingerichtet, auf denen genug Indigo geerntet wird, um die ganze Welt blau zu färben. Und mit Tabak verhält es sich ähnlich. Daher wollen wir uns etwas anderes einfallen lassen. Wie es heißt, soll das Klima in Virginia sehr günstig für Baumwolle und Zuckerrohr sein. Und danach wollen wir uns hier erkundigen.«

»Das ist eine gute Idee«, fand Anneke. »Was uns angeht: Ich denke, wenn ihr fort seid, werden wir hier, auf der Morning Star, sicher am besten aufgehoben sein. Und unbequem lässt sich unser stolzer Segler ja nun wirklich nicht nennen. Oder?« Fragend sah sie die beiden anderen Frauen an. Sowohl Catarina als auch Barbara nickten zustimmend.

Während der Abwesenheit der Männer besichtigten die drei Frauen, unter der Führung Kapitän Wilsons, die Inselhauptstadt.

Besondere Aufmerksamkeit erweckte dabei ein Gefährt, das keine Räder besaß, wie ein Schlitten gearbeitet war und von Ochsen gezogen wurde. Es war das Haupttransportmittel der Insel und ideal für die teilweise sehr steilen Straßen.

Der Kapitän pflückte für seine Begleiterinnen Zimtäpfel und Bananen von den Bäumen, gab ihnen auch die süßen Ananas zu kosten und den aromatischen Wein der Insel.

Während eines Marktbesuchs bemühte sich Anneke, einige Pflanzen der Köstlichkeiten zu erwerben. Was auf Flores wuchs, konnte schließlich auch in Virginia gedeihen. Man musste es nur ausprobieren.

Maarten und Jakob kehrten von ihrem Ausflug zurück, auf dem auch sie einige Gewächse erstanden hatten.

»Auf Tabakpflanzen haben wir verzichtet«, berichteten sie. »Davon wird es in Jamestown genug geben. Aber wir haben Zuckerrohr, Baumwolle und Weinstöcke mitgebracht. Es wird aufregend sein herauszufinden, wie sich die Pflanzen in unserer neuen Heimat entwickeln.«

Drei Tage lang lag die Morning Star im Hafen von Santa Cruz, dann stach sie erneut in See. Als das Schiff aus dem Hafen auslief und der Wind in den Großsegeln zu singen begann, stand Anneke an der Reling und warf einen letzten Blick auf die bezaubernde Insel, die sie gewiss niemals wiedersehen würde. Nun nahm das Pinasschiff direkten Kurs auf Virginia.

Das Glück schien ihnen auch weiterhin hold zu sein. Die nächsten zwei Wochen flog die Morning Star, bei hervorragendem Wetter und großartigen Windverhältnissen, mit geblähten Segeln förmlich über den Ozean. Sie kamen so schnell voran, dass Kapitän Wilson bereits hoffte, in weniger als fünfundzwanzig Tagen von Flores nach Jamestown zu gelangen. Das wäre ein neuer Rekord gewesen.

Doch dann verschlechterte sich das Wetter. Sturm kam auf. Die Morning Star rollte und schlingerte, die Takellage ächzte und der Druck des Windes auf die Segel wurde so groß, dass sie zunächst gerefft und bald darauf ganz eingeholt werden mussten.

Einen Tag und eine Nacht stürmte es so sehr, dass Anneke sich ängstlich zu Maarten flüchtete. Und diesmal wies er sie nicht ab, sondern versuchte, sie zu beruhigen.

»Fürchte dich nicht. Unser Kapitän ist ein sehr erfahrener Seemann und die Morning Star ein ausgezeichnetes Schiff. Du wirst sehen, wir trotzen dem Sturm und sind bald am Ziel unserer Reise.«

Am nächsten Morgen ließ der Sturm nach. Das Meer wurde ruhig – gefährlich ruhig – und der Wind schlief völlig ein. Kein Lüftchen rührte sich. Trotzdem jagten die Wolken am Himmel, wurden immer dunkler, größer und bedrohlicher.

Zwei Tage lag die Morning Star bei völliger Windstille in der bleiernen See und das Gesicht Kapitän Wilsons wurde zunehmend besorgter.

Gegen Mittag setzte dann Wind ein. In minutenschnelle schwoll er zu einem Orkan an, peitschte das Meer zu berghohen Wellen auf und fiel über das Pinasschiff her.

»Wir sind verloren«, sagte Barbara mit tonloser Stimme. »Verloren in dieser schrecklichen Wasserwüste.« Dann lief sie unter Deck und verkroch sich in ihrer Kabine. Als Anneke ihr kurz darauf folgte, lag sie bereits in ihrer Koje und hatte die Decke über den Kopf gezogen. Anneke tat es ihr gleich.

Hilflos wurde die Morning Star, wie eine Nussschale, von den wütenden Wogen hin und her geworfen. Zwar ließ der Kapitän sorgfältig alle Luken schließen, doch auch wenn sie das Gefühl hatten, dass keine frische Luft mehr unter Deck drang, so fand das Wasser dennoch seinen Weg hinein. Es vertrieb die Ratten aus ihren Schlupfwinkeln und bald tummelten sich die ungeliebten Nager in Gängen, Kabinen und Salon.

Der Orkan wurde immer heftiger, und immer mächtigere Wogen überfluteten das Pinasschiff.

Diesmal verschonte die Seekrankheit selbst Anneke nicht. »Wenn man wenigstens an Deck gehen könnte, um frische Luft zu schöpfen«, stöhnte sie verzweifelt. »Alles wäre gewiss einfacher zu ertragen.«

Barbara blieb ihr eine Entgegnung schuldig. Sie fühlte sich einfach zu elend zum Sprechen.

Wieder tauchte die Morning Star kopfüber in ein Wellental und schwere Brecher schlugen über das Deck.

Anneke hörte das Knirschen der Planken, hastete aus ihrer Kabine und schlug fordernd gegen die Luke. Es war der Kapitän, der ihr schließlich mit bleichem Gesicht öffnete.

»Der Herr sei uns gnädig«, murmelte er nur. Dann verschwand er wieder.

Voller Furcht blickte Anneke ins Freie. Schon erhob sich eine neue Wasserwand über dem Schiff und begrub es im nächsten Augenblick unter sich.

»Fockmast kappen!«, hörte sie die laute Stimme des Kapitäns befehlen. »Sobald die Morning Star wieder frei ist.«

Verzweifelte Matrosen machten sich sogleich an die Arbeit, doch da wurde Anneke nach hinten gezogen.

»Du kannst nicht an Deck«, sagte Maarten mit ruhiger Stimme, während er die Luke wieder schloss. »Du würdest unweigerlich von den Wellen ins Meer gespült. Geh zurück in deine Kabine und beruhige dich. Du weißt doch, die Morning Star ist ein gutes Schiff.«

Anneke nickte mit bleichen Lippen. »Gewiss, das Schiff ist gut. Aber was hat eine von Menschen gebaute Holzkonstruktion diesen tobenden Elementen entgegenzusetzen? Wir werden alle sterben, nicht wahr, Maarten?«

»Natürlich«, sagt er und brachte sogar ein Lächeln zustande. »Irgendwann einmal, wenn wir alt und grau sind, aber nicht jetzt und nicht hier.« Tröstend nahm er sie in die Arme. »Du musst keine Angst haben«, raunte er ihr zu und drückte sie noch enger an sich. »Ich bin bei dir.«

Anneke vermochte sich nicht zu rühren. Sie atmete kaum und durchlebte einen äußerst seltsamen Augenblick. In ihr herrschte das Gefühl vollkommener Geborgenheit, während um sie herum das Meer tobte und sie in die Tiefe hinabziehen wollte. Als sein Gesicht sich über das ihre beugte und sie glaubte, dass er sie gleich küssen würde, vergaß sie ihre Angst vollends und Wärme durchflutete sie.

Bevor seine Lippen jedoch die ihren berührten, ließ Maarten sie unvermittelt los. Sie taumelte. Im gleichen Augenblick wurde das Luk wieder aufgerissen.

»Wir sind leckgeschlagen! Das Wasser steht schon vier Fuß hoch im Laderaum. Alle Mann sofort zum Schöpfen nach unten«, meldete ein Matrose mit sich überschlagener Stimme.

Maarten reagierte sofort. »Geh in deine Kabine«, ordnete er an und rief dann nach Jakob. Gemeinsam stürzten sie hinaus, um zu helfen.

Da die Schiffszimmerer das Leck noch immer nicht gefunden hatten, stieg das Wasser im Laderaum höher und höher. Schon bald mussten die Männer einsehen, dass ihre Arbeit vergebens war. Dennoch wollten sie nicht aufgeben und schöpften weiter.

In der Zwischenzeit versuchte der Kapitän mit Mühe ihren Standort zu berechnen. Ohne Zweifel hatte sie der

Orkan vom Kurs abgetrieben und er konnte nicht mehr sagen, wo sich sein Schiff eigentlich befand.

»Wir müssen Land berührt haben«, brummte er vor sich hin. »Sonst wären wir nicht leckgeschlagen. Und das würde bedeuten ... das kann nichts anderes heißen ... Vermutlich sind wir bereits ins Gebiet der Bermudas abgedriftet.«

Die Matrosen erschraken. Sie alle wussten, was das bedeutete: ein Archipel von Hunderten Inseln, unzähligen Sandbänken und Felsen.

»In die Boote!«, brüllte der Kapitän. »Wir müssen das Schiff aufgeben!«

Nur mit Mühe konnten die drei Beiboote zu Wasser gelassen werden. Bei der tobenden See war es aber fast unmöglich, sie zu besteigen. Unter größten Anstrengungen gelang schließlich das Kunststück, die Boote nach Lee, die dem Orkan abgekehrte Seite des Schiffes, zu ziehen.

Anneke fühlte sich von zwei Matrosen gepackt und in eins der Boote geworfen. Einige Männer sprangen hinterher, die Leine wurde gekappt, der kleine Kahn abgetrieben. Binnen Kurzem konnte sie weder die Morning Star noch die übrigen Boote ausmachen.

»Wo sind die anderen?«, schrie sie über das Tosen des Orkans hinweg. Doch die Matrosen schüttelten nur die Köpfe.

»Keine Ahnung«, brüllte einer von ihnen zurück. »Aber Sie sollten beten, Madam, dass wir weit genug von der Morning Star fortgetrieben werden. Wenn sie sinkt, dürfen wir auf keinen Fall in ihren Sog geraten.«

Anneke nickte als Zeichen, dass sie verstanden hatte. Bei sich dachte sie jedoch: Als wenn das noch etwas ausmacht. Wir haben ohnehin keine Chance. Wie sollte diese kleine Nussschale den wütenden Wogen trotzen, wo es doch selbst die stolze Morning Star nicht geschafft hatte?

Eine Weile trieben sie hilflos auf dem tobenden Ozean. Und wie es schien, ließ der Orkan langsam nach. Auch die Matrosen waren der Ansicht und im Boot erwachte bereits neue Hoffnung. Die wurde allerdings sofort zunichte gemacht, als erneut eine haushohe Welle auf sie zurollte. Der kleine Kahn wurde mit solcher Gewalt erfasst, dass sein Holz zersplitterte. Im nächsten Augenblick wurden sie alle vom Meer verschlungen.

Anneke war eine gute Schwimmerin, trotzdem gelang es ihr nicht, zurück an die Oberfläche zu gelangen. Immer wieder zogen wütende Strudel sie in die Tiefe, und mit aller Kraft kämpfte sie um ihr Leben. Schon glaubte sie, dass ihre Lungen jeden Augenblick bersten müssten, als es ihr endlich gelang, nach oben zu kommen.

Luft! Tief zog sie den Sauerstoff in ihre Lungen.

Im gleichen Moment berührte sie etwas an der Schulter. Es war ein Stück Treibholz, das direkt neben ihr schwamm – weiß angestrichen wie die Planken der Morning Star. Mehr konnte sie nicht erkennen, weil ihre Augen vom Salzwasser brannten.

Mit letzter Kraft schob sie ihren Oberkörper auf das Holz, das sie anscheinend zu tragen vermochte, und krallte sich mit ihren Händen fest.

Maarten!

Es war das Letzte, was sie denken konnte.

Dann wurde sie ohnmächtig.

Achtes Kapitel

»Anneke? Anneke, bitte sag doch was!«

Als sie wieder zu sich kam, vernahm sie die Stimme Maartens, spürte, wie ihr jemand gegen die Wangen schlug.

War sie tot? War sie im Himmel?, dachte sie benommen, doch dann spürte sie die nasse Kleidung auf ihrer Haut und schmeckte das Salz in ihrem Mund – beides hatte so gar nichts Himmlisches an sich. Mühsam schlug sie die Augen auf.

Der Orkan hatte sich gelegt und sie befand sich in einem der Beiboote. Der Mann, der sich über sie beugte, war tatsächlich Maarten. Hinter ihm konnte sie die besorgten Gesichter von Catarina, Jakob und Barbara ausmachen.

Sie lebte!

Anneke seufzte leise. Ach, wie wunderschön es doch war, nicht mehr im Wasser zu sein, nicht mehr allein.

»Da bist du ja wieder, Liebes.« Maartens Stimme klang unendlich erleichtert. »Wie fühlst du dich?«

»Ich habe Durst«, gab Anneke mühsam zurück. Ihre Kehle war vom Salzwasser wund und das Sprechen fiel ihr schwer.

»Wasser kann ich dir leider nicht bieten«, entgegnete Maarten bedauernd. »Nur das hier. Öffne deinen Mund.«

Als Anneke gehorsam die Lippen öffnete, träufelte Maarten ihr aus einem Lederschlauch ein wenig Flüssigkeit ein. »Es ist leider das Einzige, was wir haben – Wein aus Flores«, sagte er. »Er wird dich ein wenig stärken.«

Flores – im Geiste sah Anneke die bezaubernde Insel vor sich. War es tatsächlich erst zwei Wochen her, dass sie von dort aufgebrochen sind? Im Augenblick schien es ihr, als hätte der Aufenthalt auf der Azoreninsel in einem anderen Leben stattgefunden. Mühsam setzte sie sich auf und erkannte erst jetzt, dass sich noch mehr Menschen in dem Beiboot befanden – einige Matrosen und der Bootsmann.

»Das erste Boot, das, in dem ich saß, ist zerschellt. Dies ist das zweite. Was ist mit dem dritten?«

Maarten zuckte niedergeschlagen mit den Schultern. »Wir wissen es nicht, befürchten aber, dass es gleichfalls zerstört wurde. Zumindest haben wir zerbrochene Ruder gefunden. Wie es aussieht, ist dieser Kahn der Einzige, der den Orkan überstanden hat.«

»Und Kapitän Wilson?«

»Er ist mit der Morning Star untergegangen«, gab Maarten bedrückt zurück. »Ich habe noch gesehen, dass der Bootsmann ihn mit sich ins Beiboot ziehen wollte, aber er hat sich gewehrt. ›Ein Kapitän verlässt niemals sein Schiff‹, hat er dabei ausgerufen.«

»Und wie habt ihr mich …?« Anneke verstummte. Das Sprechen fiel ihr noch immer schwer.

»Wie wir dich gefunden haben, willst du wissen?«

Sie nickte.

»Nun, als das Meer wieder ruhiger wurde, begannen wir natürlich sofort, nach Überlebenden zu suchen. Es war Jakob, der dich zuerst gesehen hat. Du hast auf einem Stück Holz im Wasser getrieben und …«

»Auf einem Stück Holz?«, unterbrach der Freund ihn. »Nein, es war nicht einfach ein Stück Holz. Es war die Galionsfigur. Die weiße Göttin mit den Flügeln. Erinnerst du dich? Sie hat dir das Leben gerettet.«

Anneke lächelte traurig. »Ja, die Göttin der Morgenröte. Sie sollte der Morning Star Glück bringen, aber offensichtlich hat dieses Glück nur für mich ausgereicht.« Müde lehnte sie sich zurück. »Und was geschieht nun? Für den Augenblick sind wir zwar gerettet, aber die Situation ist noch immer sehr gefährlich, nicht wahr?«

Diese Frage beantwortete der Bootsmann. »Das ist richtig, Madam. Ich habe versucht, unseren Standort zu ermitteln, aber da ich keine Instrumente habe, sind genaue Berechnungen leider nicht möglich. Kapitän Wilson hat vermutet, dass wir durch den Orkan in den Bermudaarchipel abgedriftet sind. Wenn das stimmt – und alles spricht dafür –, werden wir früher oder später auf eine Insel stoßen. Wenn diese Insel dann auch noch über eine Süßwasserquelle verfügt, haben wir gute Chancen zu überleben.«

»Das heißt, im Augenblick hilft nur beten?«

Er lächelte. »Ja, beten und ein Segel. Wenn es uns gelingt, etwas zu konstruieren, das uns schneller vorwärtskommen lässt, würden sich unsere Chancen natürlich erheblich erhöhen.«

Die anderen Männer gaben ihm recht, wenn auch keiner so genau wusste, wie sie einen Mast finden sollten und was sie als Segeltuch verwenden konnten. Eine Weile berieten sich die Männer, dann brach die Dunkelheit mit Macht herein. Das Vorhaben musste auf den nächsten Tag verschoben werden. So gut es ging, machten es sich die Schiffbrüchigen in dem kleinen Boot bequem. Die Männer teilten eine Wache ein, der Wein und ein Beutel mit Schiffszwieback wurden herumgereicht – Dinge, die ein Geistesgegenwärtiger vor dem Verlassen der Morning Star im letzten Augenblick in das Boot geworfen hatte.

Sie versuchten, ein wenig zu ruhen. Anneke tastete mit einer Hand zu Maarten hinüber und spürte gleich darauf, wie seine Finger die ihren umschlossen. Erschöpft, aber auch ein wenig getröstet, schlief sie ein.

Am frühen Morgen erwachte Anneke durch wilde Schreie.

»Land! Land in Sicht!«

Tatsächlich, nur etwa zwei Seemeilen entfernt lag eine Insel.

»Im Dunkeln wären wir daran vorbeigetrieben«, murmelte Catarina schaudernd und sprach damit aus, was alle dachten. Denn was das bedeutet hätte, konnte sich jeder von ihnen ausmalen. Schon jetzt, am frühen Morgen, brannte der Durst quälend in allen Kehlen. Ein weiterer Tag unter der heißen Sonne, ohne einen Tropfen Trinkwasser, wäre ihr Verderben gewesen.

Der letzte Wein wurde nun verteilt, dann legten sich die Männer in die Riemen, um auf das Eiland zuzurudern. Und wieder ertönte das Lied, das Anneke mittlerweile so häufig gehört hatte.

»John Cherokee was an Indian man
Virginia John Cherokee …«.

Natürlich klangen die Stimmen matter als damals, als sie in Hamburg in See stachen, aber trotzdem schien die Melodie den Männern zu helfen, die Ruder im Gleichtakt zu führen.

Langsam, aber stetig kamen sie der Insel näher und konnten schon bald Einzelheiten ausmachen: zwei niedrige Hügel und ein dritter, größerer Berg, dessen Gipfel als kahler Felsen über den grünen Palmenwäldern hinausragte. An der Küste zeigten sich Sandbänke mit einzelnen Palmengruppen und eine felsige Landzunge reichte weit ins Meer hinaus. Zunächst wollten die Männer auf diese Landzunge zuhalten, um sie wie einen Kai zum Anlanden zu benutzen, aber der Bootsmann äußerte Bedenken: »Das Meer ist von dem Orkan immer noch aufgewühlt und die Brandung ziemlich stark. Das Boot ist aber das Einzige, was wir besitzen. Ich möchte nicht das Risiko eingehen, dass es an den Felsen zerschellt. Haltet lieber auf den Strand zu.«

Erbarmungslos stieg die Sonne höher. Es wurde heiß und die Männer schnell schwächer. Immer häufiger mussten die Ruderer abgelöst werden. Doch endlich war es geschafft, und der Bug des Bootes stieß in den feinen Sand am Strand. Sie hatten wieder festes Land unter den Füßen.

Zum Ausruhen blieb jedoch keine Zeit.

»Das Wichtigste ist jetzt, Wasser zu finden«, stellte Maarten fest. »Dafür teilen wir uns am besten in vier Gruppen auf. Drei ziehen los, um das Innere der Insel abzusuchen und zugleich zu erkunden, die vierte bleibt hier, um in der Nähe einen Lagerplatz auszuwählen.«

Die Männer waren einverstanden. Offensichtlich schienen alle sofort bereit, Maarten als neuen Führer anzuerkennen.

Ohne Zögern zogen sie nun los, jede Gruppe in eine andere Richtung. Anneke und Catarina blieben zurück und sahen sich neugierig um. Hinter dem Strand lag ein offener, leicht hügeliger Landstrich, der vom Dickicht niedriger Bäume begrenzt wurde, deren Zweige, seltsam ineinander verschlungen, ein dichtes Dach bildeten. Dahinter erhob sich der felsige Berg, den sie bereits vom Meer aus gesehen hatten. Zur rechten Seite war ein Schilfgürtel zu erkennen, der mit Weiden bewachsen war.

»Weiden und Schilf? Das lässt auf Wasser schließen, nicht wahr, Catarina? Lass uns hinübergehen und nachschauen«, schlug Anneke vor.

Die beiden Frauen machten sich auf den Weg. Als sie näher kamen, flog eine Wildente schreiend auf, eine zweite folgte und bald kreiste über der ganzen Sumpffläche eine Wolke von kreischenden Vögeln.

»Eine Flinte müsste man haben«, murmelte Anneke bedauernd. »Dann wäre die nächste Mahlzeit gesichert.«

Catarina nickte und musterte interessiert den Boden. Plötzlich bückte sie sich und bog einige Schilfhalme auseinander. »Wir haben Glück, Mutter. Es ist gerade Brutzeit und ich habe ein Gelege mit zehn Eiern gefunden. Wo eins ist, werden gewiss noch mehr sein.«

Anneke lachte erfreut auf. »Ich habe zwar nicht die geringste Ahnung, wie wir diese Eier zubereiten sollen, aber sie bedeuten auf jeden Fall Nahrung. Komm, lass uns Eier sammeln. Was meinst du, wenn wir jedem Enten-Elternpaar fünf Eier im Nest lassen, ob sie den Verlust verschmerzen werden?«

»Ich kann mir nicht vorstellen, dass Enten zählen können«, gab ihre Tochter amüsiert zurück, bückte sich erneut, klaubte vier Eier aus dem Gelege und trug sie an den Rand des Schilfgürtels.

Auch Anneke machte sich nun auf die Suche und hatte wenig später ebenfalls ein Nest gefunden. Von den elf Eiern entnahm sie sechs. Als sie wieder aufschaute, machte sie allerdings eine Entdeckung, die ihr Herz höherschlagen ließ.

»Catarina, komm schnell«, rief sie begeistert aus. »Sieh nur.«

Hastig kam die Gerufene herüber und bemerkte nun

gleichfalls das kleine Rinnsal, das den Schilfgürtel mit Wasser speiste.

Glücklich sahen die Frauen sich an, dann stürzten sie sich auf den Bach, um mit den Händen Wasser zu schöpfen.

»Es ist Süßwasser«, stellte Anneke jubelnd fest, nachdem sie gekostet hatte. »Wir sind gerettet!«

Als der Tag zu Ende ging, saßen die Schiffbrüchigen – elf an der Zahl – einträchtig um ein flackerndes Feuer. Ihre Lage hatte sich wesentlich verbessert. Die Insel bot Wasser und Nahrung, und unter den niedrigen Bäumen mit den ineinander verschlungenen Zweigen hatten sie sogar ein schützendes Dach über dem Kopf gefunden.

Nun machten sie eine Bestandsaufnahme. Jeder leerte seine Taschen aus, aber natürlich war es nicht viel, was sie vorweisen konnten. Zwei große Messer, eine Pistole – allerdings ohne Munition, der kleine Beutel mit Schiffszwieback, dessen Inhalt bereits merklich abgenommen hat, der Weinschlauch, der jetzt mit Wasser gefüllt war, ein Luntenfeuerzeug, ein Fernglas und das Amulett Itzamnás, das Anneke in ihrer Kleidertasche gefunden hatte.

Von ein paar Tauenden und Schnupftüchern einmal abgesehen, war das alles, was sie hatten retten können.

»Wir haben unseren gesamten Besitz verloren«, stellte Anneke mutlos fest. Das Amulett der Maya-Gottheit, das sie schon seit vielen Jahren begleitete, war zwar aus Gold, aber nicht groß genug, um einen bedeutenden Wert darzustellen.

»Nein, alles haben wir nicht verloren«, ließ Jakob sich vernehmen. »Etwas Wichtiges ist uns erhalten geblieben.« Er zog einen Lederbeutel hervor, dem er nun ein Dokument entnahm: den Eigentumsbrief über das Land in Virginia. »Ich habe ihn immer bei mir getragen«, erklärte er. »Das Papier ist zwar ein wenig feucht geworden, aber es ist immer noch gut lesbar.«

»Und was werdet Ihr damit anfangen, hier auf dieser Insel?«, wollte der Bootsmann wissen, der, wie Anneke mittlerweile erfahren hatte, auf den Namen John Ripley hörte. »Das Papier taugt doch höchstens noch zum Feueranzünden.«

Maarten zuckte mit den Schultern. »Gestern um diese Zeit saßen wir noch hilflos in einem kleinen Boot und waren dem Ozean ausgeliefert. Heute sind wir bereits Herren einer Insel, haben zu essen und zu trinken. Wer weiß denn schon, was für Wunder morgen geschehen?«

Die Schiffbrüchigen schmunzelten. Keiner von ihnen ahnte, wie prophetisch Maartens Worte tatsächlich waren.

Am nächsten Morgen – die Nacht war ruhig und ereignislos verlaufen – wurden die anfallenden Arbeiten verteilt. Zwei Matrosen sollten mit einem der Messer auf die Jagd gehen, drei andere das Lager mit Palmwedeln ausbauen. Catarina und Barbara gingen Eier und Kokosnüsse sammeln, Jakob und John Ripley wollten im Meer nach Essbarem suchen und Anneke und Maarten nach Salz. Ungewürztes Fleisch oder Eier mundeten keinem so recht, und da man immerhin den salzhaltigen Atlantik direkt vor der Tür hatte, musste es doch möglich sein, ein wenig Salz aufzutreiben.

»Was wir brauchen«, meinte Maarten, »ist ein felsiges Uferstück. In den kleinen Nischen wird die Flut Wasser zurücklassen, das während der Ebbezeit in der Sonne verdunstet. Zurückbleiben müsste dann eigentlich Salz.«

Gemeinsam machten sie sich also auf die Suche. Und tatsächlich, bereits nach wenigen Schritten am Strand entlang wurde der Boden felsiger und sie konnten feststellen, dass Maartens Theorie stimmte. In den Steinvertiefungen waren zwar noch Rückstände vom Wasser, aber es zeichnete sich bereits eine dünne weiße Schicht ab: Salz!

»Lass uns noch ein wenig warten«, meinte Maarten. »Wenn das Wasser ganz verdunstet ist, können wir die Salzschicht einfach abkratzen.« Er sah sich suchend um und hatte auch bald ein geeignetes Stück Treibholz gefunden. Anneke wiederum entdeckte einen Stein mit einer Vertiefung. Triumphierend hielt sie ihn Maarten entgegen.

»Und hier ist auch das dazugehörige Salzfässchen«, erklärte sie lachend.

Doch Maarten beachtete ihren Fund nicht. Wie angewurzelt stand er da und sah sie nur an. Wie schön sie ist, dachte er fast andächtig, gerade jetzt, da der Wind mit ihren offenen Haaren spielte. Das leicht gebräunte Gesicht ließ die blauen Augen noch strahlender erscheinen.

Stumm erwiderte Anneke seinen Blick. Beide spürten das Begehren in sich aufsteigen. Verwirrt senkte sie die Augen und versuchte sich abzulenken, indem sie mit dem Holz an der Salzschicht zu schaben begann.

Eine Weile sah Maarten ihr zu, doch dann bückte er sich gleichfalls. Schweigend arbeiteten sie nun nebeneinander, schabten das kostbare Salz und füllten die Ausbeute in den ausgehöhlten Stein. Doch plötzlich berührten sich ihre Hände. Anneke sah auf und tief tauchten ihre Blicke ineinander. Das Salz fiel zu Boden, aber keiner von ihnen achtete darauf. Unwillkürlich machte sie einen Schritt auf Maarten zu. Das heiße Verlangen stand deutlich in ihrem Gesicht. Da riss er sie an sich und beugte sich über ihren

Mund. Hungrig legten sich seine Lippen auf die ihren. Wie im Fieber begannen seine Hände ihren Körper zu liebkosen. Sie drängte ihm entgegen und Maarten glaubte, sein eigenes Blut rauschen zu hören. Erst allmählich drang die Frage in sein Bewusstsein, die sie ihm wieder und wieder stellte: »Hast du mir endlich verziehen? Hast du mir endlich vergeben?«

Für einen Augenblick hielt er inne, doch dann riss er sie erneut in seine Arme. »Ja«, murmelte er. »Ja, ja, ja. Und du? Kannst du mir vergeben, dass ich dir nicht mehr vertraut habe?«

Wortlos küsste sie ihn.

Wie befreit atmete Maarten auf. »Dann soll von nun an das vergangene Vergangenheit bleiben. Für uns zählt nur noch die Zukunft – wie auch immer sie aussehen mag.« Erneut küsste er sie. »Ich liebe dich«, flüsterte er ihr zwischen den Küssen ins Ohr. »Wirst du mich jetzt endlich heiraten – sobald ich einen Mann gefunden habe, der uns vermählt?«

Sie nickte und er schloss sie erneut in seine Arme.

Später – sehr viel später – sammelten Maarten und Anneke das verschüttete Salz wieder auf. Wie ausgelassene Kinder benahmen sie sich und fielen sich immer wieder glücklich und voller Sehnsucht in die Arme.

Nun hat sich die Prophezeiung der Zigeunerin – damals, vor langer, langer Zeit – doch noch erfüllt, dachte Anneke plötzlich. Was hatte die Alte noch gesagt? Ach ja, ihre Worte lauteten: »Ihr werdet Reisen, dass Euch hören und sehen vergeht. Aber ich sehe noch mehr. Ich sehe eine große, eine leidenschaftliche Liebe. Bis sie jedoch Erfüllung findet, gilt es viele Hindernisse zu überwinden.« Wie recht die Frau doch gehabt hatte. Nun endlich konnte Anneke den wahren Sinn der Weissagung begreifen.

Als sie den Rückweg antraten, hatte der Wind spürbar aufgefrischt, und als sie das Lager erreichten, war allen bewusst, dass erneut ein Sturm aufzog. Eilig begannen die Schiffbrüchigen ihre magere Habe zu sichern. Vor allem das Boot musste aus dem Wasser. Vorsichtshalber zogen sie es bis zu ihrem Lager hinauf. Dann machten sich die Männer daran, das Feuer zu löschen, um zu verhindern, dass der Sturm die Glut über die Insel fegte und womöglich einen Brand entfachte.

Da Catarina und Barbara in der Zwischenzeit Eier und Langustenfleisch auf einem flachen Stein im Feuer gebraten hatten, war das Abendessen trotzdem gesichert. Dazu gab es süße Maniokwurzeln, die überall auf der Insel wuchsen. Ein Festmahl.

Hungrig setzten sie sich zusammen und speisten mit Appetit. Auch das Salz, das Anneke und Maarten zu dem Essen beisteuern konnten, wurde mit großer Begeisterung angenommen.

Gesättigt und zufrieden saßen die Schiffbrüchigen nach dem Mahl beisammen und schilderten sich gegenseitig ihre Erlebnisse des Tages. Meinungen wurden ausgetauscht, neue Erfahrungen besprochen. Jeder Hinweis konnte für ihr weiteres Leben auf der Insel wichtig sein.

Über die Insel tobte der Sturm, der sich bereits angekündigt hatte. Da sich der Strandabschnitt und ihr Lagerplatz jedoch im Windschatten der Felsen befanden, würden sie voraussichtlich eine ruhige Nacht zu erwarten haben.

John Ripley gähnte herzhaft.

»Es beginnt bereits zu dämmern und es war für alle ein anstrengender Tag. Ich denke, wir sollten uns in unser Lager zurückziehen.«

Zustimmendes Gemurmel gab ihm recht. Doch dann verstummten alle auf einen Schlag. Ripley war aufgesprungen und deutete fassungslos aufs Meer hinaus.

»Da kommt es, das Wunder, von dem der Baron gestern gesprochen hat«, rief er aus.

Auch die anderen wandten sich um und begriffen sofort seine Aufregung: Eine Zweimast-Karavelle näherte sich der Insel.

Mit Tränen in den Augen fielen sich die Schiffbrüchigen in die Arme. Doch als sie gerade zum Strand hinunterlaufen wollten, um ihre Retter begeistert willkommen zu heißen, blieben sie wie angewurzelt stehen. Das Schiff war deutlich näher gekommen, so nahe, dass bereits Einzelheiten zu erkennen waren – auch die über den Segeln am Hauptmast flatternde Piratenflagge.

»Schnell, versteckt euch«, brüllte Ripley. »Sie dürfen uns auf keinen Fall entdecken.«

Maarten zögerte. »Aber warum denn nicht? Auch ein Korsarenschiff ist in der Lage, uns von der Insel fortzubringen.«

Ripley lachte böse. »Das Schiff sicher, aber die Piraten werden gewiss nicht damit einverstanden sein. Das sind keine menschenfreundlichen Samariter, begreift das! Da wir nicht bewaffnet sind, werden sie uns ohne Schwierigkeiten gefangen nehmen. Und dann? Könnt Ihr Euch freikaufen? Nein. Ihr besitzt kein Geld mehr. Euer Vermögen ist mit der Morning Star untergegangen. Vielleicht mag es ja jemanden in der Alten Welt geben, der bereit ist, für Euch ein Lösegeld zu zahlen, aber so lange werden die Piraten nicht warten wollen. Um einen Gewinn mit Euch erzielen zu können, bleibt ihnen immerhin die Möglichkeit, Euch in die Sklaverei zu verkaufen, und genau das ist es, was die Piraten machen werden, mit Euch, mit Madam Crisopulli und uns allen. Also lauft um Eure Freiheit, Mann, und verschwendet nicht länger unsere Zeit.«

Maarten musste einsehen, dass der Bootsmann recht hatte. Ohne eine Sekunde länger zu zögern, packte er Annekes Hand und zog sie mit sich zum Lager. Hier waren sie vorerst sicher und konnten von der Küste aus nicht gesehen werden. Die Dämmerung gab ihnen zusätzlich Schutz. Und in ihrem Versteck hatten sie freie Sicht auf das Meer und den Strand.

»Gut, dass wir das Boot noch in Sicherheit gebracht haben«, murmelte einer der Matrosen. »Es hätte uns unweigerlich verraten.«

Die anderen gaben ihm recht und beobachteten nun schweigend, wie die Piraten an der felsigen Landzunge, die sie selbst gemieden hatten, anlandeten.

»Offensichtlich kennen sich die Gauner hier aus«, stellte Ripley leise fest und setzte das Fernglas an die Augen. »Trotzdem glaube ich nicht, dass die Insel ein Piratenunterschlupf ist. Dafür hätte es Spuren geben müssen. Vermutlich wollen sie nur den Sturm abwarten und danach weitersegeln.«

»Das müssen wir auf jeden Fall verhindern«, wandte Maarten ein. »Wir brauchen das Schiff, sonst kommen wir am Ende niemals von dieser verdammten Insel runter.«

»Und wie stellt Ihr Euch das vor?«, wollte Ripley spöttisch wissen. »Wollt Ihr auf die Karavelle marschieren und sagen: Macht, dass ihr fortkommt, Leute. Das ist jetzt unser Schiff.«

»So einfach werden es uns die Piraten leider nicht machen«, gab Maarten zu. »Und dennoch. Wir müssen sie im Auge behalten, damit wir die Chance sehen, falls sich uns eine bietet.«

Ripley nickte widerstrebend.« Das ist vielleicht gar nicht so dumm.« Er verstummte und blickte angestrengt in die Dunkelheit hinaus. »Seht doch«, sagte er dann und reichte Maarten das Fernglas. »Sie schieben eine Planke zur Felszunge hinüber. Offensichtlich wollen sie das Schiff verlassen.«

Maarten blickte durch das Glas. »Vielleicht brauchen sie frisches Wasser?« Doch dann lachte er leise auf und korrigierte sich sofort: »Nein, um Wasser geht es ihnen nicht. Einer von ihnen hat ein Fässchen geschultert. Im Licht der Schiffslaternen konnte ich es deutlich erkennen. Der Größe nach zu urteilen könnte es Rum sein.«

Einer der Matrosen schmatzte genießerisch. »Dagegen hätte ich jetzt auch nichts einzuwenden.«

Ripley grinste. »Wem sagst du das.«

Nur Maarten blieb ernst. Er reichte dem Bootsmann das Glas zurück. »Wollen die etwa ein Trinkgelage am Strand abhalten?«

Ripley suchte prüfend den Strand ab, dann nickte er. »Sieht ganz danach aus. Irgendwie müssen sie ja die Zeit herumbekommen, bis der Sturm vorüber ist. Und am Strand gibt es einige windgeschützte Plätzchen.« Er grinste. »Immer mehr Piraten gehen jetzt über die Planke«, berichtete er dann. »Einer von ihnen trägt sogar ein zweites Fässchen.«

Nachdenklich sah Maarten ihn an. »Wie groß wird die Wache sein, die sie an Bord zurücklassen?« Der Bootsmann nahm das Glas vom Auge. Es war jetzt zu dunkel geworden, um noch etwas zu erkennen.

»Ich weiß es nicht«, antwortete er. »Aber wir sollten versuchen, es herauszufinden.«

Maarten schmunzelte zustimmend. »Ganz Eurer Meinung, Mr Ripley. Ich sehe, wir verstehen uns, und schlage vor, dass wir noch zwei Stunden warten. Dann schicken wir einen Späher aus. Vielleicht gelingt es uns, die Piraten zu belauschen und mehr über ihre Pläne in Erfahrung zu bringen.«

Ripley nickte. »Bis dahin sollten wir uns aber ruhig verhalten. Wenn sie auf uns aufmerksam werden, ist alles vorbei. Dann sind wir verloren.«

Die Schiffbrüchigen hatten verstanden und wagten kaum noch, sich zu bewegen. Schweigend beobachteten sie die Geschehnisse am Strand, an dem es sich die Piraten inzwischen bequem gemacht hatten. Dem Gejohle nach zu urteilen, kreisten auch bereits die ersten Becher mit Rum.

»Eigentlich bleibt uns nur die Chance, die Karavelle heute Nacht zu kapern«, stellt Maarten leise fest. »Morgen früh, wenn es wieder hell ist, werden uns die Freibeuter gewiss entdecken. Die Spuren, die wir verursacht haben, als wir das Beiboot zum Lager heraufzogen, sind nicht zu übersehen.«

Der Bootsmann stimmte ihm zu. »Auf jeden Fall würde ich mich besser fühlen, wenn wir Waffen zur Verfügung hätten.«

»Wir haben eine Pistole«, gab Maarten zu bedenken.

Ripley verzog das Gesicht. »Ohne Munition nützt sie uns wenig.«

»Immerhin kann man es ihr nicht ansehen, ob sie geladen ist oder nicht«, grinste Maarten. »Wenn es uns gelingt, ungesehen bis zu der Karavelle zu gelangen, können wir die Wachen mit der Pistole bedrohen. Bestimmt werden sie gar nicht erst auf die Idee kommen, an ihrer Nutzlosigkeit zu zweifeln.«

»Hoffen wir, dass Ihr recht behaltet«, knurrte Ripley. Ihm war überhaupt nicht wohl bei dem Gedanken, ein Korsarenschiff zu entern – und das auch noch unbewaffnet. Auf so eine Idee konnte wirklich nur eine Landratte kommen.

Die Zeit verstrich quälend langsam. Sekunden schienen sich zu Minuten auszudehnen, Minuten zu Stunden. Die Piraten wurden immer ausgelassener, die Schiffbrüchigen immer nervöser. Der Mond war aufgegangen und in seinem Schein wirkte die Situation noch bedrohlicher, noch unheimlicher. Deutlich konnte man nun die Korsaren erkennen, die grölend am Strand umhertorkelten. Die meisten trugen wilde, zerzauste Bärte, einige hatten bunte Tücher um den Kopf geschlungen, anderen fielen die Haare lang und strähnig bis auf die Schultern herab. Eines jedoch hatten alle gemeinsam: Sie waren bis an die Zähne bewaffnet.

Plötzlich erhob sich ein Riese mit einer schwarzen Augenklappe und blickte zu dem Lager der Schiffbrüchigen hinüber. Die Palmen über ihm warfen absonderliche Schatten auf sein Gesicht. Auf unsicheren Beinen kam er langsam näher. Das Messer in seinem Gürtel blitzte im Schein des Mondes auf.

»Duckt euch«, zischte Ripley und spähte vorsichtig durch die schützenden Zweige zu dem Piraten hinüber, der sich ihnen auf wenige Schritte genähert hatte. Offensichtlich war das Hirn des Mannes jedoch schon so vom Rum benebelt, dass er ihre Spuren auf dem lockeren Boden nicht wahrnahm. Ohne Verdacht zu schöpfen, bückte er sich nach einer Kokosnuss und hielt sie empor.

»Das ist ein gutes Ziel«, rief er seinen Spießgesellen zu und wankte wieder zum Strand hinunter. Wenig später wurden Schüsse laut.

»Diese Idioten veranstalten Schießübungen auf eine Kokosnuss«, stellte Ripley kopfschüttelnd fest und fügte erleichtert hinzu: »Oh Mann, das war knapp. Wäre der Halunke nur wenige Schritte weiter gegangen …«

Maarten lächelte zufrieden. »Nehmen wir es als gutes Omen«, meinte er. »Und ich denke, wir können es jetzt auch wagen, einen Kundschafter loszuschicken. Der Alkohol tut seine Wirkung und lässt die Piraten unachtsam werden. Haben Sie einen geeigneten Mann für diese Aufgabe?«

Der Bootsmann nickte. »Brian Gilbrett. Er hat ein paar Jahre bei den Indianern Arizonas gelebt und kann sich lautlos anschleichen wie kein Zweiter.«

Leise gab er dem Matrosen die nötigen Instruktionen und wenig später machte Gilbrett sich auf den Weg. Ein lautloser Schatten in der Dunkelheit.

Ungeduldig wartete man auf seine Rückkehr.

Anneke kroch vorsichtig zu Maarten hinüber. »Wirst du mitgehen, wenn das Piratenschiff gekapert wird?«

»Natürlich«, erwiderte er. »Es gilt schließlich auch unser Leben und unsere Freiheit zu verteidigen. Da kann und will ich mich nicht ausschließen.«

Anneke hatte nichts anderes erwartet. Gewiss, sie würde Angst um Maarten haben, musste aber gleichzeitig zugeben, dass er recht hatte.

»Jakob wird bei dir, Catarina und Barbara bleiben«, fuhr Maarten flüsternd fort. »Außerdem einer der Matrosen. Auf mehr Männer können wir leider nicht verzichten. Immerhin werdet ihr somit nicht ganz schutzlos sein.«

Anneke lächelte. »Ich habe keine Angst«, sagte sie tapfer. »So grausam kann das Schicksal nicht sein, dass es uns nun, da wir endlich zusammengefunden haben, wieder auseinanderreißt. Alles wird gut. Ich bin ganz sicher.« Liebevoll zog Maarten sie in seine Arme.

Zwei Stunden später war Gilbrett zurück.

»Die Gauner sind alle hinüber«, grinste er. »Mehr als die Hälfte schnarcht bereits. Der Rest liegt am Strand und ist kaum noch fähig, sich zu bewegen. Muss wirklich ein höllischer Tropfen sein, den sie in sich hineingeschüttet haben.«

Ripley zuckte mit den Schultern. »Uns kann's nur recht sein«, knurrte er. »Hast du etwas über die Wachen an Bord der Karavelle erfahren?«

Der Matrose schüttelte den Kopf. »Nein, leider nicht.«

»Kann man nichts machen«, stellte der Bootsmann fest und sah Maarten fragend an. »Und nun?«

»Wir warten noch eine Stunde und machen uns dann auf den Weg«, entschied der Baron. »Drei Mann sichern unten am Strand den Zugang zur Felszunge, die restlichen vier kümmern sich um die Wachen auf der Karavelle.« Er wandte sich an Jakob: »Wenn wir die Piraten überwältigt und das Schiff eingenommen haben, geben wir ein Zeichen. Wir werden eine Lampe schwenken, allerdings nur einmal, um kein unnötiges Aufsehen zu erregen. Ihr müsst also achtgeben. Wenn ihr das Licht seht, schlagt ihr einen weiten Bogen um die Piraten und geht zur Felszunge hinunter. Die Posten werden dort auf euch warten. Gemeinsam kommt ihr dann an Bord. Ihr müsst jedoch vorsichtig sein und die Dunkelheit so gut wie möglich nutzen, denn auf den Felsen seid ihr vom Strand aus zu sehen. Bei Männern ist das nicht weiter gefährlich, die Piraten werden sie für ihre eigenen Kumpanen halten. Sobald sie jedoch wehende Röcke erblicken, ist der Teufel los. Lasst euch dazu etwas einfallen.«

Die drei Frauen nickten.

»Männerkleidung wäre natürlich am besten«, meinte Anneke nachdenklich. »Da wir darüber jedoch leider nicht verfügen, wird nichts anderes übrig bleiben, als die Röcke zu schürzen.«

Entsetzt sah Barbara sie an. »Wir sollen mit entblößten Beinen …?«

Anneke lachte leise. »Das ist wirklich nicht der richtige Augenblick für Schamgefühle und Kleiderordnungen, Liebes. Immerhin geht es um unser aller Sicherheit.«

Neuntes Kapitel

Die Zeit zum Aufbruch war gekommen.

Maarten, Ripley, Gilbrett und vier weitere Matrosen erhoben sich. Ernst sahen sich die Schiffbrüchigen an. Allen war bewusst, dass die nächste Stunde über ihre Zukunft entscheiden würde.

Dann verschwanden die Männer in der Dunkelheit. Leise schlichen sie zum Strand hinunter. Die betrunkenen Piraten hörten sie laut schnarchen. Sie schienen tief und fest zu schlafen.

Als die Männer die felsige Landzunge erreicht hatten, an der die Karavelle vor Anker lag, wurden sie bemerkt.

»Bringt neuen Rum mit, ihr Kerle«, rief ihnen einer der Piraten lallend zu, dann sackte er wieder zusammen. Offensichtlich erwartete er keine Antwort. Die Männer erschraken, erkannten aber schnell, dass von dem Rufer keine unmittelbare Gefahr ausging.

Drei von ihnen blieben nun zurück und kauerten sich, um nicht gesehen zu werden, eng an die Felsen. Die anderen gingen weiter, ohne sich noch einmal umzusehen.

Vor ihnen lag die Karavelle. Am Bug wurde sie mit einem Anker gehalten, am Heck mit einem dicken Seil, das um einen Felsen gelegt war. Zwischen der Bordwand und der natürlichen Mole befanden sich gefüllte Säcke aus grobem Tuch, die verhindern sollten, dass das Schiff gegen die Steine gedrückt und beschädigt wurde. Als die Männer näher kamen, konnten sie auch den Schriftzug am Bug erkennen: Princess.

Was für ein eigentümlicher Name für ein Piratenschiff, dachte Maarten noch erstaunt, dann hatten sie auch schon die Laufplanke, die den Segler mit der Landzunge verband, erreicht. Es gab kein Zurück mehr.

Vorsichtig kletterten die Männer an Bord. Jeden Augenblick damit rechnend, von einer wütenden Piratenhorde angegriffen zu werden, betraten sie das Deck, aber zu ihrem größten Erstaunen war keine Menschenseele zu sehen. Nur eine leere Flasche, der man den Hals abgeschlagen hatte, rollte bei jeder Bewegung des Schiffes auf den Planken hin und her.

Leise bewegten sich die Männer vorwärts, bis sie endlich die Wachen entdeckten: zwei Piraten auf dem Achterdeck. Der eine saß, den Rücken gegen das Geländer gelehnt, auf dem Holzboden. Das Kinn mit dem wilden Bart war ihm tief auf die Brust gesunken. Der andere lag neben ihm. Liebevoll umschlangen seine Arme ein Rumfässchen.

Verwirrt sahen sich Maarten und seine Begleiter an. Sollte es wirklich so einfach sein, die Princess in Besitz zu nehmen?

»Bindet und knebelt sie«, gab der Bootsmann leise seine Anweisungen. »Und schaut nach, ob sich hier oben noch weitere Piraten aufhalten.«

»Ich werde indes unter Deck nach dem Rechten sehen«, sagte Maarten leise. Die Männer nickten und suchten bereits nach einem geeigneten Tampen. Als Gilbrett den Piraten, der am Geländer lehnte, fesselte, verdrehte dieser nur schwerfällig seine Augen. Er war tatsächlich zu betrunken, um zu begreifen, was mit ihm geschah. Auch sein Kumpan leistete keinen Widerstand. Alles, was er hervorbrachte, war ein einziges Wort: »Rum!«

In der Zwischenzeit hatte Maarten die Kabinen erreicht. Hier unten herrschte ein heilloses Durcheinander. Der Boden war mit Schmutz bedeckt, Seekarten, nautisches Messgerät und Waffen lagen überall verstreut, und zahllose Flaschen klirrten bei jeder Bewegung des Schiffes gegeneinander. Eine Lampe verbreitete blakend ihr trübes Licht. Maarten steckte sich zwei Pistolen in den Hosenbund, griff noch zusätzlich nach einer Flinte und ging weiter. Er sah in alle Kabinen, aber es war niemand mehr an Bord. Er konnte es noch immer nicht ganz fassen, aber das Glück schien tatsächlich mit ihnen zu sein.

Hinter der letzten Tür befand sich die Kombüse. Unwillkürlich rümpfte Maarten die Nase. Boden, Kochstelle und Gerätschaften – alles starrte vor Dreck. Angeekelt wollte er den Raum wieder verlassen, als er in einem Winkel ein paar nackte Füße erblickte. Rasch zog er eine Pistole aus dem Gürtel.

»Komm heraus, wenn dir dein Leben lieb ist.«

Langsam und vor Angst zitternd kroch ein vielleicht zwölfjähriger Knabe aus der Nische und fiel vor ihm auf die Knie.

»Verschont mich, Herr!«

Erstaunt sah Maarten auf das angstbebende Bündel hinab. »Du bist ja noch ein Kind. Was suchst du an Bord dieses Schiffes?«

»Als die Piraten die Princess kaperten, haben sie mich als Einzigen am Leben gelassen«, kam es leise zurück. »Seitdem bin ich hier der Schiffsjunge.«

Maarten bückte sich und half dem Knaben auf die Beine. »Außer Prügel scheinen dir die Halunken nicht viel gegeben zu haben«, stellte er fest und betrachtete voller Erbarmen den mageren, geschundenen Körper des Knaben. Nur aus Haut und Knochen schien er zu bestehen und war über und über mit blauen Flecken und Striemen bedeckt. »Wie heißt du, Junge?«

»Juan«, lautete die Antwort und darauf folgte die ängstliche Frage: »Ihr gehört nicht zu den Freibeutern, Herr?«

Maarten schüttelte den Kopf. »Nein, du musst keine Furcht mehr haben. Dir geschieht nichts. Folge mir.«

Als Maarten und der Junge an Deck erschienen, lagen die beiden betrunkenen Piraten wie zwei gut verschnürte Pakete auf den Planken.

»Was machen wir mit ihnen?«, wollte Ripley wissen. »Sollen wir sie mitnehmen und im nächsten Hafen der Gerichtsbarkeit übergeben?«

Davon wollte Maarten nichts wissen. »Wir sollten uns nicht mit diesem Gesindel belasten. Kurz bevor wir in See stechen, werden wir sie auf die Felszunge werfen. Dann können ihnen ihre Kumpane die Fesseln abnehmen, sobald sie nüchtern genug dazu sind.«

Ripley nickte. »Und wen habt Ihr da noch aufgelesen?«

»Das ist Juan, der Schiffsjunge. Die Piraten haben ihm übel mitgespielt.«

Mitleidig sah Ripley den Knaben an. »Na, wir werden dich schon wieder herausfüttern«, sagte er freundlich und fuhr dann, an Maarten gewandt, fort: »Im Übrigen scheint die Princess ein durchaus gesundes und seetaugliches Schiff zu sein. Sie ist zwar verdreckt und heruntergekommen, aber da ist nichts, was nicht mit Wasser und einem harten Besen beseitigt werden könnte.«

Maarten lächelte zufrieden. »Also können wir mit dieser Karavelle das Ziel unserer Reise doch noch erreichen?«

Der Bootsmann nickte. »Wenn alles weiterhin so glattläuft wie bisher …«

»Dann sollten wir jetzt den anderen das verabredete Zeichen geben, damit sie so schnell wie möglich zu uns stoßen können. Wenn wir alle vereint auf der Princess sind, kann unser Plan eigentlich kaum noch misslingen. Unter Deck habe ich eine brennende Lampe gesehen.«

Gilbrett machte sich sogleich auf den Weg und war wenig später mit der Lampe zurück. John Ripley ergriff sie und schwenkte sie wie verabredet. Dann hieß es zu warten.

Mit geladenen Waffen in der Hand standen die Männer an der Bordwand und versuchten mit ihren Augen die Dunkelheit zu durchdringen. Auch Juan hielt aufmerksam Wache. Der Junge war fest entschlossen, seine Befreier mit all seiner Kraft zu unterstützen.

Die Zeit schlich zäh dahin. Alles blieb ruhig.

Anneke und die anderen müssten längst hier sein, dachte Maarten. Er war fast wahnsinnig vor Sorge und befürchtete mit jeder Sekunde mehr, dass irgendetwas Schreckliches geschehen war.

»Vielleicht haben sie ja nur unser Zeichen übersehen«, versuchte Ripley den Baron zu beruhigen.

Ungläubig schüttelte Maarten den Kopf. »Ich gehe an Land«, stieß er hervor. »Ich muss wissen, was da los ist.« Er schickte sich an, die Laufplanke zu betreten, doch Gilbrett hielt ihn zurück.

»Leise«, flüsterte er. »Da kommt jemand.«

Dunkle Schatten huschten über die Felszunge und die Männer auf der Princess brachten schnell wieder ihre Waffen in Anschlag.

Doch dann kam die erlösende Meldung: »Es sind unsere Leute!«

Tatsächlich, im nächsten Augenblick betrat Jakob die Laufplanke. Vorsichtig sah er sich um, dann erkannte er

Maarten und die anderen, begann freudig zu grinsen und sprang an Bord. »Wir haben wohl ein Schiff erbeutet?«

Der Baron nickte. Sprechen konnte er in diesem Augenblick nicht. Ein Kloß im Hals und das Brennen in den Augen hinderten ihn daran. Waren das tatsächlich Tränen? Mein Gott, wann habe ich das letzte Mal geweint?, fragte er sich verwundert. Doch dann war auch dieser Gedanke fort und erleichtert konnte er endlich Anneke in die Arme schließen.

»Das Ganze war ein Kinderspiel«, erklärte Ripley leise, denn Vorsicht war schließlich noch immer geboten. »Es gab nur zwei Wachen, und die waren sturzbetrunken.«

»Und wie geht es nun weiter?«, wollte Jakob wissen.

Fragend sahen alle Maarten an. »Eigentlich wollten wir bis zum Morgengrauen warten«, meinte der Baron nachdenklich. »Aber da der Sturm deutlich nachgelassen hat, gibt es eigentlich keinen Grund, noch länger zu bleiben. Das wäre nur ein unnötiges Risiko, denn jeden Augenblick kann einer der Piraten aufwachen und uns Schwierigkeiten machen. Ich denke, wir sollten den vorhandenen Proviant prüfen und dann in See stechen.«

Die anderen waren sofort mit diesem Vorschlag einverstanden, nur Ripley hatte einen Einwand: »Leider haben wir nur eine kleine Mannschaft zur Verfügung, zu klein eigentlich, um diese Karavelle zu führen. Da wird jeder mit anfassen müssen.« Seine Worte waren für Maarten und Jakob bestimmt.

Beide nickten entschieden und der Baron erklärte sofort: »Das ist selbstverständlich. Wir sind schließlich keine Passagiere mehr. Allerdings muss ich zugeben, dass mein Freund und ich nicht viel vom Segeln verstehen. Ihr könnt uns lediglich zu Handlangerdiensten einsetzen. Dabei fällt mir jedoch noch ein anderes Problem ein: Kann eigentlich einer von Euch mit einem Sextanten umgehen und Seekarten lesen?«

»Aber natürlich«, gab Ripley fast gekränkt zurück. »Immerhin war ich Bootsmann unter Kapitän Wilson. Da gehörten die Kursberechnungen mit zu meinen Aufgaben.«

»Wunderbar«, lächelte Maarten zufrieden. »Unter Deck habe ich allerlei nautisches Gerät und auch Seekarten gesehen. Vielleicht sollten wir unseren Standort und unseren Kurs bestimmen, bevor wir in See stechen.«

»Einverstanden«, nickte Ripley. »In der Zwischenzeit können die Männer das Schiff auslaufbereit machen.«

»Genau«, stimmte Maarten zu. »Die Frauen werden den Proviant prüfen, und Jakob und ich stehen Wache. Falls wir Besuch bekommen, sollten wir ihn gebührend empfangen.«

Alle gingen also an die Arbeit. Nur Anneke nicht. Mitleidig musterte sie den fremden Jungen.

»Wer ist denn dieses arme Kind?«

»Das ist Juan«, stellte Maarten vor. »Er hat sich uns angeschlossen. Und da er sich auf der Princess auskennt, kann er euch gewiss behilflich sein.«

Freundlich legte Anneke einen Arm um die mageren Schultern des Knaben. »Zeigst du uns, wo die Vorräte sind?«

Juan nickte und lächelte sie schüchtern an.

Eine reichliche halbe Stunde später trafen alle wieder zusammen.

»Das Schiff ist klar zum Auslaufen«, meldeten die Matrosen.

»Auf der Insel ist immer noch alles ruhig«, wussten Jakob und Maarten zu berichten, und Ripley erklärte: »Wir befinden uns tatsächlich auf einer der östlichen Bermudainseln. Bis zur nächsten bewohnten Insel, Saint George's Island, werden wir nur ein bis zwei Tage benötigen.«

Das alles waren gute Nachrichten. Allein Anneke, Catarina und Barbara konnten damit leider nicht aufwarten: »Es gibt zwar genug Zwieback, Trockenfrüchte, Brot, Käse und Salzfleisch an Bord – der Proviant reicht also bestimmt für eine Woche –, aber leider ist das Trinkwasser knapp. Das Wasserfass ist so gut wie leer und der Vorrat in der Kombüse ist auch kaum noch der Rede wert.«

»Verdammt«, fluchte Ripley. »Ohne Trinkwasser können wir natürlich nicht in See stechen. Und das große Wasserfass an Land zu schleppen und zu füllen, würde viel zu viel Aufsehen erregen.«

»Wir könnten Rumfässchen nehmen«, schlug Anneke vor. »Davon gibt es reichlich auf der Princess, leere wie volle. Und sie sind klein genug, dass ein Mann allein sie tragen kann.«

Maarten stimmte sofort zu. »Gute Idee. Allerdings können wir nicht mehr als zwei Mann entbehren. Wer geht freiwillig?«

Gilbrett und ein anderer Matrose meldeten sich, suchten sich schnell zwei leere Fässchen und machten sich auf den Weg.

»Sie werden zweimal gehen müssen«, knurrte Ripley. »Dann dürften wir genug Wasser für die kurze Reise haben. Wir sind ja nur elf Mann. Ach nein«, verbesserte er sich rasch und strich Juan über den zerzausten Haarschopf. »Mit dir sind wir ja sogar zwölf.«

Der Junge lächelte dankbar.

»Hoffentlich finden die Männer im Dunkeln den Weg zur Quelle«, meinte Anneke besorgt, doch der Bootsmann konnte sie beruhigen: »Gilbrett hat Augen wie eine Katze. Ob bei Tag oder bei Nacht, er findet seinen Weg immer. Die Indianer haben ihn in eine gute Schule genommen.«

Die Männer ergriffen wieder ihre Waffen und nahmen erneut Aufstellung an der Bordwand. Jeder von ihnen war bereit, die Prinzess bis zum Letzten zu verteidigen.

Aufmerksam beobachteten sie den Strand und die Felszunge, doch alles blieb ruhig.

Auch Anneke sah sich um. Groß und dunkel lag die Insel vor ihnen. Nur schemenhaft konnte man die Piraten ausmachen – dunkle Schatten im hellen Sand. Von hier aus wirkten sie ebenso wenig bedrohlich wie die sich im Wind wiegenden Palmen. Es war ein friedlicher Anblick. Und über allem lag das unaufhörliche Rauschen des Ozeans.

Ihr Blick fiel auf die Piratenflagge, die noch immer, als wäre nichts geschehen, an der Spitze des Hauptmastes flatterte.

»Wir können unmöglich unter dieser Fahne segeln«, murmelte sie leise, doch Juan hatte die Worte dennoch gehört. Geschwind wie ein Wiesel lief er zu der Flaggenleine und holte die schwarze Fahne mit dem weißen Totenschädel herunter. Voller Hass zerschnitt er das Tuch mit einem Messer und warf die Fetzen anschließend über Bord.

»Sie hatten recht, Ma'am«, sagte er in die Stille hinein. »Unter der Fahne können wir wirklich nicht segeln. Besser gar keine als diese.«

Lächelnd nickte Anneke ihm zu. Ach, wenn es doch immer so einfach wäre, mit der Vergangenheit abzurechnen, dachte sie wehmütig.

Wenig später kamen Gilbrett und der Matrose zurück, leerten die kleinen Fässchen in das große Wasserfass und verschwanden wieder.

»Das Wasser wird gewiss einen leichten Rumgeschmack haben«, grinste einer der Seeleute. Die Möglichkeit schien ihm und seinen Kameraden durchaus zu gefallen.

»Wenn wir St. George's Town erreicht haben, bekommt jeder von euch ein Fass Rum ganz für sich allein«, brummte Ripley. »Von dem Zeug ist genug an Bord und ihr könnt euch dann ebenso besinnungslos besaufen wie die Piraten dort draußen.«

Maarten lächelte, doch dann fiel ihm etwas anderes ein: »Was geschieht eigentlich mit diesem Schiff, wenn wir einen Hafen anlaufen? Wird nicht irgendjemand Anspruch darauf erheben?«

»Nein«, erwiderte Ripley und kratzte sich am Kopf. »Nach dem Seerecht gehört es uns. Wir haben es von Gesetzlosen gekapert oder als Strandgut gefunden, wie immer sie die Sache auslegen wollen. In jedem Fall ist es unser Schiff und auch die Ladung ist unsere.«

»Was hat die Princess überhaupt geladen?«, wollte Catarina neugierig wissen.

Die Männer zuckten mit den Schultern.

»Die Laderäume haben wir noch nicht inspiziert. Damit wollten wir uns bisher nicht aufhalten. Fragen wir doch Juan. Wo ist der Junge überhaupt?«

»Er schläft«, gab Barbara zurück. »Nachdem er die Fahne zerfetzt hat, legte er sich einfach auf einem zusammengerollten Seil nieder und schlief mit einem zufriedenen Lächeln ein.« Mit dem Kopf wies sie in die Richtung, und nun bemerkte auch Maarten das schlafende Kind. Gerührt lächelte er. »Die Aufregung war wohl zu viel für ihn.«

In diesem Augenblick kamen Gilbrett und der andere Matrose zum zweiten Mal zurück und leerten abermals ihre gefüllten Fässer aus.

»Ich denke, das reicht«, meinte Ripley. »Wir haben nun genug Wasservorrat an Bord. Lasst uns endlich von hier verschwinden. In zwei, drei Stunden geht die Sonne auf und der Wind steht günstig. Das Klüversegel wird zunächst ausreichen, um uns von der Insel fortzubringen.«

Die Matrosen schafften schnell die beiden Piraten auf die Felsnase, die Wache geschoben hatten, und setzten dann das Ankerkreuz in Bewegung – diesmal ohne ihr Lied von John Cherokee dem Indian man aus Virginia. Alles musste möglichst lautlos und schnell vonstattengehen.

Schon sprang Gilbrett ein letztes Mal auf die Felszunge, um die Festmacher einzuholen, als es am Strand plötzlich lebendig wurde. Heisere, aufgeregte Schreie und saftige Flüche drangen zu ihnen herüber. Offensichtlich hatten die Piraten endlich mitbekommen, was geschah. Wütend stürzten sie herbei, doch Gilbrett hatte das Seil gelöst und sprang zurück an Bord. Sofort trieb die Princess, befreit von jeder Fessel, dem offenen Meer entgegen. Der Wind blähte das Klüversegel und die Karavelle nahm langsam Fahrt auf. Als sie jedoch das Ende der Felszunge erreicht hatten, waren auch die Piraten herangekommen. Sie legten Gewehre und Pistolen an und gaben Schüsse ab, von denen gottlob keiner Schaden anrichtete. Nur eine der Kugeln blieb im Hauptmast stecken und eine andere durchschlug ein Segel.

Erleichtert sahen sich die Flüchtenden an, doch dann hielten sie erstaunt inne. Neuer Lärm war laut geworden, diesmal schien er aus dem Bauch des Schiffes zu dringen. Laute Rufe und klatschende Geräusche waren zu hören.

Juan, der von den Schüssen geweckt worden war, rappelte sich benommen von seiner Seilrolle auf.

»Das sind die Sklaven im Laderaum«, sagte er verschlafen. »Bestimmt haben sie es wegen der Knallerei mit der Angst zu tun bekommen …«

Entsetzt sah Maarten ihn an. »Die Sklaven?«

»Ja natürlich«, nickte Juan. »Ich habe doch bereits erzählt, dass die Piraten die Princess kaperten. Drei Wochen ist es jetzt her. Sie haben alle Besatzungsmitglieder und den spanischen Sklavenhändler, dem die Fracht gehörte, umgebracht. Ebenso wie meinen Vater.« Dem Jungen traten die Tränen in die Augen. »Er war der Kapitän.«

Tröstend nahm Anneke das Kind in die Arme und sprach leise und beruhigend auf ihn ein, während Maarten sich umsah. Die Princess hatte mittlerweile genug Abstand zu der Felszunge gewonnen und von den Piraten ging keine Gefahr mehr aus. Ein kurzes Nicken in Jakobs Richtung und beide stürzten den Niedergang zu den unteren Laderäumen hinab. Als sie die Luke öffneten, glaubten sie ihren Augen nicht zu trauen. Lange, starke Holzstangen durchliefen den Bauch des Schiffes. An diesen Holzstangen saßen, dicht an dicht gekettet, mehr als hundert Menschen. Alle waren schwarz, und alle, Männer, Frauen und Kinder, waren lediglich mit Lendenschurzen bekleidet.

Sklaven!

Aus angstgeweiteten Augen sahen sie den Männern entgegen.

»Wir müssen uns mit Ripley beraten«, stieß Maarten erschüttert hervor. Auf alles war er vorbereitet, nur darauf nicht. »Ich habe keine Ahnung, was wir mit diesen armen Menschen anfangen sollen.«

Jakob antwortete nicht. »Ihr müsst keine Angst haben.

Wir tun euch nichts zuleide«, versuchte er die verängstigten Schwarzen zu beschwichtigen. Und tatsächlich, obwohl nicht klar war, ob sie seine Worte verstanden, beruhigten sie sich langsam.

Maarten und Jakob eilten wieder an Deck hinauf. Der Morgen graute bereits, und die Princess hatte nun auch die übrigen Segel gesetzt. Wie ein Vogel flog sie über den Ozean. Die Küste der Insel wurde kleiner und kleiner.

Ripley hantierte mit dem Sextanten, während er sich den Bericht der Freunde anhörte.

»Gewiss wollten die Piraten die Schwarzen auf den Sklavenmärkten Virginias verkaufen«, entgegnete er dann. »Das hätte ihnen eine fette Beute eingebracht.«

»Aber was um alles in der Welt sollen wir nun mit ihnen machen?«, rief Maarten verstört aus. Es war offensichtlich, wie sehr er mit den armen Menschen fühlte, denen man aus Profitgier die Freiheit genommen und sie aus ihrer Heimat verschleppt hatte. »Auf jeden Fall müssen wir ihnen sofort die Ketten abnehmen.«

Entsetzt sah Ripley ihn an.

»Das Letzte, was wir brauchen können, ist ein Sklavenaufstand an Bord. Und dazu wird es unweigerlich kommen, wenn Sie die Schwarzen freilassen. Die Leute können doch nicht wissen, dass Sie kein Sklavenhändler sind und es gut mit ihnen meinen. Und da sie vermutlich unsere Sprache nicht sprechen, gibt es auch keine Möglichkeit, ihnen das klarzumachen.«

Niedergeschlagen blickte Maarten aufs Meer hinaus. »Ich werde darüber nachdenken«, meinte er schließlich. »Für den Augenblick scheint wirklich nichts anderes übrig zu bleiben, als das Los der Schwarzen ein wenig zu lindern. Das bedeutet zum Beispiel eine gute Versorgung.«

»Dafür haben wir aber zu wenig Wasser an Bord«, gab Ripley zu bedenken.

»Nein, Sir«, mischte Juan sich nun in das Gespräch. »Wasser und Lebensmittel für die Sklaven befinden sich ausreichend unter Deck.«

»Hättest du uns das nicht früher sagen können?«, fuhr Ripley den Jungen an. »Dann hätten wir uns doch das gefahrvolle Wasserfassen sparen können.«

Juan schüttelte den Kopf. »Oh nein, dieses Wasser ist für uns nicht genießbar. Es ist mit Beruhigungsmitteln angereichert. Mein Vater hat das immer so gemacht, wenn er menschliche Fracht übernommen hat. Er meinte, dass die Überfahrt dann für alle Beteiligten leichter zu ertragen wäre.«

»Gar nicht so dumm«, grinste Ripley. »Nun, wenn der Wind weiterhin so günstig steht, werden wir St. George's Town bald erreicht haben. Dann hat ohnehin alle Not ein Ende.«

Maarten nickte. »Können wir die Schwarzen dort freilassen?«

Der Bootsmann seufzte über so viel Unwissenheit. »Nein, natürlich nicht. Der nächste Sklavenjäger würde sie sofort einfangen und auf den Markt bringen. Entweder wir verkaufen sie selbst und stecken uns einen hübschen Gewinn in die Tasche, oder Ihr behaltet sie. Schließlich wollt Ihr eine Plantage aufbauen. Da könnt Ihr wirklich jede Hand brauchen.«

Entschieden schüttelten Maarten und Jakob die Köpfe.

»Oh nein, das kommt auf gar keinen Fall infrage. Wir verurteilen die Sklaverei zutiefst und werden unser neues Leben ganz gewiss nicht auf dem Elend dieser armen Menschen errichten.«

Gleichgültig zuckte Ripley mit den Schultern. »Wie Ihr wollt. Da die meisten Menschen jedoch anders denken – einschließlich meiner Wenigkeit, wie ich gerne zugebe –, haben wir dann ein Problem.«

»Und wenn wir sie nach Virginia mitnehmen?«, schlug Barbara vor.

»Auch dort gibt es Sklavenjäger und Sklavenmärkte«, erklärte Ripley. »Nein, wir haben nur die Wahl, sie zu verkaufen, sie zu behalten oder sie in ihre Heimat nach Afrika zurückzubringen. Andere Alternativen bleiben nicht. Es gibt keine freien Schwarzen in der Neuen Welt.«

Betroffen sahen die Freunde sich an.

»Vielleicht sollten die Afrikaner selbst entscheiden«, meldete sich nun Anneke zu Wort. »Dazu wäre natürlich erforderlich, dass wir eine Verständigungsmöglichkeit finden, um ihnen die Situation zu erklären.«

»Einer von ihnen, er heißt Memnon, spricht ein paar Brocken Englisch«, mischte sich Juan ein. »Der Steuermann hat sie ihm beigebracht und gemeint, dass er ein intelligenter Bursche sei und sehr schnell lerne.«

Anneke beugte sich zu dem Jungen hinab. »Kannst du uns zu ihm bringen?«

Wenig später standen die Freunde wieder in dem Laderaum.

»Der Große dort, das ist Memnon.«

Juan wies mit dem Finger auf einen Mann, dessen Haut eher kupferfarben denn schwarz war und dessen Züge man eindeutig maurisch nennen konnte.

»Mein Name ist Maarten van Aelst«, stellte der Baron sich vor. »Könnt Ihr mich verstehen?«

Der Mann sah ihn an, antwortete jedoch nicht. Abgrundtiefer Hass leuchtete aus seinen Augen.

Maarten begriff. »Ich kann deine Abneigung gut verstehen. Aber wir sind keine Sklavenhändler. Wir wollen euch die Freiheit zurückgeben. Leider ist das in diesem Teil der Welt mit erheblichen Schwierigkeiten verbunden.«

Das Gesicht Memnons blieb starr und gab nicht zu erkennen, ob er auch nur ein Wort verstanden hatte.

»Wir müssen miteinander reden«, fuhr Maarten eindringlich fort, »damit eine Lösung gefunden werden kann.«

Der Mann reagierte nicht.

»Es wird eine Weile dauern, bis er Vertrauen zu uns gefasst hat«, meinte Anneke leise. »Lass ihm Zeit.«

Maarten nickte. »Überleg dir meine Worte. Ich komme später wieder«, sagte er und wandte sich um. Die Freunde wollten den Laderaum gerade verlassen, als Memnon zu sprechen begann.

»Bevor reden, Ketten abnehmen.«

Traurig sah Maarten ihn an. »Einstweilen kann ich dir ebenso wenig vertrauen wie du mir. Was geschieht, wenn wir auf eure Forderung eingehen? Werdet ihr uns alle umbringen? Nein, zuerst müssen wir miteinander reden. Versuch mich bitte zu verstehen.«

Eine Weile warteten die Freunde auf eine Antwort, da Memnon jedoch schwieg, verließen sie nun endgültig den Laderaum. Immerhin, ein Anfang war gemacht.

In der Zwischenzeit hatten Catarina und Barbara sich in der Kombüse nützlich gemacht. Der total verschmutzte Raum war notdürftig gesäubert und ein einfaches Frühstück hergerichtet. Hungrig stürzten sich die Menschen auf die erste warme Mahlzeit seit Tagen.

Nachdem auch die Sklaven versorgt waren, trafen sich die Freunde mit Ripley in der Kapitänskajüte. Dort begann der Bootsmann systematisch Schränke, Kästen und Truhen zu durchsuchen. Es war eine seltsame Sammlung, die er zutage förderte: Goldbarren, Goldschmuck mit Perlen und Edelsteinen, Münzen mit den verschiedensten Prägungen – englische Guineen, französische Louisdors und spanische Dublonen.

»Sie sind ganz schön fleißig gewesen, unsere Piraten«, grinste Ripley zufrieden. »Wenn wir alles ehrlich untereinander aufteilen, erhält jeder einen netten Batzen. Eure Verluste durch den Untergang der Morning Star wird er zwar nicht aufwiegen, aber immerhin müsst Ihr nicht mit leeren Händen Euer Leben in der Neuen Welt beginnen.«

Die Freunde staunten. »Ihr meint, wir dürfen diese Schätze einfach behalten?«

Ripley zuckte die Schultern. »Was wollt Ihr sonst damit anfangen? Wem wollt Ihr es zurückgeben? Es steht kein Name darauf und ist nicht zu ermitteln, wem es die Piraten geraubt haben. Außerdem, nach dem Seerecht gehört es rechtmäßig uns.«

»Was ist mit Juan?«, gab Anneke zu bedenken. »Hat er als Erbe des ermordeten Kapitäns keine Ansprüche?«

Ripley schüttelte den Kopf. »Sein Vater war ja nicht Eigner der Princess. Das Schiff gehörte irgendeinem reichen Granden aus Spanien, der es jedoch an die Piraten verloren hat. Und hat er es sich zurückgeholt? Nein, das waren wir. Das Gleiche gilt für das Gold, den Schmuck und die Münzen, die weiß Gott wem gehören. So ist nun einmal das Gesetz, Madam.«

Jakob schien mit dieser Regelung vollkommen einverstanden. »Diese Piraten hat uns der Himmel geschickt«, strahlte er. »Aber wie soll das Ganze denn nun aufgeteilt werden?«

»Ich schlage vor«, erwiderte Ripley sofort, »dass meine Kameraden und ich die Princess nehmen und Sie das Gold und den Schmuck. Die Münzen hingegen teilen wir durch zwölf. So erhält jeder von uns einen Anteil, auch Juan, der dann selbst entscheiden kann, ob er sich uns oder Ihnen anschließen will. Schließlich können wir den Jungen nicht sich selbst überlassen.«

Maarten war einverstanden. »Unter den gegebenen Umständen ist das gewiss eine gute Idee. Aber was geschieht mit den Schwarzen?«

Ripley schmunzelte. »Deren Schicksal lege ich in Eure Hände, werter Baron. Ich könnte meinen Männern niemals begreiflich machen, dass die Nigger nicht verkauft werden dürfen.«

Nachdenklich sah Maarten ihn an. »Was habt Ihr für Pläne mit der Princess, Mr Ripley?«

Die Antwort kam prompt: »Das ist einfach. Da Ihr mit der Aufteilung einverstanden seid, bin ich ab sofort der Kapitän dieses Schiffes. Zunächst werden wir nach St. George's Town segeln und eine neue Mannschaft anheuern. Dann werden wir Euch nach Jamestown bringen und uns dort nach Fracht für Europa umsehen. Das Leben geht weiter, und wie es aussieht, besser als jemals zuvor.«

In diesem Augenblick wurden Schritte auf dem Niedergang laut. Gilbrett erschien und bat Ripley, an Deck zu kommen. Nachdem der frischgebackene Kapitän die Kabine verlassen hatte, fragte Anneke: »Wie wäre es, wenn wir den neuen Besitzern der Princess zu ihrem ersten Auftrag verhülfen?«

»Ich weiß, worauf du hinauswillst«, entgegnete Maarten zögernd. »Passagiere nach Afrika, nicht wahr? Aber können wir wirklich sicher sein, dass sie nicht nur das Geld für den Transport einstecken und die Schwarzen dennoch verkaufen? Sklavenhandel scheint für Ripley und seine Männer durchaus legitim zu sein.«

Die anderen mussten ihm recht geben.

»Was schlägt du also vor?«, wollte Jakob wissen.

»Ich weiß es wirklich nicht«, gab Maarten bedrückt zurück. »Vielleicht sollten wir versuchen, in Jamestown einen Kapitän zu finden, bei dem man sicher sein kann, dass die Verschleppten tatsächlich in ihrer Heimat ankommen. Warten wir ab, bis dieser Memnon zu einem Gespräch bereit ist.«

Der Rest des Tages verlief ohne Zwischenfälle, und auch im weiteren Reiseverlauf blieben Glück und Wind der Princess gewogen. Das Deck wurde geschrubbt, Abfall entfernt und Taue säuberlich aufgerollt. Bald waren die Spuren der Piraten beseitigt und die Karavelle sah aus wie jedes andere Schiff auch. Zwar war sie nicht ganz so schön und schnittig wie die Morning Star, sie konnte sich aber durchaus sehen lassen.

Maarten nutzte jede freie Minute, um zu Memnon, der ohne Zweifel als Anführer der Verschleppten gelten konnte, Kontakt aufzunehmen, und langsam, ganz langsam, schien der große Afrikaner ein wenig Vertrauen zu fassen. Maarten erfuhr, dass Memnon dem Stamm der Mandingos angehörte, und im Gegensatz zu seinen Gefährten, die von der Elfenbeinküste kamen, im westlichen Mauretanien zu Hause war. Er erfuhr, dass der junge, etwa dreißigjährige Mann, in seiner Heimat verheiratet war und zwei Kinder hatte. Da er sich zudem als sehr gebildet und intelligent erwies, begann er die Gespräche mit ihm zu genießen. Nach und nach gelang es ihm auch, dem Mauren die schwierige Situation klarzumachen.

»Ich werde versuchen, einen Kapitän zu finden, der euch in eure Heimat bringt«, sagte er eindringlich. »In St. George's Town oder in Virginia. Aber ich kann nichts versprechen. Nach den Erzählungen der Seeleute an Bord wird in der Neuen Welt genauso selbstverständlich mit Sklaven gehandelt wie mit Nahrungsmitteln, und ich möchte euch nicht der Gefahr aussetzen, letztendlich doch noch auf einem Sklavenmarkt zu landen.«

Memnon nickte. Die Worte hatte er wohl verstanden, die Beweggründe dieses merkwürdigen Niederländers, dem er und seine Leidensgefährten so sehr am Herzen zu liegen schienen, jedoch nicht. Auch in seiner Heimat gab es Sklaven – seine Familie besaß selbst welche, und das schien ihm bisher auch immer richtig und natürlich. Doch er war gern bereit, über dieses Gerede von Freiheit und Gerechtigkeit nachzudenken. Allah würde schon wissen, warum er sein Schicksal in die Hände Maarten van Aelsts gelegt hatte.

Es war der Abend, bevor die Karavelle St. George's Town erreichte, als alle Reisenden an Deck gerufen wurden. Erstaunt sahen sie einander an. Keiner von ihnen kannte den Grund für die Zusammenkunft.

Ripley stand an der Balustrade des Achterdecks und blickte auf seine Mitreisenden hinab. Und während Maarten Annekes Hand nahm und sie in die erste Reihe der Versammelten zog, begann der Kapitän damit, eine Erklärung abzugeben.

»Wir sind auf hoher See und außerhalb aller Staatsterritorien. Hier bin ich das Oberhaupt, und als solches trage ich die Verantwortung für das gesamte Schiff und jeden Menschen, der mit ihm fährt. Mein Wort ist Gesetz. Ich könnte Mitreisende des Schiffes verweisen und in einem Beiboot aussetzen lassen. Ich könnte jemanden in Ketten legen lassen oder …« Er machte eine Pause, um die Spannung zu erhöhen, und weidete sich einen Augenblick an der Verständnislosigkeit, mit der die Anwesenden zu ihm emporblickten. Dann fuhr er endlich fort: »Oder ein Paar trauen.«

Für einen Moment waren die Reisenden so verblüfft, dass keiner ein Wort sagte. Dann brach Gelächter aus.

Der Kapitän hob die Hände. Sofort trat wieder Ruhe ein, und er konnte fortfahren: »Und daher frage ich Euch, Baron Maarten van Aelst, ist es Euer freier Wille, mit der hier anwesenden Anneke Claen, verwitwete Crisopulli, die Ehe einzugehen, so beantwortet meine Frage mit Ja.«

Maarten war ein wenig unsicher geworden. Immerhin hatte er noch nicht einmal Anneke in die Überraschung eingeweiht. Doch ein kurzer Seitenblick in ihr vor Freude strahlendes Gesicht beruhigte ihn. »Ja, ich will«, antwortete er erleichtert. »Schon seit vielen Jahren.«

»Dann frage ich jetzt auch Euch, Anneke Claen, verwitwete Crisopulli, ist es Euer freier Wille, mit dem hier anwesenden Baron Maarten van Aelst die Ehe einzugehen, so beantwortet meine Frage mit Ja.«

»Ja, ich will. Es gibt nichts, was ich mir mehr ersehne«, sagte Anneke mit klarer Stimme.

»Dann erkläre ich Euch hiermit und Kraft meines Amtes zu Mann und Frau«, beendete Kapitän Ripley die erste Trauung seines Lebens. »Und ihr alle seid Zeugen.«

Zehntes Kapitel

Endlich war Saint George's Island mit der Hauptstadt St. George's Town erreicht. Es war nur ein kleiner, dafür aber sehr geschäftiger Hafen, in dem sie nun Anker warfen. Natürlich gab es weder einen Kai noch eine Mole, und man kam nur mit Beibooten an Land, aber die Bucht war sehr schön. Vor ihnen lagen weiße Sandstrände, breitete sich eine üppige Vegetation aus, und mittendrin befand sich die kleine Stadt.

Mit leuchtenden Augen sah Anneke von der Princess aus nach St. George's Town. Menschen, dachte sie, Häuser und Straßen – die Zivilisation hat uns wieder.

»Ich denke, wir sollten uns für die Dauer unseres Aufenthaltes an Land einmieten«, meinte Maarten.

Anneke stimmte jubelnd zu. »Wir werden wieder in einem Haus schlafen? In einem richtigen Bett? Wir werden an einem gedeckten Tisch sitzen und Mahlzeiten zu uns nehmen, die nicht aus Salzfleisch und Zwieback bestehen? Wir werden ein Bad in warmem, weichem Wasser nehmen können, ohne hinterher eine Salzkruste zu bekommen? Oh ja, Maarten. Das ist eine wunderbare Idee.«

Lächelnd legte er einen Arm um ihre Schultern. »Das Haus sollte am Meer stehen und wir werden es als Baron und Baronin van Aelst beziehen können. Wie klingt das?«

»Märchenhaft«, lächelte Anneke und schmiegte sich zärtlich an ihren Ehemann.

»Und wir werden uns endlich neue Kleider schneidern lassen können, neue Wäsche kaufen, Kamm und Bürste, Seife, Parfüm – alles, was wir benötigen und auf das wir seit dem Schiffbruch verzichten mussten.«

»Ich kann es kaum erwarten und …« Sie verstummte plötzlich. Die Schwarzen unter Deck waren ihr wieder eingefallen. »Und was wird aus den Afrikanern? Können wir sie überhaupt allein lassen?«

»Ich habe bereits mit Memnon gesprochen«, gab Maarten zurück. »Natürlich werde ich jeden Tag nach ihnen sehen. Außerdem wird man ihnen die Ketten abnehmen und ihnen auch sonst einige Erleichterungen bieten. Bastmatten zum Beispiel, damit sie nicht länger auf den nackten Schiffsplanken liegen müssen, und frische Nahrung natürlich. Mehr können wir im Augenblick leider nicht für sie tun.«

Nachdenklich sah Anneke ihn an. »Du musst Memnon sehr vertrauen, denn schließlich ist es ein Risiko, ihnen die Ketten abzunehmen.«

»Ich weiß«, bestätigte Maarten. »Aber er hat eingesehen, dass es keinen Sinn machen würde, auf dieser Insel einen Fluchtversuch zu wagen. Sie haben keine Chance und würden ohne Zweifel eingefangen und verkauft werden. Nein, auch ohne Ketten wird im Laderaum Ruhe herrschen, da bin ich ganz sicher.«

Ein Haus auf Saint George's Island zu mieten war, wie sich schnell herausstellte, nicht schwierig. Noch am gleichen Tag konnten Anneke, Catarina, Jakob, Barbara und Maarten die Princess verlassen und an Land gehen.

Als sie aus dem Beiboot stiegen, brach eben die Nacht herein. Überwältigt beobachtete Anneke den Himmel, der in der Pracht unzähliger Farben erstrahlte. Bis zum Horizont schimmerte er in den verschiedensten Regenbogenfarben, während das stumme, geheimnisvolle Meer eine metallisch glänzende Oberfläche zeigte.

In den kleinen Gassen des Hafenviertels hatten sich zahlreiche Einheimische zum Abendpalaver eingefunden. Die Männer trugen trotz ihrer nackten Oberkörper ausnahmslos Hüte, und die Frauen ließen kokett ihre Röcke und ihre großen Ohrringe tanzen.

Dazwischen sah man ein paar Dirnen, die offensichtlich nur ihren Morgenrock zu öffnen brauchten, um ihren Lebensunterhalt zu verdienen.

Die Freunde bestiegen eine offene Kalesche, die von zwei lahmen, lächerlich mit Schellen, Federbüschen und Troddeln aufgeputzten Mauleseln gezogen wurde, um sich zu der angemieteten Villa kutschieren zu lassen.

Die Finsternis kam sehr schnell, und bald konnte man nur noch an den schwarzblauen Umrissen erkennen, ob sie an Palmen oder Mangobäumen vorbeifuhren.

Gerade als der Mond über dem Meer aufging, hielten sie vor dem Haus – eines der wenigen Gebäude auf der Insel, das aus Steinen erbaut war. Die kleine Freitreppe wurde vom Licht einiger Fackeln erleuchtet. Eine Haushälterin erwartete sie bereits. Sie war eine Mulattin und sie hieß Aysa.

Nachdem die Freunde das Haus, das unmittelbar am Strand lag, in Augenschein genommen hatten, wurden sie auch schon zu Tisch gerufen. Es gab vielerlei Fisch, der kaum gewürzt war und daher fade schmeckte, zähes Hühnerfleisch, seltsam mit süßen Bataten angerichtet, üppige pflaumenähnliche Früchte und klebriges Zuckerwerk mit Vanille. Zu allem wurde ein abgestandener Weißwein und ein scharfer Schnaps aus einheimischem Zuckerrohr gereicht. Doch bei allen Mängeln schien ihnen diese Mahlzeit die köstlichste zu sein, die sie seit Langem verspeist hatten.

Am nächsten Morgen erwachte Anneke von klatschenden Schlägen. Erschrocken fuhr sie auf.

»Das ist Aysa«, erklärte Maarten grinsend. »Sie erschlägt gerade eine Schlange auf der Treppe.«

Anneke schüttelte sich. Was für ein seltsames, erschreckendes Land.

Als sie sich angekleidet hatte und in den Speiseraum hinunterging, lag die Schlange noch immer auf der Treppe. Ihr Kopf war zerschmettert wie eine reife, fremdländische Frucht und zahllose Insekten hatten sich bereits auf dem Kadaver niedergelassen. Anneke verzog das Gesicht, schürzte ihr Kleid und stieg über die Stufe hinweg. Die Insekten ließen sich durch sie nicht stören.

Als sie im Erdgeschoss angelangt war, musste sie für einen Augenblick die Augen schließen. Das Licht war so grell, dass es fast schmerzte. Vor der Tür überflutete es die Veranda und fiel durch die Blätter eines Bananenbaums, der unter der drückenden Glut des bleiernen Himmels reglos dastand.

»Ich hoffe, in Virginia ist es nicht so heiß«, murrte Anneke und spürte bereits jetzt, obwohl es noch früh am Tag war, wie ihr der Schweiß über den Rücken rann.

Zwei Wochen blieb die Princess im Hafen von St. George's Town. In dieser Zeit nahm Kapitän Ripley neuen Proviant an Bord und ergänzte seine Mannschaft. Hierbei ging er sehr sorgfältig vor, denn unter den Männern, die im Hafen nach einer neuen Heuer suchten, waren viele Piraten und zwielichtige Gestalten. Männer also, die Gift für sein neues Unternehmen wären.

Anneke, Catarina und Barbara nutzten die Zeit, um in den Geschäften St. George's Towns einzukaufen. Da sie durch den Untergang der Morning Star alles verloren hatten, waren sie an allem interessiert und erstanden Hausrat, Kleidung und Wäsche.

Auch Maarten und Jakob hatten alle Hände voll zu tun. Immerhin würde die letzte Einkaufsmöglichkeit, bevor sie in die Wildnis gingen, um eine Plantage aufzubauen, Jamestown sein. Grund genug, sich schon einmal das Warenangebot auf Saint George's Island anzusehen und Werkzeuge, Saatgut und Zeltplanen einzukaufen. Außerdem mussten sie dringend die Baumwoll- und Zuckerrohrpflanzen ersetzen, die mit der Morning Star untergegangen waren.

Nebenbei war Maarten immer noch auf der Suche nach einem Kapitän, dem er die Afrikaner anvertrauen konnte. Doch die Nachrichten, die er Memnon Tag für Tag auf die Princess brachte, wurden immer hoffnungsloser.

»Sie denken alle nur an ihren Profit«, schimpfte er. »Menschenleben scheinen ihnen dabei vollkommen gleichgültig zu sein.«

Memnon schwieg dazu. Schon lange glaubte er nicht mehr daran, dass er seine Heimat, seine Frau und seine Kinder jemals wiedersehen würde. Da er andererseits jedoch über Maartens Pläne informiert war, wusste er, dass der Baron ihn und seine Kameraden gut gebrauchen konnte. Wildnis urbar zu machen war eine schwere Arbeit. Zu schwer für zwei Männer allein. Und er, Memnon, zog es allemal vor, in Amerika unter einem guten Herrn zu arbeiten, als einem zweifelhaften Kapitän übergeben und möglicherweise dennoch als Sklave verkauft zu werden.

Ja, für Memnon und seine Kameraden war die Zukunft bereits klar. Maartens Plantage würde auch ihr Zuhause werden, und sein künftiger Wohlstand ihre Sicherheit.

Endlich stach die Princess wieder in See. Sie segelten geradewegs gen Westen, der amerikanischen Küste entgegen.

Der Rest der Reise verlief ohne Zwischenfälle, und sechs Tage später hatten sie Jamestown, die auf einer Flussinsel liegende Hauptstadt der englischen Kolonie Virginia, erreicht.

Sie waren am Ziel.

Als Anneke das erste Mal ihren Fuß auf das Land setzte, das ihr von nun an Heimat sein sollte, begannen die Glocken der Kirche zu läuten. »Nehmen wir es als gutes Omen«, sagte sie und sah sich mit neugierigen Augen um.

Im Hafen von Jamestown herrschte reges Treiben. Stämmige schwarze Stauer verluden Ballen aus Tabakblättern auf große Überseesegler. Flachboote, die voll beladen mit Mais und Weizen den James River herunterkamen, suchten einen Hafenplatz, um ihre Waren löschen zu können. Das Wohnboot eines Wunderdoktors legte sich an den Kai, und unverschämte kleine Kähne, die jedem und allen in die Quere kamen, tanzten auf dem Wasser.

»Was für ein aufregender Ort«, rief Anneke ihrem Gatten strahlend zu. »Ich kann es kaum erwarten, die Stadt zu sehen und zu entdecken.«

Maarten lachte. »Dazu wirst du in den nächsten Tagen Zeit genug haben, schätze ich. Vorerst solltest du jedoch an Bord der Princess zurückkehren. Jakob und ich wollen zunächst einmal nach einem Quartier für die Afrikaner und uns Ausschau halten, und ich möchte auf keinen Fall, dass du allein auf Entdeckungsreisen gehst.«

Anneke nickte und sah im selben Augenblick zu dem Segler hinüber, der neben ihnen festgemacht hatte. Es war ein Sklavenschiff, das sich gerade seiner menschlichen Fracht entledigte. In einer langen Reihe trieben die Händler die unglücklichen, aneinandergeketteten Schwarzen über die Landungsbrücke. Es zerriss Anneke fast das Herz, als sie in die trostlosen Augen der gequälten Menschen sah.

»Ja«, sagte sie dann. »Geh ein Quartier suchen, und zwar ein sicheres. Niemals dürfen Memnon und seine Leute so enden.«

In Jamestown ein Hotelzimmer für die Familie zu bekommen, war kein Problem, eine Unterkunft für die Afrikaner zu finden hingegen schon. Natürlich gab es Sklavenhäuser – elende Hütten, in die die Schwarzen zusammengepfercht wurden, um auf ihren Verkauf zu warten –, aber die wollte Maarten Memnon und seinen Leuten natürlich nicht zumuten. Auch ein Hotel kam nicht infrage. Wenn Schwarze überhaupt aufgenommen wurden, handelte es sich dabei um die Butler und Zofen reicher Herrschaften, die dann in winzigen Verschlägen auf den Dachböden untergebracht wurden. Für mehr als einhundert Afrikaner war dort beim besten Willen kein Platz.

Trotzdem trug Maarten seine Bitte einigen Hoteliers vor, erntete dafür allerdings nur befremdetes Kopfschütteln. Schließlich fand sich ein Lagerhaus in der Nähe der Docks, das annehmbar erschien. Als der Vermieter jedoch erfuhr, für welche Zwecke der Baron van Aelst es benötigte, zögerte auch er. Erst als Maarten die ohnehin hohe Miete noch einmal verdoppelte, war der Mann bereit, in das Geschäft einzuwilligen. Die Afrikaner hielten also Einzug in dem Lagerhaus. Sie waren weder angekettet noch gefesselt und konnten sich frei bewegen.

»Wenn ihr euer Quartier verlassen wollt«, schärfte Maarten ihnen ein, »dürft ihr das nur mit einem von mir ausgestellten Ausweis, aus dem hervorgehen muss, dass ihr mein Eigentum und in meinem Auftrage unterwegs seid. Ohne dieses Papier kann euch jeder Sklavenjäger aufgreifen.«

Memnon hatte verstanden, verlangte jedoch niemals nach diesem Dokument. Er und seine Leute zogen es vor, das Lagerhaus nicht zu verlassen. Offensichtlich fühlten sie sich dort sicherer.

Für sich selbst hatten die Einwanderer ein behagliches Hotel in der Nähe des Hafens gefunden.

»Was für eine herrliche und aufregende Stadt«, rief Anneke begeistert aus, als sie am Fenster ihres Hotelzimmers stand. Immer wieder faszinierte sie dieser wunderbare Blick auf den kleinen, aber sehr betriebsamen Hafen, auf den Virginia Square mit dem Bürgerhaus, der Brick Church und dem stattlichen Gouverneursgebäude. In der Ferne erhoben sich die Palisaden, die vor etlichen Jahren zum Schutz gegen die Indianer erbaut worden waren. Heute waren die hölzernen Wälle zwar überflüssig, weil die Stämme ihre Feindseligkeiten eingestellt hatten, trotzdem galten sie als imposante Zeugen einer abenteuerlichen Vergangenheit. Ja, und dann war da natürlich noch der James River. Da die Stadt auf einer Insel des Flusses lag, schien der mächtige Strom, der träge und behäbig dahinfloss, allgegenwärtig zu sein.

Ein Klopfen an der Tür riss Anneke aus ihren Betrachtungen. Maarten ging, um zu öffnen.

»Kapitän Ripley wünscht Euch und Eure Gattin zu sprechen, Sir«, meldete ein schwarzes Dienstmädchen höflich. »Er erwartet Euch in der Halle.«

Maarten dankte. »Wir kommen sofort.«

Wenige Augenblicke später saßen die van Aelsts mit dem Kapitän in der anheimelnd eingerichteten Hotelhalle. Unaufgefordert servierte ihnen ein Diener ein Erfrischungsgetränk.

»Wie Ihr seht, lieber Ripley, werden wir hier sehr verwöhnt«, lächelte Maarten. »Und wie geht es Euch? Steht auf der Princess alles zum Besten?«

Der Kapitän zeigte sich zufrieden. »Meine neue Mannschaft ist nun endgültig vollständig«, berichtete er stolz. »Alles ordentliche Kerle, will mir scheinen. Und wir haben auch bereits den ersten Frachtauftrag. Schon morgen soll die Princess beladen werden. Darum möchte ich Sie bitten, Ihren Besitz möglichst bald abholen zu lassen. Ich benötige den Platz.«

»Aber natürlich, Ripley«, stimmte Maarten sofort zu. »Ich denke, wir können die Dinge im Lagerhaus unterbringen, in dem wir die Afrikaner einquartiert haben.«

»Wäre es nicht praktischer«, schlug Ripley vor, »die Sachen gleich auf ein anderes Boot zu laden? Es handelt sich ja ausschließlich um Ihre Einkäufe aus St. George's Town – Werkzeuge, Haushaltsgeräte, also die Waren, die Ihr mit in die Wildnis nehmen wollt. Ihr werdet ein Flachboot benötigen, um den James River hinaufzufahren, und wie es der Zufall will, habe ich gerade gestern den Besitzer eines solchen Schiffes kennengelernt. Er ist bereit, Ihnen sein Fahrzeug samt Mannschaft zu vermieten.«

»Das ist eine gute Lösung«, stimmte Maarten zu. »Dorthin können wir dann auch gleich unsere neuen Einkäufe liefern lassen. Wenn Sie mir die Adresse geben, werde ich mich gleich heute mit dem Mann in Verbindung setzen.«

Ripley überreichte dem Baron ein Papier mit der gewünschten Anschrift. »Ich habe jedoch noch ein weiteres Anliegen, Baron …«

»Sprecht, lieber Kapitän. Was gibt es noch?«

»Es handelt sich um Juan«, erklärte Ripley. »Ich habe dem Jungen gesagt, dass er wählen dürfe, ob er sich uns oder Ihnen anschließen möchte.«

Maarten nickte.« So hatten wir es verabredet. Und wie hat er sich entschieden?«

»Er möchte lieber bei Ihnen an Land bleiben«, antwortete der Kapitän bedrückt. »Ihr müsst wissen, dass ich den Jungen lieb gewonnen habe und ihn gern bei mir behalten würde, kann aber natürlich auch verstehen, dass er nach seinen Erlebnissen genug hat von der Seefahrt.«

Unwillkürlich griff Anneke nach der Hand ihres Gatten. »Die Entscheidung des Jungen verwundert uns sehr, denn wir haben natürlich bemerkt, wie herzlich Ihr Juan zugetan seid, Kapitän«, erklärte sie mit einem mitfühlenden Lächeln. »Trotzdem sollten wir seinen Wunsch akzeptieren. Und für Euch muss es ja kein Abschied für immer sein. Wir würden uns freuen, ja, eigentlich erwarten wir es sogar, dass Ihr uns, wann immer Ihr Jamestown anlauft, besuchen werdet. Bei all dem, was wir gemeinsam erlebt haben, dürfen sich unsere Wege einfach nicht für immer trennen.«

Der sonst so harte Seemann konnte seine Rührung kaum verbergen. »Ich danke Euch sehr für diese freundlichen Worte, Baronin«, erwiderte er stockend. »Und wenn

Ihr sie auch im Namen Eures Gatten ausgesprochen habt, werde ich sie sehr gerne annehmen.«

Maarten schlug dem Kapitän freundschaftlich auf den Rücken. »Aber selbstverständlich, Ripley. Die Tür der van Aelsts wird stets weit für Euch geöffnet sein.«

Man trennte sich im besten Einvernehmen.

»Ich werde gleich mit Jakob zum Gouverneur hinübergehen«, erklärte Maarten. »Und unseren Landbrief bestätigen lassen. Es ist zwar nur eine reine Formsache, aber schließlich müssen wir uns an die hiesigen Gepflogenheiten halten. Möchtest du mitkommen?«

»Das würde ich gerne«, erwiderte Anneke. »Aber ich bin mit Catarina und Barbara verabredet. Wir wollen uns Baumwollstoffe ansehen und nach einer Schneiderin Ausschau halten. Alle drei benötigen wir noch strapazierfähige Kleidung für die Wildnis, in die wir demnächst ziehen werden. Wir treffen uns in einem Geschäft am Virginia Square. Bis dahin könnten wir immerhin zusammengehen.«

Galant reichte Maarten seiner Frau den Arm. »Worauf warten wir also noch?«

Gemeinsam verließen sie das Hotel und wurden sofort von dem geschäftigen Treiben der quirligen Stadt und dem Schlamm der ungepflasterten Straßen aufgenommen.

Unterwegs blieb Anneke immer wieder an den zahllosen Verkaufsständen stehen, an denen sie vorbeikamen. Hier wurden die unterschiedlichsten Produkte feilgeboten, und es faszinierte sie, dass französische Weine, mit indianischen Motiven bestickte Decken und unbearbeitete Felle der Pelztierjäger hier dicht beieinanderlagen. Maarten musste zur Eile drängen. Sie wurden schließlich erwartet.

Als sie die Stoffhandlung erreicht hatten, meinte Maarten: »Meine Unterredung wird sicher nicht lange dauern. Danach komme ich wieder her, um dich abzuholen.«

Anneke nickte und betrat das Geschäft, während ihr Ehemann zum Amtssitz des Gouverneurs hinüberging, vor dem Jakob ihn bereits erwartete.

Ihre Geduld wurde auf keine harte Probe gestellt. Schon bald ließ Gouverneur Berkeley bitten.

»Willkommen in Jamestown, Ihr seid erst vor Kurzem in Virginia eingetroffen, wie mir mein Sekretär berichtete? Ihr müsst mir unbedingt von Eurer Reise erzählen.«

Die Herren plauderten eine Weile und Maarten schilderte ihren Schiffbruch und die wundersame Rettung.

»Umso mehr Grund haben wir, Eure Ankunft zu feiern, meine ich. Ich gebe heute Abend einen kleinen Empfang und würde Euch und Eure Gemahlinnen gern dazu bitten.«

Dankend nahmen Maarten und Jakob die Einladung an.

»Das wäre also geklärt«, lächelte Berkeley zufrieden. »Und nun sagt mir bitte, was Euch zu mir führt.«

Jakob zog den Landbrief aus seiner Rocktasche und reichte ihn dem Gouverneur hinüber. »Wir möchten dieses Dokument von Euch bestätigen lassen.«

Umständlich kramte Berkeley nach seinem Lorgnon. »Ein Landbrief, so, so«, murmelte er dann. »Nun, das ist lange her …«

Jakob stimmte ihm zu. »Das ist es gewiss. Aber da es keine Verjährungsfristen für die Ansprüche gibt …«

»Richtig, die gibt es nicht«, erwiderte der Gouverneur gedehnt und wirkte plötzlich abweisend und gereizt. »Aber dieses Dokument ist im Jahre 1607 ausgestellt worden und damit fast fünfzig Jahre alt. Zumindest ist es ungewöhnlich, dass nach dieser langen Zeit noch Rechte geltend gemacht werden.«

Erstaunt sah Maarten ihn an. »Ihr meint, da könnte es Probleme geben? Aber die Gesetzeslage ist doch ganz eindeutig.«

Berkeley zuckte mit den Schultern. »Das mag sein, Baron van Aelst. Ich werde es prüfen. Gebt mir ein paar Tage Zeit.«

Höchst unzufrieden mit dem Ergebnis ihres Besuchs verließen die beiden Freunde wenig später das Gouverneursgebäude. Um die Frauen nicht zu beunruhigen, beschlossen sie jedoch, ihnen vorerst nichts von dem merkwürdigen Verhalten des Gouverneurs zu erzählen.

Anneke und Catarina freuten sich über die Einladung. Ein Empfang beim Gouverneur? Ach, wie lang war es her, dass sie eine derartige Veranstaltung besucht hatten. Da jede von ihnen sich hier nur ein einziges Kleid für derlei Anlässe hatte schneidern lassen, mussten sie sich nicht lange den Kopf darüber zerbrechen, was sie anziehen sollten.

Jakob und Maarten waren bereits ausgehfertig und warteten schon eine Weile in der Hotelhalle, als die beiden Damen endlich erschienen.

»Ihr seht wirklich bezaubernd aus«, stellte Jakob bewundernd fest. Und obwohl beide Frauen angesprochen waren, hatte er doch nur Augen für Catarina.

Anneke lächelte ihrem Gatten zu. »Und wie steht es mit dir? Gefallen wir dir etwa nicht?«

»Für mich bist du die schönste Frau der Welt«, raunte er ihr zärtlich ins Ohr und grinste verschmitzt. »Aber wenn ich ehrlich sein soll. Damals, auf der einsamen Bermudainsel, in dem zerfetzten Kleid und mit den vom Wind zerzausten Haaren, hast du mir fast noch besser gefallen.«

»Ich habe dem Portier Anweisung gegeben, uns eine Mietkutsche zu besorgen«, erklärte Jakob nun. »Der Weg ist zwar nicht weit, aber auf den schlammigen Straßen würden sich die Damen unweigerlich die schönen Schuhe beschmutzen.«

Eine Kutsche war schnell herbeigewunken, und wenige Minuten später hatten sie bereits das Gouverneursgebäude erreicht. Bevor sie jedoch aussteigen konnten, hörten sie lautes Rufen und Peitschenknallen. Eine Kalesche mit vier schwarzen Pferden kam angerast und bahnte sich rücksichtslos einen Weg durch den dichten Verkehr. Schleunigst trieb der Kutscher der Miet-Equipage seine Pferde noch einmal an, ließ das Gefährt um die nächste Ecke rollen und hielt dann erneut, um seine Fahrgäste aussteigen zu lassen.

»Das war Howard Savelle«, erklärte er entschuldigend. »Es ist niemals ratsam, ihm im Wege zu stehen.«

Kopfschüttelnd stiegen die beiden Paare aus und gingen die wenigen Schritte zurück. Die Kutsche, die sie gerade verdrängt hatte, stand nun vor dem Gebäude. Sie als extravagant zu bezeichnen, wäre eine starke Untertreibung gewesen. Die vielschichtige, schwarze Lackierung ließ das Gefährt wie ein chinesisches Lackkästchen glänzen, und der mit reichen Schnitzereien verzierte Kutschbock und der Gepäckhalter waren aus bestem Ebenholz gearbeitet. Auf dem Bock thronte ein schwarzer, eindrucksvoller Riese. Reglos wie eine Statue und mit einem arroganten Gesichtsausdruck saß er da in seiner schneeweißen Livree, die mit goldenen Tressen und Knöpfen geschmückt war. Auf dem Kopf trug er einen ebenfalls weißen, seidenbespannten Zylinder und an den Händen weiße Handschuhe.

Diener stürzten nun herbei, um eilfertig den Schlag zu öffnen. Doch wer nun erwartet hatte, einen außergewöhnlichen Mann aussteigen zu sehen, wurde enttäuscht. Ein kleines zierliches Männchen mit dem Gesicht einer Spitzmaus sprang auf die Straße und stürmte eilig in das Haus des Gouverneurs.

Die Einwanderer folgten ihm und wurden von einem Diener in einen Saal geführt, der mit Sesseln, kleinen Tischchen, kostbaren Wandbehängen und protzigen, goldenen Kronleuchtern ausgestattet war.

Ein Mann in einer glänzenden Galauniform begrüßte sie mit altmodischer Grandezza. Er war braun gebrannt und an seiner Perücke saß jedes Haar, nur seine Augen flackerten nervös.

Auf seinen Wink hin eilte ein Diener herbei, der auf einem Tablett bereits gefüllte Weingläser balancierte.

»Bitte bedient Euch. Gouverneur Berkeley wird in wenigen Minuten erscheinen.«

Maarten dankte.

An die zwanzig Gäste waren bereits versammelt – Regierungsmitglieder, Pflanzer und einflussreiche Kaufleute aus Jamestown. Auch der Reeder, der ihnen das Flachboot vermietete, war anwesend und begrüßte sie wie alte Bekannte. Man plauderte noch miteinander, als endlich der Gouverneur erschien. An seiner Seite betrat auch der Mausgesichtige den Saal. Er sah verärgert aus.

»Das ist Howard Savelle«, gab der Reeder bereitwillig Auskunft. »Er ist einer der mächtigsten und reichsten Männer Virginias. Von Beruf ist er Rechtsanwalt, doch er besitzt außerdem eine riesige Plantage nördlich von Jamestown.«

Maarten nickte gleichgültig, bemerkte jedoch, dass die anderen Gäste den Eintritt Savelles höchst unterschiedlich aufnahmen. Während die einen ihn unterwürfig grüßten, wandten sich andere demonstrativ ab. Der Mann schien nicht sonderlich geschätzt zu werden.

Einer von denen, die mit Savelle ganz offensichtlich nichts zu tun haben wollten, näherte sich ihnen wie zufällig.

»Baron van Aelst?«

»Ganz recht. Und mit wem habe ich die Ehre?«

»Mein Name ist Henry Pimentel«, lautete die prompte Antwort. »Ich muss Euch unbedingt sprechen. Aber bitte nicht hier.« Hastig sah er sich um. »Ich weiß, dass Sie in der Nähe der Docks eine Lagerhalle angemietet haben. Können Sie mich dort morgen Vormittag um zehn Uhr erwarten?«

Maarten nickte erstaunt. »Worum geht es …?«

»Morgen«, unterbrach Pimentel ihn schnell. »Es ist nicht gut, wenn man uns hier zusammen sieht, Baron. Glauben Sie mir.«

Damit ließ er Maarten stehen und schlenderte weiter, so, als wäre nichts geschehen.

Verwundert schüttelte der Utrechter den Kopf, und auch Anneke sah dem Unbekannten überrascht hinterher. Doch dann fielen ihre Augen auf Savelle, der ihren Gatten hasserfüllt musterte. Irgendetwas stimmte hier nicht.

Auch der Baron hatte den bitterbösen Blick bemerkt. »Sehr merkwürdig«, murmelte er. »Hoffentlich kann Pimentel das Morgen aufklären.«

Am nächsten Tag führte Maarten in aller Frühe ein Gespräch mit einem Kapitän. Wieder einmal ging es darum, Memnon und seine Kameraden heimzubringen. Doch der Betrag, den der Mann für die Passage nach Afrika forderte, war unverschämt hoch und beim besten Willen nicht bezahlbar.

Niedergeschlagen ging Maarten anschließend zum Lagerhaus, um Memnon die schlechte Nachricht zu überbringen, doch der winkte nur gleichgültig ab.

»Du dich nicht weiter bemühen«, sagte er. »Wir mit dir gehen.« Ungläubig sah Maarten ihn an.

»Ihr wollt als Sklaven für mich arbeiten? Nein, Memnon. Auf keinen Fall.«

»Wir nicht als Sklaven, wir als freie Arbeiter mit dir gehen«, erwiderte der Maure gelassen. »Mit unserer Hilfe deine Plantage viel schneller wird fertig sein.«

Maarten nickte. »Damit hast du bestimmt recht. Ich hatte auch gar nicht vor, allein zu gehen. Ein paar Landarbeiter wollte ich schon einstellen. Aber mehr als hundert? Nein, Memnon. Das kann ich mir einfach nicht leisten.«

»Du uns nicht bezahlen, Herr«, erwiderte der Afrikaner ernst. »Du uns schaffen ein neues Zuhause.«

Fassungslos blickte Maarten auf. »Und dann wollt ihr hierbleiben? In Virginia?«

»Alles andere sein ein Wagnis für uns. Was nützt uns teure Passage, wenn wir schließlich doch landen auf Sklavenmarkt. Nein, wir bei dir und gute Frau bleiben. Auf dem Papier wir werden sein Sklaven, in Wirklichkeit aber wir werden sein frei – ohne Ketten, ohne Peitschen. Das sein sicher. Wir dir vertrauen, Herr.«

Maarten begriff. »Das ist ein großherziges Angebot, Memnon. Und ganz gewiss das Beste, was Jakob und mir passieren könnte. Aber ihr solltet unbedingt noch einmal darüber nachdenken. Dann sprechen wir weiter.«

Der Maure zuckte gleichmütig mit den Schultern, aber es war offensichtlich, dass seine Entscheidung feststand. Er sah für sich und seine Kameraden einfach keine andere

Möglichkeit. In diesem Augenblick betrat der Unbekannte vom gestrigen Abend das Lagerhaus.

»Guten Tag, Baron van Aelst. Ich freue mich sehr, dass Ihr die Zeit gefunden habt.«

Maarten grinste belustigt. »Nun, Mr Pimentel. Nach Eurer Ankündigung platze ich fast vor Neugierde. Worum geht es also? Und warum darf man uns nicht zusammen sehen?«

Der Mann antwortete nicht. »Ist Ihnen Howard Savelle bereits vorgestellt worden?«, wollte er stattdessen wissen.

Maarten schüttelte den Kopf. »Ich habe den Herren gestern das erste Mal gesehen. Vorgestellt wurden wir einander jedoch nicht.«

»Savelle ist außerordentlich reich und mächtig. Außerdem ist er in Besitz einer großen Plantage.«

»Ja, so weit bin ich informiert.«

»Aber das alles genügt ihm nicht. Er will immer noch mächtiger und reicher werden, und vor allem, er will immer mehr Land.« Zornig schlug Pimentel mit der Faust gegen einen Holzpfosten. »Oh, wie ich diesen Mann hasse.«

Verständnislos sah Maarten ihn an. »Und was hat das alles mit uns zu tun?«

Wieder überhörte Pimentel seine Frage. »Als ich vor einem Jahr nach Jamestown kam«, fuhr er fort, »hatte auch ich einen Landbrief über zehntausend Morgen in der Tasche. Er war von König Jakob I. von England auf meinen Großvater ausgestellt. Das auf meine Familie eingetragene Land war jedoch nicht mehr frei. Savelle hatte es bereits in Besitz genommen.«

»Aber dazu hatte er kein Recht«, meinte Maarten entrüstet.

»Natürlich hatte er das nicht«, gab Pimentel achselzuckend zurück. »Trotzdem tat er es. Und genau das Gleiche hat er auch mit Eurem Land gemacht. Mein Besitz liegt zwischen dem seinen und dem Euren. Nachdem er sich mein Land angeeignet hatte, wollte er nun auch Eures. Also begann er erneut mit dem Gouverneur zu verhandeln. Wie in meinem Fall hatte Berkeley auch diesmal keine Gewissensbisse, etwas zu verkaufen, was ihm eigentlich gar nicht gehörte. Er rechnete einfach nicht damit, dass nach all den Jahren noch der rechtmäßige Besitzer auftauchten würde. Das Land ging also zu einem günstigen Preis an Savelle, und beide waren zufrieden. Bis Ihr und Eure Familie erschienen seid.«

»Genau«, brummte Maarten böse. »Und wir werden uns diese Machenschaften ganz bestimmt nicht gefallen lassen.«

Pimentel lachte bitter auf. »Nun, so leicht ist es nicht, etwas dagegen zu unternehmen. Schließlich können Sie sich nicht einfach beim Gouverneur beschweren, denn er vertritt immerhin das Recht hier in Virginia.«

Betroffen blickte Maarten ihn an. »Ihr meint, es gibt keine Möglichkeit mehr, an unser Land zu kommen?«

»Doch, für Euch gibt es eine«, antwortete Pimentel. »Ihr seid von Adel und daher in der Lage, Berkeley unter Druck zu setzen. Wenn Ihr ihm damit droht, Euch bei seinen Vorgesetzten in England zu beschweren, muss er Euch ernst nehmen. Mich hat er nur ausgelacht.«

Maarten nickte zögernd. »Aber es würde mindestens ein Vierteljahr dauern, bis ich eine Antwort von dem jetzigen König Charles bekäme. So lange kann und will ich nicht warten.«

»Die Sache ist weitaus komplizierter«, berichtigte Pimentel. »In England hat es einen Bürgerkrieg gegeben.

König Charles wurde entmachtet und hingerichtet. Das Land ist zu einer Republik ausgerufen worden und wird von einem gewissen Oliver Cromwell regiert. An ihn müsstet Ihr Euch wenden. Ich glaube aber nicht, dass Berkeley es so weit kommen lassen würde. Durch den Machtwechsel in der Heimat hängt seine Gouverneursposition hier ohnehin am seidenen Faden. Er wird jedes Aufsehen in England vermeiden wollen und hoffen, dass man vergisst, ihn zu ersetzen. Ihn einzuschüchtern wird nicht schwer sein. Das eigentliche Problem ist aber Savelle. Schließlich hat er einen Kaufvertrag, da wird er nicht einfach stillhalten.«

»Gewiss nicht«, musste Maarten zugeben. »Aber was kann man dagegen tun?«

»Ihr müsst versuchen, seinen Vertrag in Euren Besitz zu bringen«, erklärte Pimentel ohne zu zögern. »Dann hat er nichts mehr in der Hand.«

Überrascht schnappte Maarten nach Luft. »Seid Ihr wahnsinnig? Damit würden wir uns strafbar machen. Außerdem, um ihm den Vertrag stehlen zu können, müsste man doch zunächst wissen, wo er ihn aufbewahrt.«

»Das habe ich bereits herausgefunden«, lautete die prompte Antwort. »Das Dokument befindet sich in seiner Stadtvilla, in einem Geheimfach seines Schreibtisches.«

»Ein Geheimfach, das Ihr kennt?« Maarten wusste gar nicht mehr, was er zu dieser unglaublichen Geschichte sagen sollte.

Pimentel grinste. »Vergesst nicht, dass ich genauso reingelegt wurde wie Ihr und dem Mann bereits seit einem Jahr auf der Spur bin. Leider fehlt es mir inzwischen an Mitteln und Einfluss, um allein weitermachen zu können. Außerdem wird die Villa streng bewacht. Da kann man nicht so einfach einsteigen.«

»Und wie soll ich dort hineingelangen?«

»Ihr überhaupt nicht, werter Baron«, entgegnete der Engländer grinsend. »Wenn es überhaupt jemandem gelingt, dann der Tochter Eurer Gemahlin oder deren Schwägerin. Savelle hat nämlich eine Schwäche für schöne junge Frauen mit langen dunklen Haaren.«

Maarten war fassungslos. »Und eine von ihnen soll Savelle den Vertrag abschwatzen?«

»Nein«, lachte Pimentel belustigt. »So leicht wird er es uns nicht machen. Eine der beiden Damen müsste dem Schurken schöne Augen machen und ihn dazu bringen, dass er sie zu einem intimen Dinner in seine Villa einlädt. Dort müsste sie ihn mittels eines Giftes betäuben, die Dokumente an sich bringen und verschwinden.«

»Habt Ihr den Verstand verloren, Mister? Auf gar keinen Fall werde ich ein Mitglied meiner Familie einer derartigen Gefahr aussetzen. Nein, nein, diesen Plan schlagt Euch gefälligst aus dem Kopf.«

Pimentel zuckte mit den Achseln. »Ich dachte mir, dass Ihr so reagieren würdet, und ich gebe zu, dass mein Vorschlag ungewöhnlich klingen mag. Aber denkt trotzdem darüber nach und sprecht auch mit Eurer Familie über den Plan. Die Idee ist gut und längst nicht so gefährlich, wie es auf den ersten Blick erscheint – wenn man die Gewohnheiten Savelles so gut kennt wie ich. Außerdem bin ich im Besitz eines schnell wirkenden Betäubungsmittels und weiß, wo sich das Geheimfach befindet und wie es sich öffnen lässt. Nichts wäre dem Zufall überlassen.«

»Nein und nochmals nein«, wehrte Maarten ab. »Es muss eine andere Lösung für unser Problem geben. Aber warum erzählt Ihr mir das eigentlich alles? Ihr seid doch nicht bereit, mir aus lauter Menschenfreundlichkeit zu unserem Land zu verhelfen. Was springt für Euch dabei raus?«

»In dem Geheimfach liegt auch Savelles Kaufvertrag für mein Land«, entgegnete Pimentel schlicht. »Wie für Euch ist es auch für mich die einzige Chance, doch noch an meinen Besitz zu gelangen.«

Elftes Kapitel

Als Maarten ins Hotel zurückkehrte, dachte er noch einmal über Pimentels Vorschlag nach. Doch er kam immer wieder zu dem gleichen Schluss: Es wäre unverantwortlich, Catarina oder Barbara einer derartigen Gefahr auszusetzen. Und damit war das Thema für ihn beendet. Am besten würde es sein, wenn er ihnen nichts von dem Plan des Engländers erzählte. Sie wären verwegen genug, ihn ausführen zu wollen. Schließlich haben wir einen gültigen Landbrief. Damit müsste doch der Kaufvertrag Savelles ohnehin null und nichtig sein. Zudem hatte er eine Nachricht – ausnahmsweise eine gute –, die seine Familie die Zusammenkunft mit Pimentel vergessen ließ: Die Friesen waren endlich und wohlbehalten eingetroffen.

»Da bist du ja endlich.« Anneke hatte in der Hotelhalle auf Maarten gewartet. Doch sie war nicht allein. An ihrem Tischchen saß der kleine Juan, der sich gerade eine Limonade, eine Spezialität aus gezuckerten Limonen, schmecken ließ. »Was wollte Pimentel von dir?«

Aufmerksam sah Anneke ihren Gatten an. Es war schwer, etwas vor ihr zu verheimlichen. Maarten suchte nach einer unverfänglichen Antwort, als Juan aufgeregt dazwischenplapperte: »Die Baronin hat mir erzählt, dass wir in einem Flachboot den James River hinauffahren und in der Wildnis biwakieren werden, bis das neue Haus erbaut ist. Darauf freue ich mich schon. Und ich danke Euch dafür, dass

Ihr mich mitnehmt und ich nicht auf der Princess bleiben muss.«

Sofort war Maarten bereit, das Thema zu wechseln, und beugte sich lächelnd zu dem Knaben hinab, um ihm durch das Haar zu zausen. »Wir haben dir doch versprochen, dass du bei uns bleiben kannst, mein Junge. Du gehörst ab jetzt zur Familie.«

Juan sah ihn aus großen Augen an. »Bin ich denn keine Waise mehr?«

Anneke zog Juan auf ihren Schoß und umarmte ihn herzlich. Wie zart und zerbrechlich dieser schmale Kinderkörper doch war. Ganz fest nahm sie sich vor, ihn zu hüten und zu beschützen. Laut sagte sie jedoch: »Du bist eine Waise, weil du deinen Vater und deine Mutter verloren hast. Daran kann leider niemand etwas ändern. Aber der Baron und ich werden dafür sorgen, dass du bei uns ein neues Zuhause erhältst und nie wieder allein sein musst. Ist das nicht auch schon etwas?«

Der Junge nickte und lächelte dankbar. Fest legten sich seine Arme um ihren Hals.

Als Anneke wenig später Maarten abermals nach der Unterredung mit Pimentel fragen wollte, kam er ihr zuvor.

»Ich habe noch eine Überraschung«, sagte er. »Unsere Friesen sind angekommen. Sie haben die Überfahrt heil überstanden und es geht ihnen gut. Ich habe sie einstweilen in dem Mietstall an den Docks untergebracht. Was hältst du davon, wenn wir nachher alle zusammen einen Ausritt unternehmen? Die Tiere sehnen sich gewiss nach Bewegung.«

Schon als Maarten und Anneke den Mietstall betraten, wieherten die Pferde hell auf. Die Freude, wieder mit ihnen vereint zu sein, schien groß, und auch ihre Besitzer freuten sich über das Wiedersehen. Und so genossen Reiter und Pferde den Ausritt.

Als Maarten und Anneke später wieder allein im Hotel waren, fragte sie noch einmal nach seinem Gespräch mit Pimentel. Jetzt endlich erzählte er ihr von den Machenschaften des Gouverneurs und Savelles. Schließlich konnte er ihr die Geschichte nicht auf Dauer verschweigen.

Anneke war entrüstet. »Aber wie konnten die beiden so etwas tun?«

Maarten zuckte mit den Schultern. »Offensichtlich haben sie nicht mehr damit gerechnet, dass noch jemand Ansprüche auf dieses Land erhebt. Außerdem war es zweifellos ein lukratives Geschäft. Der Gouverneur hat Geld bekommen für etwas, was ihm gar nicht gehörte, und Savelle Land zu einem günstigen Preis.«

Anneke nickte nachdenklich. »Und wie können wir uns dagegen zur Wehr setzen?«

»Morgen werden Jakob und ich noch einmal mit Berkeley sprechen«, entgegnete er. »Wir werden ja sehen, wie er reagiert, wenn wir ihm mit einer Beschwerde drohen. Rein rechtlich gesehen gibt es eigentlich keine Möglichkeit, uns das Land streitig zu machen.« Er trat ans Fenster. »Im Übrigen spiele ich mit dem Gedanken, trotz dieser Schwierigkeiten einfach den James River hinaufzufahren und zu beginnen, die Plantage anzulegen. Was können sie schon dagegen unternehmen? Uns verklagen? Nein, ein Prozess würde nur ihre eigenen Gaunereien aufdecken.«

»Wir wissen nicht, wozu dieser Savelle fähig ist«, gab Anneke zu bedenken. »Vielleicht lässt er uns einfach umbringen. Damit wäre sein Problem schließlich schnell gelöst.«

»Daran habe ich auch schon gedacht«, erwiderte Maarten. »Ich kann es mir jedoch nicht vorstellen, denn Jakob und ich wären ja nicht allein. Natürlich würden wir Memnon und seine Männer mitnehmen. Catarina, Barbara und du, aber auch Juan und die Frauen und Kinder der Afrikaner müssten vorerst natürlich in Jamestown bleiben.«

»Auf keinen Fall«, widersprach Anneke energisch. »Ihr werdet unsere Hilfe brauchen, um das Lager in Ordnung zu halten und um euch zu verpflegen. Außerdem wären wir Frauen schutzlos und allein in Jamestown und damit Savelle auf Gedeih und Verderb ausgeliefert. Damit hätte er schließlich auch euch in der Hand.«

Maarten seufzte »Ja, du hast recht. Dieses Risiko können wir nicht eingehen. Mitnehmen können wir euch jedoch genauso wenig. Falls Savelle uns angreift und es möglicherweise sogar zu einer Schießerei kommt, möchte ich weder Frauen noch Kinder in der Nähe wissen. Nein, es wird nichts anderes übrig bleiben, als die Angelegenheit mit dem Gouverneur zu verhandeln. Wir wollen schließlich nur unser Recht und sonst nichts.«

Recht haben und Recht bekommen war jedoch zweierlei. Das musste auch Maarten einsehen. Jeden Tag ersuchte er den Gouverneur um eine Unterredung und jedes Mal wurde er abgewiesen. Entweder war Berkeley nicht da oder er hatte angeblich keine Zeit, und Jacob und Maarten wurden erneut auf den nächsten Tag vertröstet. Schließlich schrieben sie einen Brief, dessen Beantwortung jedoch auch auf sich warten ließ.

»Die Zeit läuft uns davon«, stellte Jakob schließlich fest. »Unser Anteil an der Piratenbeute ist bereits zum größten Teil für die Ausrüstung, für Werkzeuge und für Pflanzen ausgegeben. Wenn wir die Felder jetzt nicht roden und bestellen, können wir im nächsten Jahr nichts ernten und haben keine Einnahmen. Mit unseren Reserven würden wir ein weiteres Jahr jedoch nicht überstehen. Es muss etwas geschehen. Unbedingt und jetzt!«

Während Jakob und Maarten noch weiter berieten, schlenderten die drei Frauen durch die Straßen von Jamestown. Es gab nichts mehr zu erledigen, alle Einkäufe waren getätigt und auf das Flachboot verladen, das im Hafen nur darauf wartete, endlich ablegen zu können. Eine nervenzermürbende Situation. Als die Frauen den Uferdamm erreichten, vor sich den Strom und hinter sich die Stadt liegen sahen, trat ihnen ein Herr entgegen, der sich galant verbeugte. Anneke erkannte in ihm sofort den Engländer, den sie auf dem Empfang des Gouverneurs getroffen hatten, und erwiderte seinen Gruß. Doch offensichtlich wollte der Mann mehr als nur Höflichkeiten austauschen. Eindringlich sah er sie an.

»Ich würde gern etwas mit Euch besprechen, meine Damen. Hättet Ihr einen Augenblick Zeit für mich?«

Nach dem Abendessen, das die ganze Familie gemeinsam eingenommen hatte, schilderte Anneke die Begegnung mit Pimentel.

»Über seine Idee, von der er uns berichtet hat, müssen wir euch nichts erzählen«, sagte sie an die Männer gewandt. »Ihr kennt seinen Plan bereits seit Tagen und habt es leider bislang versäumt, uns einzuweihen.«

»Und das aus gutem Grund«, ereiferte sich Jakob. »Der Plan ist gefährlich und …«

»Wir haben darüber nachgedacht«, unterbrach Catarina ihn mit fester Stimme, »und sind zu dem Schluss gekommen, dass Pimentels Vorschlag durchaus durchführbar ist. Schließlich wollen wir nicht noch weitere Wochen in Jamestown festsitzen. Natürlich, der Plan kann scheitern, trotzdem bin ich fest entschlossen, es wenigstens zu versuchen. Schließlich geht es um unser aller Überleben.«

Aufgebracht widersprachen die Männer.

»Das ist viel zu gefährlich, Catarina. Auf keinen Fall werde ich meine Zustimmung geben«, erklärte Jakob gereizt, und Maarten pflichtete ihm bei: »Niemals würden wir dich allein und unter diesen Umständen in die Höhle des Löwen lassen. Nun sag doch auch etwas, Anneke. Du kannst doch nicht im Ernst deine Tochter in eine solche Gefahr bringen wollen.«

An dieser Stelle mischte sich Barbara ein: »Für mich klingt der Plan gut. Aber ihr solltet mich gehen lassen. Ich bin, im Gegensatz zu Catarina, in einem Wirtshaus aufgewachsen und weiß mit Männern umzugehen. Also werde ich es wohl auch hinbekommen, diesem Mausgesicht den Kopf zu verdrehen.«

Jakob stöhnte auf. »Seid ihr denn alle verrückt geworden? Ich werde dich natürlich genauso wenig gehen lassen wie Catarina. Was denkst du von mir? Das ist auch gar nicht eure Angelegenheit, sondern eine Sache, die wir Männer zu regeln haben.«

Ernst sah Barbara ihn an. »Natürlich ist es genauso meine Angelegenheit, Brüderchen. Ich bin nämlich auch eine von Cappel und außerdem diejenige, die von uns allen am besten für die Aufgabe geeignet ist. Mein Entschluss ist gefasst, und keinem von euch wird es gelingen, mich umzustimmen.«

»Ist dir überhaupt bewusst, was dir alles geschehen kann?«, fragte Maarten und sah Barbara dabei eindringlich an. »Du könntest vergewaltigt, ja sogar getötet werden.«

Barbara zuckte mit den Schultern. »Ich glaube nicht, dass dieses zarte Männchen in der Lage ist, mir Gewalt anzutun. Aber wenn es dich beruhigt, werde ich eine Pistole mitnehmen. Ich weiß sehr wohl damit umzugehen.«

Das Royal Virginia war das beste Haus von Jamestown. Es stand in der Old Back Street, in unmittelbarer Nähe des Gouverneursgebäudes, und war für seine ausgezeichnete Küche bekannt. Diese Tatsache wusste auch Howard Savelle zu schätzen und so nahm er regelmäßig sein Abendessen in dem komfortabel ausgestatteten Hotel-Restaurant ein.

Eines Abends saß er wieder auf seinem angestammten Platz und studierte gerade die Speisekarte, als eine Dame an seinen Tisch trat.

»Bitte verzeiht, mein Herr.«

Ungehalten sah Savelle auf. Als er jedoch die schöne Frau bemerkte, die vor seinem Tisch stand, erhob er sich sofort. Diese Störung war einfach zu charmant, als dass er darüber ärgerlich sein konnte.

»Womit kann ich dienen, Madam?«

Barbara lächelte freundlich.

»Mein Name ist Oda Markward«, stellte sie sich höflich vor. »Ich befinde mich auf der Durchreise und bin nur in Begleitung meines Dieners in Jamestown. Der arme Junge ist jedoch krank geworden, und daher wollte ich Euch …« Sie lachte leise. »Oh nein, bitte entschuldigt die Störung. Meine Bitte ist wohl doch zu vorwitzig.«

»Nur heraus damit«, meinte Savelle lächelnd. »Ich bin stets und gern bereit, einer schönen Frau einen Gefallen zu erweisen.«

»Ihr seid sehr freundlich, mein Herr«, entgegnete Barbara. »Wie Ihr wisst, ist es für eine Dame nicht schicklich, allein in einem Restaurant zu speisen. Und da dachte ich … weil ich doch so hungrig bin und Ihr so seriös wirkt …«, stammelte sie gekonnt.

Savelle glaubte zu verstehen. »Möchtet Ihr Euch zu mir setzen, Madam? Darf ich Euch beim Dinner Gesellschaft leisten?«

Barbara lächelte erleichtert. »Genau darum wollte ich Euch bitten, Sir.«

»Es ist mir wirklich eine große Ehre«, entgegnete Savelle süffisant, stellte sich jetzt seinerseits vor und schob ihr eigenhändig den Stuhl zurecht.

Dankbar sah sie ihn an und setzte sich.

»Ihr seid fremd in Jamestown?«

Barbara nickte.

»Dann erlaubt mir, Madam, Euch die Spezialitäten des Hauses zu empfehlen. Seid mein Gast und lasst Euch überraschen. Die Küche hier ist wirklich ausgezeichnet und auch ein verwöhnter Gaumen kommt im Royal Virginia auf seine Kosten.«

Während des Essens unterhielten sie sich angeregt. Barbara gab an, eine gefragte Schneiderin aus Europa zu sein, die man zur Brandon-Plantage gerufen habe, um dort zu arbeiten. Offensichtlich glaubte Savelle ihr jedes Wort.

»Wie lange werdet Ihr in der Stadt bleiben, Madam?«

»In drei Tagen wird mich eine Schonerbrigg abholen und auf das Anwesen der Brandons bringen. Die Plantage soll wohl etwa zwanzig Meilen stromaufwärts liegen.«

»Ich verstehe«, nickte Savelle. »Und wie werdet Ihr diese drei Tage verbringen?«

Barbara zuckte mit den Schultern. »Ich habe kaum Möglichkeiten, mir die Zeit zu vertreiben. Wie ich bereits erwähnte, ist mein Diener erkrankt und ich werde darauf verzichten müssen, mir Jamestown anzusehen. Ihr wisst, wie das ist. Eine Dame darf sich in der Öffentlichkeit nun einmal nicht ohne Begleitung zeigen.«

Savelle schluckte den Köder sofort. »Dann lasst mich Euer Führer sein«, bot er an. »Ich würde Euch gerne alle Sehenswürdigkeiten unserer schönen Stadt zeigen.«

Barbara alias Oda Markward gab sich zögerlich. »Das ist sehr freundlich von Euch, Sir. Aber ich will Euch wirklich nicht lästig fallen.«

Als Savelle jedoch mit Nachdruck versicherte, dass es ihm eine Ehre wäre, sie begleiten zu dürfen, nahm sie seinen Vorschlag schließlich an und verabredete sich mit ihm für den nächsten Tag.

Es war bei Gott kein Vergnügen für Barbara, den Tag mit dem arroganten, ständig seine Verdienste herausstreichenden Savelle zu verbringen. Auch wenn er sich sichtlich bemühte, den charmanten Fremdenführer zu spielen, konnte er es doch nicht lassen, immer aufs Neue seine Position in der Stadt herauszustreichen. Der Mann war so überheblich, dass es Barbara grauste. Trotzdem blieb sie freundlich und blickte stets bewundernd zu ihm auf. Das gehörte schließlich zu ihrer Rolle. Doch damit nicht genug. Beim gemeinsamen Mittagessen begann sie ganz unverhohlen mit dem Mausgesicht zu flirten und ihm Avancen zu machen. Savelle war auch sofort bereit, sich für unwiderstehlich zu halten. Und schließlich brachten Barbaras geschickte Schmeicheleien ihn dazu, ihr den Vorschlag zu machen, auf den sie so sehr hingearbeitet hatte.

»Wenn Ihr gestattet, Madam, möchte ich Euch für heute Abend zum Dinner in meine Villa einladen. Mein Koch ist durchaus in der Lage, sich mit dem des Royal Virginia messen zu können. Außerdem speist man in den eigenen vier Wänden doch ein wenig persönlicher als in einem überfüllten Hotelrestaurant.«

Als Barbara bemerkte, wie gespannt er auf ihre Antwort wartete, hätte sie jubeln mögen. Der Mann war am Haken und sie würde den Plan zu einem erfolgreichen Abschluss bringen können. Da war sie sich jetzt ganz sicher. Mit einem verheißungsvollen Lächeln auf den Lippen nahm sie die Einladung an.

Savelle schluckte nervös. »Meine Kutsche wird Euch also vor Eurem Hotel erwarten, Oda«, stieß er aufgeregt hervor. Dann griff er nach seinem Glas und prostete ihr zu. »Auf einen schönen Abend, meine Liebe.«

Tief sah Barbara ihm in die Augen. »Auf einen unvergesslichen Abend, lieber Howard.«

Es dämmerte bereits, als die angebliche Oda Markward in der Prachtkalesche Savelles die Villa erreichte. Der kleine Park war von einer hohen Mauer umgeben, und das große, schmiedeeiserne Tor wurde, nachdem sie es passiert hatte, sofort wieder geschlossen. Kein Grund, sich Sorgen zu machen, beruhigte Barbara sich selbst. Maarten, Jakob und Pimentel würden sie hier erwarten. Und da der Engländer über einen Schlüssel verfügte, stellte das Tor kein Hindernis dar.

Savelle erwartete sie bereits vor dem eindrucksvollen Portal seiner Villa und war Barbara beim Aussteigen behilflich.

»Ich freue mich sehr«, stieß er mit heiserer Stimme hervor. Seine Lippen zuckten nervös.

Wenn du wüsstest, dachte Barbara belustigt, riss sich aber zusammen. Sie durfte keine der Instruktionen Pimentels vergessen. Zu ihrer rechten befand sich ein Zwinger, in dem vier Bluthunde aufgebracht lärmten.

Erschrecken vortäuschend blickte Barbara zu den Tieren hinüber.

»Sie mögen es nicht, eingesperrt zu sein«, erklärte Savelle schmunzelnd. »Darum sind sie so unruhig. Normalerweise laufen sie nämlich frei durch den Park. Die besten Wächter, die man sich vorstellen kann.«

»Davon bin ich überzeugt«, gab seine Besucherin schaudernd zurück. »Aber ich kann doch wohl hoffentlich davon ausgehen, dass die Hunde so lange in ihrem Käfig bleiben, bis ich Euer Haus wieder verlassen habe. Ich hätte sonst keine ruhige Minute.«

Savelle zögerte, doch dann stimmte er bereitwillig zu.

»Euer Wunsch ist mir Befehl, Madam. Ich möchte auf keinen Fall, dass Ihr Euch in meinem Hause unwohl fühlt.«

Erleichtert lächelte sie ihm zu. Alles lief so, wie Pimentel es vorausgesagt hatte.

Stolz führte Savelle sie durch die Villa, zeigte ihr die Halle, den luxuriös ausgestatteten Salon, das Esszimmer mit dem riesigen, polierten Mahagonitisch und die breit angelegten Terrassen, die bis zum James River hinabführten.

»Wunderschön habt Ihr es hier«, sagte Barbara bewundernd, obwohl sie das Gefühl hatte, durch die mit Möbeln und Kunstwerken vollgestopften Räume fast erdrückt zu werden. »Und nun müsst Ihr mir unbedingt noch Euer Arbeitszimmer zeigen. Nachdem Ihr mir so viel von Euren Tätigkeiten erzählt habt, würde ich zu gern wissen, wie der Raum aussieht, in dem Ihr Euren wichtigen Geschäften nachgeht.«

Geschmeichelt führte Savelle seine Besucherin in das Zimmer, und Barbara prägte sich aufmerksam den Weg hierher ein. Immerhin stand hier der Schreibtisch, in dem die Verträge verborgen waren – die Schlüssel für ihre Zukunft in Virginia.

Nach der Führung durch sein Anwesen ließen sie sich zum Essen nieder. Ein livrierter Diener servierte die Speisen. Außer ihm schienen keine Dienstboten anwesend zu sein.

»Du kannst dich zurückziehen. Wir brauchen dich heute nicht mehr«, befahl Savelle dem Schwarzen, nachdem das Dessert serviert war.

Der Diener verbeugte sich und verließ den Raum.

Barbara wollte es nun genau wissen. »Habt Ihr nur den einen Dienstboten?«

Savelle lachte selbstgefällig. »Natürlich nicht. Aber ich habe sie alle in ihre Dachkammern verbannt. Ich dachte …«Er brach ab.

»Dass wir auf ihre Anwesenheit verzichten können?«, führte sie den Satz fort und blickte ihm dabei tief in die Augen.

Er nickte nervös.

»Ihr habt wahrlich recht, Sir«, lächelte sie verführerisch. »Das Spiel, das ich mir für heute Abend denke, wird in der Regel tatsächlich nur zu zweit gespielt.«

Savelle erhob sein Glas. »Ich sehe, ich habe es mit einer erfahrenen Frau zu tun. Sehr angenehm, Madam. Außerordentlich angenehm.« Vor Aufregung war sein Mund ganz trocken. Hastig trank er den Wein.

Nach dem Essen bat Barbara: »Ich habe ein Cembalo in Eurem Salon gesehen. Würdet Ihr mir etwas darauf vorspielen, Howard? Ich liebe Musik.«

Er erhob sich sofort von seinem Stuhl. Offensichtlich wollte er dieses Vorspielgeplänkel so schnell wie möglich hinter sich bringen.

Die Flügeltür, die vom Esszimmer in den Salon führte, war weit geöffnet. Er durchschritt den Raum und setzte sich an das Instrument, wobei er Barbara zwangsläufig den Rücken zuwandte.

Rasch nutzte sie die Gelegenheit, zog ein kleines Fläschchen aus ihrer Tasche und goss ein paar Tropfen davon in Savelles fein geschliffenes Glas, das sie gleich darauf mit Wein auffüllte. Dann griff sie nach ihrem Glas, das sie noch nicht leer getrunken hatte, und trug beide Gläser in den Salon, wo sie das für Savelle bestimmte vor ihn auf das Cembalo stellte.

Dann schritt sie hinter ihn, lauschte der kleinen Weise, die er zum Vortrag brachte, und strich mit ihren Fingerspitzen zart über seinen Nacken. Sobald sie ihn berührte, sprang er jedoch auf und versuchte, sie in seine Arme zu ziehen. Mit einem koketten Lächeln entzog sie sich ihm jedoch.

»Aber mein liebster Howard. Nicht so hastig. Wir wollen doch die Spielregeln einhalten, nicht wahr?«

Er nickte dümmlich grinsend und griff, ohne dass sie ihn dazu ermuntern musste, nach dem Glas auf dem Cembalo. Wieder stürzte er den erlesenen Wein hinunter, als wäre es Wasser.

Als er erneut mit ausgebreiteten Armen auf sie zukam, wich sie zurück. Nun wird sich zeigen, Freund Pimentel, ob das Mittel tatsächlich so schnell wirkt, wie du gesagt hast, dachte sie und spürte nun doch, je zudringlicher Savelle wurde, Angst in sich aufsteigen.

Sie zwang sich zu einem Lächeln, so als wäre ihr Ausweichen lediglich ein Spiel, und konnte zu ihrer Erleichterung schon bald feststellen, dass seine Schritte tatsächlich unsicherer wurden.

»Komm her, du Teufelsweib«, lallte er. »Jetzt wollen wir es dir ein wenig bequemer …« Er brach ab und fuhr sich verwirrt mit der Hand über die Augen. »Hab wohl zu schnell … Wein … getrunken«, stammelte er benommen und stützte sich schwer auf einen Sessel. Dann sank er zu Boden, die Augen starr auf Barbara gerichtet.

Erschrocken eilte sie zu ihm. Sollte er etwa …? Nein, stellte sie gleich darauf erleichtert fest. Er war nicht tot. Noch einmal zwinkerte Savelle verständnislos mit den Augen, dann fielen sie ihm zu. Leise begann er zu schnarchen.

Erleichtert atmete Barbara auf. Pimentel hatte wirklich nicht zu viel versprochen. Aus was dieses Betäubungsmittel auch immer bestehen mochte, es wirkte zuverlässig und schnell.

Für einen Augenblick war sie versucht, sich niederzusetzen und sich erst einmal von den überstandenen Aufregungen zu erholen. Doch dazu blieb keine Zeit. Um Mitternacht begannen Savelles Leibwächter mit der Bewachung des Parks, bis dahin musste sie die Villa verlassen haben. Mit zitternden Händen griff Barbara nach ihrer Tasche und einem zweiarmigen Leuchter. Dann machte sie sich leise auf den Weg ins Arbeitszimmer.

Im Haus war alles ruhig. Offensichtlich hatten die Dienstboten von ihrem Herrn strikte Anweisungen erhalten, sich auf keinen Fall ungerufen blicken zu lassen. Ungehindert erreichte sie den Arbeitskabinett, in dem der große Schreibtisch stand, und fuhr tastend mit ihrer Hand unter der Platte entlang. Die kleine Feder, die den Mechanismus des Geheimfachs auslösen sollte, war rasch gefunden und sie konnte den mitgebrachten Schlüssel in das nun sichtbare Schloss stecken. Oh ja, die Angaben Pimentels waren wirklich präzise.

Das Fach öffnete sich und ein Stapel von Dokumenten lag vor ihr. Barbara überlegte, den ganzen Packen mitzunehmen, entschied sich jedoch dagegen. Schließlich wusste sie nicht, welche Verträge legal und welche illegal abgeschlossen worden waren. Und gewiss war es gefährlich, zu viel über Savelles verbrecherische Machenschaften zu wissen. Also blieb ihr keine andere Wahl, als die Dokumente durchzusehen. Kostbare Zeit ging verloren. Schließlich legte sie den Großteil des Stapels in das Geheimfach zurück und schloss es wieder sorgfältig. Vier Dokumente behielt sie zurück. Die Kaufverträge über das Land der von Cappels und über das von Pimentel, Berichte über sensationelle Erfindungen landwirtschaftlicher Geräte, die für Jakob und Maarten bestimmt sehr interessant sein würden, und eine Akte mit dem verheißungsvollen Titel: »Geheimbericht über den englischen Gouverneur William Berkeley«. Barbara lächelte triumphierend. Gewiss konnte auch dieses Dokument sehr nützlich sein.

Eilig rollte sie die Unterlagen zusammen und steckte sie in ihre Tasche. Bisher war ihre Mission reibungslos und erfolgreich verlaufen. Jetzt galt es nur noch, das Anwesen schnell und unauffällig wieder zu verlassen.

Hastig warf sie einen Blick auf die Pendeluhr an der gegenüberliegenden Wand, doch die war offensichtlich stehen geblieben. Da die Dienstboten alle ins Dachgeschoss verbannt worden waren, gab es niemanden, der sie hätte aufziehen können.

Wie spät mochte es sein? Barbara wusste es nicht. Fest stand nur, dass jede Minute, die sie länger zögerte, die Situation gefährlicher werden ließ.

Das Arbeitszimmer Savelles verfügte über zwei Ausgänge, und einer davon führte, wie Pimentel gesagt hatte, direkt in die Eingangshalle.

Als Barbara die Tür leise öffnete, stand sie wieder in dem protzigen Vestibül. Hier war es fast dunkel, nur zwei Kerzen verströmten ihr mageres Licht. Lautlos und sorgfältig jeden Schatten nutzend, durchquerte sie die Halle. Die Eingangstür war zwar verschlossen, aber die drei Riegel ließen sich, ohne ein Geräusch zu verursachen, zurückziehen. Das Glück schien ihr treu zu bleiben.

Barbara öffnete die Tür und trat ins Freie. Hoffentlich war niemand auf die Idee gekommen, die Bluthunde wieder freizulassen, dachte sie und stieg, sich vorsichtig umblickend, die breite Freitreppe hinab.

»Kann ich Euch helfen, Ma'am?«

Barbara fuhr erschrocken zusammen. Vor ihr stand ein großer, hagerer Mann, der sie misstrauisch musterte. Auf dem Kopf trug er eine Mütze aus Biberfell, im Arm eine doppelläufige Flinte, und in seinem Gürtel steckten zwei Pistolen und ein großes Messer. Er musste zu den Leibwächtern Savelles gehören. Zu dumm, offensichtlich hatte die Durchsicht der Dokumente zu viel Zeit in Anspruch genommen.

»Was macht Ihr hier, Ma'am? Kann ich Euch helfen?«, wiederholte er seine Frage ungeduldig.

Barbara zwang sich ein harmloses Lächeln auf die Lippen. »Nein, vielen Dank«, erwiderte sie. »Ich finde meinen Weg schon allein. Aber Ihr solltet Euch vielleicht um Euren Herrn bemühen. Ich fürchte, er hat ein wenig zu viel getrunken. Am besten wird es sein, Ihr bringt ihn ins Bett.«

»Das gehört nicht zu meinen Aufgaben, Ma'am«, gab der Hagere abweisend zurück. »Hingegen würde mich interessieren, was Ihr in Eurer prall gefüllten Tasche mit Euch führt. Darf ich einmal nachsehen?« Fordernd streckte er die Hand aus.

Hochmütig sah Barbara ihn an. »Ganz gewiss werde ich Euch nicht in meinem Eigentum herumwühlen lassen.«

Unwillig schüttelte er den Kopf. »Ich tue nur meine Pflicht, Ma'am. Händigen Sie mir also bitte die Tasche aus, sonst bin ich gezwungen, Gewalt anzuwenden.«

In diesem Augenblick bemerkte Barbara eine Bewegung hinter dem Leibwächter. Es war Maarten, der lautlos aus der Dunkelheit trat. In seinen Händen hielt er eine Pistole.

»Heb die Hände, Kamerad, wenn dir dein Leben lieb ist«, zischte er.

Der Hagere fuhr herum, sofort bereit, sich trotz der Warnung auf den Baron zu stürzen. Als nun jedoch auch Jakob und Pimentel mit erhobenen Waffen auftauchten, gab er auf und nahm zögernd die Hände über den Kopf.

»Bring Barbara fort«, flüsterte Maarten dem Freund zu. »Pimentel und ich werden euch sofort folgen.«

Jakob nickte und winkte seiner Schwester, ihm zu folgen. Aus den Augenwinkeln erkannte sie, dass der Engländer ein Fläschchen aus der Tasche zog. Sie begriff sofort. Der Leibwächter sollte also die gleiche Behandlung erfahren wie Savelle und durch das Betäubungsmittel außer Gefecht gesetzt werden. Sie lächelte. Da sie aus eigener Erfahrung wusste, wie schnell das Mittel wirkte, würde es nicht lange dauern, bis Maarten und Pimentel nachkommen konnten.

Das Parktor war nur angelehnt. Jakob und Barbara schlüpften hindurch und stiegen gleich darauf in die nur wenige Meter entfernt wartende Kutsche.

»Wie geht es dir? Bist du verletzt?«, wollte er besorgt wissen.

Barbara schüttelte den Kopf. »Danke, Jakob. Mir ist nichts geschehen«, erwiderte sie beruhigend, konnte jedoch nicht verhindern, dass sie jetzt, wo die Anspannung nachließ, am ganzen Körper zu zittern begann. Tröstend nahm der Bruder sie in die Arme.

»Es ist vorbei. Beruhige dich. Du bist eine sehr tapfere Frau.« Dankbar lächelte sie. »Mit einer etwas zweifelhaften Moral«, versuchte sie zu scherzen.

Jakob grinste. »Manchmal muss eben der Zweck die Mittel heiligen. Aber still jetzt, ich höre etwas.«

Tatsächlich, zwei Männer traten in diesem Augenblick aus dem Tor des Savelle'schen Anwesens. Eilig kamen sie auf die Kutsche zu. Es waren Maarten und Pimentel. Schnell kletterte Jakob auf den Kutschbock und trieb die Pferde an, sobald die Freunde eingestiegen waren.

Jetzt war es Maarten, der Barbara in die Arme nahm.

»Wir haben uns große Sorgen um Euch gemacht«, berichtete Pimentel. »Euer Bruder war ein paarmal drauf und dran, die Villa zu stürmen. Wir konnten ihn nur mit Mühe zurückhalten. Gott sei Dank ist alles gut verlaufen. Doch nun verratet uns, Madam, habt Ihr die Dokumente?«

Barbara nickte und reichte ihm die Tasche. Hastig zerrte der Engländer die Papiere hervor und überflog sie schnell. Dann schloss er für einen Moment überwältigt die Augen.

»Ich stehe für immer in Eurer Schuld, Lady von Cappel«, sagte er ernst. »Solange ich lebe, werde ich Euer getreuer Diener sein.«

Barbara winkte ab. »Euer Wissen über Savelle, seine Gewohnheiten und seine Sicherheitsvorkehrungen haben genauso zum Gelingen der Mission beigetragen wie ich«, entgegnete sie herzlich. »Daher vergesst den getreuen Diener und seid uns stattdessen ein guter Nachbar. Das wird in der Wildnis mindestens ebenso wichtig sein.«

Zwölftes Kapitel

Jakob, Maarten und Pimentel verloren keine Zeit. Bereits am nächsten Tag verlangten sie Berkeley zu sprechen, wurden aber von seinem Adjutanten wie üblich abgewiesen.

»Der Gouverneur ist leider zu beschäftigt, um Euch zu empfangen.«

Die Besucher hatten nichts anderes erwartet. Da sie jedoch nun die Kaufverträge in ihren Händen hielten, mussten sie sich nicht mehr fortschicken lassen.

»Sagen Sie dem Gouverneur, dass wir im Besitz von Dokumenten sind, die ihn gewiss interessieren werden«, sagte Maarten mit schneidender Stimme. »In dem Zusammenhang sollten Sie auch noch den Namen Savelle erwähnen. Dann wird er uns gewiss sehen wollen. Und nun rasch, geht. Wir haben schon viel zu viel Zeit verloren.«

Nach wenigen Minuten war der Adjutant zurück. »Der Gouverneur lässt bitten«, erklärte er kleinlaut und hielt den Besuchern die Tür auf.

Unsicher sah Berkeley ihnen entgegen. »Wie kann ich hilfreich sein, meine Herren?«

»Fragt lieber, wie wir Euch helfen können, Exzellenz«, knurrte Maarten und warf die Kaufverträge auf den reich geschnitzten Gouverneursschreibtisch. »Wir bitten dringend um eine Erklärung.«

Berkeley erblasste. »Bitte … es war … Es war Savelles Idee«, stotterte er und fügte gequält hinzu: »Ich konnte nicht anders handeln. Der Mann hat mich in der Hand.«

Maarten nickte und hielt Berkeley den Geheimbericht vor die Nase, den Barbara in Savelles Schreibtisch gefunden hatte. »Damit hat er Euch erpresst, nicht wahr?«

Der Gouverneur nickte und griff unwillkürlich nach der Akte, doch Maarten zog sie zurück.

»Nicht so schnell, Exzellenz, hört erst unseren Vorschlag: Wir vernichten hier und jetzt die illegalen Kaufverträge – diese Originale hier und die Kopien, die sich zweifellos in Euren Händen befinden. Dann erkennt Ihr Pimentels und unsere Landansprüche offiziell an.«

Berkeley nickte eilfertig. »Aber gewiss, Baron van Aelst, Sir. Das ist kein Problem und kann sofort erledigt werden. Aber was wird aus dem Geheimbericht?«

Jakob grinste. »Wenn Ihr dafür sorgt, dass wir in Zukunft unbehelligt unsere Plantagen errichten können, werden wir ihn sorgfältig unter Verschluss halten. Sagen wir, für drei Jahre. Damit habt Ihr genug Zeit, um all die korrupten Verbrechen, die in dem Bericht über Euch aufgedeckt wurden, rückgängig zu machen. Wenn wir nach Ablauf dieser Frist eine lückenlose Wiedergutmachung erkennen können, wird auch der Bericht vernichtet.«

Der Gouverneur begehrte auf. »Das ist Erpressung, Sir!

Maarten lachte. »Möglich. Dennoch ziehen wir es vor, diese Maßnahme Gerechtigkeit zu nennen. Nun, Berkeley, wie lautet Eure Antwort?«

Zornig sah der Gouverneur ihn an, doch dann entspannte sich seine Miene. »Es ist gut, meine Herren. Alles wird geschehen, wie Ihr es wünscht. Immerhin wird mich Savelle in Zukunft nicht mehr unter Druck setzen können, und das hat durchaus auch etwas für sich.«

Bereits wenige Augenblicke später setzte der Gouverneur Siegel und Unterschrift unter die Anerkennung von Pimentels und Jakobs Landbriefe. Als er die fertigen Dokumente überreichte, grinste er: »Zu gern würde ich das Gesicht dieses Halunken Savelle sehen, wenn er davon erfährt.«

Maarten zuckte mit den Schultern. »Die Befindlichkeiten dieses Mannes sind uns gleichgültig. Ihr könnt ihm aber ausrichten, dass er es nicht wagen soll, uns jemals wieder unter die Augen zu treten. Es würde ihm nicht gut bekommen. Das schwöre ich!«

Am Abend saßen sie alle beisammen und ließen die Gläser klingen. Sie hatten einen triftigen Grund dazu, denn nun hatte sich alles zum Guten gewendet.

»Wann werden wir endlich aufbrechen?«, wollte Jakob wissen.

»So schnell wie möglich«, antwortete Maarten. »Zuvor sind jedoch noch einige Dinge zu regeln. Wie ihr alle wisst, habe ich trotz intensiver Bemühungen keinen Kapitän ausfindig machen können, dem wir bedenkenlos die Afrikaner anvertrauen können. Es ist uns also unmöglich, sie in ihre Heimat zurückbringen zu lassen. Memnon und seine Leute haben sich nun einverstanden erklärt, mit uns in die Wildnis zu gehen. Zu ihrem Schutz wollen sie offiziell als unsere Sklaven gelten. Doch natürlich werden sie als freie Arbeiter auf der Plantage leben und so – wie wir – ein neues Zuhause finden. Was haltet ihr davon?«

»Das ist längst nicht die schlechteste Lösung«, meinte Jakob nachdenklich. »Schließlich brauchen wir ohnehin Leute. Und je mehr wir sind, umso schneller werden wir die ersten Felder kultiviert haben.«

Auch Anneke nickte zustimmend. »Wenn es der Wunsch Memnons und seiner Leute ist, sollten wir dankbar sein. Nach Lage der Dinge ist es für alle das Beste.«

»Und zumindest können wir auf diese Weise sicher sein, dass es den Afrikanern gut geht«, fügten auch Barbara und Catarina hinzu.

»Dann ist es also beschlossene Sache«, entschied Maarten. »Gleich morgen werde ich Memnon unseren Beschluss überbringen und mich nach einem zweiten Flachboot umsehen. Auf dem einen Kahn dürfte es für uns sonst zu eng werden. Trotzdem denke ich, dass wir Jamestown in spätestens drei Tagen verlassen können.«

»Darauf trinke ich«, meinte Jakob zufrieden und hob aufs Neue sein Glas. Die anderen hielten gerne mit.

Es wurde ein unbeschwerter, lustiger Abend, wie sie schon lange keinen mehr erlebt hatten. Die freudigste Neuigkeit hielt Catarina jedoch noch zurück. Erst als Jakob und sie sich zur Nacht zurückgezogen hatten, überreichte sie ihrem Gatten ein sorgsam eingeschlagenes Päckchen.

Verständnislos sah er sie an. »Was bedeutet das?«

Catarina lachte glücklich. »Öffne es«, sagte sie. »Dann wirst du es wissen.«

Schnell entfernte Jakob das Papier und hielt gleich darauf ein entzückendes Etwas aus zarter Spitze in den Händen. Verwirrt sah er seine Gemahlin an. »Das ist …?«

Catarina nickte strahlend. »Das ist das Taufkleid des zukünftigen Ritters von Cappel. Es wird zwar noch ein paar Monate dauern, bis wir es benötigen, aber da ich nicht annehme, dass sich so etwas in der Wildnis kaufen lässt, habe ich es jetzt schon besorgt.«

Überwältigt schloss Jakob seine Frau in die Arme. »Das ist das schönste Geschenk, das du mir machen konntest, Liebste«, sagte er und küsste sie zärtlich. Vorsichtig, als wäre sie plötzlich sehr zerbrechlich, geleitete er sie zu einem Stuhl. »Fast wünschte ich, wir wären jetzt zu Hause, auf Warmenau. Dort würdest du auf keine Annehmlichkeit verzichten müssen. Hier hingegen …«

»Aber ich bin doch nicht krank, Jakob. Ich erwarte ein Kind«, widersprach Catarina sofort. »Und trotz dieser Tatsache fühle ich mich den kommenden Anforderungen durchaus gewachsen. Es gibt nur eines, das ich nicht ertragen könnte: ohne dich zu sein.«

Da kniete Jakob vor seiner Frau nieder und schloss sie erneut in die Arme. »Ich habe nicht geahnt, dass man so glücklich sein kann«, murmelte er.

Die nächsten Tage waren angefüllt mit Vorbereitungen. Ein weiteres Flachboot musste angemietet und Nahrungsmittel gekauft werden.

Und dann war es endlich so weit – der Tag der Abreise war gekommen. Anneke, Catarina und Barbara standen am Kai und beobachteten, wie die Bootsleute die letzten Handgriffe taten.

»Alles ist plötzlich so wunderbar und aufregend«, freute sich Catarina. »Virginia scheint ein herrliches Land zu sein.«

Barbara lachte zustimmend. »Selbst das Wetter ist viel angenehmer als daheim. Zumindest zu dieser Jahreszeit. Wir haben Anfang Dezember und es ist noch wunderbar mild und sonnig. Gerade die rechte Witterung, um eine Reise anzutreten.«

Catarina konnte der Schwägerin nur zustimmen. »Und an die glühende Hitze, die hier im Sommer herrschen soll, sind zumindest Mutter und ich aus unserer Zeit in Kalabrien gewöhnt. Und ihr Übrigen habt schließlich den Rest eures Lebens Zeit, euch einzuleben. Aber sieh nur. Da kommt Maarten mit den Afrikanern. Den Hafenarbeitern fallen gleich die Augen heraus, weil sie nicht angekettet sind.«

»Gebt Acht, Herr. Sonst erwachen Sie und die Ihren eines Morgens mit durchgeschnittenen Kehlen«, rief in diesem Augenblick irgendein Vorwitziger. Seine Kollegen brachen in grölendes Gelächter aus, doch weder Maarten noch die Afrikaner schenkten ihnen Beachtung.

In diesem Augenblick bahnte sich eine Kutsche ihren Weg durch den dichten Verkehr im Hafen und hielt unmittelbar vor den beiden Flachbooten. Pimentel sprang heraus.

»Ich wollte mich verabschieden, meine Freunde«, sagte er.

Noch einmal wurden Hände geschüttelt, dann legten die Flachboote ab. Mit langen Stangen stießen die Bootsleute die Kähne gegen die Strömung.

»Auf Wiedersehen«, rief Pimentel ihnen zu. »Auf Wiedersehen! So schnell wie möglich komme ich mit den meinen nach.«

Ein letztes Winken, dann hatten die Flachboote den Hafen verlassen und verschwanden hinter einer Flussbiegung.

Fünf Tage benötigten die Kähne, die dank ihres flachen Bodens auch in niedrigen Gewässern eingesetzt werden konnten, bis sie ihr Ziel erreicht hatten. Die Fahrt schien den Neusiedlern wie eine Entdeckungsreise vorzukommen. So etwa musste sich der italienische Seefahrer Christopher Kolumbus gefühlt haben, als er sich zweihundert Jahre zuvor zu neuen Ufern aufmachte.

Wer gerade nichts zu tun hatte, saß an Deck und betrachtete fasziniert die vorbeigleitende Landschaft. Die vereinzelten Plantagen, eingebettet in Tabak- und Indigofelder, dazwischen immer wieder Sümpfe und Urwälder mit schlanken Zypressen, kleinen Dschungelpalmen und großen alten Eichen, von deren Zweigen graugrünes spanisches Moos herabhing. Ein Eingeborenenkanu kam ihnen entgegen, mit Pelzen beladen. Es wurde von Indianern gerudert, die es schweigend und geschickt durch die Wellen der Strömung lenkten.

Eine andere Welt.

Bisher waren die Ufer recht flach, doch dann stiegen sie plötzlich an der Ostküste des Flusses zu einer zehn Meter hohen Steilküste an. Auf dem Kamm wuchs dichtes Strauchwerk. Eine einfache Treppe mit hölzernen Stufen führte empor.

Henry Pimentel hatte diese Konstruktion, die von Savelles Arbeitern stammte, bereits in Jamestown erwähnt. Sie hatten ihr Ziel erreicht.

Mit sicherer Hand steuerten die Bootsleute das Ufer an. Zwei von ihnen sprangen an Land und ließen sich Taue zuwerfen, die sie um Bäume legten. Dann wurde eine lange Planke hinübergeschoben. Da die Boote in der Strömung leicht auf und ab tanzten, war die Überquerung eine wackelige Angelegenheit.

Jakob war der Erste, der das sichere Land erreichte. Dann gab er Catarina die Hand und half ihr, trockenen Fußes ans Ufer zu gelangen. Als alle die Planke überquert hatten, stiegen sie gemeinsam die steilen Stufen empor, fanden einen schmalen Pfad durch die Sträucher und stießen auf einen holperigen Feldweg, der dem Lauf des Stromes folgte. Dort begann auch der Wald, der so dicht war, dass die Zweige der Bäume zusammenstießen und ein einziges grünes Dach bildeten. Hier und dort rankten sich Schlinggewächse in die Höhe und leuchtend weiße Blüten hingen wie Lampions herab.

Mit leuchtenden Augen sahen sie sich um und Jakob sagte mit triumphierender Stimme: »Das ist unser Land, unsere neue Heimat. Hier wird unsere Plantage entstehen, unser Haus erbaut werden und unser Kind zur Welt kommen.« Er hielt einen Augenblick inne und fuhr dann fort: »Soweit ich weiß, ist es üblich, einer Pflanzung einen Namen zu geben, und nach allem, was geschehen ist, möchte ich die unsere ›Victory‹ – Sieg – nennen.«

Catarina stimmte begeistert zu. »Ja, du hast recht. Wir sind Fürst Francesco entkommen, haben den Hexenwahn in der alten Heimat überlebt, einen schlimmen Schiffbruch auf dem Ozean überstanden, Savelle das Handwerk legen können und werden uns jetzt eine neue Heimat aufbauen. Wir sind Sieger, und daher ist Victory ein passender Name für diese Plantage.« Stumm und glücklich umarmten sie einander.

Memnon und seine Leute kamen nun herbei und sahen sich gleichfalls mit frohen Gesichtern um. Hier konnten sie frei sein und wurden nicht mehr eingesperrt – auch wenn es zuletzt nur zu ihrem Schutz geschehen war. Ohne zu zögern waren auch die Afrikaner bereit, diese Wildnis als ihr neues Zuhause anzunehmen.

»Morgen werden wir beginnen, das Land zu erforschen, einen geeigneten Platz für ein Lager und für das erste Feld zu suchen«, sagte Maarten und fuhr lächelnd fort: »Zunächst müssen wir uns natürlich mit Zelten zufriedengeben und dann mit Blockhütten. Doch später werden wir ein großes Wohnhaus bauen, Wirtschaftsgebäude und ein eigenes Dorf für euch, Memnon. Ach, es wird einfach herrlich werden. Ich kann es kaum erwarten, meine Axt in den ersten Baum zu schlagen.«

Wenige Schritte entfernt fanden sie eine Lichtung – der geeignete Platz für ein Lager. Und als sie näher kamen, sahen sie, dass von hier aus bereits eine gewaltige Schneise in den Wald geschlagen worden war.

»Pimentel hat erzählt, dass Savelles Leute bereits mit dem Roden begonnen hatten«, grinste Jakob. »Und wie es aussieht, haben sie uns schon einen Haufen Arbeit abgenommen. Erinnert mich daran, dass ich dem Mausgesicht ein Dankschreiben sende.«

»Ganz gewiss nicht«, entgegnete Barbara mit einem bösen Lächeln. »Das nehmen wir als Entschädigung für die Aufregung, die die Ratte verursacht hat, und den Zeitverlust, den wir seinetwegen hinnehmen mussten.«

Jakob lachte, hob sie auf seine Arme und schwenkte sie einmal im Kreis herum. »Recht hast du, Schwesterlein – und zwar ganz und vollkommen.«

Der Tag ging schnell zur Neige und die Abendsonne spiegelte sich bereits in dem goldglänzenden Strom, als die Männer begannen, die Flachboote zu entladen. Zunächst wurden Kisten und Kästen auf der kleinen Lichtung gestapelt.

Währenddessen holten sich die drei Frauen einen Dreifuß und einen großen Topf und kümmerten sich um das Abendessen. Pökelfleisch sollte es geben, mit Mais und Bohnen.

Auch die afrikanischen Frauen, die statt ihrer Lendenschürze nun einfache Baumwollkleider trugen, waren bereits dabei, ihre Feuer zu schüren und ihre Töpfe zu füllen. Schnell verbreitete sich ein appetitlicher Duft im Lager, der den Männern das Wasser im Munde zusammenlaufen ließ.

Als die Dunkelheit hereinbrach, mussten sie ihre Arbeit einstellen. Die Gefahr, auf der steilen Treppe auszugleiten, war einfach zu groß. Hungrig setzten sie sich um die Feuer und ließen sich ihre Teller füllen. Da die Nächte schon empfindlich kühl wurden, wollten sie noch einmal auf den Flachbooten schlafen. Ab morgen würden dann Zelte ihre Unterkunft bilden, was vor allem Juan besonders aufregend fand. Überhaupt war das Ganze für den Jungen ein großes Abenteuer, und quirlig sprang er von einem Feuer zum nächsten, wo ihm überall die leckersten Bissen zugesteckt wurden. Still sitzen konnte er einfach nicht.

Auch der nächste Tag war sonnig und klar. Wie es schien, war ihnen derzeit sogar der Wettergott wohlgesonnen.

Während die Frauen das Frühstück herrichteten, schleppten die Männer die letzten Kisten von den Flachbooten herauf. Es war noch früher Vormittag, als die Bootsleute sich verabschiedeten und mit ihren Kähnen wieder stromabwärts Richtung Jamestown fuhren. Als die Boote hinter der nächsten Biegung verschwunden waren, sahen sich die Neusiedler an. Ein wenig beklommen war ihnen zumute, nun, da sie ganz auf sich allein gestellt und von jeder Zivilisation abgeschnitten waren, doch Maarten wusste sofort eine Lösung.

»Soviel ich weiß, gibt es unter den Afrikanern Männer, die im Bootsbau bewandert sind. Sobald wir geeignetes Holz haben, werden sie uns einen eigenen Kahn bauen.«

»Dann können wir selbst entscheiden, wann und wie lange wir in die Zivilisation zurückkehren wollen«, stimmte Jakob zu. »Das ist eine gute Idee, obwohl ich von mir jetzt schon sagen kann, dass mich so schnell keine zehn Pferde hier fortbringen werden.« Er lachte. »Apropos Pferde. Wollen wir jetzt die Friesen holen, Maarten?

Da die dummen Viecher die Holztreppe verweigern, werden wir einen gehörigen Umweg reiten müssen, um sie hier heraufzubringen.«

Maarten lachte gleichfalls über den Scherz und gemeinsam zogen die beiden Freunde davon. Keinen Augenblick zweifelten sie daran, dass ihre Frauen bei Memnon und seinen Leuten gut und sicher aufgehoben waren.

Es gab viel zu tun und Memnon zögerte nicht, seine Leute einzuteilen. Schon bald erklangen die ersten Axthiebe. Schließlich mussten Bäume geschlagen werden, um mit ihren Ästen die Zelte aufbauen zu können. Außerdem schickte der Maure kleinere Gruppen seiner Männer auf die Jagd. Immerhin hieß es, mehr als hundert Menschen sattzubekommen, und das Pökelfleisch würde nicht ewig reichen.

Weitere Afrikaner wurden losgeschickt, Feldsteine zu suchen. Die Antwort, die Anneke bekam, als sie nach dem Grund fragte, war kurz und einleuchtend.

»Wir brauchen im Lager einen Brunnen und einen Backofen. Beides können wir aus den Steinen bauen.«

Einmal mehr dachte sie, wie glücklich sie sich schätzen konnten, dass die Afrikaner sich entschieden hatten, bei ihnen zu bleiben.

Auch die Frauen packten fleißig mit an. Sie schwärmten aus, um nach Essbarem zu suchen. Beeren würden sich um diese Jahreszeit nicht mehr finden lassen, aber vielleicht Knollen, Wurzeln und Kräuter. Zwar hatten sie reichlich Dörrgemüse dabei, aber jede Abwechslung auf dem Speiseplan würde willkommen sein. Anneke, Catarina und Barbara schlossen sich den Afrikanerinnen an.

Als Maarten und Jakob mit den Friesen zurückkehrten, war das Lager nahezu menschenleer. Alles, was sie von ihren Leuten vernehmen konnten, waren die Axtschläge, die durch den Wald dröhnten. Zufrieden sahen sie einander an. Sie hatten Memnon bewusst keine Befehle für die Zeit ihrer Abwesenheit gegeben, um zu sehen, wie selbstständig er arbeiten würde. Als sie sahen, was seine Männer bisher geleistet hatten, wussten sie, dass der Maure ihre Erwartungen nicht nur bestätigt, sondern sogar übertroffen hatte. Mit ihm hatten sie einen verlässlichen und klugen Arbeiter gewonnen.

Gleich darauf wurden auch schon die ersten Äste ins Lager geschleppt und sie konnten beginnen, die Zelte aufzubauen. Währenddessen gruben bereits einige nach Grundwasser.

Pimentel hatte ihnen erzählt, dass sie auf ihrem Land weit genug von der Atlantikmündung des James Rivers entfernt waren und hier das Salzwasser, das während der Flut in den Fluss gedrückt wurde, nur noch in geringen Mengen zu finden war. Sie könnten also zur Not das Wasser des Stromes trinken, zogen jedoch frisches Trinkwasser vor. Angeblich sollte es auch schon einen von Savelles Leuten gegrabenen Brunnen geben. Die Frage war nur, wo.

Die Männer, die auf der Jagd gewesen waren, kehrten zurück und brachten allerlei Wild – vor allem Waldhühner und Wildenten – mit. Barbara und einige Afrikanerinnen machten sich gleich an die Zubereitung. Zumindest heute Abend würde es kein Pökelfleisch geben.

Anneke und Maarten gingen auf dem unebenen Gelände am Rand der Schneise entlang. Hier waren die Axtschläge deutlich zu hören.

»Dieses Geräusch wird uns die kommenden Jahre begleiten«, lächelte Maarten zufrieden und breitete die Arme aus. »Im nächsten Monat wird dort drüben, wo sie jetzt die Bäume schlagen, ein großes Feld sein, das wir mit Tabak bepflanzen können. Danach wird ein Indigofeld gerodet und in ein paar Jahren werden wir die ganzen Wälder abgeholzt haben.«

Anneke lachte. »Weißt du, dass die Leute in Jamestown sich darüber amüsiert haben, als sie hörten, dass wir mit dem Gedanken spielen, nicht nur Tabak und Indigo, sondern auch Baumwolle und Zuckerrohr anpflanzen zu wollen?«

»Nun ja«, entgegnete Maarten. »So unrecht sind ihre Bedenken auch gar nicht. Tatsächlich habe ich schon vor unserer Abreise aus Hamburg über den Anbau von Baumwolle nachgedacht. Ich hatte allerdings noch keine Ahnung von den damit verbundenen Schwierigkeiten. Heute weiß ich mehr darüber, und dank Barbara wissen wir, dass es auch Lösungen gibt. Sie hat glücklicherweise einer Eingebung folgend die Berichte über neue Erfindungen landwirtschaftlicher Geräte aus Savelles Schreibtisch mitgenommen. Baumwolle kann ein sehr einträgliches Geschäft sein, und hier, in Virginia, würden sich gewiss viele Pflanzer dafür interessieren, wenn es nicht so zeitaufwendig wäre, die Samenkapseln aus den Baumwollfasern zu entfernen. Daher wurde eine Baumwollkämmmaschine entwickelt, deren unglaublicher Mechanismus in der Lage ist, diesen Arbeitsgang zwanzigmal schneller als der geschickteste Arbeiter zu erledigen. Und damit wird der Anbau von Baumwolle wieder lukrativ. Wenn ich mich nicht irre, hat ein Mann aus Carolina dieses Wunderwerk der Technik erfunden. Er bemüht sich derzeit, es auf den Markt zu bringen. Savelle hat dafür gesorgt, dass die Existenz dieser Maschine bisher in Virginia nicht bekannt wurde. Damit wollte er sich einen Vorsprung sichern. Und dieser Vorteil liegt nun bei uns, denn ich habe bereits eine Maschine bestellt.«

Aufgeregt sah Anneke zu ihrem Gatten auf. »Das hört sich wunderbar an, Maarten. Weißt du schon, wann sie geliefert wird?«

»Nein«, sagte er. »Die Antwort aus Carolina hat mich in Jamestown nicht mehr erreicht. Ich habe jedoch veranlasst, dass unsere Post nach Charles City nachgesandt wird. Das ist die nächstgelegene Ortschaft. Sobald es geht, werde ich dorthin aufbrechen und mich nach dem Brief erkundigen. Bei der Gelegenheit kann ich gleich ein paar Maulesel und einen Wagen kaufen.«

»Oh Maarten, kann ich dich begleiten? Ich würde auch gern nach Charles City gehen, um zu sehen, wie groß die Stadt ist und was man dort einkaufen kann.«

»Gewiss doch. Warum nicht? Die Idee, dich ein paar Tage ganz für mich allein zu haben, gefällt mir.« Zärtlich lächelte er sie an.

Anneke erwiderte sein Lächeln und schmiegte sich an ihn. Wie geborgen und sicher sie sich in seinem Arm fühlte. Glücklich schloss sie die Augen. Doch als sie sie wieder öffnete, fiel ihr Blick auf einen runden Holzdeckel, der im Erdreich eingelassen war.

»Maarten«, rief sie aus. »Schau mal dort. Ich glaube, wir haben den Brunnen gefunden.«

Vier Wochen später konnten die Siedler bereits die neu erbauten Blockhäuser beziehen. Es gab zwei kleinere, die jeweils nur über zwei Räume verfügten und für die von

Cappels und die van Aelsts waren, und mehrere größere, in denen die Afrikaner unterkamen. Die Hütten waren einfach, aber recht behaglich. Auch wenn sie nur ein Provisorium darstellten, würden sie bestimmt zwei oder drei Jahre in ihnen leben.

Als Nächstes errichteten sie einen Stall für die Friesen – dieser wurde gerade zur rechten Zeit fertiggestellt, denn das Wetter schlug um und wurde nun schnell ungemütlicher. Der Winter brach mit Macht herein und mit ihm feuchte Kälte und kühler Nebel, der einen kaum mehr warm werden ließ.

Trotzdem wollten Maarten und Anneke endlich ihren Ritt nach Charles City durchführen. Der Weg dorthin war nicht zu verfehlen. Sie mussten nur der holperigen Uferstraße Richtung Norden folgen und würden unweigerlich das kleine Städtchen erreichen.

Nach etwa einer Stunde scharfen Ritts – die Friesen waren froh, sich endlich mal wieder ausgiebig bewegen zu können – hatten sie die Grenzen der Victory-Plantage erreicht und kamen nun an riesigen Tabakfeldern vorbei.

»Vielleicht sollten wir unseren neuen Nachbarn bei der Gelegenheit gleich einen Besuch abstatten und uns vorstellen«, schlug Maarten vor.

Anneke war einverstanden. Also ritten sie eine Allee entlang, die sie zu einem stattlichen Herrenhaus führte. Es war aus rotem Ton erbaut und von einer weitläufigen, weißen Holzveranda umgeben.

Nachdem sie den Messingklopfer an der Haustür betätigt hatten, öffnete sogleich ein schwarzes Mädchen. Maarten und Anneke nannten ihre Namen und baten, die Herren des Hauses sprechen zu dürfen. Das Mädchen knickste höflich und führte sie in die geräumige Halle, bot ihnen einen Platz an und entfernte sich. Wenig später kam eine dunkelhaarige, etwa dreißigjährige Frau in einem roten Seidenkleid und begrüßte sie herzlich: »Mein Name ist Mary Thompson, und es ist mir eine große Freude, Euch willkommen zu heißen. Leider ist mein Mann nicht daheim, aber ich erwarte ihn zum Mittagessen zurück. Ich hoffe, Ihr werdet uns die Ehre geben …?«

Unschlüssig sahen Maarten und Anneke sich an. »Eure Einladung ist wirklich sehr freundlich, Madam«, begann der Baron zögernd. »Aber wir haben noch einen weiten Weg vor uns. Wir wollen heute noch Charles City erreichen.«

»Aber mit guten Pferden seid Ihr doch in weniger als vier Stunden dort«, lautete die erstaunte Antwort.

Maarten lachte. »Das war uns nicht bekannt. Wir reiten das erste Mal in die Stadt.«

Auch Mary lachte nun. »Natürlich, Baron. Wie dumm von mir. Und nun, da Ihr es wisst, nehmt Ihr meine Einladung zum Lunch an?«

»Mit dem größten Vergnügen, Madam«, entgegnete Maarten mit einer höflichen Verbeugung.

Die van Aelsts verlebten einige vergnügliche Stunden im Hause ihrer neuen Nachbarn und erreichten das Städtchen Charles City am späten Nachmittag. Die Straßenbeschreibung der Thompsons brachte sie ohne Umwege zu der einzigen Herberge des Ortes. Die Zimmer in dem Gasthof waren einfach, aber sauber. Das Fenster gab den Blick auf eine kleine Werft und den Anlegeplatz am Strom frei. Hier lagen mehrere Flachboote und Kanus.

Interessiert beobachteten Maarten und Anneke eine Weile das bunte Treiben. Bootsleute be- und entluden ihre Kähne mit Tabak und Früchten, bepackte Lastkarren drängten sich am Ufer, und Indianer tätigten mit abenteuerlich aussehenden Trappern Tauschgeschäfte.

Maarten beschloss, noch schnell zum Postamt zu gehen, um sich nach eingegangenen Briefen zu erkundigen. Wenig später kehrte er, ein Schreiben in der Hand schwenkend, zurück.

»Die Lieferung der Baumwollkämmmaschine wird uns für Anfang August zugesagt«, berichtete er begeistert. »Wir können sie also schon zur ersten Ernte einsetzen. Ist das nicht wunderbar?«

Im Februar lichtete sich der Nebel, die Tage waren kalt, aber hell und sonnig. Nun wurde es auch schnell wärmer, und im März war das Wetter herrlich, der Himmel blau und das Sonnenlicht golden. Alles begann zu grünen und zu sprießen. An den Sumpfmagnolien bildeten sich Knospen, das spanische Moos bekam einen frischen, grünlichen Schimmer und einige Sträucher, deren Namen niemand kannte, schmückten sich mit feuerroten Blüten. Überall regte sich neues Leben.

Die Arbeit auf der Victory-Pflanzung hatte beachtliche Fortschritte gemacht. Ein großer Acker war bereits mit Tabak bestellt, und auch das gerodete Feld, auf das Indigo gepflanzt werden sollte, konnte schon gepflügt werden. Die Felder für Zuckerrohr und Baumwolle sollten zuletzt bepflanzt werden. Tabak und Indigo waren bewährte Pflanzen in Virginia und die Ernte würde dringend benötigtes Geld bringen. Baumwolle und Zuckerrohr hingegen waren zunächst nicht mehr als ein Versuch. Man würde abwarten müssen, wie die Pflanzen gediehen.

Die Männer und Frauen auf Victory arbeiteten hart, und auch Catarina, deren Schwangerschaft nun schon deutlich sichtbar war, schonte sich kaum. Nach wie vor fühlte sie sich gesund und stark und half begeistert bei dem Aufbau der Plantage.

Das änderte sich auch erst, als der Sommer kam und eine unbarmherzige Hitze über das Land herfiel. Catarina sollte im August niederkommen und die letzten Wochen wurden für sie zu einer einzigen Qual.

»Du solltest dir ein paar von den Afrikanerinnen für die Arbeit nehmen und sie als Hausmädchen ausbilden«, schlug Jakob vor, und schon am nächsten Tag brachte Memnon zwei junge schwarze Frauen, die sich von nun an bemühten, Catarina jeden Wunsch von den Augen abzulesen. Obwohl das Leben für sie leichter wurde, litt sie unter der Hitze und der erzwungenen Untätigkeit.

»Alle können sich nützlich machen«, klagte sie. »Nur ich sitze wie eine faule Drohne im Schatten und fühle mich dabei elender als zuvor.«

»Du bist keine faule Drohne«, versuchte Jakob sie zu beruhigen, »sondern die zukünftige Mutter des Erben von Victory. Schon mit Rücksicht auf unser Kind solltest du ein wenig Geduld aufbringen.«

Catarina musste einsehen, dass er recht hatte. Trotzdem war sie nach wie vor unzufrieden mit ihrer derzeitigen Rolle. Sie begann sich über Jakob zu ärgern, dem die Hitze überhaupt nichts auszumachen schien, und über den eintönigen Gesang der Afrikaner, die ihre Äxte zum Takt der Lieder schwangen und Baum um Baum fällten. Sie regte sich über die Ameisen auf, die in den Ritzen des Blockhauses krabbelten, über die schwirrenden Moskitos, die Ratten, die Heuschrecken und die Fliegen an der Wand.

»Virginia ist lediglich ein Paradies für Ungeziefer«, schimpfte sie aufgebracht. »Als zivilisierter Mensch kann man hier einfach nicht leben.«

Nichts und niemand schien sie mehr beschwichtigen zu können, und weder der Brief von ihrer Schwester Elisabetta aus Strongoli, noch die liebevoll ausgesuchten Geschenke, die Jakob aus Charles City für sie mitbrachte, konnten ihre Laune aufhellen.

Eines Tages saß Catarina in einem bequemen Stuhl im Schatten einer alten Eiche. Eine Afrikanerin fächelte ihr mit Palmwedeln Kühlung zu, und sie hatte gerade ein köstliches Gericht aus Reis und Flussgarnelen zu sich genommen. Trotzdem war sie wie üblich dabei, jeden, der sich ihr näherte, auszuschimpfen.

Da platzte Anneke der Kragen. »Du bist wirklich unausstehlich geworden«, fuhr sie ihre Tochter an. »Wir alle geben uns Mühe, dir das Leben erträglicher zu machen, und du hast nur unfreundliche Worte für uns. Natürlich fühlst du dich in dieser Hitze durch deine Schwangerschaft doppelt unwohl, aber ist das wirklich ein Grund, unablässig deine schlechte Laune an uns auszulassen?«

Erstaunt sah Catarina auf. Schon lange hatte sich niemand mehr getraut, ihr so unverblümt die Meinung zu sagen. Zornig wollte sie aufbegehren, als sie plötzlich einen stechenden Schmerz verspürte. Sofort war Annekes Ärger verschwunden und besorgt sah sie die Tochter an.

»Was ist mit dir, Kind?«

»Ich weiß es nicht«, lautete die verstörte Antwort. »Es ist schon wieder vorbei, aber …« Bevor sie weitersprechen konnte, packte sie der Schmerz aufs Neue. Catarina wand sich stöhnend auf ihrem Stuhl und sah mit ängstlichen Augen zu ihrer Mutter empor. »Glaubst du …?«

Anneke nickte aufgeregt. »Ja, ich denke, dein Baby will endlich ans Licht der Welt.«

Schnell bat sie eine Afrikanerin, Wasser aufzusetzen und

dann die Hebamme Elani zu rufen. Zu Catarina sagte sie: »Warte hier. Ich muss schnell einige Vorbereitungen treffen, aber ich bin gleich wieder bei dir.«

Eilig wollte Anneke in der Hütte verschwinden, doch Catarina rief sie noch einmal zurück. »Bitte verzeih mir. Ich wollte wirklich nicht so gemein zu dir sein, aber irgendwie …« In diesem Augenblick fiel eine weitere, noch wütendere Welle des Schmerzes über sie her und ließ sie verstummen.

»Mach dir keine Sorgen, Liebling«, lächelte Anneke mitfühlend und umarmte ihre Tochter herzlich. »Es wird alles gut.«

Zehn Stunden später war das Kind da – ein kräftiger Junge mit den dunklen Locken und veilchenblauen Augen seiner Mutter.

Erschöpft lag Catarina auf ihrem Lager. Als Jakob eintrat, lächelte sie jedoch stolz und hielt ihm das in saubere Baumwolltücher gewickelte Baby entgegen.

»Darf ich vorstellen? Das ist Euer Sohn, Jakob Maarten Memnon von Cappel.«

Mit Tränen in den Augen nahm der frischgebackene Vater sein Kind in die Arme. »Jakob Maarten Memnon von Cappel«, murmelte er leise. »Auf diese Namen soll er getauft werden?«

Catarina nickte. »Jakob, nach seinem Vater, Maarten, nach unserem besten Freund, und Memnon, nach dem Mann, der mit seiner ruhigen, klugen und zugleich zupackenden Art gleichfalls aus unserem Leben nicht mehr wegzudenken ist. Bist du damit einverstanden?«

Zärtlich lächelnd griff Jakob nach ihrer Hand. »Es ist eine wunderbare Idee. So und nicht anders soll unser Sohn heißen.«

Dann legte er das Kind vorsichtig in Catarinas Arme zurück und kniete vor ihrem Lager nieder.

»Ich liebe dich sehr und ich danke dir für diesen Sohn, mehr als ich in Worten auszudrücken vermag.«

Die Taufe des Neugeborenen fand in der kleinen Kirche von Charles Citys statt, sobald Catarina kräftig genug für die Fahrt dorthin war. Anschließend gab Jakob ein Fest auf Victory, zu dem alle eingeladen waren – die Familie und die Freunde, die Afrikaner, die Pimentels, die zwischenzeitlich gleichfalls ihr Land in Besitz genommen hatten, und die Nachbarn zur anderen Seite, die Thompsons.

Es war eine ausgelassene Feier, die in Ermangelung eines ausreichend großen Raumes im Freien abgehalten werden musste. Das tat der guten Laune jedoch keinen Abbruch. Im Gegenteil. Die leckeren Speisen und der gute Wein, mit dem immer wieder auf das Wohl des neuen Erdenbürgers angestoßen wurde, schmeckten im Schein der Lagerfeuer besonders gut.

Und während der kleine Jakob friedlich in seiner Wiege schlummerte, schmiedeten die Erwachsenen eifrig Pläne für seine Zukunft.

»Natürlich wird mein Sohn einmal Pflanzer werden«, prophezeite Jakob. »Und wenn er die Plantage übernimmt, werden die Wälder abgeholzt und das Land urbar gemacht sein. Dann wird hier, wo wir jetzt sitzen, ein großes stattliches Herrenhaus aus Zedernholz stehen, mit weißen Veranden und schlanken Säulen. Von dem Haus wird eine Eichenallee bis zu einem schmiedeeisernen Tor an der Uferstraße führen. Ach, ich sehe schon alles deutlich vor mir.«

Dreizehntes Kapitel

Mit geblähten Segeln näherte sich die Schaluppe der Bermudainsel Saint George's Island. Gischt spritzte über den Bug, Wassertropfen zerplatzten in der Sonne. Schon konnte man deutlich die weißen Sandstrände, die üppige Vegetation und die kleine Stadt erkennen. Elegant glitt der schnelle Segler nun in die türkisfarbene Bucht von St. George's Town mit ihren Befestigungsanlagen.

Ein riesiger Mann mit einem mächtigen kahlen Schädel stand auf dem Achterdeck und blinzelte mit seinem gesunden Auge in die Sonne – an der Stelle, an der einmal sein anderes Auge gesessen hatte, trug er eine schwarze Augenklappe. An seinem Gürtel blitzte ein großes Messer und ein goldener Ring an seinem Ohr.

Ach, wie sehr er sich in den vergangenen Monaten nach dem Anblick dieses kleinen Hafens gesehnt hatte.

In St. George's Town gab es weder einen Kai noch eine Mole, und die Schaluppe musste ein Beiboot aussetzen, um ihre Passagiere an Land bringen zu können. Verwegen aussehende Männer kletterten geschickt das ausgeworfene Fallreep hinab.

»Vergiss nicht, Blair, du bist mir etwas schuldig«, mahnte der Kapitän des Seglers zum Abschied. Der Hüne, der schon den Fuß auf die erste Sprosse der Strickleiter gesetzt hat, nickte.

»Keine Sorge, alter Freund. Ich werde den Preis für unsere Passage im Old Bone hinterlegen, sobald ich mir mein Eigentum zurückgeholt habe. Mein Wort gilt.«

Der Kapitän grinste und hob noch einmal winkend die Hand. Bei Gott und allen himmlischen Heerscharen, er wollte wirklich nicht in der Haut der Leute stecken, die Blair Goodlight um sein Schiff und sein Vermögen geprellt hatten und die nun bald seine Rache zu spüren bekämen.

Jeden Morgen, den der liebe Gott werden ließ, schaute Maarten in der Frühe nach den Feldern. Acht Monate waren er und die seinen nun dabei, die Plantage zu erbauen – acht Monate, die sie alle kräftig zugepackt hatten. Das Ergebnis war enorm. Kaum zu glauben, wie sehr sich Victory in dieser Zeit verändert hatte.

Rechts und links der Blockhäuser, in denen die Siedler lebten, waren bereits zwei große Felder gerodet und bestellt. Hier wuchsen Tabak und Indigo. Die Pflanzen gediehen und versprachen eine gute Ernte.

Und dann gab es noch zwei kleinere Felder, auf denen sie ihre Versuche mit Baumwolle und Zuckerrohr durchführten. Und das sehr erfolgreich, wie es schien. Das Zuckerrohr stand bereits mehr als mannshoch und auch die Baumwolle gedieh vorzüglich. Schon bald würden die runden, prallen Kapseln, die an den Sträuchern hingen, aufspringen und die weißen Bäusche freigeben, die dann gepflückt und weiterverarbeitet werden mussten.

Immer wieder untersuchte Maarten, bei seinen morgendlichen Erkundungsgängen, die Pflanzen auf Schädlinge. Bisher hatte er jedoch nichts feststellen können. Die Gewächse waren alle gesund.

Und auch sonst lief auf Victory alles zum Besten.

Mehr als hundert Menschen in der Wildnis zu ernähren

hatte sich als einfacher erwiesen als ursprünglich befürchtet. Der Strom lieferte Fische in großer Vielfalt und der scheinbar unendliche Wald war wildreich und spendete zusätzlich Beeren, Wurzeln und Kräuter.

Darüber hinaus hatten die Frauen Gärten angelegt, in denen die unterschiedlichsten Gemüsearten wuchsen. Mittlerweile verfügten sie sogar über einen Hühnerstall, und einige Schweine quiekten in ihren Verschlägen.

Eine Rinderzucht war zusätzlich geplant, sobald sich Zeit dafür fand, Ställe und Weiden anzulegen.

Die Siedler buken ihr Brot selbst. Derzeit mussten sie das Mehl dafür noch kaufen, doch die Felder zum Anbau von Mais und Getreide waren bereits abgesteckt.

Letztlich ist uns doch noch ein glückliches Geschick zuteilgeworden, dachte Maarten, als er von seinem Rundgang über die Felder zurückkam. Doch dann unterbrach er seine Gedanken und hob aufmerksam die Nase. Der appetitliche Duft eines kräftigen Frühstücks lag in der Luft und ließ ihm das Wasser im Munde zusammenlaufen. Unwillkürlich beschleunigte er seinen Schritt und hatte wenig später die Hütten erreicht. Die meisten Siedler saßen bereits an den langen Holztischen, vor einem dampfenden Becher Kaffee, und unterhielten sich. Frauen in schlichten Baumwollkleidern trugen Brot, Eier und gebratenes Fleisch auf und scherzten dabei miteinander. Kinder liefen umher und spielten lachend Fangen. Ihm bot sich das friedliche Bild einer zufriedenen Gemeinschaft.

In diesem Augenblick trat Anneke aus ihrer Hütte. Auf dem Arm trug sie ihren kleinen Enkelsohn. Maarten ging zu ihr hinüber, wurde aber von Memnon abgefangen.

»Wie sieht es auf den Feldern aus?«

»Wunderbar«, erwiderte Maarten. »Aber entschuldige

mich, mein Freund. Ich will schnell Anneke und dem kleinen Maarten einen guten Morgen wünschen.«

»Entschuldige, Freund, aber meines Wissens heißt dieser Knabe Memnon«, entgegnete der Mandingo beleidigt.

»Beides falsch«, mischte sich nun die hinzugetretene Catarina in das Gespräch. »Ich bin mir ganz sicher, dieses Kind wurde auf den Namen meines Gatten getauft, Jakob, und ich muss es wissen, denn ich bin die Mutter.«

Verwirrt sah Maarten die beiden an, die seinen Blick tadelnd erwiderten. »Natürlich weiß ich, dass der Kleine alle drei Namen trägt. Aber ich dachte, als Rufname wäre Maarten vorgesehen. Oder etwa nicht?«

Catarina konnte das Lachen kaum noch unterdrücken. »Beim Anblick seiner Frau scheint unserem Baron immer wieder der gesunde Menschenverstand abhandenzukommen«, meinte sie belustigt. »Er merkt es nicht einmal, wenn man ihn ein wenig necken will.«

»Ihr seid albern, alle beide«, stellte Maarten fest und ging nun endgültig zu seiner Frau hinüber, die ihm strahlend entgegensah. Hinter ihm brachen Catarina und Memnon in vergnügtes Gelächter aus.

»Es ist immer wieder eine Freude mitanzusehen, wie sehr sich die beiden lieben«, meinte Catarina, nachdem sie sich wieder beruhigt hatte. »Sie begrüßen sich, als wären sie nicht eine Stunde, sondern mindestens eine Woche getrennt gewesen und …«

Lautes Rufen unterbrach sie.

»Ein Flachboot kommt!«

Es war der inzwischen dreizehnjährige Juan, der die Neuigkeit lautstark bekannt gab. Aufgeregt ruderte er dabei mit den Armen.

»Kommt schnell, sie werfen bereits die Leinen aus!«

»Das wird Jakob sein«, vermutete Maarten erfreut. »Und gewiss hat er unsere Maschinen mitgebracht. Du hast wirklich gut achtgegeben, Juan.« Freundlich strich er dem Jungen über die Haare.

Der Knabe strahlte über das Lob und lief, fröhlich hüpfend, neben dem Baron her, der nun mit langen Schritten zur Anlegestelle ging.

Ja, aus dem verängstigen und halb verhungerten Schiffsjungen, den sie auf dem Piratenschiff vorgefunden hatten, war ein gesunder und aufgeweckter Knabe geworden.

Die Neuigkeit hatte sich in Windeseile herumgesprochen, und die Siedler eilten nun alle zum Strom hinab, begierig darauf, die technischen Wunderwerke zu begutachten. Die Baumwollkämmmaschine wurde erwartet und eine Zuckerrohrpresse – eine Apparatur, die, von Mauleseln betrieben, den Saft aus dem süßen Rohr herausquetschte.

Vor etwa zehn Tagen hatten sie die Benachrichtigung bekommen, dass die Geräte in Jamestown eingetroffen waren, und Jakob hatte sich sogleich auf den Weg gemacht, die kostbaren Stücke abzuholen.

Und nun war er also zurück und sollte von den Siedlern im Triumph eingeholt werden. Doch eine war schneller am Strom als alle anderen: Catarina. Die Röcke geschürzt, eilte sie über den unebenen Pfad, der zur Uferstraße und von dort zum James River führte. Sie konnte es kaum erwarten, ihren Gatten zu begrüßen, den sie schmerzlich vermisst hatte. Immerhin, seit ihrer Heirat waren sie noch nicht einmal getrennt gewesen, und jetzt gleich zehn unendlich scheinende Tage.

Schon hatte Catarina die Holztreppe erreicht und kletterte behände hinab. Sie konnte Jakob bereits erkennen, der gerade von Bord des Flachbootes sprang. Eine Minute später lag sie glücklich in seinen Armen. Als sie zu ihm aufschaute, erschrak sie jedoch.

»Jakob, Liebster, was ist geschehen?«

»Wir sind auf dem Rückweg von Jamestown überfallen worden, Catarina«, berichtete Jakob bitter. »Man hat uns die wertvolle Kämmmaschine gestohlen.«

Bestürzt sah sie ihn an. »Oh Jakob, wie konnte das geschehen?«

Mittlerweile waren auch die anderen herangekommen und lauschten entsetzt Jakobs Bericht.

»Es geschah vorgestern in der Abenddämmerung. Plötzlich tauchte aus dem Nichts ein anderes Flachboot auf und ging längsseits. Vermummte Gestalten sprangen zu uns herüber, fesselten uns, brachten das Boot in ihre Gewalt und steuerten es an einen kleinen Anleger, auf der anderen Seite des Stroms. Dort bemächtigten sie sich der Maschine und kappten anschließend unsere Leinen. Hilflos trieben wir den James River hinab, bis es einem der Bootsleute gelang, sich von seinen Fesseln zu befreien. Wir fuhren zurück, konnten aber den kleinen Anleger nicht mehr wiederfinden. Die Schurken hatten bereits alle Spuren beseitigt. Ja, und hier sind wir nun ... Es tut mir leid, Maarten, unendlich leid.«

Der Freund nickte grimmig. »Schon gut, Jakob. Es ist schließlich nicht deine Schuld.«

»Ich weiß nicht ... wären wir achtsamer gewesen ...« Niedergeschlagen ließ er den Kopf hängen. Schließlich wusste er, wie alle anderen auch, was dieser Verlust bedeutete.

»Du darfst dir keine Vorwürfe machen«, versuchte Catarina zu trösten und verstummte sofort. Es gab keinen Trost, für niemanden von ihnen.

»Hast du eine Vermutung, wer uns das angetan haben könnte?«, wollte Maarten nun wissen.

Jakob schaute auf, seine Augen blickten hasserfüllt. »Savelle natürlich, dieser Schuft«, antwortete er wie aus der Pistole geschossen. »Er wollte unser Land, hat es durch Betrügereien auch bekommen und wir haben es ihm wieder abgejagt. Natürlich hat er nun die erste Gelegenheit genutzt, um es uns heimzuzahlen.«

Maarten nickte nachdenklich. »Gewiss hast du recht. Zumal Savelle im weiten Umkreis der Einzige ist, der von dieser Maschine wissen konnte.«

Auch Memnon war dieser Ansicht. »Doch Spekulationen nützen uns nicht«, stellte er fest. »Wir werden es herausfinden müssen. Und wenn wir genau wissen, dass das Mausgesicht der Schuldige ist, holen wir uns die Maschine zurück. So wahr ich ein Mandingo bin!«

Die heruntergekommene Spelunke Old Bone, in der dunkelsten Gasse des Hafens von St. George's Town, galt als Treffpunkt der übelsten Piraten aller sieben Weltmeere. Kein ehrbarer Mensch und auch kein Büttel traute sich in die Nähe dieses elenden Hauses aus geteerten Bretterwänden, an denen der Schmutz herunterlief und aus dem zu jeder Tages- und Nachtzeit das Gejohle der Betrunkenen und das schrille Gelächter ihrer Dirnen drang.

Auch an diesem Abend war das Old Bone gut besucht. Die Luft war stickig und zum Schneiden dick, und das Gesindel lärmte beim Trinken und Kartenspielen oder war mit Raufen beschäftigt. Wie auf ein geheimes Zeichen hin wurde es jedoch abrupt still, keiner bewegte sich mehr und ungläubig schauten ein paar Dutzend Augenpaare zur Tür, als eine Handvoll Männer den Schankraum betrat.

Endlich erhob sich ein Mann mit zerzaustem Bart und langen, strähnigen Haaren und torkelte unsicher, da seit Tagen nicht mehr nüchtern, den Neuankömmlingen entgegen. »Der verdammte Klabautermann soll mich holen«, lallte er fassungslos. »Blair? Bist du es wirklich?«

Der Hüne mit dem mächtigen kahlen Schädel und der schwarzen Augenklappe löste sich aus der Gruppe und trat vor. »Zum Teufel, Hank Blackpool. Wer sollte ich wohl sonst sein? Mein Geist vielleicht?«

»Wer kann das schon so genau wissen«, erwiderte der Seeräuber mit schwerer Zunge. »Immerhin wart ihr fast zehn Monate verschollen, spurlos verschwunden, wie von der Erde verschluckt. Und jetzt spaziert ihr hier einfach ins Old Bone, als wäre es die natürlichste Sache der Welt.«

Keiner hörte mehr auf ihn. Lachend und grölend sprangen die Männer nun von ihren Plätzen auf, um dem lange vermissten Kumpan die Hände zu schütteln und auf die Schultern zu klopfen. Der Tumult war unbeschreiblich.

Trotzdem gelang es dem Wirt, den Lärm zu übertönen. »Diese Runde geht aufs Haus«, brüllte er und füllte die Humpen großzügig mit dem allseits beliebten scharfen Rum. Dann hob er selbst seinen Becher: »Ich trinke auf das glückliche Wiedersehen, auf dich, Blair Goodlight. Keiner von uns hat damit gerechnet, euch hier noch einmal begrüßen zu dürfen. Wir haben angenommen, dass man euch den Haien zum Fraß vorgeworfen oder an irgendeinem Rahmast aufgeknüpft hat. Aber dass ihr lebt …? Nein, daran hat noch nicht einmal mehr der alte Hank geglaubt.«

Blair lachte dröhnend, schnappte sich das Mädchen, das ihm seinen Becher mit Rum überreichen wollte, und legte verlangend einen Arm um seine Taille.

»Und wie ich lebe! Soll ich es dir beweisen, Kleine? Aber ich muss dich warnen. Ich habe ein paar Monate auf einer verlassenen Insel festgehangen, ohne auch nur den Rockzipfel einer Frau zu sehen. Du solltest dich auf einiges gefasst machen.«

Kichernd schmiegte sich die Dirne an ihn. »Komm nur mit ins Hinterzimmer, dort kannst *du* dich auf einiges gefasst machen«, raunte sie ihm verheißungsvoll zu.

Blair musterte sie ein wenig genauer. Selbst mit den schmierigen Haaren, dem verdreckten Gesicht und dem alkoholbefleckten Kleid war sie eine Schönheit. Er nickte grinsend, setzte den vollen Becher an den Mund und trank den Rum mit einem Zug aus.

»Dann zeig mal, was du kannst. Ich stehe voll und ganz zu deiner Verfügung.«

Unter dem Gejohle seiner Kumpane verließ er mit der Hure den Schankraum. Nur der alte Hank Blackpool sah ihm unwillig hinterher und spuckte eine Ladung Kautabak auf die schmierigen Holzbohlen des Fußbodens. »Weiber«, schüttelte er verächtlich den Kopf. »Als wenn es jetzt nichts Wichtigeres gäbe.« Missmutig ließ er sich wieder auf seinem Stuhl nieder, um nun seinerseits dem spendierten Rum zuzusprechen, und winkte einen der Neuankömmlinge zu sich heran: »Setz dich zu uns, Long-Tom, und berichte uns, was passiert ist. Wir platzen alle vor Neugier und haben keine Lust, darauf zu warten, bis Blair geruht zurückzukehren.«

Der große hagere Mann zögerte. »Ich weiß nicht, ob es dem Käpt'n recht wäre. Gewiss wird er euch die Geschichte selbst erzählen wollen.«

Hank wischte den Einwand ungeduldig beiseite. »Das Letzte, was wir von euch gesehen haben, war eure Princess. Vor etwa zehn Monaten lief sie hier im Hafen ein und warf Anker. Von euch war jedoch keine Spur zu sehen. Natürlich haben wir versucht, die Mannschaft auszuhorchen, aber die hat dichtgehalten. Also, erzähl schon. Was ist geschehen?«

Unsicher druckste Long-Tom herum. Er hatte absolut keine Lust, sich den Zorn seines Hauptmanns zuzuziehen, der ihnen eingeschärft hatte, den Mund zu halten. Nicht auszudenken, was passieren würde, wenn er etwas Falsches erzählte. Allerdings, ein wütender Hank Blackpool konnte gleichfalls ziemlich ungemütlich werden. Das wusste er aus Erfahrung.

Auf den Wink des Alten wurde Toms Becher noch mehrmals bis zum Rand gefüllt, und schließlich lockerte sich die Zunge des Piraten.

»Wir befanden uns im Osten der Bermudainseln und jagten ein englisches Handelsschiff. Als der Wind umschlug und auffrischte, verloren wir den Dreimaster schließlich aus den Augen und beschlossen, uns auf eine nahe Insel zurückzuziehen. Ihr kennt sie sicher, die mit den drei Bergen und der felsigen Landzunge, die so weit ins Meer reicht, dass man bequem anlanden kann.«

Die Männer um ihn herum nickten. Sie alle kannten die Gewässer um den Bermudaarchipel wie ihre Westentasche, und das Aussehen dieser Insel war so markant, dass man sie kaum verwechseln konnte.

»Nun ja«, fuhr Long-Tom gedehnt fort. »Es lag kein Schiff in der Bucht, und da haben wir natürlich nicht damit gerechnet, dass sich Leute auf der Insel befanden. Wir gingen also mit einem ausreichenden Rumvorrat an Land und haben uns einen feuchten Abend gemacht. Als wir erwachten, stach die Princess gerade in See.«

Sprachlos sahen die Männer ihn an. »Ihr habt besoffen am Strand gelegen und euch das Schiff einfach fortnehmen lassen?«, fragte Hank ungläubig.

Long-Tom nickte mürrisch.

»Ja, hattet ihr denn keine Wachen an Bord zurückgelassen?«

»Doch, natürlich«, knurrte der Pirat. »Aber die waren auch nicht nüchtern und sind eingeschlafen. Die Bastarde haben sie gut verschnürt zurückgelassen.«

Die Männer brachen in grölendes Gelächter aus.

»Unglaublich«, riefen sie und schlugen sich vor Vergnügen auf die Schenkel. »Einfach unglaublich. Und das muss ausgerechnet dem gewieften Blair passieren.«

Nur Hanks Neugierde war noch immer nicht befriedigt. »Was waren das für Leute? Woher kamen sie?«

Long-Tom zuckte mit den Schultern. »Keine Ahnung. Wir haben sie ja kaum gesehen. Wenige Tage zuvor hat jedoch ein schwerer Orkan getobt und wir haben Wrackteile gefunden. Daher nehmen wir an, dass es Schiffbrüchige waren. Außerdem haben sie ein Beiboot auf der Insel zurückgelassen.«

Hank nickte. Das klang logisch. »Aber ihr seid nicht mit diesem Beiboot bis St. George's Town gekommen?«

Entrüstet sah Long-Tom ihn an. »Natürlich nicht. Wir sind doch keine Galeerensträflinge. Außerdem war uns ja klar, dass über kurz oder lang ein Segel auftauchen würde. Schließlich ist die Insel in unseren Kreisen bekannt. Wer konnte ahnen, dass es so lange dauert? Vor vier Tagen hat uns dann endlich eine Schaluppe aufgegabelt. Ja, und hier sind wir nun.«

Hank schien mit dieser Erklärung jedoch keinesfalls zufrieden. »Zehn Monate? Hm. Was zum Teufel habt ihr so lange auf der Insel getrieben?«

Long-Tom musste die Antwort schuldig bleiben. Er lallte noch einige unverständliche Worte, dann sank sein Oberkörper auf den Tisch und er begann ohne Übergang, lauthals zu schnarchen. »Jammerlappen«, zischte der Alte wütend. »Was ist das für ein Mann, der schon nach ein paar Bechern aus den Pantinen kippt?«

Doch der Wirt lachte nur belustigt. »Nun lass ihn schon in Ruhe, Hank«, meinte er begütigend. »Was ist überhaupt los mit dir? Du hast den armen Long-Tom ja richtiggehend verhört, als säße er hier auf der Anklagebank.«

»Kommt mir eben komisch vor, die ganze Geschichte«, brummte der alte Pirat.

Der Wirt nickte grinsend. »Ja, genau, komisch ist das richtige Wort. Aber ich glaube, nun ist es vorbei mit der Komik. Zumindest werden die Kerle, die Blair das antaten, in Zukunft sicher nichts zu lachen haben …«

»Eine schreckliche Hitze ist das heute.« Erschöpft wischte sich Jakob den Schweiß von der Stirn.

Maarten zuckte mit den Schultern. »Was willst du? Das Wetter ist wie geschaffen für unsere Pflanzen, und schließlich wollen wir, dass sie gedeihen.«

Jakob nickte müde und prüfte noch einmal den Sitz des dicken Hanfseils. Dann winkte er nach oben. Die Männer auf dem Kamm der Steilküste begannen zu ziehen, und langsam hob sich die schwere Holzkonstruktion aus dem Flachboot. Zehn Meter galt es zu überwinden, dann stand die Maschine sicher an Land, die benötigt wurde, um den süßen Saft aus den Zuckerrohren zu pressen.

Auch Maarten und Jakob wollten nun die Küste emporsteigen, doch der Kapitän des Flachboots hielt sie zurück.

»Was ist mit uns? Können wir zurück nach Jamestown oder braucht Ihr uns noch? Immerhin ist es unser Kahn, der überfallen wurde, um Eure Baumwollkämmmaschine zu rauben. Wenn Sie die Banditen also verfolgen wollen … Wir sind dabei.«

»Das ist sehr anständig von euch, Männer«, antwortete Maarten. »Aber einstweilen wissen wir selbst noch nicht, was zu tun ist. Ihr müsst hungrig sein. Lasst euch also in der Küchenhütte die Teller füllen. Danach werden wir weitersehen.« An Jakob gewandt fuhr er leise fort: »Wenn die wüssten, dass vermutlich der ehrenwerte Rechtsanwalt Savelle hinter diesem Überfall steckt, würden sie uns gewiss nicht ihre Hilfe anbieten. Freiwillig legt sich doch keiner mit diesem Typen an.«

»Savelle ist ein Schurke«, gab Jakob zornig zurück. »Und sein feiner Freund, Gouverneur Berkeley, ebenso. Aber den haben wir wenigstens in der Hand, seitdem wir seinen verbrecherischen Spekulationsgeschäften auf die Schliche gekommen sind. Wenn wir Savelle bei ihm anzeigen, wird er sich hüten, uns seine Hilfe zu verweigern.«

»Er wird Beweise verlangen«, gab Maarten zu bedenken. »Und die können wir nicht vorweisen. Nein, wir müssen uns schon selbst helfen. Darum habe ich auch bereits nach unserem Freund und Nachbarn Pimentel geschickt. Keiner kennt Savelle so gut wie er, und wir sollten ihn um seinen Rat bitten, bevor wir unser Problem lösen.«

Jakob wirkte niedergeschlagen. »Du hast recht. Das ist vermutlich der beste Weg. Und trotzdem – noch niemals habe ich mich so elend und mutlos gefühlt. Dieser Savelle wird ganz gewiss noch mehr Knüppel finden, die er uns zwischen die Beine werfen kann.«

Anneke und Barbara saßen unter der großen Eiche und hatten zugesehen, wie das Flachboot entladen wurde. Auch sie waren bekümmert.

»Wie gut, dass Savelle uns wenigstens die Zuckerquetsche gelassen hat«, meinte Barbara bitter. »Der Mann hat also auch eine großzügige Ader.«

»Einstweilen sollten wir jedoch froh sein, dass Jakob und den anderen Männern bei dem Überfall nichts geschehen ist«, beruhigte sie. »Und was den sauberen Savelle angeht. Gewiss werden unsere Leute einen Weg finden, ihm die Maschine wieder abzujagen.«

Bewundernd sah Barbara die Ältere an. »Du lässt dir durch nichts und niemanden den Mut nehmen, nicht wahr?«

Unwillkürlich musste Anneke lächeln, doch dann blickte sie nachdenklich zum Strom hinab, der im gleißenden Sonnenlicht ruhig und träge dahinfloss. »Der Verlust der Maschine wird uns nicht gleich die Existenz kosten. Gewiss, im Augenblick haben wir kein Geld, um sie zu ersetzen, aber vielleicht wird uns das mit den Einkünften aus der Tabak- und Indigoernte gelingen. Auch wenn uns der Verlust um ein Jahr zurückwirft, wird es doch weitergehen und …« Anneke unterbrach sich und schaute verwundert auf. »Hör nur, Barbara. Ist das nicht Hufschlag?« Sie sprang auf und lief zu dem schmalen, holperigen Feldweg, den die Siedler ein wenig großspurig Uferstraße nannten und der von Jamestown bis Charles City führte, zumeist dem gewaltigen James River in all seinen Windungen folgend.

Tatsächlich, da kam ein Reiter. Im gestreckten Galopp näherte er sich.

»Es ist Pimentel«, rief sie erstaunt aus. »Er muss geflogen sein. Unser Bote kann seine Plantage Eldorado ja noch nicht einmal erreicht haben.«

Wenig später war der Engländer herangekommen, zügelte sein Pferd und sprang ab.

»Guten Tag, meine Damen«, lächelte er freundlich. »Ich habe Euch einen Gruß von meiner Gattin auszurichten. Auch lässt sie fragen, wie es dem kleinen Jakob geht.«

»Dem Baby geht es wunderbar«, entgegnete Anneke. »Selbst die Hitze scheint ihm nicht das Geringste auszumachen. Und auf Eldorado? Steht dort alles zum Besten?«

Pimentel lachte vergnügt. »Wir rotten den Urwald mit Behagen aus und haben auch bereits das erste Tabakfeld angelegt. Ihr wisst ja, wir haben uns entschieden, bewährte Kulturen anzupflanzen. Für Experimente, wie man sie hier auf Victory wagt, fehlen uns leider die Mittel.«

Anneke zuckte mit den Schultern. »Wie es im Augenblick aussieht, traft Ihr die glücklichere Wahl, lieber Freund. Ihr habt von unserem Unglück bereits gehört?«

»Ja. Und zwar nicht von Eurem Boten. Den traf ich erst, als ich mich bereits auf dem Weg hierher befand. Er muss übrigens auch gleich auftauchen. Sein Muli war meinem Hengst einfach nicht gewachsen.« Er lachte, dass seine weißen Zähne blitzten. Auch Anneke musste schmunzeln.

»Ihr spannt mich auf die Folter, Sir. Und das mit voller Absicht.«

»Aber nein, Madam«, wehrte der Engländer ab. »Ich habe nur Eurem Gemahl versprechen müssen, den Namen des Mausgesichtigen niemals wieder in Gegenwart Fräulein Barbaras zu nennen. Und ich pflege meine Versprechen zu halten.«

»Dann steckt dieser Schurke also tatsächlich hinter dem Überfall?«

»Jawohl, Madam«, erwiderte der Engländer. »Aber ich weiß noch mehr. Zum Beispiel, wo er Eure Wundermaschine versteckt hält. Sorgt Euch also nicht länger, Baronin. Spätestens in zwei Tagen steht das gute Stück hier auf Victory, wo es hingehört. Doch nun sagt mir bitte, wo ich Euren Gatten und Herrn von Cappel finde. Ich habe, wie Ihr Euch denken könnt, einiges mit ihnen zu besprechen.«

Dankbar sah Anneke ihn an. »Die beiden sind unten am Fluss. Sie haben gerade die Zuckerquetsche entladen. Doch bevor Ihr zu ihm geht, liebster Henry, vielen Dank. Ihr seid wirklich der beste Nachbar, den wir uns wünschen können.«

Herzlich erwiderte der Engländer ihren Blick. »Ich kann mich über meine Nachbarn gleichfalls nicht beklagen, verehrte Anneke. Wärt Ihr nicht gewesen, hätte sich dieser Bastard mein Land in die Tasche gesteckt. Ich stehe tief in Eurer Schuld und bin glücklich, nun Euch einen Gefallen erweisen zu können.«

Er wollte sich nun auf den Weg zum Fluss machen, doch Maarten und Jakob kamen ihm bereits entgegen. Aufgeregt eilte Anneke zu ihnen.

»Denkt euch, Mr Pimentel weiß, wo sich unsere Maschine befindet.«

Unwillkürlich musste der Engländer über die verblüfften Gesichter der beiden Herren lachen. »Was habt Ihr gedacht, Freunde? Dass wir dem feinen Herrn ein Schnippchen schlagen können und er uns dann einfach vergisst? Nein, ich habe damit gerechnet, dass er Rache üben wird, und ihn vorsichtshalber beobachten lassen. Natürlich war mein Mann nicht in der Lage, den Überfall zu verhindern, aber immerhin weiß er zu berichten, dass tatsächlich das Mausgesicht dahintersteckt und wohin Eure Maschine geschafft wurde. Mit ein paar starken Männern wird es kein großes Problem sein, sie zurückzuholen.«

Dankbar reichte Maarten dem Engländer die Hand. »Damit habt Ihr wirklich Weitsicht bewiesen, Henry. Aber kommt, wir müssen die Einzelheiten ja nicht hier besprechen. Im Schatten und bei einem kühlen Schluck wird es weitaus angenehmer sein, unseren nächsten Feldzug gegen Savelle zu planen.«

Als am Abend der Mond aufging, setzten zwanzig Männer, ein Holzkarren und zwei Mulis im Flachboot über den Strom. Danach stakten die Bootsleute ihren Lastkahn an den Anleger der Victory-Plantage zurück, und Minuten später war das Boot wieder vertäut, so, als wäre es niemals fort gewesen.

Auch auf der anderen Seite des James River war bereits alles wieder ruhig. Der Urwald und die Dunkelheit schienen die Männer und Mulis verschluckt zu haben.

Der Anführer der kleinen Expedition war Pimentels Spion – der Indianer Adahy. Bereits am Tag hatte der erfahrene Waldläufer eine schmale Schneise in das Dickicht geschlagen und sie zum Strom hin mit Zweigen getarnt. Über diese Schneise führte er nun die Männer zu einem alten Indianerpfad. Immer tiefer gingen sie in den Wald hinein, und mehr als einmal hatte Maarten das Gefühl, sich verlaufen zu haben. Doch unbeirrt ging Adahy seinen Weg. Nach fast vier Stunden bogen sie von dem Pfad ab, ließen aber, auf Geheiß des Indianers, die Mulis und den Karren zurück.

Bald darauf erreichten sie eine kleine Lichtung, auf der eine halb verfallene Holzhütte stand. Ein Mann saß davor. Auf dem Kopf trug er eine Mütze aus Biberfell, im Arm eine doppelläufige Flinte und in seinem Gürtel steckten zwei Pistolen und ein großes Messer. Ganz deutlich war er im Mondlicht zu erkennen.

»Ist das einer von Savelles Leibwächtern?«, flüsterte Jakob, doch der Indianer bedeutete ihm, ruhig zu sein. Lautlos wie eine Katze schlug er einen Bogen und schlich sich vorsichtig von hinten an die Hütte heran. Bevor der Mann die Gefahr erahnen konnte, war er bereits überwältigt und gefesselt.

Adahy winkte nun die anderen herbei, forderte sie jedoch auf, sich so leise wie möglich zu verhalten.

»Man hat zwar nicht unbedingt mit eurem Kommen gerechnet, aber es auch nicht ausgeschlossen«, flüsterte er. »Allerdings haben Savelle und seine Männer angenommen, dass ihr mit einem Boot über den Strom kommt. Den Weg durch den Wald zu finden, haben sie euch nicht zugetraut. Darum hat hier an der Hütte auch nur ein Mann Wache gehalten. Die anderen beobachten das Ufer, dort, wo man euch überfallen hat. Die Stelle ist nicht sehr weit entfernt, und darum sollten wir es auf jeden Fall vermeiden, die bis an die Zähne bewaffneten Trapper auf uns aufmerksam zu machen. Es würde zu einem Kampf kommen, dessen Ausgang ungewiss wäre und der mit ein bisschen Geschick leicht zu vermeiden ist. Also bewahrt unbedingt Ruhe.«

Die Männer nickten, und unter Anleitung des Indianers begannen sie nun, so vorsichtig wie möglich, die nur angelehnten Holzbohlen an der Rückwand der Hütte zu entfernen. Wenig später wies Adahy ins Innere. »Da ist sie, eure Maschine.«

Begeistert betrachteten Maarten und Jakob das unförmige, in eine schwere Leinwand eingeschlagene Paket. Doch der Indianer ließ ihnen nicht lange Zeit.

»Wir werden sie zu der Karre tragen müssen. Es wäre zu gefährlich, die Mulis hierherzuholen. Sie könnten uns mit ihrem Geschrei verraten.«

Das Halbblut Adahy lauschte in die Dunkelheit. Die Männer neben ihm, die bemüht waren, die schwere Baumwollkämmmaschine so leise wie möglich über die Lichtung zu schleppen, hörte er natürlich deutlich – ihr leises Ächzen unter der schweren Last und die unterdrückt ausgestoßenen Flüche, wenn sie ihnen aus den Händen zu gleiten drohte. Doch da war noch ein weiteres Geräusch. Knacken im Unterholz – auf der anderen Seite der Lichtung. Das war entweder ein Tier oder …

Nein, jetzt wurde es deutlicher. Es musste einer der Trapper Savelles sein, der seinen Wachposten am James River verlassen hatte.

Die Männer neben sich zu warnen hatte keinen Sinn, das erkannte Adahy sofort. Jeden Augenblick würde der Trapper auf die Lichtung treten, sodass sie das kostbare Gerät im Stich lassen müssten, um sich in den Wald zu retten. Ganz abgesehen davon, dass die verlassene Maschine ihre Anwesenheit verraten hätte. Nein, es blieb nur eine Möglichkeit: Der Trapper musste ausgeschaltet werden, bevor er Alarm schlagen konnte und seine Kumpane, die am James River auf der Lauer lagen, aufmerksam wurden.

Geschwind zog sich das Halbblut zurück und umkreiste, so lautlos wie möglich und jeden Schatten nutzend, die Lichtung.

In diesem Augenblick trat der Waldläufer unter den Bäumen hervor und ging mit langen Schritten auf die baufällige Hütte zu. Natürlich, er war auf der Suche nach seinem Kumpan, der die Maschine bewachen sollte und nun, sauber verschnürt und geknebelt, in der hintersten Ecke des Häuschens lag.

»Caleb? Wo steckst du?«

Nur wenige Sekunden konnte es noch dauern, bis er die Männer bemerkte, die wie erstarrt im fahlen Mondlicht standen. Adahy beschleunigte seinen Schritt. Er hatte die Lichtung bereits zur Hälfte umrundet und musste nicht länger lautlos vorgehen. Im Gegenteil, jetzt wollte er den Mann auf sich aufmerksam machen und von den anderen ablenken.

»Hey, Caleb? Bist du das?«

Der Trapper sah sich unsicher um und bemerkte in diesem Moment die Männer. Doch es war zu spät. Adahy war bereits bei ihm und sprang, geschmeidig wie eine Katze, auf sein Opfer.

Der Waldläufer hatte nicht mit dem Überfall gerechnet, und der Augenblick, den er brauchte, um die Lage zu erkennen, reichte dem Halbblut, um ihn zu überwältigen.

Erleichtert atmete Maarten auf. »Das hätte ins Auge gehen können«, stellte er leise fest. »Diesen Indianer sollte man in Gold aufwiegen lassen.«

Pimentel grinste. »Ja, er ist mein bester Mann.« Anerkennend klopfte er Adahy, der in diesem Augenblick zurückkehrte, auf die Schulter. Doch der wehrte ungeduldig ab.

»Weiter, weiter«, drängte er. »Wir müssen endlich den Schutz der Bäume erreichen.«

So schnell wie möglich schleppten die Männer die schwere Maschine von der Lichtung und hatten schließlich den Wald und wenig später auch den alten Indianerpfad erreicht, an dem die Mulis und der Holzkarren warteten.

»Ich denke, wir sind fürs Erste in Sicherheit«, erklärte Adahy den vor Anstrengung schwitzenden Männern. »Aber wir sollten uns beeilen. Bis zum Morgengrauen müssen wir die Maschine über den James River gebracht haben.«

Währenddessen warteten Anneke, Catarina, Barbara und die Afrikaner gemeinsam und voller Ungeduld auf die Rückkehr der Männer. Sie hatten sich in die Hütten zurückgezogen, nur Memnon hielt draußen Wache. Er hätte sich zwar liebend gern der Expedition angeschlossen, war jedoch, auf Maartens Bitte hin, zurückgeblieben. Die Frauen saßen, eng aneinandergelehnt, auf einer Bank, neben sich die rohgezimmerte Wiege, in der der kleine Jakob friedlich schlief. Es war still zwischen ihnen. Eine jede hing ihren Gedanken nach.

»Dieser Indianer – er ist ein Halbblut, nicht wahr?«, wollte Catarina wissen.

Anneke nickte. »Ich habe gehört, wie Pimentel von ihm gesprochen hat. Er ist der Sohn einer Cherokee-Indianerin und eines britischen Händlers. Und sein Name Adahy bedeutet, der im Wald lebt.«

»Was meinst du? Ob man sich auf ihn verlassen kann?«

»Wenn Pimentel ihm vertraut, vertraue ich ihm auch«, erwiderte Anneke ohne zu zögern. Doch dann lachte sie leise.

»Was ist so komisch?«, verwirrt blickten die anderen beiden sie an.

»Ich habe die ganze Zeit darüber nachgedacht, woher mir der Begriff Cherokee vertraut ist«, antwortete Anneke amüsiert. »Nun ist es mir wieder eingefallen.«

Auch Catarina musste nun lächeln. »Ich weiß, was du meinst.« Leise begann sie zu singen: »John Cherokee was an Indian man, Alabama John Cherokee.«

»He run away every time he can, Alabama John Cherokee«, fiel Anneke ein.

»Genau, dieses Lied haben die Matrosen auf der Morning Star immer gesungen«, begriff nun auch Barbara. »Doch als wir damals in Hamburg in See stachen, habe ich niemals damit gerechnet, einmal einem Cherokee-Indianer leibhaftig gegenüberzustehen.«

»Geschweige denn, ihm das Leben unserer Männer anzuvertrauen«, sagte Catarina.

Trotz ihrer Besorgnis schliefen die Frauen spät in der Nacht ein. Die Müdigkeit überwältigte sie und voll angekleidet sanken sie auf ihre Betten.

Anneke meinte, nur wenige Minuten geruht zu haben, als Memnon sie weckte.

»Das Flachboot hat gerade abgelegt, Madam«, flüsterte er. »Von der Steilküste aus kann ich zwar noch nichts auf der anderen Seite des Ufers erkennen – dazu ist es noch zu dunkel –, aber die Bootsleute müssen etwas gesehen haben.«

Sofort war Anneke hellwach und sprang von ihrem Lager auf. Ohne auf ihr zerdrücktes Kleid und die vom Schlaf zerzausten Haare zu achten, stürzte sie aus der Hütte und lief zur Steilküste.

Es war noch dunkel und alles ruhig. Von dem Flachboot war weit und breit nichts zu sehen. Memnon trat neben sie und starrte gleich ihr in die Dunkelheit. Doch noch konnten beide nichts erkennen. Anneke begann zu zittern, vor Aufregung und Ungeduld. Minuten schienen sich zu Stunden auszudehnen.

Der Maure bemerkte als Erster das Flachboot, das auf das hiesige Ufer zuhielt. »Sie kommen«, sagte er leise.

Auch Anneke konnte jetzt den Kahn auf dem James

River ausmachen. Sie sah die Männer, die Karre und die Mulis. Offensichtlich trugen sie eine schwere Last bei sich, die von hier oben einer großen Holzkiste glich: die Baumwollkämmmaschine!

»Sie haben es geschafft, Memnon«, glücklich fiel Anneke dem gleichfalls strahlenden Mandingo um den Hals. »Sie haben uns wirklich die Maschine zurückgebracht.«

»Ich werde schnell die Männer holen«, erklärte Memnon hastig. »Wir werden jede Hand brauchen, um das Gerät die Steilküste hochhieven zu können.«

»Ja, mach das«, gab Anneke zurück. »Zumal wir keine Zeit zu verlieren haben. Wer weiß schon zu sagen, wie nah die Trapper Savelles unseren Männern auf den Fersen sind.«

Der Mandingo grinste. »Das Mausgesicht wird vor Wut Feuer spucken, wenn es erfährt, dass wir uns unser Eigentum zurückgeholt haben.«

Anneke lächelte. »Oh, das ist gewiss. Hoffen wir jedoch, dass es nicht passiert, bevor die Maschine auf Victory in Sicherheit gebracht ist.«

Aber die Worte hörte Memnon nicht mehr. Er war bereits in Richtung der Hütten verschwunden.

Aufmerksam sah Anneke den James River hinauf und hinunter, soweit seine Windungen und die Dämmerung den Blick zuließen. Doch alles war ruhig. Nur die leisen Kommandos der Männer drangen vom Strom zu ihr herauf.

Gleich darauf war der Mandingo mit den stärksten Afrikanern zurück. Jeder wusste, was er zu tun hatte. Und während die einen die rohgezimmerte Holztreppe hinunterkletterten, um dem Flachboot beim Anlegen behilflich zu sein, entrollten die anderen das dicke Seil, an dem die Maschine die Steilküste emporgezogen werden sollte.

Das Entladen des hölzernen Ungetüms erwies sich als schweres Stück Arbeit, doch endlich war es geschafft und alle standen begeistert um den ungefügen Kasten herum.

Auf der einen Seite der Kiste sah man mehrere Rollen über die Bänder laufen, auf der anderen eine Kurbel. Im Innern des Holzkastens war eine Mechanik aus Holz und Metall untergebracht, die zum Teil an große Kämme erinnerte.

»Ich kann es kaum erwarten, die Maschine auszuprobieren«, erklärte Jakob fast andächtig und machte bei aller Erschöpfung einen äußerst zufriedenen Eindruck.

Maarten grinste zustimmend. »Du sprichst mir aus der Seele. Doch zunächst sollten wir das kostbare Stück in Sicherheit bringen und auch hier, an der Steilküste, alle Spuren verwischen. Gewiss werden die Männer Savelles nicht mehr lange auf sich warten lassen. Und einstweilen dürfen sie wohl vermuten, dass wir uns die Maschine zurückgeholt haben. Beweise dafür wollen wir ihnen nicht liefern. Spielen wir ruhig ein wenig Katz und Maus mit ihnen.«

Rasch schleppten ein paar Männer die Entkörnungsmaschine auf die Plantage, die Schiffer stiegen wieder in ihre Flachboote und legten sich in ihre Kojen, das Seil wurde aufgerollt und entfernt.

Wenig später, als der schwache rote Streifen im Osten den Sonnenaufgang ankündigte, war unten am Strom wieder alles ruhig und friedlich – so als wäre nichts geschehen.

Vierzehntes Kapitel

Auf Victory lag der köstliche Duft von Kaffee und einem kräftigen Frühstück in der Luft, der den müden und hungrigen Männern der nächtlichen Expedition das Wasser im Munde zusammenlaufen ließ. Als alle an den langen Holztischen zusammensaßen, ließen sie es sich schmecken.

Memnon war der Letzte, der eintraf. »Wir sollten Wachen aufstellen«, schlug er vor. »Am Strom, um festzustellen, ob Savelles Leute sich blicken lassen, und vorsichtshalber auch vor der Hütte, in der die Maschine untergebracht ist.«

Maarten nickte zustimmend, während Anneke aufmerksam in die Runde blickte.

»Sie werden es doch nicht wagen, uns anzugreifen?«

»Nein, natürlich nicht«, wurde sie sofort von allen Seiten beruhigt. »Dazu sind wir zu viele. Aber sie werden natürlich versuchen herauszufinden, wo die Kämmmaschine abgeblieben ist.«

Das verstand Anneke. Trotzdem war ihr nicht wohl bei der Vorstellung, ständig auf der Hut sein zu müssen.

Maarten sah seine Frau an und wusste genau, was in ihr vorging. »Ich überlege bereits, ob ich nach Jamestown reisen soll, um mich beim Gouverneur zu beschweren. Wir können zwar nicht beweisen, dass Savelle hinter dem Überfall steckt, weil wir nur zwei seiner Männer und nicht ihn selbst gesehen haben, aber vermutlich würde ein Machtwort Gouverneur Berkeleys bewirken, dass das

Mausgesicht uns in Zukunft in Ruhe lässt. Ja, je länger ich darüber nachdenke, umso sinnvoller erscheint mir diese Reise.«

Henry Pimentel erhob sich. »Ich kann mir nicht vorstellen, dass Savelle sich etwas von Berkeley sagen lassen wird«, meinte er. »Die Reise könnt Ihr Euch sparen, Baron. Aber es ist selbstverständlich Eure Entscheidung. Im Übrigen möchten Adahy und ich uns verabschieden. Wir sind müde und haben immerhin noch den Ritt nach Eldorado vor uns.«

Maarten und Jakob erhoben sich sofort und streckten dem Freund dankbar ihre Hände entgegen.

»Ihr habt etwas gut bei uns, Nachbar. Ohne Eure und Adahys Hilfe … Wer weiß, wie die Geschichte ausgegangen wäre.«

Pimentel wehrte den Dank jedoch ab. »Nicht der Rede wert, Freunde. Ihr hättet das Gleiche für uns getan.«

Gemeinsam gingen sie zu den wartenden Pferden. Bevor die Nachbarn jedoch in ihre Sättel stiegen, fügte Adahy noch warnend hinzu: »Ich weiß nicht, wie Ihr mit Waffen ausgerüstet seid und wie gut Ihr damit umzugehen vermögt. Ihr habt zwar viele Männer, aber wenn sie sich nicht zu verteidigen wissen, werden sie dennoch im Nachteil gegenüber Savelles Trappern sein. Das solltet Ihr unbedingt bedenken.« Sprach's und stieg auf sein Pferd. Pimentel tat es ihm gleich. Ein letzter Gruß und die beiden ritten davon.

Nachdenklich blickten Maarten und Jakob sich an.

»Er hat recht«, meinte der Jüngere. »Bisher haben wir nur an den Aufbau unserer Plantage gedacht. Aber nach den gestrigen Erfahrungen sollten wir wirklich Vorsorge treffen.«

Maarten stimmte ihm zu. »Ich werde mit Memnon sprechen«, sagte er. »Wir müssen feststellen, was wir an Waffen und Munition haben, und die Leute dann daran ausbilden. Vorsicht ist allemal besser als Nachsicht.«

Jakob hatte aus Jamestown auch Post mitgebracht, die er nun verteilte.

»Es ist ein Brief aus Hamburg für Anneke dabei und ein Schreiben von Kapitän Ripley. Man wollte unsere Post eigentlich nach Charles City weiterleiten, aber ich habe sie noch abfangen können.«

Rasch öffnete Anneke den Brief aus der Heimat, der drei Monate unterwegs gewesen war. Sie las die Zeilen der Mutter, die berichtete, dass zu Hause alles zum Besten stünde und sie, aber auch Gertrude, Hinnerk und Annekes Brüder samt ihren Familien, sich bester Gesundheit erfreute. Und dann schrieb sie noch von einem Besucher namens Melchior Riet. »Er ist wohl von den Leuten aus Warmenau zu mir geschickt worden und hat sich nach Jakobs Schwester erkundigt. Da er wirklich verzweifelt schien, habe ich ihm gesagt, dass sie nach Virginia ausgewandert ist. Ich hoffe, das war kein Fehler …«

»John Ripley kündigt seinen Besuch an«, unterbrach Maarten sie beim Lesen ihres Briefes. »Sein Schreiben hat er noch in London aufgegeben, aber nun wird er sich bereits mit seiner Princess auf dem Weg nach Virginia befinden, da er Fracht für Jamestown hat. Ich freue mich auf ihn.«

»Ich mich auch«, gab Anneke zurück. »Und auch für die anderen, vor allem für Juan wird es eine erfreuliche Nachricht sein. Aber jetzt entschuldige mich. Ich muss Barbara suchen. Auch für sie habe ich eine Neuigkeit.«

Es war Mittag, als der Mann, der am James River Wache hielt, aufgeregt zu den Hütten kam.

»Ein Kanu«, rief er. »Ein Kanu fährt vorbei. Sicher gehören die Trapper, die darin sitzen, zu Savelles Männern.«

Memnon eilte zur Steilküste, aber von dem Kanu war nichts mehr zu sehen.

»Sie sind hinter der Flussbiegung verschwunden«, erklärte Anneke, die mit dem kleinen Jakob unter der alten Eiche, ihrem Lieblingsplatz, saß.

»Wenn es die Leute Savelles waren«, vermutete Memnon, »kehren sie gleich wieder um. Dann wollen sie nur Ausschau halten.«

Anneke nickte stumm. Sie fühlte sich und die ihren durch diese Waldläufer bedroht. Wer wusste schon, ob sie nur unten am Fluss spionierten? Vielleicht schlichen sie ja auch auf der Plantage herum?

Memnon setzte sich zu ihr und gemeinsam sahen sie auf den Fluss hinab. Eine Weile schwiegen sie, dann sagte der Mandingo leise: »Es tut mir sehr leid, Madam, dass die Trapper Euch Furcht einflößen. Dabei dürft Ihr jedoch eins nicht vergessen. Unsere Zukunft liegt hier, auf Victory. Auf keinen Fall werden wir uns die Plantage entreißen lassen und daher alle sehr wachsam sein. Euch wird nichts geschehen. Das verspreche ich – Euch, Eurer Familie, aber vor allem den Kindern.«

Bei diesen Worten hob der Mandingo die Hand und legte sie sanft auf den Kopf des Säuglings, der in Annekes Armen ruhte. Wie weich diese dunklen Locken sind, dachte er, und wie schutzbedürftig dieses zarte Leben.

Anneke hatte die Worte wohl vernommen, aber noch stärker berührte sie die Geste: die schwarze Hand mit den feinnervigen Fingern, die behütend auf dem Kopf ihres

Enkels ruhte. Sanft legte sich ihre Hand auf die seine. Im stummen Einverständnis saßen sie beieinander und blickten auf den Strom, der träge und behäbig zugleich unter ihnen dahinfloss.

»Da sind sie wieder!«, meldete der Wächter aufgeregt.

Und tatsächlich, in diesem Augenblick tauchte das Kanu hinter der Flussbiegung auf. Langsam wurde es von der Strömung vorangetrieben. Plötzlich blickte einer der beiden Trapper zu ihnen empor. Obwohl Anneke wusste, dass er sie von dort unten nicht sehen konnte, schauderte ihr.

»Richtig unheimlich wirkt der Mann, mit seinem hageren Totenschädel. Bei Gott, dem möchte ich nicht im Dunkeln begegnen.« Sie seufzte leise. »Ach Memnon, warum können die Menschen nicht in Frieden miteinander leben? Warum müssen sie sich überall auf der Welt das Leben gegenseitig so schwer machen?«

Zum Abendessen trafen wieder alle zusammen und fanden sich an den langen Holztischen ein. Auch wenn sie wachsam sein mussten, konnten sie sich doch wieder dem Alltag widmen, und Jakob fand endlich die Zeit, von einer weiteren Neuigkeit aus Jamestown zu berichten: »Ich wollte den Gouverneur aufsuchen, aber er war nicht mehr da. Berkeley wurde abgesetzt und hat wohl auch bereits Virginia verlassen. Wie es heißt, hat er zu sehr mit der Krone sympathisiert, und das hat wohl dem neuen englischen Machthaber, Oliver Cromwell, nicht gefallen. Der Name seines Nachfolgers ist Richard Bennet. Ich wollte mich ihm vorstellen, aber er hatte keine Zeit. Als der Adjutant aus seinem Amtszimmer kam, um mir auszurichten, dass ich an einem anderen Tag wiederkommen solle, sah ich auch, warum er mich nicht empfangen wollte. Er hatte bereits Besuch und befand sich im angeregten Gespräch mit Mr Howard Savelle.«

»Ich denke, wir müssen abwarten, was sich daraus ergibt«, entgegnete Maarten. »Eigentlich sollten wir froh sein, den korrupten Berkeley los zu sein. Vielleicht ist ja der neue Gouverneur nicht so schnell zu bestechen und …«

In diesem Augenblick kam einer der Afrikaner – er hatte heute auf dem neuen Feld, an der Grenze zur Nachbarplantage, gearbeitet – ins Lager und fragte aufgeregt nach Memnon.

»Ich bin hier«, meldete sich der Mandingo und erhob sich. »Was gibt es denn, Jamaal?«

»Ich bin heute Abend von einem Sklaven der Thompsons angesprochen worden«, berichtete der junge Mann und schien ganz außer sich zu sein. »Er stammt von der Elfenbeinküste und ist bereits seit zehn Jahren in Virginia.«

»Ja und? Was wollte er von dir?«, fragte Memnon.

»Was er mir erzählt hat, wusste er von einem Haussklaven, dem persönlichen Diener seines Herrn. Und der wiederum hat es von einem Afrikaner in Jamestown gehört, als er Monsieur Thompson auf einer Reise begleitete.«

Der Mandingo wurde langsam ungeduldig. »Komm endlich zur Sache, Jamaal.«

»Ja, also.« Der Schwarze schwitzte vor Aufregung. »Vor wenigen Tagen ist ein Schiff in Jamestown eingetroffen, ein Sklavenhändler. Unter den Verschleppten, die er mit sich führte und die demnächst auf dem Sklavenmarkt verkauft werden sollen, befand sich auch eine Frau mit zwei Kindern. Sie hat deine Hautfarbe und soll eine Mandingo sein wie du.«

Betroffen sah Memnon ihn an. »Weißt du ihren Namen?«

»Nein.« Der Afrikaner schüttelte den Kopf. »Aber wie es scheint, ist sie auf der Suche nach dir. Zumindest hat sie nach einem Mandingo namens Memnon gefragt.«

Das Gesicht des Mauren wurde unter der kupferfarbenen Haut ganz grau. »Nein, das ist nicht möglich«, versuchte er sich selbst zu beschwichtigen. »Die Sklavenhändler verrichten ihr grausames Geschäft zumeist an der afrikanischen Westküste. Was sollte meine Frau Adoua dort verloren haben, und dann auch noch in Begleitung der Kinder. Sie lebt doch in Mauretanien …«

»Dich hat man schließlich auch eingefangen«, gab Maarten zu bedenken. »Und nachdem du nicht zurückgekehrt bist, hat sich deine Frau vielleicht auf die Suche nach dir gemacht.«

»Nein«, wehrte Memnon entsetzt ab. »Das hätte mein Vater niemals zugelassen.«

»Wer weiß, was geschehen ist«, erwiderte Maarten. »An einen Zufall kann ich auf jeden Fall nicht glauben. Da ist eine Frau, vermutlich eine Mandingo, die nach einem Memnon fragt? Ich denke, das ist Grund genug herauszufinden, wer sie ist. Ich habe ohnehin mit dem Gedanken gespielt, morgen, wenn das Flachboot nach Jamestown zurückkehrt, mitzureisen. Ich denke, du solltest mich begleiten, mein Freund. Sonst werden wir die Wahrheit niemals erfahren.«

»Werden wir diese Reise tatsächlich unternehmen, um herauszufinden, ob es sich bei diesen Menschen um meine Familie handelt?« Ungläubig sah Memnon den Baron an.

Maarten zuckte mit den Schultern. »Haben wir eine andere Wahl?«

Der Maure sprang auf und wanderte ziellos hin und her. Er war viel zu aufgeregt, um still sitzen zu können. »Und was geschieht, wenn sie es wirklich sind? Was werden wir tun, wenn sich herausstellt, dass es sich wahr und wahrhaftig um Adoua und meine Kinder handelt? Immerhin, sie würden sich in den Händen eines Sklavenhändlers befinden, und der wird sie gewiss nicht einfach herausgeben.«

»Wir müssten mit dem Händler reden«, mischte sich nun Catarina in die Unterhaltung.

Doch Maarten lachte sie aus. »Was willst du ihm sagen? Willst du an die Gutmütigkeit eines Sklavenhändlers appellieren, an sein Gewissen, seine Ehre, seine Moral? Ich fürchte, das wird vergebens sein. Nein, wir müssten uns an der Versteigerung beteiligen und mehr bieten als alle anderen. Und eben das ist unser Problem. Unsere Bargeldreserven dürften für diesen Zweck nicht ausreichen.«

»Wir könnten sie entführen«, schlug Catarina nachdenklich vor. »Glaubt ihr nicht, dass es uns irgendwie gelingen würde, sie diesem Händler zu entreißen?«

Jakob schüttelte entschieden den Kopf. »Das ist auf keinen Fall eine Lösung, denn damit würden wir uns gegen das Gesetz stellen. In diesem Land sind Handel und der Besitz von Sklaven rechtmäßig, und wir wären – auch wenn es sich in unseren Ohren absurd anhören mag – die Gesetzesbrecher, die Diebe, die man zur Verantwortung ziehen würde. Nein, wir müssen eine Möglichkeit finden, an Geld zu kommen.«

Nachdenklich sah er sich um und blieb mit seinem Blick schließlich an Catarinas Hand haften. Seine Frau folgte seinem Blick und begriff. An ihrem Finger steckte das letzte noch nicht veräußerte Schmuckstück. Sie hob die Hand und drehte voller Wehmut an dem goldenen Reif mit dem blutrot schimmernden Rubin.

»Er ist mir lieb und teuer«, sagte sie leise. »Weißt du noch? Diesen Ring hast du mir am Tag unserer Hochzeit geschenkt. Seitdem habe ich ihn niemals vom Finger genommen. Einst hat er deiner Mutter gehört. Und nun soll ich mich von ihm trennen, von diesem Rubin, der mein Glücksbringer geworden ist und mit dem so viele Erinnerungen verbunden sind?« Hilflos und mit Tränen in den Augen sah sie ihn an.

»Ich sehe keine andere Lösung, Liebes«, gab Jakob eindringlich zurück. »Ich werde …«

Doch Memnon unterbrach ihn. »Aber ich sehe einen Ausweg. Falls es sich bei diesen Menschen um meine Familie handelt, könnten Sie mich zum Tausch anbieten. Gewiss werde ich, ein kräftiger Mandingo, auf dem Sklavenmarkt so viel wert sein wie eine Frau und zwei kleine Kinder.«

Erschrocken sah Catarina auf. »Oh Memnon, verzeiht bitte. Ich bin selbstsüchtig und egoistisch.« Eilig zog sie den Ring vom Finger und hielt ihn dem Mauren entgegen. »Bei Gott, er ist mir wertvoller als jedes andere Schmuckstück auf der Welt, aber er bedeutet nichts im Vergleich zu Eurem Leben und dem Eurer Angehörigen.«

Memnon zögerte, den Ring zu ergreifen. Auch seine Augen waren nun feucht. »Ihr alle habt schon so viel für mich getan. Ich kann dieses weitere Opfer nicht annehmen.«

»Aber es ist kein Opfer«, rief Catarina aus. »Wenn dieser Ring der Preis für die Freiheit Eurer Frau und Eurer Kinder ist, werde ich ihn gerne bezahlen. Täte ich es nicht, könnte ich mir nie wieder in die Augen schauen.«

Maarten war es, der nun den Rubin an sich nahm. »Wir werden den Ring erst verkaufen, wenn wir sicher sind, dass es sich wirklich um Memnons Familie handelt«, entschied er. »Und nun Schluss mit den Rührseligkeiten. Wir müssen morgen in aller Frühe aufbrechen, und ich werde mich jetzt niederlegen. Ihr solltet es ebenso halten.«

Anneke nickte und folgte ihrem Mann. Catarina hingegen streckte, bevor sie ging, Memnon ihre Hand entgegen. »Sind wir noch Freunde?«

Ernst sah der Maure sie an. »Ich weiß nicht, warum Allah in seiner Güte und Weisheit dafür sorgte, dass sich unsere Lebenswege kreuzten. Aber ich weiß, dass Ihr und Eure Familie die besten Freunde sind, die ich jemals in meinem Leben hatte und haben werde.«

In der heruntergekommenen Spelunke Old Bone, in der dunkelsten Gasse des Hafens von St. George's Town, ging es wie immer hoch her. Es wurde gelärmt, gejohlt und gestritten.

Nur an einem der rohgezimmerten Holztische war es vergleichsweise ruhig. Zwei Männer hatten sich in eine Ecke der Schenke zurückgezogen – der eine war ein Hüne mit einem gewaltigen kahlen Schädel, der andere schon älter, mit zerzaustem Bart und langen strähnigen Haaren. Wie die übrigen Gäste hatten auch sie gut gefüllte Becher mit Rum vor sich stehen, doch ihnen war nicht nach spielen, saufen oder prügeln zumute, sie führten ein Gespräch – den Gesichtern nach zu urteilen, ein ernstes.

»Was hast du für Pläne, Blair?«, wollte der Ältere von seinem Kumpan wissen. »Wie ich dich kenne, wirst du es nicht einfach hinnehmen, dass man dir dein Schiff gestohlen hat.«

»Darauf kannst du Gift nehmen, Hank«, entgegnete der Hüne mit vor Zorn blitzenden Augen. »Die Kerle, die mir das angetan haben, werden noch einmal bereuen, überhaupt geboren worden zu sein. Doch zunächst muss ich herausfinden, wohin sie gesegelt sind, und dann muss ich ein Schiff finden, um ihnen folgen zu können.«

Hank Blackpool nickte grinsend. »Ich habe ein Schiff für dich, Blair. Und ich weiß auch bereits, wo die Princess abgeblieben ist, nachdem sie St. George's Town verlassen hat …«

Nur zwei Tage später schickte sich eine Zweimast-Karavelle an, in die türkisblaue See zu stechen. Kurze Kommandos wurden gerufen und die Mannschaft stürzte auf ihre Plätze. Sie waren eine eingeschworene Gemeinschaft, jeder wusste, was getan werden musste.

Auf ein Zeichen ihres Hauptmanns Hank Blackpool setzten die Piraten das Drehkreuz der Ankerwinde in Bewegung und stemmten sich mit ihrer ganzen Kraft dagegen. Als der Anker oben war und tropfend am Bug hing, lösten die Männer in den Wanten die Leinwände am Hauptmast. Sofort füllte der Wind die Segel. Die Black Angel setzte sich in Bewegung und der Steuermann schickte sich an, den Zweimaster durch die enge Hafenausfahrt zu bugsieren.

Rasch gewann der Segler nun an Fahrt, und St. George's Town, mit seinen weißen Sandstränden, die die Stadt einrahmten, blieb zurück, wurde immer kleiner.

Kapitän Blackpool grinste zufrieden und gesellte sich zu seinem Freund, der auf dem Achterkastell stand und mit seinem gesunden Auge in die Sonne blinzelte.

»Wir haben eine gute Brise erwischt, Blair. Wenn der Wind so bleibt, können wir in weniger als einer Woche Jamestown erreichen.«

Der Hüne hingegen schien nicht überzeugt zu sein. »Ich finde es erstaunlich, dass sich der alte Kahn überhaupt über Wasser hält. Von daher können wir froh sein, wenn wir Virginia überhaupt erreichen.«

Hank lachte vergnügt. »Zugegeben, die Black Angel hat schon ein paar Jährchen auf dem Buckel, aber sie ist aus gutem altem Eichenholz erbaut, schnell, wendig und hat keinen übermäßigen Tiefgang. Ich würde sie einem Schiff wie deiner Princess immer vorziehen.«

»Nun gut«, ließ sich Blair Goodlight vernehmen. »Nehmen wir also an, wir erreichen Jamestown. Dann bleibt nur zu hoffen, dass wir dort weitere Informationen über den Verbleib meines Schiffes erhalten. Immerhin, der Hafen ist nicht gerade klein, ständig laufen irgendwelche Kähne ein und aus. Da ist es gewiss nicht leicht, jemanden zu finden, der Auskunft geben kann. Den Hafenmeister können wir ja wohl kaum fragen.«

Hank lachte vergnügt. »Richtig. Bei dem sollten wir besser nicht vorstellig werden. Aber sorg dich nicht, Blair. In jedem Hafen finden sich Leute unserer Zunft, die ihre Augen offen halten. Wir werden deiner Princess schon auf die Spur kommen.«

Der Hüne grinste boshaft. »Ja, und den Männern, die sie mir gestohlen haben. Auf die freue ich mich ganz besonders.«

Im Hafen von Jamestown hob sich wie üblich ein Wald von Masten gegen den blauen Himmel ab. Flussboote entließen ihre Passagiere über schwankende Laufbrücken, Überseesegler aus aller Herren Länder wurden gelöscht und neu beladen. Ein Theaterschiff aus der niederländischen Kolonie Nieuw Amsterdam suchte einen Platz am Kai, damit seine Gäste ohne Umstände auf das Schiff gelangen konnten. Kleine Kähne tanzten auf den Wellen. Planken knarrten, Taue knirschten.

Das Flachboot, das von der Plantage Victory kam, hatte ein wenig Mühe, in diesem Gedränge einen freien Anlegeplatz zu finden, doch endlich konnten Anneke, Maarten und Memnon von Bord gehen. Mühsam bahnten sie sich einen Weg durch das geschäftige Treiben auf den Kais, wichen beladenen Lastkarren aus und muskulösen Sklaven, die schwere Tabakballen schleppten.

Wie schon bei ihrem ersten Aufenthalt war Anneke auch diesmal fasziniert von dieser Stadt und ihrem pulsierenden Leben. Trotzdem beeilten sich die van Aelsts und ihr Begleiter, die Docks hinter sich zu lassen. Schließlich waren sie nicht zu ihrem Vergnügen hier.

Aus Gründen der Sparsamkeit mietete Maarten in dem einfachen Hotel, in dem sie schon nach ihrer Ankunft in Virginia im vergangenen Jahr Quartier bezogen hatten, ein Appartement mit zwei Zimmern. Hier konnten sie alle drei unterkommen. Das Haus stand unweit des Hafens, und die Räume waren schlicht, aber sauber eingerichtet. Müde ließ sich Anneke auf einen der Stühle fallen.

Maarten und Memnon verabschiedeten sich sogleich. Sie wollten sich sofort erkundigen, wann der nächste Sklavenmarkt abgehalten wurde.

Anneke blieb allein zurück. Sie war voller Sorge und hoffte inständig, dass es ihnen gelingen möge, die Mandingo-Frau mit ihren Kindern schnell ausfindig zu machen. Wie viel mehr musste Memnon unter der Ungewissheit leiden, rechtlos wie er war. Und das in einem Land, in dem man infrage stellte, dass Farbige überhaupt zu den Menschen zu zählen waren und eine Seele besaßen.

Sklaverei – was für eine menschverachtende Einrichtung. Daran änderte auch die Tatsache nichts, dass es sie seit Ewigkeiten gab. Schon die alten Ägypter hatten sich Sklaven gehalten – Menschen aus anderen Völkern, die zu Frondiensten gezwungen worden waren. Menschen, die als Eigentum ihrer Besitzer angesehen wurden und dementsprechend ge- und verkauft, getauscht, verschenkt oder als Pfand für Schulden hinterlegt werden konnten.

Die ersten Sklaven Nordamerikas waren vor gut dreißig Jahren von britischen Freibeutern nach Jamestown gebracht worden. Sie kamen aus Afrika und waren zunächst so wenige, dass es nicht erforderlich schien, ihre Rechte festzuschreiben. Und dabei war es geblieben, obwohl in den nordamerikanischen Kolonien inzwischen wesentlich mehr Sklaven als freie Menschen lebten.

Die Sklaverei ist eines der schlimmsten Verbrechen der Menschheit, dachte Anneke, und ebenso barbarisch wie die Hexenverfolgung.

Das Klopfen an der Tür unterbrach ihre Gedanken. Maarten und Memnon waren zurück und ließen sich erschöpft auf zwei Stühle fallen.

»Die Hitze in der Stadt ist mörderisch«, stöhnte der Baron. »Umgeben von den glühend heißen Mauern kommt man sich in den Straßen vor wie in einem Backofen.«

Rasch goss Anneke zwei Gläser Wasser ein. Es war warm und stammte aus dem James River, wie das ganze Wasser, das in Jamestown verbraucht wurde, aber es war die einzige Erfrischung, die sie anbieten konnte. Für teure, eisgekühlte Limonade fehlte ihnen einfach das Geld.

»Habt ihr eine Auskunft bekommen?«

Maarten trank durstig und nickte dann. »Morgen Nachmittag«, erklärte er. »Der nächste Sklavenmarkt ist morgen Nachmittag. Wie es scheint, werden hier jeden Tag Sklaven verkauft. Wir haben gerade die dafür vorgesehenen riesigen Markthallen gesehen. Wir werden eine große Portion Glück brauchen, um die Mandingo-Frau mit ihren Kindern ausfindig zu machen.«

»Vielleicht sind sie ja schon gar nicht mehr in Jamestown, sondern wurden bereits auf eine der Plantagen verkauft«, gab Anneke besorgt zu bedenken.

Doch Maarten schüttelte den Kopf. »Das glaube ich nicht. Sie soll doch erst vor ein paar Tagen hier angekommen sein. In der Regel brauchen die Sklavenhändler zwei bis drei Wochen, bis sich ihre Ware von dem Transport zumindest so weit erholt hat, dass man sie präsentieren und zu einem guten Preis verkaufen kann«, fügte er bitter hinzu.

Auch am nächsten Tag ging die Sonne mit gleißendem Glanz auf, so herrlich, dass man gar nicht zu glauben vermochte, sie würde gegen Mittag eine gnadenlose Hitze vom Himmel schicken. Doch als sie höher und höher stieg, konnten sich weder Mensch noch Tier vor ihrer Glut schützen. Selbst wenn es einmal regnete, verschaffte dies nur eine kurze Abkühlung, für die man nachher büßen musste. Denn sobald die Sonne wieder schien, begann die Erde zu dampfen und die Luft wurde so feucht, dass es einem schwerfiel zu atmen.

Als sie mit Maarten und Memnon in einer stickigen Kutsche zum Sklavenmarkt fuhr, dachte Anneke wehmütig an die schönen und goldenen Sommertage in Hamburg zurück. Gottlob war der Weg nicht weit.

»Wir sind da«, sagte Maarten wenig später. »Das sind die Markthallen, die ganze Palisade entlang.«

Anneke schauderte es, als sie aus der Kutsche stieg. Obwohl von Maarten vorgewarnt, hatte sie sich die Stätten des Elends nicht so groß vorgestellt.

Die Luft war erfüllt von Geschrei und dem Knallen der Peitschen. Ein langer Zug von Männern, Frauen und Kindern mit fast nackten, vor Schweißglänzenden Körpern wurde in die großen Markthallen geführt. An den Fußgelenken mit schweren Eisenringen gefesselt und untereinander durch Ketten verbunden, besaßen diese ihrer Heimat gewaltsam entrissenen Menschen absolut nichts mehr. Noch nicht einmal ihr Leben, über das sie jedes Selbstbestimmungsrecht verloren hatten. Es zerriss Anneke fast das Herz, als sie in die trostlosen Augen der gequälten Menschen blickte.

Langsam gingen die van Aelsts und der Maure durch die Hallen und blickten sich aufmerksam um, doch von der Mandingo-Frau und ihren Kindern war nichts zu sehen. Stattdessen Sklaven über Sklaven, ordentlich in Zweierreihen aufgestellt, gut gekleidet und gut genährt – hergerichtet und zur Schau gestellt, wie es einer wertvollen Ware zukam.

Gerade wurde eine besonders hellhäutige Schwarze auf ein Podium geführt. Sie war jung und schön und erwartete offensichtlich ein Kind. Doch ihr Gesicht glich einer starren, reglosen Maske.

»Hier habe ich eine nette kleine Mulattenstute«, pries der Auktionator die Frau an und grinste anzüglich. »Bei ihr ist auf den ersten Blick zu erkennen, dass ein Käufer noch eine Draufgabe bekommt. Sie ist für jegliche Arbeit, egal ob im Haus oder auf dem Feld, geeignet.«

Ein Gentleman betrat das Podium, um das Mädchen aus der Nähe zu betrachten. Er packte sie am Kinn und öffnete ihr den Mund, um nach dem Zustand ihrer Zähne zu sehen. Dabei machte er nicht mehr Umstände, als wäre sie tatsächlich ein Pferd.

Anneke wandte sich angewidert ab. Doch auch in der nächsten Halle befand sich ein Podium. Auf diesem stand ein großer, muskulöser Afrikaner.

»Diesen schwarzen Bock solltet Ihr Euch nicht entgehen lassen, meine Herrschaften«, tönte der Versteigerer lautstark. »Bei Gott, er ist das absolute Schmuckstück in meinem Sortiment, im besten Alter und in jedem Fall für die Zucht geeignet ...«

Entsetzt gingen die van Aelsts weiter. Memnon folgte ihnen. Auch sein Gesicht glich einer starren Maske.

Als sie jedoch auch diese Halle verlassen wollten, blieb Maarten plötzlich stehen. Anneke sah ihn fragend an, aber er legte nur den Finger auf den Mund und bedeutete ihr damit zu schweigen.

Ganz in der Nähe standen zwei Männer, die sich angeregt unterhielten. Anneke hatte bisher nicht auf sie geachtet, aber nun lauschte auch sie dem Gespräch.

»... sehr stark, stämmig und robust. Ich züchte sie schon seit ein paar Jahren, aber es ist schwer, an frisches Blut zukommen. Die Sklavenschiffe bringen nur wenige Mandingos in die Kolonien.«

Der andere nickte. »Das will ich gern glauben. Aber vielleicht kann ich Euch einen Hinweis geben. Der Händler d'Escrainville soll eine Mandingo-Frau hereinbekommen haben, frischer Import aus Afrika. Noch ein bisschen mitgenommen vielleicht, aber sonst in einem guten Zustand. Dort solltet Ihr einmal nachfragen.«

»Ich danke Euch für diesen Rat, mein Herr«, entgegnete der andere erfreut. »Könnt Ihr mir auch noch verraten, wo ich diesen Händler finde?«

»Er betreibt sein Geschäft in der letzten Halle«, lautete die Antwort. »Aber wie gesagt, es eilt nicht. Zufällig weiß ich, dass er sie noch nicht zum Kauf anbietet. Muss wohl noch ein wenig aufgepäppelt werden, die Kleine. Na ja, wird sich bestimmt …«

Mehr konnte Anneke nicht verstehen, denn Maarten hatte sie schon weitergezogen. Ohne ein Wort zu sprechen, eilten die drei nun der letzten Halle entgegen und standen wenig später vor dem Händler d'Escrainville.

»Eine Mandingo-Frau?«, meinte er gedehnt. »Ja, so etwas habe ich am Lager. Aber ich verkaufe sie nicht – noch nicht.«

Nur mit Mühe konnte Maarten seine Aufregung unterdrücken. »Ist sie zu besichtigen?«

»Ich sagte doch, noch nicht«, gab der Mann unfreundlich zurück. »Kommt in zwei Wochen wieder. Dann können wir darüber reden.«

Maarten schüttelte den Kopf. »Nein, entweder Ihr zeigt sie mir jetzt oder gar nicht. Ich habe meine Zeit schließlich nicht gestohlen, guter Mann. Immerhin kann ich Euch verraten, dass ich für diese Rasse Höchstpreise zahle. Aber ich will mich sofort davon überzeugen, ob es sich tatsächlich um eine Mandingo handelt.«

Interessiert blickte der Händler auf. »Hm, Höchstpreise, sagt Ihr?« Er grinste gierig. »Seid Ihr Züchter?« Offensichtlich erwartete er jedoch keine Antwort, sondern begutachtete stattdessen Memnon. »Ich verstehe«, lachte er dann. »Ihr braucht eine Frau für dieses Prachtexemplar, nicht wahr? Oder wollt Ihr den Nigger verkaufen?«

Memnon verzog keine Miene und Maarten erklärte eilig: »Nein, er ist unverkäuflich. Was ist nun, kommen wir ins Geschäft?«

»Meinetwegen«, gab der Händler schließlich nach. »Ich bin ohnehin für heute fertig hier. Wenn Ihr wollt, führe ich Euch in mein Lager. Übrigens, zu der Frau gehört noch ein Kind. Seid Ihr auch an dem interessiert?«, wollte er wissen, während er die van Aelsts und Memnon aus der Halle führte.

»Ja natürlich«, entgegnete Maarten schnell. »Allerdings habe ich von zwei Kindern gehört.«

»Waren es ursprünglich auch.« D'Escrainville nickte. »Das kleine Mädchen ist aber bereits verkauft. Ein Plantagenbesitzer hat dringend eine Spielgefährtin für seine kranke Tochter gesucht. Da kam natürlich nur eine Mandingo infrage. Schließlich sind sie viel intelligenter als die anderen Nigger. Aber das wissen Sie natürlich.«

Entsetzt sah Anneke zu Memnon auf. Er war ganz grau unter seiner kupferfarbenen Haut. Begütigend legte sie ihm kurz die Hand auf den Arm. Dann lachte sie leise und sagte leichthin: »So, so. Nun, wie es scheint, sind uns die Pimentels wieder einmal zuvorgekommen. Wirklich ärgerlich.«

Der Händler fiel sofort auf den kleinen Trick herein.

»Pimentel? Nein, der Name sagt mir nichts. Wenn ich mich recht erinnere, hat ein gewisser Mister Thompson die kleine Mandingo gekauft. Er hat eine Plantage stromaufwärts.«

Erleichtert warf Maarten seiner Frau einen kurzen Blick zu. Wenn sich das Mädchen tatsächlich bei den Thompsons, ihren Nachbarn, befand, war es in Sicherheit.

Mittlerweile hatten sie das Haus erreicht, das der Händler sein Lager nannte. Über einen Flur durchquerten sie das Gebäude und verließen es durch eine rückwärtige Tür, die auf einen sonnenbeschienenen Hof hinausführte. Eine kleine Gruppe von Afrikanern saß auf einem niedrigen Mäuerchen und starrte teilnahmslos vor sich hin. Eine kupferfarbene, junge Frau stand ein wenig abseits. Ihr kleiner Sohn hielt sich ängstlich an ihrem Rock fest. Hochaufgerichtet und stolz sah sie den Ankommenden entgegen.

Fünfzehntes Kapitel

Nachdenklich beobachtete Anneke die Männer, die das Flachboot festmachten. Die Reise von Jamestown bis zur Anlegestelle der Thomson-Plantage war ruhig und ohne besondere Aufregungen verlaufen. Doch wie würde das Gespräch enden, das ihnen nun bevorstand?

Ein wenig beklommen sah sie die steile Küste empor. Aber dort oben war nichts anderes zu entdecken als die riesigen immergrünen Eichen, von deren Zweigen das Spanische Moos lang herabhing.

»Kommst du, Liebes?«

Maarten, Memnon, Adoua und der kleine Karim erwarteten sie bereits auf dem Steg, der nicht, wie auf Victory, aus rohgezimmertem Holz bestand, sondern reiche Schnitzereien trug und blendend weiß angestrichen war.

Was für eine Pracht, schon hier unten, am James River. Nun ja, die Thompsons waren eine reiche Pflanzerfamilie, die bereits seit vielen Jahren in Virginia ansässig war und es durch reiche Tabak- und Indigoernten zu großem Wohlstand gebracht hatte. Einem Wohlstand, der es ihnen ermöglichte, sich jeden Wunsch zu erfüllen, jeder Laune nachzugeben …

»Nun komm schon, Anneke. Was ist los mit dir? Wir haben die Thompsons als freundliche und herzliche Nachbarn kennengelernt, sie waren auf der Taufe unseres Enkels. Warum fällt es dir nun so schwer, sie um etwas zu bitten?«

Anneke verzog das Gesicht. Sie wusste wohl, woher ihre Beklommenheit rührte.

»Sie halten Sklaven«, stieß sie bitter hervor. »Mehrere hundert vermutlich. Und was das bedeutet, weiß ich wahrscheinlich erst, seitdem wir den Sklavenmarkt von Jamestown gesehen haben. Ich glaube, mit solchen Menschen will ich nichts zu tun haben, und erst recht möchte ich mich ihnen gegenüber nicht verpflichtet fühlen.«

Betroffen sah Maarten sie an. »Natürlich hast du recht, aber hier geht es schließlich um Memnons Tochter. Wir wollen doch nichts unversucht lassen, um auch das Mädchen zu uns nach Victory zu holen.«

»Ja, gewiss.« Anneke lächelte gequält. »Aber um diese Zwölfjährige zu ihrer Familie zurückbringen zu können, müssen wir sie den Thompsons abkaufen. Was ist das für eine Welt? Maarten, was sind das für Menschen, die meinen, andere Menschen besitzen zu können?«

In diesem Augenblick trat Adoua vor. Drei Tage war es nun her, dass die van Aelsts sie und ihren Sohn Karim einem Sklavenhändler abgekauft hatten. Seitdem schwieg sie und war trotz Memnons Fragen nicht in der Lage gewesen, über ihre schrecklichen Erlebnisse zu sprechen. Tagsüber hatte sie sich wie ein verletztes Tier verkrochen, und des Nachts, wenn alles dunkel war, war sie aus dem Schlaf gefahren und hatte geschrien, schweißnass und vor Angst bebend. Nun war sie das erste Mal bereit zu reden.

»Auch wir haben in unserer Heimat Sklaven gehabt und ich machte mir niemals Gedanken um ihre Gefühle und ihr Leid. Sie waren eine Selbstverständlichkeit. Ich kannte es nicht anders. Erst als ich am eigenen Leibe erfuhr, was es bedeutet, entrechtet und hilflos ausgeliefert zu sein, begriff ich, dass die Sklaverei ein Verbrechen ist. Vielleicht geht es den Thompsons ähnlich. Sie wissen es nicht besser und kommen gar nicht auf die Idee, im Unrecht zu sein. Da ich niemandem meine Erfahrungen wünsche, müssen sie auf andere Weise lernen, nämlich durch Menschen wie Euch, Madam, und das auch nicht von heute auf morgen, sondern nach und nach. Keine Ungerechtigkeit währt ewig, und wenn sie bereits als eine solche erkannt wurde, ist der erste Schritt zu einer besseren Zukunft getan.«

Anneke hatte aufmerksam zugehört. Ohne noch länger zu zögern, war sie nun bereit, Maartens Hand zu ergreifen und auf den Steg zu treten. Adoua hatte recht. Es hatte keinen Sinn, den Kopf in den Sand zu stecken, zu jammern und zu wehklagen. Wenn man ein Unrecht erkannt hatte, musste es bekämpft werden.

Zu fünft stiegen sie nun die Treppe der Steilküste empor, überquerten die Uferstraße und bogen in die breite, von großen Eichen gesäumte Allee der Thompson-Plantage ein. Schon bald kam das stattliche Herrenhaus aus rotem Ton und der weitläufigen, weißen Holzveranda in Sicht. Sie waren am Ziel.

Maarten betätigte den Messingklopfer an der Haustür. Gleich darauf öffnete ein schwarzes Mädchen mit einer adretten weißen Schürze. Es knickste höflich und ließ sie eintreten.

»Bitte wartet einen Augenblick. Ich werde meine Herrin sogleich rufen.«

Tatsächlich vergingen nur wenige Minuten, bis Mary Thompson die Treppe herunterkam. Trotz der drückenden Augusthitze wirkte sie in dem blauseidenen Kleid frisch und elegant, und ihre dunklen Locken, am Hinterkopf mit einer Spange zusammengenommen, tanzten in ihrem

Nacken. Mit ausgebreiteten Armen und vor Freude strahlendem Gesicht trat sie ihren Gästen entgegen.

»Baronin van Aelst, Baron. Was für eine Überraschung. Wartet bitte, ich werde sogleich nach meinem Mann schicken lassen. Er wird sich gewiss genauso wie ich freuen, Euch zu sehen.«

Rasch gab sie dem Mädchen mit der weißen Schürze einen entsprechenden Auftrag und wandte sich dann wieder ihrem Besuch zu.

»Heute ist wieder eine unerträgliche Hitze, nicht wahr? Kann ich Euch eine Erfrischung bringen lassen?«

Als Maarten nickte, streckte sie die Hand aus und zog an einer gelben Schnur aus geflochtener Seide. Beinahe im gleichen Augenblick öffnete sich die Tür.

»Ja bitte, Ma'am?«

»Bring uns bitte Limonade, Rich. Frisch muss sie sein und eisgekühlt. Und nimm die Diener des Baron van Aelst mit in die Küche, damit auch sie sich stärken können.«

Memnon sah Maarten fragend an, und als der zögernd nickte, folgten Adoua und er dem in seiner Butlerlivree sehr vornehm wirkenden Schwarzen.

Als sie die Halle verlassen hatten, wandte Mary sich an Anneke. »Wie geht es Ihrem Enkelsohn, Baronin? Ich habe ihn zuletzt auf der Taufe gesehen. Das ist jetzt wie lange her? Etwas mehr als vier Wochen, nicht wahr?«

Anneke nickte. »Ja, danke, dem kleinen Jakob geht es wunderbar …« Sie unterbrach sich, weil in diesem Augenblick William Thompson die Halle betrat. Von der Sonne braun gebrannt trug er einen Gehrock aus apfelgrüner Atlasseide und eine ebensolche Bundhose, die an den Knien mit reich verzierten Silberschnallen geschmückt war. Nach einigen freundlichen Worten der Begrüßung kam Maarten zum Grund ihres Besuches.

»Wie wir hörten, habt Ihr unlängst in Jamestown ein Mandingo-Mädchen gekauft?«

»Oh ja«, bestätigte William. »Ein liebes kleines Ding. Wir sind wirklich sehr zufrieden mit ihr. Wir haben eine Spielgefährtin und Gesellschafterin für unsere kleine Tochter gesucht und haben mit der kleinen Sulei, wie es scheint, ein gutes Händchen bewiesen.«

Mary nickte zustimmend. »Seitdem die Kleine im Hause ist, lebt unsere Heather förmlich auf. Leider ist Sulei noch sehr traurig, weil sie derzeit von ihrer Mutter getrennt ist – wir hätten sie ja gern auch gekauft, genauso ihren kleinen Bruder, aber der Händler wollte sie nicht hergeben.« Sie lachte. »Noch nicht. Er meinte, sie hätte die Überfahrt nach Virginia nicht gut überstanden und benötige noch ein wenig Ruhe ...«

»Als wir ihm erklärten«, berichtete nun William weiter, »dass sie die Erholung auch bei uns finden würde, faselte er etwas von Verantwortung, die er seinen Schwarzen gegenüber hätte. Bei Gott, er wollte uns tatsächlich glauben machen, dass er sich um die arme Frau sorgt. Dabei wollte er doch nur den Preis in die Höhe treiben.«

Maarten zuckte mit den Schultern. »Das ist ihm nun auch ohne große Mühe gelungen. Wir haben die Frau, sie heißt übrigens Adoua, vor drei Tagen gekauft – zu einer wahrhaft stolzen Summe.«

Überrascht sahen die Thompsons ihn an. »Ihr habt die Mutter unserer kleinen Sulei gekauft? Ja, warum denn nur um alles in der Welt?«

»Weil sie die Ehefrau unseres Freundes Memnon ist«, antwortete Anneke und blickte ihre Nachbarn bei den

Worten aufmerksam an. Ihre Reaktion war ihr sehr wichtig.

»Sie ist die Frau Eures …? Nein, was für ein Zufall. Die beiden haben sich hier in den Kolonien wiedergefunden?« Mary war offensichtlich verblüfft. Dass Anneke einen Schwarzen als ihren Freund bezeichnete, schien sie überhaupt nicht zu irritieren.

»Es war tatsächlich großes Glück«, gab Anneke zu. »Einer unserer Afrikaner erhielt von einem Sklaven den Tipp, dass eine Mandingo-Frau mit zwei Kindern in Jamestown angekommen wäre und nach Memnon gefragt hat. Da zumindest die Möglichkeit bestand, dass es sich um seine Adoua handelte, haben wir uns sogleich auf den Weg gemacht. Wir haben sie und ihren Sohn vor ein paar Tagen gefunden. Nur die Tochter fehlt. Und darum sind wir hier.«

»Aber das ist ja …«, Mary suchte nach Worten, »ein Wunder. Ein richtiges Wunder.« Sie sprang auf und rief nach Rich, wartete jedoch gar nicht erst ab, bis er erschien, sondern eilte die Treppe empor.

»Schnell, bring die Diener unserer Gäste«, rief sie ihm von oben zu und war gleich darauf verschwunden.

Nun war es an Anneke, verblüfft dreinzuschauen.

William lachte. »Bitte entschuldigt. Meine Frau ist sehr ungestüm. Ich nehme an, dass sie Sulei holen will. Die Trauer der Kleinen, von ihrer Mutter getrennt zu sein, hat sie sehr belastet.«

»Aber warum habt Ihr das Mädchen denn überhaupt gekauft? Warum habt Ihr sie nicht bei ihrer Mutter gelassen?«, wollte Maarten erstaunt wissen.

William Thompson zuckte hilflos mit den Schultern. »Die Kleine hatte die Reise wohl am besten überstanden, darum war der Händler durchaus interessiert daran, sie zu verkaufen. Wir wollten einfach verhindern, dass uns ein anderer zuvorkommt und die Familie damit für immer auseinandergerissen wird. Ihr müsst wissen, wir sind keine Freunde der Sklaverei, sondern verurteilen sie im Gegenteil. Leider steht es nicht in unserer Macht, sie zu untersagen, dagegen sind wir aber sehr wohl in der Lage, hier und dort ein wenig Leid zu lindern ...«

»Das hört sich ja alles sehr menschenfreundlich an, Sir«, unterbrach Anneke ihn. »Aber wenn Ihr die Sklaverei verurteilt, warum haltet Ihr denn überhaupt welche?«

Ernst erwiderte William ihren Blick. »Was sollen wir machen, Madam? Mein Großvater hat bereits Sklaven gekauft. Viele von ihnen sind hier geboren. Die Plantage ist ihre Heimat. Wenn ich sie fortschicken würde, wären sie todunglücklich und wüssten gar nicht, wohin sie gehen sollten ...« Er unterbrach sich, als er ein Geräusch auf der Treppe vernahm. Mary kehrte zurück. An ihrer Hand führte sie ein Mädchen. Sulei! Die Ähnlichkeit mit der Mutter war unverkennbar. In diesem Augenblick traten Memnon, Adoua und ihr kleiner Sohn ein. Als Sulei sie entdeckte, blieb sie wie erstarrt stehen. Ungläubig riss sie die Augen auf, die Tränen rannen ihr über die Wangen.

»Wa'die! Wa'lid!«, rief sie mit halb erstickter Stimme nach ihren Eltern. Und noch einmal: »Wa'die, Wa'lid!« Dann stürzte sie die Treppe hinab, geradewegs in Memnons ausgebreitete Arme.

Minutenlang hielt sich die Familie eng umschlungen. Nur das leise Schluchzen Suleis und Karims war zu hören.

Die Thompsons und die van Aelsts beobachteten stumm die Wiedersehensfreude, zogen sich jedoch taktvoll ein wenig zurück.

»Ihr nanntet Memnon vorhin Euren Freund, Baronin«, meinte William nach einer Weile mit gedämpfter Stimme. »Nun will ich Euch unseren Freund vorstellen, unseren besten Freund wohlgemerkt.«

Er winkte seinen schwarzen Butler heran, der zufrieden lächelnd das Glück der Mauren beobachtete.

»Nun, du Schlitzohr, wie lange hast du schon davon gewusst?«

Der Diener trat näher und entbot seine Referenz. Das belustigte Lächeln, das um seinen Mund spielte, bewies jedoch, dass seine Unterwürfigkeit nur gespielt war. »Auf jeden Fall länger als die anwesenden Herrschaften.«

Anneke begriff. »Ihr wart es, der veranlasst hat, dass wir von der Ankunft Adouas unterrichtet wurden, nicht wahr?«

Der Schwarze nickte schmunzelnd und William lachte herzlich. »Eigentlich hätte ich mir gleich denken können, dass du dahintersteckst.« Dann wandte er sich wieder den van Aelsts zu. »Darf ich Euch mit meinem Freund Rich bekannt machen? Er ist mein Milchbruder, was bedeutet, dass seine Mutter meine Amme war und wir zur gleichen Zeit von ihr genährt wurden. Wir sind zusammen aufgewachsen und haben stets Freud und Leid miteinander geteilt. Sein Name ist eine Abkürzung für Richelieu, denn er ist ebenso gerissen und schlau wie dieser große Staatsmann, und wie dieser versteht er es auch, im Hintergrund zu bleiben und von dort aus alle Fäden in der Hand zu halten. Rich ist die graue Eminenz auf unserer Plantage, ohne ihn funktioniert hier gar nichts.«

Unwillkürlich musste Maarten lachen. »Nun, einen Beweis seines Könnens hat er uns ja gerade sehr eindrucksvoll geliefert. Ich danke Euch vielmals, Rich. Ohne Euch hätten wir diesen glücklichen Augenblick«, er wies auf den strahlenden Memnon und seine Familie, »gewiss niemals erleben dürfen.«

Rich nickte zufrieden. »Es war mir ein Vergnügen, Baron.«

»Aber wie soll es nun weitergehen?«, wollte Anneke wissen. »Werden wir Sulei mit uns nehmen dürfen?«

»Ja, natürlich.« Verwundert sah Mary sie an. »Das ist doch keine Frage. Allerdings fällt es uns ehrlich gesagt schwer, die Kleine wieder herzugeben. Vor allem Heather wird sehr traurig über diese Trennung sein, und daher hoffe ich, dass Sulei uns recht häufig besuchen darf.«

Anneke lachte erleichtert und reichte den Thompsons versöhnlich die Hand. »Ich habe Euch sehr viel abzubitten«, gestand sie zerknirscht, »denn ich verdächtigte Euch, gewöhnliche Sklavenhalter zu sein. Nun, ich bin eines Besseren belehrt worden und hoffe, dass Ihr mir vergebt. Maarten und ich sind sehr glücklich, ausgerechnet Euch als unsere Nachbarn zu haben.«

»Der Irrtum sei Euch gnädig verziehen, Madam«, erwiderte William schmunzelnd, um gleich darauf ernst fortzufahren: »Zumal es sie ja leider zur Genüge gibt, diese gewissenlosen Menschen, die ihre Sklaven bis aufs Blut peinigen und ausbeuten. Daher können auch wir sagen, dass es uns freut, Nachbarn zu haben, die in dieser Beziehung mit uns einer Meinung sind. Im Übrigen ist es nicht unwichtig herauszufinden, wem man trauen kann und wem nicht. Denn irgendwann wird es sich rächen, wie diese Menschen ihre Schwarzen behandeln.«

Rich nickte bekräftigend. »Schon heute kommt es vereinzelt zu Aufständen, kleinen Scharmützeln, die einzig den Aufrührern schaden. Aber die Sklaven beginnen sich zu organisieren, über die Grenzen der einzelnen Plantagen hinweg. Und sie sind in der Überzahl.«

Anneke schauderte es. »Nun, dann möchte ich wirklich nicht in der Haut der Sklavenhalter stecken, wenn sie die Rache der Unterdrückten zu spüren bekommen. Wir selbst haben, denke ich, wohl nichts zu befürchten.«

»Vermutlich nicht«, entgegnete William zögernd. »Nur keiner kann wirklich vorhersagen, was geschieht, wenn Tausende Afrikaner sich sammeln, wütend nach Freiheit rufen und plündernd und mordend durch das Land ziehen.«

Der Ozean war ruhig und glatt wie ein Teich.

Bereits seit zwei Tagen lag die Black Angel bei völliger Windstille und brütender Hitze zwischen Saint George's Island und Jamestown fest. Die Segel hingen schlaff herab, die Laune der Mannschaft verschlechterte sich von Stunde zu Stunde. Einige der Piraten sprangen ins Wasser, um sich abzukühlen, andere hatten sich an Deck ein Plätzchen im Schatten gesucht und dösten missmutig vor sich hin.

»Wenn der Wind bis morgen nicht auffrischt, werden wir rudern müssen«, brummte Kapitän Blackpool. »Was meinst du, Blair? Vielleicht gelingt es uns ja auf diesem Wege, der Flaute zu entkommen.«

Der Hüne mit der schwarzen Augenklappe zuckte unschlüssig mit den Schultern und suchte mit einem Fernrohr angestrengt den Horizont ab. »Weit und breit kein einziges Segel zu sehen«, stellte er gereizt fest. »Zum Teufel, wir werden uns die Seele aus dem Leibe rudern müssen, bis es uns gelingt, die Karavelle in den Wind zu legen.«

Blackpool musste ihm zustimmen. »Ja, da scheinst du recht zu haben. Wie es aussieht, hat sich wirklich alles gegen uns verschworen.«

Eine Weile blieb es still zwischen den beiden gefürchteten Piratenkapitänen, die von der Windstille zur Tatenlosigkeit verdammt waren. Dann begann Hank Blackpool zu lachen. »Was soll's, Blair. Früher oder später wird der Wind zurückkehren, und früher oder später wirst du dir die Männer vorknöpfen, die dir dein Schiff gestohlen haben. Auf ein paar Tage mehr kommt es uns doch wirklich nicht an, oder? Lass uns lieber einen guten Becher heben. Wir haben noch ein angebrochenes Fässchen. Der Rum muss vernichtet werden, bevor er verdunstet.«

Auf Victory wurde derweil zu einem großen Fest gerüstet. Schließlich gab es genug Gründe, die gefeiert werden mussten. Die Ankunft der Zuckerrohrpresse, die erfolgreiche Jagd auf die Baumwollkämmmaschine und die glückliche Zusammenführung von Memnons Familie.

Die Thompsons hatten einige Ochsen gespendet, die nun auf großen Spießen steckten und über offenem Feuern brieten. Ihr Fleisch verströmte einen köstlichen Duft, genauso wie die anderen Speisen, die von den afrikanischen Frauen mit viel Liebe zubereitet wurden.

Bald trafen die ersten Gäste ein: die Pimentels von Eldorado, die in Begleitung des Indianer Adahy kamen, und natürlich William und Mary Thompson samt ihrem Freund Rich. Sie alle wurden herzlich auf Victory willkommen geheißen. Auf teure Weine musste zwar heute verzichtet werden, weil dafür das Geld nicht mehr ausgereicht hatte, aber auch ohne kostspielige Extravaganz herrschte eine ausgelassene Stimmung, und alle zeigten sich glücklich und zufrieden.

»Kaum zu glauben, dass wir Hamburg tatsächlich erst vor einem Jahr verlassen haben«, stellte Anneke nachdenklich fest. »So viel ist in der Zwischenzeit geschehen, dass mir die Zeit wesentlich länger vorkommt.«

Zärtlich legte Maarten einen Arm um die Schultern seiner Frau. »Vermisst du die alte Heimat noch immer?«

»Du meinst, ob ich Heimweh habe?«

Er nickte.

»Also nach Strongoli gewiss nicht. Die Zeit dort erscheint mir wie aus einem anderen Leben. Nach meinen Kindern? Ja, gewiss. Sie vermisse ich sehr. Und natürlich meine Mutter und meine Brüder. Aber die alte Heimat vermisse ich nicht. Dies hier«, sie machte eine Handbewegung, die ganz Victory einschloss, »ist mein Zuhause und ich möchte nirgendwo anders als hier bei dir …« Sie verstummte und hob den Kopf, um zu lauschen.

»War das nicht …?«

Tatsächlich. Sie hatte sich nicht getäuscht. Musik ertönte – eine Violine. Unendlich süß klangen die Töne durch die Nacht. Eine zweite Geige setzte ein und schließlich nahm auch noch eine Querflöte die Melodie auf.

Anneke glaubte zu träumen.

Wie schön, wie wunderschön.

Es war Rich, der dieses kleine Orchester zusammengestellt hatte. Sie dankte ihm herzlich dafür.

»Es war mir ein Vergnügen, Madam«, sagte er lächelnd und verneigte sich auf die ihr bereits bekannte Art.

»Das Vergnügen ist ganz auf meiner Seite, Sir«, erwiderte sie seine Referenz vergnügt. »Darf ich Euch um den nächsten Tanz bitten? Es wäre mir eine Ehre.«

Lachend wehrte Rich ab. »Oh nein, Madam. Es ist mir schwer genug gefallen, die Noten für diese Musikstücke aufzutreiben. Die Tänze auch noch einzustudieren war mir bisher leider nicht möglich.«

»Sie werden es nachholen?«

»Gewiss, Madam. So schnell wie möglich.«

Beide lachten. Doch dann wurde die Musik jäh unterbrochen. Die große Plantagenglocke läutete. Da sie keiner der Anwesenden betätigt hatte, konnte das nur heißen, dass es ein Besucher am Anlegesteg, unten am James River, gewesen war.

Maarten runzelte die Stirn. »Ein unangemeldeter Gast?«, fragte er erstaunt. »Wer mag das sein?«

»Hoffentlich nicht wieder eine unerfreuliche Neuigkeit«, meinte Jakob seufzend. »Davon hatten wir in letzter Zeit wirklich genug.«

»Wirklich schade, dass Ihr nicht bis zur Ernte bleiben könnt, John«, bedauernd sah Maarten seinen Gast an. »Das Zuckerrohr ist so weit. In wenigen Tagen können wir mit dem Schneiden beginnen, und dann natürlich auch mit der Verarbeitung. Ich kann es wirklich kaum erwarten, die Rohrpresse auszuprobieren.«

Kapitän Ripley lächelte. »Ihr und Jakob scheint tatsächlich die geborenen Pflanzer zu sein. Wenn ich sehe, was Ihr und Eure Leute in der kurzen Zeit bereits geschaffen habt, kann ich Euch nur große Bewunderung zollen. Allerdings«, fuhr er leise lachend fort, »will ich nicht verhehlen, dass reifes Zuckerrohr mich nur wenig fasziniert. Ich bin nun einmal mit Leib und Seele Seemann, und mein Leben spielt sich auf den Ozeanen dieser Welt ab. Es war sehr schön, für ein paar Tage bei Euch Gast sein zu dürfen und einmal wieder Landluft zu schnuppern, doch nun zieht es mich mit Macht auf meine Princess.«

Maarten zuckte mit den Schultern. Er war über diese ehrlichen Worte nicht gekränkt. »So gehört ein jeder an seinen Platz, nicht wahr, John? Ich wiederum werde froh sein, wenn ich nie wieder einen Fuß auf einen Segler setzen muss. Eine Atlantiküberquerung hat mir vollends gereicht.«

Ripley schmunzelte. »Bei dem, was wir erlebt haben, kann ich Euch das nicht einmal verdenken. Aber zum Glück erleidet man nicht jedes Mal Schiffbruch, wird auf eine einsame Insel gespült und muss ein Piratenschiff entführen. So ein Abenteuer habe auch ich erst einmal erlebt und ich fahre immerhin schon seit vielen Jahren zur See.« Unvermittelt wurde Ripley ernst. »Doch da wir gerade bei dem Thema sind: Für den Fall, dass mir tatsächlich einmal etwas zustoßen sollte, habe ich in London ein Testament hinterlegt. Juan ist darin als mein Erbe eingesetzt. Alles, was ich in meinem Leben noch an Gütern zusammentragen werde, soll einmal ihm gehören.«

Maarten nickte. »Macht Euch keine Sorgen, John. Falls diese Situation eintreten sollte, was Gott verhüten möge, werde ich für den Jungen da sein.«

Ripley griff sich seinen Seesack. Er war bereits fertig gepackt und musste nur noch geschlossen werden. »Ich weiß, Maarten«, sagte er. »Ihr seid zwar nur eine Landratte, aber man kann sich dennoch auf Euch verlassen. Doch da ist noch etwas, was ich mit Euch besprechen möchte. Ich wünsche mir, dass Juan eine Schule besucht. Er soll die beste Ausbildung erhalten, die ein Junge bekommen kann. Ich bin auch bereit, für sämtliche Kosten aufzukommen.«

»Das ist bereits veranlasst«, gab Maarten zurück. »Im nächsten Jahr wird Juan eine Schule in Jamestown besuchen. Und was das Schulgeld angeht – Ihr erinnert Euch sicher, dass auch der Junge damals einen Anteil bekam, als wir die Piratenbeute aufteilten. Nun, sein Geld ist bei einem Goldschmied in Jamestown hinterlegt, der auch Geldgeschäfte tätigt. Der Mann ist eine ehrliche Haut und zahlt gute Zinsen. Ich habe selbst bereits mit ihm Geschäfte gemacht.«

»Ihr meint Euren Landsmann Vincent Duysen?«

Maarten war erstaunt. »Ihr kennt ihn?«

»Ein wenig«, bestätigte Ripley. »Zumindest weiß ich, dass Ihr ihm den Rubinring Eurer Stieftochter verkauft habt. Aber das ist jetzt unwichtig. Ich habe bei Duysen Geld hinterlegt und eine Vollmacht auf Euren Namen ausgestellt. Es ist für Juans Ausbildung gedacht. Aber wenn Ihr es vorher benötigt … Ich weiß ja, dass es im Augenblick auf Victory finanziell nicht zum Besten steht. Also, habt keine Hemmungen, bedient Euch. Entscheidend ist nur, dass es zur Verfügung steht, wenn Juan es benötigt.«

»Das ist sehr großzügig von Euch, John. Ich weiß gar nicht, was ich sagen soll.«

»Dann lasst es doch einfach«, wehrte Ripley brummend ab. »Ich will keinen Dank. Da ich keine Angehörigen habe, seid Ihr und die Euren für mich so etwas wie meine Familie geworden, mein einziger Landkontakt, wenn Ihr wisst, was ich meine. Für Juan fühle ich mich ohnehin verantwortlich, und wenn ich hier helfen kann«, er umschrieb mit der Hand einen weiten Bogen, der die ganze Plantage umfasste, »ist das kein Problem und für mich absolut selbstverständlich. Also verlieren wir kein weiteres Wort. In Ordnung?« Doch Ripley war noch nicht fertig. »Wisst Ihr, Maarten, auch ein hartgesottener Seemann wie ich braucht einen Ruhesitz fürs Alter. Was meint Ihr? Wenn meine Knochen einmal nicht mehr so wollen, werdet Ihr dann hier auf Victory einen Platz für mich haben?«

Maarten lachte und schloss den Freund herzlich in die Arme. »Jederzeit, John. Ihr seid hier immer willkommen, ganz gleichgültig, wie lange Ihr zu bleiben wünscht. Und wenn es einmal für immer sein wird – wir alle werden uns glücklich schätzen.«

Ripley hasste Rührseligkeiten und schulterte nun abrupt seinen Seesack. »Gut, dann ist das also abgemacht.« Bei den Worten drückte er Maarten ein Kästchen in die Hand. »Das ist ein kleines Gastgeschenk von mir. Öffnet es aber bitte erst, wenn ich fort bin.«

Maarten nahm das Päckchen entgegen und gemeinsam gingen sie zum James River hinunter. Das Flachboot, das den Kapitän nach Jamestown bringen sollte, hatte bereits angelegt, und Anneke, Barbara, Juan, Jakob und Catarina, mit dem Baby auf dem Arm, bildeten das Abschiedskomitee. Sie alle bedauerten, dass John Ripley schon wieder abreisen musste. Eine Woche war er auf Victory gewesen, man hatte miteinander geredet, gescherzt und Erinnerungen ausgetauscht.

»Wann werden wir uns wiedersehen, John?«

Er zuckte mit den Schultern. »Ich weiß wirklich nicht, wann der Wind mich das nächste Mal nach Jamestown bläst. Sobald ich wieder auf der Princess bin, werden wir in See stechen und unsere Fracht nach England bringen. Wie es dann weitergeht? Keine Ahnung. Das entscheidet mein nächster …«

»Ihr müsst den Namen ändern«, unterbrach Catarina ihn. Sie taumelte leicht. Schnell nahm Anneke ihr das Baby ab und Jakob ergriff stützend ihren Arm.

Alle sahen sie erstaunt an. Nur Anneke begriff, dass ihre Tochter einen jener seltenen Momente erlebte, in denen sich der Schleier der Zukunft für einen Augenblick für sie lüftete.

»Was meinst du, Liebling? Hast du etwas gesehen?«

Catarinas Blick war weiterhin unverwandt auf Kapitän Ripley gerichtet. »Ihr müsst den Namen ändern«, wiederholte sie. »Euer Schiff darf nicht länger Princess heißen. Die Piraten sind Euch auf der Spur.«

Ripley schüttelte lachend den Kopf. »Das geht nicht. Den Namen eines Schiffes zu ändern, bringt Unglück. Aber ich werde auf der Hut sein. Das verspreche ich.« Er sprang auf das Flachboot. Und während die Schiffer ihren Kahn in die Strömung brachten, hob er ein letztes Mal die Hand zum Gruß. »Wir sehen uns wieder, meine Freunde. Lebt wohl und bis bald.«

Die Siedler winkten zurück und sahen dem Flachboot hinterher, bis es hinter der Flussbiegung verschwunden war.

Juan weinte leise und Maarten legte ihm tröstend seinen Arm um die schmalen Schultern. »Ich muss jetzt auf den Feldern nach dem Rechten sehen. Bin schon sehr gespannt, wie weit die Männer mit der Tabakernte gekommen sind. Wie sieht es aus, Juan? Hast du Lust, mich zu begleiten?«

Der Junge nickte erfreut. Und während er bereits die Treppe der Steilküste emporstieg, drückte Maarten seiner Frau das Päckchen von Ripley in die Hand.

»Es ist ein Gastgeschenk, hat er gesagt. Öffnet ihr es.«

Dann folgte er, gemeinsam mit Jakob, dem Jungen.

Die drei Frauen blieben allein zurück. Und da Anneke noch immer ihren Enkel auf den Arm hielt, übergab sie Barbara das Kästchen.

»Sieh du nach, was es enthält.«

Barbara öffnete es. Überrascht schrie sie leise auf: »Sieh nur, Catarina. Es ist dein Ring.«

Blutrot schimmerte der Rubin in der Schachtel.

Vorsichtig, als wäre er zerbrechlich, nahm Catarina ihn heraus. »Woher um alles in der Welt konnte der Kapitän wissen …«

Die Frage konnten ihr die beiden anderen nicht beantworten.

»Wir werden Maarten fragen«, meinte Anneke. »Er wird die Zusammenhänge kennen.«

Mit Tränen in den Augen steckte Catarina den Ring an ihren Finger.

»Das werde ich John nie vergessen«, schluchzte sie leise und blickte den James River hinunter zu der Flussbiegung, hinter der der Freund gerade verschwunden war.

Glänzend schimmerte die Morgensonne auf dem träge dahinfließenden Strom. Alles wirkte friedlich. Trotz der Wärme fröstelte es Catarina jedoch. Für einen Augenblick schien es um sie herum dunkel zu werden, der friedliche Fluss zu einem tosenden Meer anzuschwellen. Schemenhaft erkannte sie in der Finsternis John Ripley. Er kämpfte mit einem Mann, einem Hünen mit mächtigem kahlem Schädel und einem hasserfüllten Auge. Ein Messer blitzte auf …

Entsetzt schrie Catarina auf. Doch der Spuk war schon vorbei. Die Sonne schien wieder, der Strom floss träge dahin, alles war ruhig.

Besorgt sah Anneke ihre Tochter an. »Was hast du gesehen?«

»John«, keuchte Catarina mit schreckgeweiteten Augen. »Wir müssen ihn zurückholen! Etwas Schreckliches wird geschehen.«

Anneke reichte Barbara das Baby und nahm ihre Tochter behutsam in den Arm.

»Ist sie … Ist sie etwa doch eine Hexe?« Erschrocken blickte Barbara ihre Schwägerin an. Als Kind ihrer Zeit glaubte sie sehr wohl an Zauberei und Teufelswerk. Und Catarina hatte sich gerade so benommen, wie sie es noch nie gesehen hatte.

»Natürlich nicht«, versuchte Anneke sie zu beruhigen. Das fehlte gerade noch, dass diese Hexengeschichte hier in Virginia wieder aufkam. »Sie kann nicht zaubern, falls du das meinst. Nur manchmal hat sie Vorahnungen. Das hat mit Hexerei nun wirklich nichts zu tun.«

Catarina, den Kopf an die Schulter ihrer Mutter gelehnt, beruhigte sich langsam. Leise berichtete sie nun, was sie gesehen hatte, doch noch während sie die Worte laut aussprach, schienen sie ihr selbst so unglaublich, dass sie unwillkürlich den Kopf schütteln musste. Energisch machte sie sich aus Annekes Armen frei und nahm Barbara den kleinen Jakob ab. »Bitte entschuldigt. Ich bin eine dumme Gans und fange an, Gespenster zu sehen, wo keine sind.« Nachdenklich blickte sie auf den Strom und versuchte, sich selbst einzureden, dass wirklich alles in Ordnung war. Dennoch blieb eine Unsicherheit zurück, die ihr Angst vor der Zukunft einflößte.

Sechzehntes Kapitel

DIE DÄMMERUNG HATTE bereits eingesetzt, als die Black Angel in der Nähe von Jamestown vor Anker ging. Die Reise von St. George's Town hatte durch die Flaute wesentlich länger gedauert als geplant. Die Männer waren froh, endlich ihr Ziel erreicht zu haben. Schon bald ließen sie ein kleines Beiboot zu Wasser, und die beiden Piratenkapitäne schickten sich an, mit einigen ihrer Leute an Land zu gehen. Zwar stand ihnen noch ein langer Fußmarsch bis Jamestown bevor, aber das war nicht zu ändern. Natürlich konnten sie mit der Black Angel, die weithin als Piratenschiff bekannt war, nicht einfach in den Hafen segeln und sich einen Liegeplatz an den Docks mieten.

Drei Stunden später betraten sie eine üble Kaschemme, die dem Old Bone in St. George's Town um nichts nachstand. Auch hier hatten sich finstere Gestalten zusammengefunden, die mit rechtschaffenen Bürgern nichts gemein hatten, die raubten, prügelten und den Rum fässerweise soffen.

Die Piraten setzten sich an einen der schmierigen Tische und bestellten beim Wirt Schinken, Brot und Rum.

»Zum Teufel. Ist das nicht mein alter Kumpan Blackpool?«, tönte es plötzlich aus einer Ecke des Schankraums. »Setz dich zu uns, alter Gauner. Und bring auch gleich ein paar gut gefüllte Becher mit.«

»Was habe ich dir gesagt«, raunte der Angesprochene seinem Begleiter grinsend zu. »Hier finden wir bestimmt ein bekanntes Gesicht und einen Kerl, der bereit ist, Auskunft zu erteilen. Gustav ist früher einmal mit mir zusammen gesegelt, bis er sich selbstständig gemacht hat. Heute hat er ein eigenes Schiff und sich auf Sklaventransporte spezialisiert. Besorg du ’ne Flasche anständigen Rum. Ich hör schon mal, was der Mann zu erzählen hat.«

Wenig später stellte Blair Goodlight eine Flasche auf den Tisch, die begeistert von den Männern begrüßt wurde. Sogleich füllten sie ihre Becher und leerten sie schmatzend.

»Ah, das ist wirklich ein feiner Tropfen«, stellte Gustav anerkennend fest und wischte sich über den Mund. »Aber um deine Frage zu beantworten, Blackpool. Die Princess liegt hier im Hafen. Schon seit zwei Wochen. Ich habe selbst gesehen, wie Handelsgüter gelöscht und neu geladen wurden. Nun wartet die Mannschaft nur noch auf ihren Kapitän, dann wollen sie Richtung England.«

Blair hörte schon gar nicht mehr zu, sondern tauschte einen triumphierenden Blick mit seinem Spießgesellen. Endlich hatten sie sein Schiff gefunden.

Es war schon spät am Abend und die Sonne längst untergegangen, als ein Flachboot im Hafen von Jamestown einlief. Mit langen Stangen bugsierten die Schiffer es zu seinem Liegeplatz in der Nähe der Werft. An Deck des Bootes stand Kapitän John Ripley und beobachtete interessiert das Anlegemanöver. Er musste zugeben, dass die Männer ihr Handwerk verstanden, jeder Griff saß, und Augenblicke später lag der Kahn am Kai, fest vertäut und gesichert.

John ging an Land, doch dann zögerte er einen Augenblick. Sollte er noch einen Sprung in eine der Hafenkneipen machen? Seine Kehle war nach der dreitägigen Reise ziemlich trocken. Ein gutes Bier, serviert von einem schönen und nicht allzu prüden Mädchen, wäre jetzt genau das Richtige. Doch er entschied sich dagegen. Fast zwei Wochen war er fortgewesen, nun wurde es wieder Zeit, auf der Princess nach dem Rechten zu sehen. Zwar konnte er sich auf seine Leute verlassen, aber immerhin, morgen wollten sie in See stechen. Der Landurlaub war vorbei. John schulterte seinen Seesack und machte sich auf den Weg über die Docks.

Nur wenige hundert Meter entfernt saßen Hank Blackpool und zwei seiner Männer vor einem großen Becher Rum. Doch im Gegensatz zu den anderen Besuchern der Spelunke waren sie stocknüchtern, starrten vor sich hin und warteten.

Ein Mann betrat die Kaschemme. Auf dem Kopf trug er eine Mütze aus Biberfell und in seinem Gürtel ein langes Jagdmesser mit einem Horngriff. Suchend sah er sich um und steuerte dann zielstrebig den Tisch an, an dem Hank und seine Männer saßen.

»Ich suche Blair Goodlight.«

Hank zuckte gelangweilt mit den Schultern. »Keine Ahnung. Den Namen habe ich noch nie gehört.«

Der Trapper grinste. Er hatte keine andere Antwort erwartet. Doch nun stützte er seine muskulösen Arme auf den Tisch und sah dem Piraten entschlossen ins Gesicht. »Das solltest du aber besser, Mann. Und vor allem solltest du verhindern, dass dein Freund heute Nacht eine Dummheit begeht. Mein Herr hat euch ein Angebot zu machen, ein äußerst lukratives Angebot sogar. So lukrativ, dass ihr euch anschließend alle zur Ruhe setzen könnt. Für diese Aufgabe kann er jedoch keine Männer gebrauchen, die bereits wegen Mordes gesucht werden.«

Hank sah auf. »So, so. Mord also, ja? Schon erstaunlich, was du hier für Dinge zum Besten gibst.«

»Mit mir brauchst du nicht Versteck zu spielen, Blackpool«, entgegnete der Trapper scharf. »Wir wissen alles über euch. Zufällig haben wir jedoch das gleiche Ziel. Ihr wollt euch an dem Mann rächen, der deinem Freund Goodlight das Schiff abgenommen hat, und mein Boss will eben diesem Herrn ans Leder, weil er ihm …«, er zögerte und fuhr dann grinsend fort: »Nun, sagen wir, weil er ihm ein interessantes Geschäft ruiniert hat.«

Hank lachte höhnisch auf, wurde aber trotzdem unsicher. »Was willst du eigentlich, Trapper? Falls du recht hast mit deiner Vermutung – und ich sage ausdrücklich *falls* –, dann wäre es doch nur in eurem Interesse, wenn Blair den Mann ein wenig mit seinem Messer kitzeln würde.«

Der Waldläufer verdrehte ungeduldig die Augen. »Zum Teufel, Blackpool, begreifst du denn immer noch nicht? John Ripley ist bei dieser Geschichte nur ein kleines Licht. Der Mann, mit dem wir alle abrechnen wollen, ist ein niederländischer Baron, der auf einer Plantage stromaufwärts sitzt. Es lohnt wirklich nicht, die Büttel von Jamestown durch die Ermordung des falschen Mannes auf uns aufmerksam zu machen.«

Hank sprang auf. »Ist das wirklich wahr?«

»So wahr, wie ich hier vor dir stehe«, entgegnete der Trapper. »Und nun los. Ihr müsst verhindern, dass dein Freund einen Fehler macht, der uns allen schadet und euch außerdem um den einträglichsten Auftrag eures Lebens bringt. Übermorgen treffen wir uns auf dem Landsitz meines Herrn. Der liegt ein Stück den Strom hinauf. Wenn ihr die Uferstraße nehmt, könnt ihr ihn nicht verfehlen. Aber seid vorsichtig. Es muss nicht gleich ganz Jamestown wissen, dass ihr zu Howard Savelles Plantage wollt.«

Hank verlor kein weiteres Wort, sondern winkte seinen Kumpanen und stürzte mit ihnen in die Nacht hinaus.

»Hoffentlich kommen wir nicht zu spät«, brummte er missmutig. »Ich war ja gleich dagegen, den Ripley hier in Jamestown aufs Messer zu nehmen.«

Schnell ließen die Piraten das Gewirr der kleinen, finsteren Gassen hinter sich, erreichten den Uferdamm und standen endlich im Hafen. Zu dieser späten Stunde lag hier alles im Dunkeln. Nur vereinzelte Lichter auf den Schiffen und ein paar Teerfackeln, die in den klaren Abendhimmel qualmten, erhellten ihren Weg. Eilig hasteten sie weiter.

Auch auf der Princess brannte kein Licht. Die Mannschaft schlief in ihren Kojen und nur zwei Wachen befanden sich an Deck und dösten vor sich hin. Unmittelbar gegenüber dem Kai, an dem die Karavelle vertäut lag, befand sich ein Lagerschuppen, in dessen Schatten drei Männer warteten. Alles war ruhig, nur das Ächzen der Rahen und das gleichmäßige Klatschen des Wassers gegen Bordwände waren zu hören.

»Bist du sicher, dass dieser John Ripley heute noch kommt?«, wollte einer der Piraten flüsternd wissen. »Vermutlich hat das Flachboot sich verspätet und die Mannschaft das Ufer angelaufen, um die Nacht auf dem Strom zu verbringen. Dann werden sie ihre Fahrt erst bei Sonnenaufgang fortsetzen.«

Doch Blair schüttelte entschieden den Kopf. »In der Werft warten sie auf den Kahn. Er soll heute Nacht noch beladen werden und morgen früh wieder stromaufwärts fahren. Nur Geduld, unser feiner Kapitän wird schon noch auftauchen.«

Der andere schien nicht überzeugt. »Vielleicht ist Ripley ja auch noch ein paar Becher heben gegangen. Wir hätten ihm besser an der Werft auflauern …«

Blair winkte ungeduldig ab. »Unsinn. Wir wissen doch gar nicht, wie er aussieht. Wären auf dem Flachboot zwei oder mehr Passagiere gereist, hätten wir nicht gewusst, welches der Richtige ist.« Er unterbrach sich. »Hört mal, sind das nicht Schritte?«

Tatsächlich. Immer deutlicher wurde das Geräusch und bald tauchte eine Gestalt aus der Dunkelheit auf. Es war ein Mann. Auf der Schulter trug er einen Seesack.

Während John sich seinen Weg durch die Finsternis suchte, dachte er an die Menschen, die er auf Victory zurückgelassen hatte. Er mochte sie alle sehr, und die Vorstellung, einmal den Schiffsplanken Adieu zu sagen und mit ihnen seinen Lebensabend zu verbringen, hatte etwas Tröstliches. In diesem Augenblick sah er die Princess vor sich auftauchen und verharrte einen Augenblick. Er liebte dieses Schiff. Noch nie in seinem Leben hatte er so deutlich das Empfinden, nach Hause zu kommen.

Doch plötzlich war da noch ein anderes Gefühl.

Gefahr!, signalisierte es laut in seinem Kopf und er fuhr herum. Drei finstere Gestalten kamen auf ihn zu. Einer von ihnen war ein Hüne mit einer schwarzen Augenklappe, der ihm irgendwie bekannt vorkam.

»John Ripley?«

Der Kapitän nickte und griff nach der geladenen Pistole, die in seinem Gürtel steckte. Sein Hals war so trocken, dass er nur mit Mühe antworten konnte. »Ja, das ist mein Name.«

Der Pirat grinste bösartig. »Der meine ist Blair Goodlight. Und wir haben miteinander noch eine Rechnung auszumachen.«

John hörte nicht mehr zu. Gerade war ihm eingefallen, wo er den Mann schon einmal gesehen hatte. Es war auf der Insel, auf die sie sich nach dem Untergang der Morning Star hatten retten können. Ganz deutlich sah er wieder die Szene vor sich: Sie lagen versteckt im Dickicht, während die Piraten ausgelassen am Strand feierten. Als der Mond aufging, konnte man sie deutlich erkennen. Die meisten trugen wilde, zerzauste Bärte, einige hatten bunte Tücher um den Kopf geschlungen, anderen fielen die Haare lang und strähnig bis auf die Schultern herab. Eines jedoch hatten alle gemeinsam: Sie waren bis an die Zähne bewaffnet. Es war eine bedrohliche Situation, die sich noch verschärfte, als sich der Anführer der Piraten ihrem Versteck näherte. Ein großer Mann mit massigem, kahlem Schädel und einer Augenklappe.

John stöhnte leise auf. Catarina hatte recht gehabt. Die Piraten waren ihm auf der Spur. Nun hatten sie ihn gefunden.

John zog seine Pistole, schoss und verfehlte den Piratenkapitän um Haaresbreite. Die Gelegenheit, seine Waffe nachzuladen, bekam er allerdings nicht mehr. Denn schon stürzten sich die drei Männer auf ihn. Ein Messer blitzte auf.

Ich werde Victory niemals wiedersehen, war John Ripleys letzter Gedanke, dann sank er tödlich verwundet zu Boden.

»Das war's also.«

Zufrieden bückte sich Blair zu dem Leichnam hinab und wischte die blutverschmierte Klinge seines Messers an Johns Jacke ab. Dann erhob er sich wieder und deutete seinen Spießgesellen, ihm zu folgen.

»Los, kommt schon. Jetzt holen wir uns unser Schiff zurück.«

Die beiden Piraten schüttelten jedoch die Köpfe.

»Du bist verrückt, Blair. Wir sind nur zu dritt. Auf der Princess hingegen befindet sich eine komplette Mannschaft.«

»Genau«, grinste der Einäugige. »Eine komplette Mannschaft, die unter Deck pennt. Wir verriegeln einfach das Luk. Mit den beiden Wachen werden wir ja wohl fertigwerden.«

»Und dann? Zu dritt bekommen wir die Princess nicht von der Stelle, geschweige denn aus dem Hafen gesegelt. Oder willst du etwa bis morgen früh hier warten? Nein, Blair. Darauf lassen wir uns nicht ein. Und du tätest es auch nicht, wenn der Hass dir nicht das Hirn vernebeln würde.«

Der dritte Pirat pflichtete seinem Kameraden bei.

»Wir sollten erst einmal sehen, dass wir ihn«, er wies auf den Leichnam John Ripleys, »hier fortschaffen. Oder willst du ihn einfach liegen lassen?«

Gleichgültig zuckte Blair mit den Schultern. »Meinetwegen«, brummte er. »Werft ihn ins Wasser, dann …« Er verstummte. Deutlich waren eilige Schritte zu hören, die rasch näher kamen.

»Versteckt euch«, raunte Blair seinen Männern zu, doch im selben Augenblick erkannte er auch schon die hagere Gestalt Hank Blackpools. Erfreut ging er ihm entgegen. »Ihr kommt gerade zur rechten Zeit. Ich will mir meine Princess zurückholen, aber diese beiden Feiglinge …« Er hielt inne, denn der Freund beachtete ihn überhaupt nicht, sondern beugte sich über Ripleys Leichnam.

»Wir kommen zu spät«, ächzte er, noch ganz außer Atem von dem langen Lauf. »Verdammt, Blair. Du ahnst ja gar nicht, was du angerichtet hast. Der Mann muss verschwinden. Sofort. Und zwar so, dass er niemals gefunden wird.«

Die Tabak- und Indigoernte auf Victory war abgeschlossen und versprach einen guten Gewinn. Jetzt konnte man mit dem Zuckerrohr beginnen. Fast vier Meter hoch waren die Pflanzen, die nun mit speziellen Messern, Macheten, unmittelbar oberhalb des Erdbodens geschnitten wurden. Anschließend kam die Presse zum Einsatz, die von Mauleseln angetrieben wurde. Einzeln schob Maarten die Rohre hinein, wo sie zwischen zwei Rädern zerkleinert und ausgepresst wurden.

Aufgeregt beobachteten die anderen, wie der Saft auf eine Rinne tropfte. Diese führte zu einem Kessel, der in dem neuen, eigens dafür erbauten Ziegelhaus mit dem hohen Schornstein stand. Dort wurde die Flüssigkeit erhitzt, bis sie zu einem zähflüssigen, kristallisierenden Sirup zusammengekocht war. Auch die ausgepressten Reste der Pflanze, Bagasse genannt, waren noch zu verwenden und stellten im getrockneten Zustand wunderbares Brennmaterial dar.

Anneke und Catarina saßen zusammen, als Maarten mit einem hölzernen Gefäß zu den Hütten kam.

»Seht einmal her«, rief er freudig erregt aus. »Ihr müsst unbedingt kosten.«

Misstrauisch blickten die Frauen auf den feuchten Klumpen, der wie schmutziger Sand anmutete, steckten jedoch tapfer ihre Löffel in die Masse. Als Catarina gerade ein wenig von diesem braunen klebrigen Zeug auf die Zunge nahm, sah sie, wie Annekes Gesicht sich aufhellte.

»Maarten«, rief sie aus. »Das schmeckt wirklich gut.«

Der Baron nickte stolz und nahm sich mit einem Holzlöffel selbst eine gehörige Portion aus dem Topf. »Nicht wahr? Ich sage euch, das gibt eine lohnende Ernte, obwohl wir nur ein kleines Feld bepflanzt haben. Beim nächsten Mal werden wir das ändern. Weniger Indigo und dafür mehr Zuckerrohr.«

»Ein Flachboot hat gerade angelegt«, verkündete Memnon und fügte grinsend hinzu: »Der Besucherstrom scheint nicht abzureißen.«

Auf der abgelegenen Plantage war natürlich jeder Gast eine kleine Sensation – schon allein deshalb, weil er Neuigkeiten mit sich brachte. Und gerade daran war man in der Abgeschiedenheit Victorys immer interessiert. Also machten sich alle auf den Weg zum James River.

Als sie die Uferstraße erreicht hatten, waren die drei Besucher jedoch bereits die Steilküste emporgestiegen und sahen sich suchend um.

»Aber das ist doch …«

Maartens Erstaunen war grenzenlos.

»Anneke, Jakob, Catarina«, rief er aufgeregt aus. »Es ist Grimm!« Schnell lief er dem Gast entgegen und umarmte freudig den Mann, an dessen Seite er und Jakob einst im Schaumburger Wald Händlertrecks überfallen hatten, um die unter den Folgen des Großen Krieges leidenden und hungernden Menschen zu versorgen. »Grimm, lieber Grimm. Was für eine wunderbare Überraschung!« Maarten wusste vor Freude kaum, was er sagen sollte.

Gemeinsam kamen sie zu den anderen herüber.

»Meine Frau Anneke, du erinnerst dich vielleicht? Wir haben ihre Kinder damals in Lemgo aus dem Hexenturm befreit. Hier sind Jakob, den ich dir natürlich nicht vorzustellen brauche, und seine Frau Catarina …«

Jakob unterbrach ihn. Auch er hatte Grimm voller Wiedersehensfreude umarmt, machte aber nun auch auf die anderen beiden Besucher aufmerksam.

»Brian Gilbrett ist gekommen, du erinnerst dich? Er gehört zu Johns Leuten und ist auf der Suche nach ihm.«

Erstaunt wandte Maarten sich zu dem Seemann um. »Kapitän Ripley hat uns schon vor einer Woche verlassen. Da man stromabwärts nur drei Tage bis Jamestown benötigt, müsste er schon lange wieder auf der Princess sein.«

»Leider ist er dort nicht eingetroffen, Herr Baron«, erklärte Gilbrett. »Die Princess liegt seit Tagen im Hafen, fertig beladen und klar zum Auslaufen. Nur unser Käpt'n fehlt, und wir machen uns große Sorgen. Schließlich war die Prinzess mal ein Piratenschiff und die einstigen Besitzer könnten Rache genommen haben.«

»Ich denke, die Furcht ist unbegründet«, gab Maarten zurück. »Hätten die Piraten euch aufgespürt, würden sie doch zuerst einmal ihr Schiff zurückverlangen. Das wäre ihnen gewiss wichtiger, als Eurem Kapitän etwas anzutun.«

Da musste Gilbrett dem Baron recht geben. »Dann wird es wohl das Beste ein, wenn ich nach Jamestown zurückreise. Vielleicht ist Käpt'n Ripley ja inzwischen aufgetaucht und jetzt warten alle nur auf mich.«

Maarten schmunzelte. »Das halte ich sogar für wahrscheinlich. Sobald das Flachboot, mit dem Ihr gekommen seid, mit unserem Tabak beladen ist, wird es wieder ablegen. Und bitte, wenn Ihr Jamestown erreicht habt, schreibt uns ein paar Zeilen und gebt sie den Bootsleuten mit. Sie werden den Tabak nur löschen und gleich wieder zurückkommen, um die nächste Fuhre zu holen.«

Brian Gilbrett versprach es und ging wieder zum James River hinunter. Er wollte beim Beladen des Flachbootes helfen, damit es baldmöglich wieder ablegen konnte.

Maarten wollte sich nun dem dritten Besucher zuwenden, sah den Fremden jedoch bereits im Gespräch mit Barbara. Offensichtlich stritten die beiden. Da er aber zugleich erkannte, dass Anneke gerade zu den Eiferern hinüberging, konnte er sich wieder Grimm widmen.

»Erzähle. Wie hast du uns überhaupt gefunden?«

»Das war reiner Zufall«, erwiderte Grimm. »Nachdem unsere Tätigkeit im Schaumburger Wald beendet war und wir auch unsere Burg verlassen mussten, bin ich mit meiner Mutter nach Stadthagen gegangen. Ihr erinnert euch an sie?«

Maarten nickte.

»Aber natürlich«, erwiderte Jakob ebenfalls. »Und auch Mutter Doros vorzüglicher Eintopf ist unvergessen.«

»Sie ist vor einem halben Jahr gestorben«, sagte Grimm leise, und die tiefe Trauer schwang in seinen Worten mit.

Mitfühlend sahen Maarten und Jakob ihn an und legten schweigend ihre Hände auf seine Schultern. Zu sagen wussten sie nichts. Worte konnten über den Verlust nicht hinwegtrösten.

»Ihr Tod hat mich letztlich auf die Idee gebracht«, fuhr Grimm fort, »in der Neuen Welt noch einmal von vorne anzufangen – ohne den zweifelhaften Ruf eines ehemaligen Wegelagerers. Also habe ich meine Siebensachen gepackt und bin nach Bremen geritten. Das erste Schiff, das auslief, brachte mich auf die Insel Teneriffa. Dort musste ich etwa eine Woche auf einen Segler nach Virginia warten und habe in dieser Zeit einiges über den Anbau von Zuckerrohr gelernt. Zucker ist ein rares Gut und erzielt hervorragende

Preise. Leider ist es sehr aufwendig, den Zuckersaft aus dem Rohr zu gewinnen. Als ich in Jamestown eintraf, hörte ich jedoch, dass es für diesen Arbeitsgang eine Maschine geben soll und man sie auf einer Plantage am Strom besichtigen könne. Dass ich euch hier treffen würde … Bei Gott, damit habe ich im Leben nicht gerechnet.«

Alle drei lachten – über den Zufall und aus Freude über das unverhoffte Wiedersehen.

»Aber sag uns, Grimm. Warum interessiert dich das überhaupt? Willst du am Ende auch unter die Pflanzer gehen?«

»Gewiss. Das ist mein Plan«, kam die prompte Antwort. »Ich habe auch schon ein Stück Land gekauft. Es ist nicht besonders groß, liegt ein Stück flussabwärts und auf der anderen Seite des James River. Der Preis war niedrig, weil der Boden teilweise recht feucht ist. Dort will ich es mit Reis probieren. Ja, und auf der restlichen Fläche vielleicht mit Zuckerrohr.«

»Reis? In tieferen Lagen soll er hier sehr gut gedeihen. Wir liegen zu hoch dafür. Daher stellte sich die Frage nicht. Aber Reis ist gewiss eine gute Idee«, meinte Jakob. Und Maarten fügte hinzu: »Begleite uns, Grimm. Sieh dir unser neues Reich an. Es ist natürlich noch längst nicht so, wie es einmal werden soll, aber wir sind dennoch sehr stolz auf das, was wir bereits geschaffen haben.«

Gemeinsam gingen sie zu den Hütten hinüber und wanderten, nachdem ihr Besucher sich ein wenig umgesehen hatte, weiter auf die Felder.

»Du kommst gerade zur rechten Zeit«, berichtete Maarten. »Wir haben nämlich bereits mit der Ernte begonnen, und wenn du magst, kannst du gleich unseren Zucker kosten.«

Der Mann, mit dem Barbara stritt, war ihr Schwager Melchior Riet. Er hatte die Strapazen der Überfahrt auf sich genommen, um ihr seine Liebe zu gestehen. Für ein neues Leben in Virginia hatte er in der Heimat sein Erbe, den großen Riethof in Spenge, verkauft. Anstatt sich darüber zu freuen, hatte Barbara ihm jedoch bittere Vorwürfe gemacht. Seit Hunderten von Jahren war der Hof in den Händen seiner Familie gewesen. Und er verkaufte das Land seiner Väter einfach? Aus Liebe zu ihr?

»Ich hätte dich wahrlich für verantwortungsbewusster gehalten«, hatte sie ihm entgegengeschleudert und ihn fortgeschickt. »Fahr wieder heim und sieh zu, dass du den Verkauf rückgängig machen kannst.« Enttäuscht war Melchior gegangen. Und Barbara weinte sich seitdem die Augen aus.

Natürlich versuchte Catarina sie zu trösten – obwohl sie ihre Schwägerin nicht wirklich verstand. Wie hatte sie nur so hart handeln können? Zumal sie ja offensichtlich selbst innige Gefühle für diesen Mann zu hegen schien.

»Irgendwann hätte er es bereut«, hatte Barbara auf ihre Fragen schluchzend erklärt. »Er kann auf Dauer nicht auf seine geliebte Heimat verzichten. Ich kenne ihn doch.«

Fasziniert schaute Grimm der Verarbeitung des süßen Rohrs zu und wurde es nicht müde, an der Rohrpresse zu stehen oder in den Kesseln der Kocherei zu rühren.

»Es ist einfach wunderbar«, stellte er fest. »Ihr seid wirklich die geborenen Pflanzer, Jakob und du. Wer hätte gedacht, wozu ein ehemaliger Räuberhauptmann alles fähig ist.«

Maarten lachte, nahm das Kompliment aber nicht ungern entgegen. »Warte erst einmal, bis die Baumwollernte einsetzt und wir unsere Entkörnungsmaschine in Betrieb nehmen. Wir haben zwar nicht viel Baumwolle angepflanzt, weil wir zunächst sehen wollten, wie die Pflanzen hier gedeihen, aber für den Plantagenbedarf wird es ausreichen.«

Grimm nickte anerkennend. Bevor er jedoch etwas dazu sagen konnte, kam Anneke heran. »Bitte verzeiht, Grimm, aber darf ich Euch für einen Augenblick Jakob und Maarten entführen? Ein Nachbar ist angekommen, der die beiden zu sprechen wünscht.«

Fragend sah Maarten sie an.

»Es sind William Thompson und Rich«, berichtete Anneke und war offensichtlich besorgt. »Ihren ernsten Gesichtern nach zu urteilen handelt es sich um etwas sehr Wichtiges.«

Thompson und Rich warteten vor der Küchenhütte. Beide hatten einen Becher Warmbier in der Hand und beide wirkten müde und erschöpft.

Rich hielt sich daher nicht lange mit Vorreden auf. Nach einer kurzen Begrüßung sagte er: »Vielleicht erinnert Ihr Euch. Wir sprachen schon einmal über Sklavenaufstände.«

Maarten nickte. »Oh ja, natürlich. Ihr habt von kleineren Scharmützeln gesprochen, die bisher aber einzig den Aufrührern selbst schadeten. Was ist geschehen?«

»Nun, die Sklaven haben sich gesammelt und sind mittlerweile stark genug, um sich den Sklavenjägern, die versuchten, sie wieder einzufangen, zu widersetzen.«

»Ich finde es legitim, dass die Schwarzen um ihre Freiheit kämpfen. Und mit den Sklavenhaltern, die sie gequält und gepeinigt haben, kann ich beim besten Willen kein Mitleid empfinden«, meinte Jakob.

»Da mögt Ihr gewiss recht haben«, stimmte Rich ihm zu. »Doch wir befürchten, dass sich die Rache der Afrikaner – sollte es tatsächlich zu einem Aufstand kommen – nicht einzig auf die Weißen beschränken wird, die ihnen Leid antaten. Ihre Rebellion wird sich gegen den weißen Mann schlechthin wenden, und das bedeutet, dass auch Sie in Gefahr sind, ebenso wie die Thompsons.«

Anneke schüttelte ungläubig den Kopf. »Aber Ihr und Memnon werdet doch mit den Aufständischen reden können. Man muss ihnen doch nur klarmachen, dass wir ohnehin schon immer gegen die Sklaverei waren.«

»Das wird nichts nützen, Madam«, widersprach Rich niedergeschlagen. »Die Rebellen sind so aufgebracht, dass sie kein Argument gelten lassen werden. Und das hat auch einen Hintergrund. Ist Ihnen das Wort Voodoo ein Begriff?«

Maarten, Anneke und Jakob schüttelten die Köpfe. Rich nickte, er hatte keine andere Antwort erwartet. Memnon, der inzwischen dazugekommen war, erklärte daher: »Der Ursprung dieses Wortes ist rein afrikanisch. Es stammt aus dem Königreich Dahome, von dem die meisten Sklaventransporte kommen, und ist ein Sammelbegriff für alle guten und bösen Geister, an die diese Menschen glauben. Die Geschichte des Voodoo begann mit der Ankunft der ersten Sklavenschiffe in der Neuen Welt. Seitdem verfrachtet man die Schwarzen Westafrikas zu Tausenden hierher, nimmt ihnen die Heimat, die Familien, die Freiheit. Nur eines können ihnen weder die Sklavenhändler noch ihre neuen Herren nehmen: ihre Religion und ihren Glauben an die afrikanischen Götter – das Einzige, was sie in diesem entrechteten Dasein am Leben erhält. Der Geister- und Götterkult und auch die Magie wurden für die Sklaven eine Zuflucht, ein Bollwerk gegen die Unterdrückung. Trotz ihrer schweren Frondienste brachten sie die Energie und den Mut auf, unter den feindlichen Augen der Weißen ihre Stammeskulte fortzuführen, zu tanzen und zu singen, wie es ihre Rituale erfordern. Misstrauisch beobachteten ihre Herren dieses unheimliche Treiben. Man fürchtete sich vor den barbarischen Kulten und den mysteriösen Zaubermächten und erließ eine Verordnung, in der den Sklaven ausdrücklich verboten wurde, nächtliche Versammlungen abzuhalten. Doch die Schwarzen setzten ihre Treffen heimlich fort. Schließlich ging man dazu über, die afrikanischen Heiden zwangsweise zu taufen. Dieser Anweisung maß man große Bedeutung bei, galt doch die Bekehrung der Schwarzen als einzige moralische Rechtfertigung für den Sklavenhandel überhaupt. Doch auch das half nicht. Zwar blieb den Afrikanern nichts anderes übrig, als die Taufe über sich ergehen zu lassen, doch sie begannen recht bald, das Christentum als eine Art Ergänzung zu ihrer Religion anzusehen und waren durchaus bereit, den neuen Heiligen einen Platz in ihren Tempeln einzuräumen, sie mit ihren eigenen Göttern zu vermischen. Die Verbindungen zu Afrika waren abgeschnitten, doch der Voodoo entwickelte sich immer weiter.«

Rich, offensichtlich beeindruckt von Memnons Ausführungen, fuhr nun fort: »Mittlerweile bedeutet Voodoo nicht mehr nur Religion, sondern ist auch zu einem politischen Geheimbund geworden, mit der Losung, die Weißen auszulöschen, ihrer Vorherrschaft ein Ende zu setzen und die Schwarzen zu befreien. Versteht Ihr? Unterschiede werden nicht gemacht. Weiß ist der Feind, Schwarz der Freund. Der dumpfe Rhythmus der Voodoo-Trommeln besorgt ein Übriges. Er versetzt die Männer in Trance, nimmt ihnen die Angst und treibt sie voran, ihre Gegner erbarmungslos niederzumetzeln und zu vernichten.«

Bestürzt hatte Anneke ihm gelauscht. »Und was können wir tun?«

Rich zuckte mit den Schultern. »Ihr könnt nach Jamestown fliehen oder Euch in den Wäldern verstecken, um wenigstens das nackte Leben zu retten. Einen anderen Ausweg weiß ich nicht.«

»Wir sollen Victory aufgeben?«, fragte Maarten ungläubig. »Nein, nie und nimmer. Wann ist überhaupt mit einem Angriff zu rechnen?«

»Schon bald, fürchte ich«, entgegnete Rich müde. »Zumindest werden die Trommeln bereits seit Stunden geschlagen.«

»Und wo werden sie zuerst angreifen? Schließlich können sie nicht ganz Virginia in Schutt und Asche legen.«

»Auch diese Frage kann ich Euch nicht genau beantworten, aber es ist naheliegend, dass die Plantagen am Strom das erste Ziel der Rebellen sein werden.«

»Und es steht nicht zu erwarten, dass die Regierung eingreift?«

»Oh, gewiss. Die Engländer stellen auch bereits ein Milizheer zusammen. Letztendlich werden die Schwarzen keine Chance haben und überwältigt werden. Doch bis diese Hilfe eintrifft, werden Tage vergehen. Es ist unwahrscheinlich, dass die Rebellen sich so lange ruhig verhalten. Und wie gesagt, wir werden die Ersten sein, die ihre Angriffe zu fürchten haben.«

Maarten nickte grimmig und wandte sich an William. »Wozu habt Ihr Euch entschlossen?«

»Ich werde meine Familie mit dem Flachboot nach Jamestown schicken«, lautete die Antwort. »Wir Männer werden uns in den Wäldern verstecken. Wenn die Aufständischen auf unserer Plantage erscheinen und niemanden antreffen, werden sie gewiss das Haus plündern und in Brand setzen, ebenso wie die Nebengebäude und die Felder. Dann werden sie weiterziehen und wir wollen versuchen, wenn irgend möglich, die Feuer zu löschen.«

»Ein guter Plan«, stimmte Maarten zu. »Ich denke, wir werden es ebenso halten. Habt Ihr noch Platz auf Eurem Boot, um unsere Frauen, Juan und meinen Enkel mitzunehmen?«

»Aber natürlich«, erwiderte William sofort. »Diesen Vorschlag wollte ich Euch ohnehin machen.«

»Doch Anneke schüttelte energisch den Kopf und sah ihrem Gatten unbeirrt ins Gesicht. »Nein, ich werde nicht gehen«, sagte sie mit fester Stimme. »Auf keinen Fall bringe ich mich in Sicherheit und lasse dich allein zurück!«

Siebzehntes Kapitel

Die Mittagssonne stand bereits hoch am Himmel, als Blair Goodlight und mehr als zwanzig seiner Kumpane ihr Ziel erreichten. »Savelle-Plantage« prangte in Holz gebrannten großen Lettern über dem schweren, schmiedeeisernen Tor, das von zwei Männern bewacht wurde. Offensichtlich gehörten sie zur Leibgarde des reichen Advokaten, der für diese Aufgabe ausschließlich erfahrene Waldläufer beschäftigte. Sie trugen Biberfellmützen, Jacken aus weich gegerbtem Leder, im Gürtel steckten Jagdmesser und Pistolen, und im Arm hielten sie eine doppelläufige Flinte.

»Sieht nicht so aus, als würden diese Leute Spaß verstehen«, stellte Blair trocken fest. Hank knurrte vorwurfsvoll: »Nee, ganz und gar nicht. Und wenn sie erfahren, dass du Ripley trotz ihrer Warnung ins Jenseits befördert hast, werden sie uns das auch beweisen. Darauf kannst du dich verlassen.«

Goodlight zuckte mit den Schultern. Er war müde von dem langen Weg, verschwitzt und durstig, legte aber keinen Wert auf einen Streit.

»Ist ja gut, Hank. Reg dich wieder ab. Mit dem alten Anker am Bein liegt Ripley sicher auf dem Grund des James River. Niemand wird ihn finden, niemand einen Mord vermuten und demzufolge auch niemand einen untersuchen. Vorerst zumindest. Vergiss es also einfach.«

»Möglich«, brummte Hank unfreundlich. »Aber seine Mannschaft wird ihn vermissen und sich nach ihm erkundigen.«

»Natürlich werden sie das.« Blair wurde langsam ungeduldig. »Aber wir haben doch immerhin ein paar Tage gewonnen. Und wenn wir den mysteriösen Auftrag dieses Savelles erledigt und unseren Lohn dafür kassiert haben, verschwinden wir ohnehin auf Nimmerwiedersehen. Nach uns die Sintflut.«

»Hoffentlich wirst du recht behalten« meinte Hank. »Ich habe nämlich wirklich keine Lust, mich mit dieser Trapperarmee anzulegen.«

Nachdem die Piraten das große Tor passiert hatten, wurde es hinter ihnen sofort wieder verschlossen. Einer der Waldläufer begleitete sie auf dem Weg zum Herrenhaus, zu dem eine lange, mit alten Zypressen gesäumte Allee führte. Als sie knapp die Hälfte des Weges zurückgelegt hatten, kamen sie an einem Zwinger vorbei, in dem mehrere Bluthunde aufgebracht lärmten.

»Sie mögen es nicht, eingesperrt zu sein«, erklärte der Trapper grinsend, als er die misstrauischen Blicke der Besucher bemerkte. »Darum sind sie so unruhig. Wir lassen sie aber erst frei, wenn die Sonne untergeht. Dann gehört der Park ihnen. Sie sind die aufmerksamsten Wächter, die man sich vorstellen kann.«

»Das will ich gern glauben«, brummte Blair missmutig. »Bluthunde, schwer bewaffnete Leibgarden – euer Boss scheint kein sonderlich beliebter Mann zu sein.«

»Ich glaube nicht, dass euch das etwas angeht«, gab der Waldläufer scharf zurück. »Kümmert euch um eure Angelegenheiten. Damit fahrt ihr bei Savelle auf jeden Fall am besten.«

»Vielen Dank für den Rat«, meinte Hank Blackpool begütigend. »Wir werden ihn ganz gewiss beherzigen.«

Endlich hatten sie das große elegante Herrenhaus erreicht. Imposant stand es vor ihnen, mit seinen zehn schlanken Säulen und der reich geschnitzten Veranda. Bevor die Piraten jedoch den Türklopfer – sie glaubten ihren Augen nicht zu trauen, als sie sahen, dass er aus getriebenem Silber bestand – betätigen konnten, öffnete sich die Eingangstür und ein Mann trat heraus. Es war der Trapper, den Hank im Hafen kennengelernt hatte.

Doch wenn die verschwitzten und durstigen Männer nun hofften, in die weitläufige und kühle Halle gebeten zu werden, belehrte man sie schnell eines Besseren. Nach einer kurzen Begrüßung mussten sie den Weg über die lange Allee zurück antreten, an den knurrenden Bluthunden vorbei und durch das schmiedeeiserne Tor. Die Gesichter der Piraten zeigten deutlich, was sie davon hielten.

»Wir haben uns an die Abmachung gehalten«, schimpfte Blair leise vor sich hin, »und sind, um nicht aufzufallen, den weiten Weg von Jamestown zu Fuß gegangen. Wir haben weder ein Flachboot genommen noch Pferde gemietet und werden aus Dank dafür nun stundenlang im Kreis herumgeführt? Das gefällt mir nicht, das gefällt mir ganz und gar nicht.«

»Halt die Klappe, Blair«, wies Hank seinen Kumpan zurecht, doch dann musste er unwillkürlich grinsen. »Was hättest du überhaupt angefangen mit einem Pferd? Du kannst doch gar nicht reiten.«

Der Waldläufer führte sie über die Uferstraße zum James River. Am Anlegesteg der Savelle-Plantage lagen jetzt zwei kleine Boote bereit. Mit ihnen ging es nun ein Stück stromaufwärts. Schließlich ließ der Trapper ans Ufer rudern. Ein Schilfgürtel behinderte die Fahrt, doch wie erstaunt waren die Piraten, als sie feststellten, dass sich in diesem Schilfgürtel die Einfahrt zu einem Nebenfluss des James River verbarg.

Schon bald hatten sie das Schilf hinter sich gelassen und sahen sich aufmerksam um. Der kleine Fluss war nicht breit, an den Ufern jedoch dicht bewachsen. Zypressen und immergrüne Eichen, von deren Zweigen Spanisches Moos herabhing, Dschungelpalmen und dichtes Unterholz, dazwischen blühten wilde Blumen – ein tiefer Urwald.

Nach einigen hundert Metern kamen die Männer zu einem Bootshaus, das von der üppigen Vegetation fast vollends verborgen wurde. Um die Einfahrt passieren zu können, mussten sie sich tief in ihren Kähnen bücken.

Im Inneren des Bootshauses befand sich ein Steg. Sie legten an.

»Wir sind am Ziel«, erklärte der Trapper. »Hier wird für die nächsten Tage eure Unterkunft sein. Es ist sicher hier. Euch wird hier niemand finden, der euch nicht finden soll.«

Die Piraten nickten anerkennend. Sie waren sichtlich von dem Unterschlupf beeindruckt.

Der Waldläufer führte sie nun über den Steg und öffnete schließlich eine Tür, die in einen großen Raum führte. Hier war alles für sie vorbereitet: Lebensmittel, Wasser, Geschirr, ein Waschtisch und eine ausreichende Anzahl Schlaflager, aufgeschüttet aus frischem Stroh.

In dem Raum befanden sich zwei weitere Türen, und während sich die Piraten umsahen, klopfte der Trapper an eine der beiden. »Herein«, antwortete eine hohe Fistelstumme.

Der Waldläufer winkte den Männern und ließ sie eintreten. Erstaunt hielten sie den Atem an. Mit allem hatten sie gerechnet, nur nicht damit, hier, im tiefen Urwald, plötzlich in einem derart elegant eingerichteten Zimmer zu stehen. Die Wände waren mit chinesischen Tapeten versehen, der mannshohe Kamin bestand aus weißem, mit rosigen Adern durchzogenem Marmor, an den Wänden hingen silberne Leuchter, auf dem Boden lag ein dicker, orientalischer Teppich, und die Platte des großen Mahagonischreibtisches war sorgfältig poliert und schimmerte wie feinste Seide.

Am Kamin, der über einen kostbaren Marmoraufsatz verfügte, lehnte ein Mann, klein und zierlich, in einen Anzug aus weinroter Seide gekleidet und mit einem Mausgesicht.

»Guten Abend, meine Herren. Mein Name ist Howard Savelle. Bitte nehmt Platz. Wir haben sehr viel zu besprechen.«

Die Piraten waren verwirrt, nahmen sich aber widerspruchslos jeder einen Stuhl und sahen den Anwalt erwartungsvoll an.

Savelle begann zu erzählen, seine hohe Fistelstimme klang unangenehm in ihren Ohren, doch seinen Ausführungen lauschten sie gebannt.

Die Rede war von einem niederländischen Baron, der auf einer Plantage stromaufwärts lebte. Savelle erzählte ihnen, wie dieser Baron ihre Princess gestohlen und ihn, den Anwalt, mit den übelsten Machenschaften um große Ländereien betrogen hatte.

»Natürlich hatte er Helfer«, erklärte das Mausgesicht. »Den einen kennt Ihr, John Ripley, der jetzige Kapitän Eures Schiffes. Der andere ist ein Engländer namens Henry Pimentel. Und bei der Dritten im Bunde handelt es sich um eine Frau namens Barbara von Cappel.

Alle drei werden im Zuge unserer Rache ihrer gerechten Strafe zugeführt werden, alle drei sind im Augenblick jedoch unwichtig. Wir konzentrieren uns einzig auf den Baron.«

»Und den sollen wir also unter die Erde befördern?« Es war Blair, der die Frage stellte, und sein Lächeln verriet, dass er mit diesem Plan durchaus einverstanden war.

Doch Savelle schüttelte den Kopf. »Oh nein, so einfach wollen wir es ihm nicht machen. Ich will nicht, dass dieser Mann die Gnade eines schnellen Todes erlebt. Was er Euch und natürlich auch mir angetan hat, verdient eine viel delikatere Strafe.«

Aufmerksam sahen die Männer ihn an. »Er soll alles verlieren, was ihm lieb und teuer ist. Seine Plantage und seine Felder, seine Freunde und das Kostbarste, das er auf dieser Welt besitzt, seine Frau …« Er zögerte und sein spitzes Gesicht verzog sich zu einem teuflischen Grinsen.

»Was soll mit ihr geschehen?« Wieder war es der rachsüchtige Blair, der ungeduldig nachfragte.

»Nun«, lächelte der Anwalt, offenbar mehr als zufrieden mit seinem satanischen Plan, »ich habe überall auf der Welt Geschäftspartner. Unter anderem auch den Sultan von Konstantinopel, ein sehr weiser Mann. In seinem Harem beherbergt er mehr als dreihundert Damen. Eine von ihnen wird gewiss für eine Sklavin als Dienerin Verwendung haben. Auch die beiden Knaben, die auf der Plantage leben, sollen nach Konstantinopel. Der eine ist im Augenblick noch zu klein, aber er wird natürlich wachsen, und der Sultan liebt es, sich hin und wieder auch mit Knaben zu verlustieren. Später kann er ihn dann vielleicht, entsprechendes Talent und Schulung natürlich vorausgesetzt, in seinen Kastratenchor eingliedern.«

Sprachlos sahen die Piraten ihn an. Fast könnte ihnen, den gefürchteten und vor keiner Schandtat zurückschreckenden Herren der Meere, vor diesem kleinen, zierlichen Männchen angst und bange werden.

»Er muss Euch wirklich übel mitgespielt haben, dieser Baron«, ließ sich Hank schließlich vernehmen, »wenn Ihr Euch so schrecklich an ihm rächen wollt.«

Das Mausgesicht lachte böse auf. »Dessen seid gewiss. Er hat mir mein Land gestohlen, mir finanziell großen Schaden zugefügt und meinen Namen und meine Ehre beschmutzt. Wie ein Tier soll er leiden, dieser Baron van Aelst. Und er soll sich wünschen, niemals geboren worden zu sein.«

Auf Victory herrschte große Aufregung. Die aufständischen Sklaven kamen immer näher. Des Nachts zogen sie mordend und brandschatzend durch das Land und am Tag ließen sie ihre Trommeln sprechen. Der sich ständig wiederholende Rhythmus klang dumpf und unheimlich.

Maarten und die Seinen trafen mit ihren Freunden zusammen, um eine letzte Lagebesprechung abzuhalten. William Thompson war natürlich dabei, Rich und Henry Pimentel mit dem Halbindianer Adahy, und Grimm, der den Freunden selbstverständlich zur Seite stehen wollte.

»Die Schwarzen haben verschiedene Trommeln«, erklärte Rich gerade. »Die kleinste heißt Cata, sie ist für ein durchdringendes Stakkato zuständig. Die mittlere wird Seconde genannt und die größte, deren Töne einem anschwellenden Donner gleichen, Maman. Nur sie allein hat die Macht, die Loa, die Götter also, herbeizurufen, und sie ist es auch, die wir ständig hören. Sie soll um Hilfe und Unterstützung bitten.«

»Und die Tatsache, dass wir die Maman seit heute Morgen auch auf Victory vernehmen können, bedeutet …?«

»Dass Ihr in der nächsten, spätestens jedoch in der darauffolgenden Nacht mit dem Angriff rechnen müsst«, antwortete Rich. »Wenn Ihr Eure Familie in Sicherheit bringen wollt, wird es also höchste Zeit. Madam Thompson und ihre Tochter brechen heute nach Jamestown auf.«

Maarten seufzte und sah Anneke vorwurfsvoll an. »Madam Thompson ist eine kluge Frau – im Gegensatz zu meiner Gattin. Die ist halsstarrig wie ein Muli und weigert sich nach wie vor, die Plantage zu verlassen.«

»Nicht nur Anneke will bleiben«, warf Catarina kampflustig ein. »Und ich kann sie gut verstehen. Auch Barbara und ich denken nicht daran zu gehen. Die afrikanischen Frauen müssen mit ihren Kindern schließlich auch bleiben, und es ist keineswegs erwiesen, dass die Aufständischen sie verschonen.«

Rich musste ihr zustimmen. »Gewiss, die Sklaven führen zwar einen Feldzug gegen den weißen Mann, aber wenn sie auf schwarze Brüder und Schwestern stoßen, die nicht bereit sind, sich ihnen anzuschließen, wird es zweifelsohne Tote geben. Darum müssen alle die Plantage verlassen, egal ob schwarz oder weiß.«

»Natürlich werden wir gehen, alle, aber auch wir Frauen wollen in der Nähe bleiben. Schließlich können auch wir helfen, wenn Brände gelöscht werden müssen, und davon ist schließlich auszugehen. Sie haben selbst gesagt, Rich, dass die Sklaven Feuer legen werden, wenn sie auf Victory niemanden antreffen.«

Der Schwarze grinste. »Eure Frauen scheinen fest entschlossen«, stellte er dann an Maarten und Jakob gewandt fest. »Ihr solltet Eure Zeit nicht länger damit verschwenden, ihnen das auszureden. Sucht lieber ein sicheres Versteck im Wald. Und vergesst nicht, Eure Spuren zu beseitigen. Sonst kommen die Aufständischen noch auf die Idee, nach Euch zu suchen.«

Maarten nickte. »Wann ist eigentlich mit dem Eintreffen der Miliz zu rechnen?«

William zuckte mit den Schultern. »Ich weiß es nicht. Wie es heißt, sollen sie bereits stromaufwärts marschieren, aber die Information ist nicht bestätigt. Vielleicht kommen sie schon morgen, vielleicht aber auch erst in einer Woche. Fest steht, dass die Angriffsziele der heutigen Nacht unsere Plantage und Victory sein können und wir auf uns allein gestellt sind.« Er verstummte und fuhr dann nach einer kurzen Pause fort: »Wir müssen jetzt zurück zu unseren Leuten. Unser Boot wird auf dem Weg nach Jamestown an Eurem Steg anlegen. Wer mitwill, ist herzlich eingeladen.«

»Ich glaube, von uns wird Juan Euer einziger Gast sein«, erklärte Anneke. »Wenn Ihr den Jungen mitnehmt, bedeutet das für uns eine Sorge weniger.«

»Natürlich«, gab William zurück. »Meine Frau wird auf ihn achten, und Heather freut sich über einen Spielgefährten.« Er nickte allen zu. »In wenigen Tagen wird der Spuk vorbei sein, bis dahin viel Glück, meine Freunde. Hoffen wir, dass wir uns alle gesund und unverletzt wiedersehen.«

Die Männer schwangen sich auf ihre Pferde. Rich sagte zum Abschied: »Nicht vergessen. Sobald die Abenddämmerung einsetzt, müsst Ihr alle in Sicherheit sein, denn wenn die Trommeln verstummen, beginnt der Angriff.«

Noch einmal hoben er und William die Hand zum Gruß, dann ritten sie davon.

Eine Weile sahen ihm die Zurückgebliebenen nach, dann gab Maarten seine Anweisungen: »Wir brauchen Frauen, die sich der Kinder annehmen und das Vieh in Sicherheit bringen. Adahy wird euch zu einer Lichtung im Wald führen, die weit genug entfernt ist, dass weder Kindergeschrei noch Hühnergegacker Gefahr bringen können. Würdet Ihr bitte alles Nötige veranlassen, Adoua?«

Die Mandingofrau nickte. »Sollen wir auch Nahrungsmittel mitnehmen?«

»Ja, ebenso Wasser, Hausrat und Kleidungsstücke, so viel ihr tragen könnt. Ihr habt genug Zeit für einen zweiten Gang. Lasst dann aber die Kinder mit zwei Frauen zur Aufsicht zurück. Danach verlasst die Lichtung bitte nicht mehr, weil wir eure Spuren beseitigen müssen.«

Ohne weitere Fragen machte Adoua sich an die Arbeit und Maarten wandte sich an Adahy: »Wenn Ihr die Frauen zu der Lichtung führt, könntet Ihr dann bitte unsere Pferde mitnehmen? Sie liegen uns sehr am Herzen und wir würden sie gern in Sicherheit wissen.«

Das Halbblut erklärte sich in seiner ruhigen Art sofort dazu bereit.

»Wie steht es auf Eldorado, Henry?«, vergewisserte sich Maarten. »Eure Frau und Eure Kinder wissen, wie sie zu der Lichtung kommen?«

»Ja, Adahy hat uns den Weg gezeigt«, bestätigte der Engländer. »Ich werde jetzt auf meine Plantage zurückkehren und beim Packen unserer Habseligkeiten helfen. Es ist ja nicht viel, was wir an irdischen Gütern unser Eigen nennen. Wir werden es ohne Probleme tragen können. Dann bringe ich meine Familie zu der Lichtung und kehre zurück.«

Maarten nickte. »Vermutlich wird Eldorado zwar heute Nacht verschont bleiben, und vielleicht werden die Aufständischen es gar nicht aufsuchen, weil Ihr keine Sklaven haltet, aber es ist sicher besser, Vorsicht walten zu lassen. Denkt daran, dass Ihr auf dem Rückweg alle Spuren verwischt, die Ihr verursacht habt.«

»Ja, gewiss«, versprach Henry. »Und Ihr vergesst nicht, Eure Maschinen in Sicherheit zu bringen. Auf keinen Fall solltet Ihr sie der Zerstörungswut der Aufständischen aussetzen.«

Maarten zuckte mit den Schultern. »Das würde ich ja gern, aber ich weiß noch nicht wie. Sie sind zu schwer, um über größere Strecken getragen zu werden, und der Maultierwagen würde Spuren hinterlassen, die wir so schnell nicht beseitigen können.«

»Wir könnten sie über die Uferstraße nach Eldorado bringen«, schlug Adahy vor. »Dort sind sie auf jeden Fall sicherer aufgehoben als hier.«

Maarten zögerte jedoch. »Warum schlagen wir sie nicht einfach in Tücher ein und vergraben sie«, ließ sich Grimm vernehmen. »Der Boden ist weich und eine Grube schnell ausgehoben. Sie muss ja nicht allzu tief sein.«

Maarten stimmte zu. »Ja, die Idee ist gut. Genau das werden wir tun.«

»Ich kümmere mich gleich darum«, meinte Jakob und verschwand. Catarina folgte ihm.

»Ich werde nach geeigneten Tüchern sehen.«

»Und ich werde dafür sorgen, dass die Bagasse aus dem Vorratsschuppen entfernt wird«, erklärte Memnon. »Das ausgepresste Zuckerrohr brennt so gut, dass wir im Falle eines Feuers kaum eine Chance zum Löschen haben.«

Als Jakob und Catarina die Maschinen in Leinentücher hüllten, sah sie ihn aufmerksam an und versuchte, in seinem Blick zu lesen, ob er ihr noch übel nahm, dass sie sich nicht Mary Thompson angeschlossen hatte.

Er bemerkte ihren Blick. »Ich habe gesehen, dass Adahy dir ein kleines Päckchen gegeben hat. Was enthält es?«

Catarina errötete schuldbewusst. »Ein Tuch, wie es Indianerinnen benutzen, um sich ihre Kinder auf den Rücken zu binden. Es ist sehr praktisch, weißt du, man hat die Hände frei und …«

»Ich vermute also richtig, dass du dich nicht den anderen Frauen anschließen willst, um dich und unseren Sohn im Wald in Sicherheit zu bringen.«

»Genau. Ich werde bei dir und den Männern und Frauen bleiben, die sich in der Nähe der Plantage verstecken.«

»Und was machst du, wenn der kleine Jakob anfängt zu weinen und den Aufständischen damit unser Versteck verrät?«

»Er wird nicht weinen«, entgegnete Catarina mit fester Stimme. »Keinen Mucks wird er von sich geben. Ich werde ihn an meinem Körper tragen und er wird ruhig und friedlich schlafen.«

»Wie kannst du dir da so sicher sein?«

Catarina zögerte, doch dann erklärte sie: »Adahy gab mir außer dem Tuch ein kleines Fläschchen. Es enthält den Saft einer bestimmten Wurzel, die für einen tiefen Schlaf sorgt. In früheren Zeiten haben sich Indianerinnen häufiger in dieser Situation befunden und mussten dafür Sorge tragen, dass ihre Kinder sich ruhig verhielten.«

Jakob seufzte resigniert. »Du weißt auf alles eine Antwort, nicht wahr? Also gut, ich werde mich damit abfinden. Aber versprich mir, dass du mit unserem Sohn auf dem Rücken nicht versuchst, Brände zu löschen.«

»Natürlich nicht«, entgegnete Catarina entrüstet. »Aber ich werde Verletzte behandeln – falls es welche gibt. Denn auch dafür hat Adahy mich ausgestattet. Er gab mir Verbandsmaterial und eine Heilpaste aus diversen Pflanzen.«

Jakob begriff. »Du hast also alles sorgfältig vorbereitet und hieltest es nicht für nötig, mich über deine Pläne aufzuklären?«

»Ich habe es versucht, Liebster«, widersprach Catarina sofort. »Aber du wolltest mich fortschicken. Über andere Möglichkeiten warst du nicht einmal bereit zu reden. Ich laufe jedoch nicht einfach fort, wenn sich mein Mann und meine Freunde in Gefahr befinden. Dann ist mein Platz an ihrer Seite und ich werde helfen, so gut ich es vermag.«

Unwillkürlich zog Jakob seine Frau in die Arme. »Ja, so bist du«, murmelte er und berührte mit seinen Lippen zärtlich ihre Haare. »Eigentlich hätte ich es wissen müssen.«

Die Abendsonne vergoldete mit ihren letzten Strahlen das Land und das Wasser des Stromes, der träge und behäbig dahinfloss. Ein Bild des Friedens. Doch dieses Bild war trügerisch. Daran erinnerten schon die Trommeln, die noch immer dumpf und unheimlich von Norden her ertönten.

Die Bewohner Victorys hatten ihre Schutzmaßnahmen abgeschlossen. Kinder, Frauen, Tiere und Maschinen waren in Sicherheit, Lebensmittel, Kleidung und Hausrat fortgetragen. Zum Schluss suchten Maarten und die Seinen ihr Versteck auf, das weit genug von der Uferstraße entfernt lag, ihnen jedoch die Möglichkeit gab, die Gebäude der Plantage im Auge zu behalten. Die dichte Vegetation bot ihnen ausreichend Schutz vor Entdeckung – zumal in der Dunkelheit. Ein idealer Unterschlupf. Auch Pimentel und Adahy waren wieder zu ihnen gestoßen, nachdem sie alle Spuren im Unterholz sorgfältig beseitigt hatten.

Nun begann das Warten, das an den Nerven zerrende Warten auf das Verstummen der Trommeln und auf den Angriff, von dem keiner zu sagen vermochte, wann er beginnen und wie er enden würde.

In den Zweigen einer immergrünen Eiche saß eine Spottdrossel, ein schlanker Bursche mit einem eleganten schwarz-weißen Federkleid. Und während die letzten Strahlen der Sonne erloschen und langsam die Dämmerung hereinbrach, schickte er sich an, ein Abendkonzert zu geben. Da er nicht nur seinen eigenen Gesang beherrschte, sondern auch den anderer Vögel imitieren konnte, war sein Repertoire sehr umfangreich. Ja, sogar an den dumpfen Klängen der Trommeln versuchte er sich mit deutlichem Erfolg. Und damit seinem Publikum auch kein Lied entging, wurde ein jedes mehrmals wiederholt.

Anneke und Catarina sahen zu dem drolligen Vogel empor und lauschten seinem Gesang. Der kleine Jakob, der zwischen ihnen im weichen Moos lag, schlief tief und fest. Die Männer saßen nur wenige Schritten entfernt. Sie redeten leise miteinander und allen stand die Anspannung deutlich ins Gesicht geschrieben. Nur Adahy, mit den Rücken an einen Baumstamm gelehnt, schien eingeschlafen zu sein.

Jakob seufzte leise. »Der Mann ist wirklich um seine Ruhe zu beneiden. Ich könnte jetzt nicht schlafen. Dazu fühle ich mich viel zu erbärmlich und hilflos. Warum können wir den Aufständischen nicht einfach offen gegenübertreten und kämpfen, anstatt uns vor ihnen zu verstecken.«

Erstaunt sah Maarten den Freund an. »Du würdest wirklich gegen diese armen Menschen kämpfen, gegen diese Verzweifelten, die versuchen, dem Joch der Sklaverei zu entkommen?«

Jakob zuckte mit den Schultern. Es missfiel ihm einfach, dass sie angegriffen werden sollten und sich nicht einmal verteidigten.

»Wir halten keine Sklaven«, brummte er missmutig. »Warum lassen sie uns also nicht in Ruhe und beschränken ihren Krieg auf die Plantagenbesitzer, die ihn verdient haben?«

»Weil sie blind sind in ihrem Hass gegen die Weißen. Und weil sie natürlich tief in ihrem Innern wissen, dass ihr Kampf vergeblich sein wird. Sie haben keine Chance und werden für diesen Aufstand, der zweifelsohne in wenigen Tagen niedergeschlagen sein wird, bitter bezahlen müssen.«

»Das steht nicht in unserer Verantwortung«, meinte Jakob mürrisch. »Auch wir können das System nicht ändern – nicht von heute auf morgen.«

Maarten nickte geduldig. »Ich muss dir leider recht geben. An dem, was sich hier abspielt, können wir nichts mehr ändern, und daher ist es das Beste, wir ziehen uns zurück. Außerdem, wenn wir es auf einen Kampf ankommen ließen – ich wüsste nicht, wie der ausgehen würde. Immerhin sind sie uns zahlenmäßig weit überlegen.«

»Gewiss, aber dafür haben wir die besseren Waffen«, hielt Jakob entgegen.

»Das stimmt«, gab Maarten ihm recht. »Trotzdem würde es auch auf unserer Seite Verluste geben, sinnlose Verluste, wie ich meine. Ganz abgesehen von den Gewissenskonflikten. Unsere Afrikaner müssten gegen ihre Brüder kämpfen und wir ...« Er unterbrach sich und lauschte in die Dämmerung. Die Trommeln waren verstummt! Das Schweigen klang plötzlich bedrohlicher als der dumpfe eintönige Rhythmus, der sie den ganzen Tag über gequält hatte.

Auch die Spottdrossel beendete nun abrupt ihr Konzert, aber das bemerkten die Menschen, die sich entsetzt ansahen, nicht einmal. Sie dachten nur an Richs Worte: »Wenn die Trommeln verstummen, beginnt der Angriff.«

Adahy erhob sich. Offensichtlich hatte er doch nicht geschlafen. Geschickt kletterte er auf einen Baum, um sich einen Überblick zu verschaffen.

»Es ist nichts zu sehen«, rief er nach einer Weile leise von seinem luftigen Ausguck herab. »Vermutlich ist die Plantage der Thompsons tatsächlich ihr erstes Ziel in dieser Nacht.«

Die Männer, die am Fuße des Baumes standen und zu ihm hinaufschauten, nickten. Das war schließlich zu erwarten gewesen.

Anneke zitterte am ganzen Körper. Sicher, sie wusste Mary und ihre Tochter in Sicherheit. Aber William, Rich und mehr als hundert schwarze Männer hielten sich auf der Plantage verborgen. Nicht auszudenken, zu was für einem Blutbad es kommen konnte, wenn sie von den Aufständischen entdeckt wurden.

In diesem Augenblick erwachte der kleine Jakob neben ihr und forderte sein Recht. Mit fliegenden Händen fütterte Catarina ihren Sohn, wechselte seine Windeln und flößte ihm schließlich ein paar Tropfen von dem indianischen Saft ein. Sofort versank das Kind wieder in tiefen Schlaf.

Die Zeit verstrich quälend langsam. Sekunden schienen sich zu Minuten zu dehnen, Minuten zu Stunden. Der

Mond war aufgegangen und in seinem fahlen Licht wirkte die Umgebung ihres Verstecks fast unwirklich und trügerisch ruhig.

»Ich sehe einen Feuerschein am Himmel«, durchbrach Adahys leise Stimme schließlich die Stille. »Ich nehme an, es ist das Herrenhaus. Es scheint in hellen Flammen zu stehen.«

»Hoffen wir, dass keiner zu Schaden gekommen ist und es den Thompsons gelingt, zu löschen, bevor alles in Schutt und Asche liegt«, murmelte Maarten hilflos.

Catarina und Barbara begannen leise zu beten.

Etwa eine halbe Stunde später stieg Adahy von dem Baum herab. »Sie kommen«, sagte er und schien zum ersten Mal seine Kaltblütigkeit verloren zu haben. »Aber sie nehmen nicht den Weg über die Uferstraße. Das bedeutet, dass wir hier nicht sicher sind.«

Tatsächlich, weit hinten auf den Baumwollfeldern bewegten sich Fackeln. Sie waren so weit entfernt, dass sie wie winzige Sterne aussahen.

»Wir müssen uns sofort einen neuen Unterschlupf suchen«, ordnete Maarten hastig an. Eilig machten sie sich auf den Weg, nahmen nichts mit außer ihre Waffen. Nur Catarina war geistesgegenwärtig genug, sich schnell ihre Tasche mit dem Verbandszeug umzuhängen. Barbara trug indessen den kleinen Jakob.

Da die Uferstraße zu gefährlich war, schlugen sie sich durch das Unterholz.

»In der Gruppe hinterlassen wir viel zu deutliche Spuren«, stellte Adahy nach einer Weile fest. »Wenn die Schwarzen vermuten, dass wir uns auf Victory versteckt halten, werden sie keine Ruhe geben, bis sie uns gefunden haben. Wir müssen uns trennen und ein jeder für sich einen

Weg finden, auf die andere Seite der Plantage zu gelangen. Am Rand der Felder, dort, wo die große Virginia-Pinie steht, treffen wir wieder zusammen.«

Die Flüchtlinge stimmten ihm zu und strömten sofort auseinander. Nur Catarina blieb zurück und sah sich suchend nach Barbara und ihrem Sohn um. Doch es war nichts von ihnen zu sehen. Offensichtlich hatte ihre Schwägerin sich schon alleine ihren Weg gesucht.

Es hat keinen Sinn, in der Dunkelheit nach ihr zu suchen, dachte Catarina, zumal die Fackeln der Aufständischen deutlich näher kamen. Sogar ihre wütenden Stimmen waren schon schwach zu hören. Sie hatte keine Wahl, als gleichfalls weiterzueilen, und hoffte inständig, dass es Barbara gelang, den kleinen Jakob in Sicherheit zu bringen. Immerhin, aus welcher Richtung die Gefahr kam, war deutlich sichtbar.

Als sie die Gebäude und Felder Victorys – das Ziel der Aufständischen – zwischen sich und die wütenden Sklaven gebracht hatte, fand sie auch ihre Leute wieder. Anneke, Maarten, Jakob, Memnon, Pimentel, Adahy und die Afrikaner – alle trafen wieder zusammen. Nur von Barbara fehlte jede Spur.

»Sie wird gewiss gleich eintreffen«, versuchte Jakob seine Frau zu beruhigen. »Oder ein Versteck gefunden haben, das sicher ist. Schließlich hat sie ein kleines Kind bei sich. Da wird sie gewiss kein Risiko eingehen.«

Er vertraute seiner Schwester vollkommen und auch Catarina glaubte an die Zuverlässigkeit Barbaras. Und doch, in dieser Situation hätte sie ihren Sohn lieber bei sich gehabt. Sie wäre viel beruhigter gewesen.

Für den Augenblick ließ sich aber nichts ändern, denn die Aufständischen waren nun schon so nahe, dass man sie deutlich hören konnte.

»Still jetzt«, mahnte Adahy und spähte vorsichtig durch das schützende Unterholz zu den Hütten Victorys hinüber, die noch friedlich im Mondlicht lagen.

Wenige Minuten später änderte sich die Situation jedoch und die ersten Sklaven tauchten zwischen den Hütten auf. Offensichtlich rechneten sie nicht damit, die Bewohner anzutreffen, denn sie stürmten ohne zu zögern die kleinen Holzhäuser und machten ihrem Unmut, noch nicht einmal Hausrat oder Lebensmittel vorzufinden, lauthals Luft.

Der eben noch so ruhige Ort glich nun einem Hexenkessel. Maarten presste den Schaft seines Gewehrs vor Aufregung so fest zwischen den Händen, dass seine Knöchel weiß hervortraten. Er merkte es nicht einmal. Mit Schrecken erkannte er hingegen, dass die Aufständischen weitaus besser bewaffnet waren, als sie vermutet hatten. Gewiss, sie trugen nur wenige Schusswaffen bei sich, doch die Macheten mit den breiten, gezackten Klingen, die einige wütend über den Köpfen schwangen, andere an einem Strick um den Hals gebunden hatten, wirkten besorgniserregend genug.

Und dann sah er die Flammen, die aus der Küchenhütte schlugen … Gleich darauf brannte das Blockhaus lichterloh.

Achtzehntes Kapitel

Auch Barbara sah den Feuerschein von ihrem Versteck aus.

Da sie Adahy nicht verstanden hatte und demzufolge nicht wusste, warum alle auseinandergelaufen waren, war auch sie einfach und voller Furcht losgerannt. Nun hatte sie sich in die Nähe der Uferstraße zurückgezogen, weil sie glaubte, hier am sichersten zu sein. Sie war allein und völlig auf sich gestellt.

Schwer atmend ließ Barbara sich auf einem morschen Baumstumpf nieder, als ein Geräusch – dicht neben ihr – sie aufschreckte. Es klang wie ein heiseres Bellen, nur kurz, aber schrecklich furchterregend.

Nur mit Mühe konnte Barbara einen Angstschrei unterdrücken. Sie kannte diesen Laut, häufig genug hatte sie ihn bereits gehört, bisher allerdings niemals aus nächster Nähe. Vorsichtig legte sie den kleinen Jakob zwischen den Baumwurzeln ab und tastete nach der Pistole, die sie sich auf Jakobs Drängen in den Gürtel gesteckt hatte.

Normalerweise mieden die Wildkatzen der Wälder Virginias die Menschen. Sie hatten ja auch genug Platz, um ihnen auszuweichen. Aber dieses Pantherweibchen schien Barbara aufgeschreckt zu haben. Erst jetzt bemerkte sie die gelben Augen, die ihr aus der Dunkelheit entgegenleuchteten. Die Wildkatze hatte ein Jungtier bei sich und fühlte sich offensichtlich bedroht. Knurrend kam sie näher. Fest umklammerte Barbara ihre Pistole und überlegte fieberhaft. Was sollte sie nur tun? Der kleine Jakob in seinem Wurzelbett bewegte sich. Ihn musste sie um jeden Preis schützen, doch ein Schuss würde sie und die anderen verraten.

Knurrend kam das Pantherweibchen näher und setzte bereits zum Sprung an. In Todesangst hob Barbara ihre Pistole. Vielleicht ging das Geräusch des Schusses in dem Aufruhr unter, den die Aufständischen veranstalteten, hoffte sie verzweifelt und versuchte zu zielen, doch ihre Hand zitterte viel zu sehr. Auge in Auge stand sie der Wildkatze gegenüber, als das Tier plötzlich zurückwich. Witternd hob es die Nase. Der Geruch des Feuers beunruhigte es offensichtlich und die Großkatze zog es vor, die Flucht anzutreten. Noch ein letztes Fauchen, dann verschwand sie mit ihrem Jungen im Unterholz.

Vor Erleichterung traten Barbara die Tränen in die Augen. Erschöpft sank sie auf den Baumstamm, steckte die Pistole zurück in den Gürtel und nahm das Baby wieder auf den Arm.

Wie gut, dass der Kleine tief und fest schlief. Dieser Wundertrank von Adahy war wirklich Gold wert, dachte sie, als ein neuerliches Geräusch sie aufschreckte.

Stimmen waren es, menschliche Stimmen. Sie sprachen Englisch und kamen nicht aus Richtung der Plantage, sondern von der Uferstraße. Vorsichtig spähte sie hinüber und konnte gleich darauf Fackeln erkennen.

Das können unmöglich die Aufständischen sein, dachte sie überrascht. Rich hatte gesagt, dass sie aus dem Norden kommen. Diese Fackeln näherten sich jedoch von Süden her.

Eine Weile beobachtete Barbara verwirrt die Lichter, dann fand sie eine Erklärung: die Milizsoldaten! Natürlich, das mussten die erwarteten Truppen aus Jamestown sein. Endlich traf die ersehnte Hilfe ein!

Ich muss mich den Männern bemerkbar machen, murmelte sie aufgeregt. Ihnen die Lage erklären und sie zur Eile antreiben. Vielleicht können sie noch verhindern, dass Victory in Schutt und Asche gelegt wird.

Alle Vorsicht außer Acht lassend verließ Barbara ihr Versteck und eilte den Männern entgegen. Sie strauchelte und fing sich wieder, während ihr Zweige ins Gesicht schlugen. Es kümmerte sie nicht. Nur schnell voran, war alles, was sie denken konnte.

Endlich erreichte sie die Uferstraße. Hier kam sie schneller voran. Gleich, nur noch wenige Meter, dann hatte sie die Soldaten erreicht.

Dass der ungeordnete Haufen, der ihr entgegenkam, nichts gemein hatte mit den militärisch ausgerichteten Reihen einer Miliztruppe, fiel ihr in der Aufregung nicht auf. Erst als sie den Trupp fast erreicht hatte, stellte sie fest, dass die Soldaten keine Uniform trugen. Vielleicht war das hier, in Virginia, bei einer Bürgerwehr nicht üblich, versuchte sie sich schnell an einer Erklärung. Nur, warum waren es so wenige? Was ihr da entgegenkam, war nämlich keine vier- bis fünfhundert Mann starke Armee, sondern höchstens dreißig verwegen aussehende Gestalten.

Natürlich, das muss die Vorhut sein, dachte Barbara. Hoffentlich sind die eigentlichen Truppen nicht gar so weit entfernt. Ihn ihrem Wunsch nach Rettung ignorierte sie alle Warnungen und war daher auch mehr verwirrt denn ängstlich, als sie vor den Männern stand und in ihre feixenden Galgenvogelgesichter blickte.

»Nun, was ist uns denn da für ein Goldfisch ins Netz gegangen«, grinste Blair Goodwell erstaunt.

»Ich bin Barbara von Cappel«, erklärte sie atemlos. »Meiner Familie gehört die Plantage Victory, die in diesem Augenblick von den aufständischen Sklaven angegriffen wird. Ich bin ja so froh, dass endlich Hilfe kommt. Bitte, wo sind Eure Truppen? Sind sie weit zurück? Wann können sie hier sein?«

Verblüfft sahen die Männer sie an. Sie konnten ihr Glück kaum fassen.

»Ihr seid Barbara …«

»Ja«, unterbrach sie ihn gehetzt. »Und ich flehe Euch an. Bitte, gebt mir Auskunft. Rasche Hilfe tut wirklich Not.«

Die Männer brachen in triumphierendes Gelächter aus.

»Du hattest recht, Blair. Sie ist tatsächlich ein Goldfisch. Im wahrsten Sinne des Wortes«, kicherte Hank Blackpool vergnügt und schlug sich begeistert auf die mageren Schenkel. »Es ist kaum zu glauben, dass ausgerechnet wir so ein verdammtes Glück haben sollen.«

Verständnislos sah Barbara ihn an. »Ich begreife nicht …«

»Musst du auch nicht, mein Täubchen«, unterbrach Blair sie ungerührt. »Sag uns lieber, was du da mit dir herumschleppst? Hast du etwa versucht, das Tafelsilber zu retten?«

Erst in diesem Augenblick erkannte Barbara ihren Irrtum. Nein, dies waren keine Milizsoldaten. Das waren Halunken und Wegelagerer, die alles Mögliche wollten, nur keine Hilfe leisten. Erschrocken wich sie zurück und zog ihre Waffe. Doch die Männer lachten nur, nahmen ihr die Pistole ab und dachten nicht daran, ihre Beute entkommen zu lassen. Und während Blair sie an den Schultern festhielt, untersuchte Hank das Bündel in ihrem Arm.

»Sie trägt ein Kind bei sich«, stellte er erstaunt fest, um

gleich darauf kopfschüttelnd zu wiederholen: »Tatsächlich, es ist ein kleines Kind. Männer, das ist mehr als Glück. Ein richtiger Volltreffer ist das. Ich kann es kaum glauben.«

»Was ist das für ein Kind?«, fragte Blair vorsorglich. Er wollte absolut sichergehen. »Ist es der Enkel des Barons?«

Barbara nickte nur. Fieberhaft überlegte sie, wie sie sich befreien konnte. Doch das Nicken genügte den Männern als Zustimmung, auch wenn sie ihr Glück kaum fassen konnten. Ihr Auftraggeber Savelle wollte diese Frau und ihren Neffen, und nun liefen ihnen ausgerechnet beide einfach so über den Weg. Sie mussten nur noch zugreifen.

»Bringt die Frau in unser Versteck und bewacht sie sorgfältig. Auf keinen Fall darf sie uns wieder entwischen«, ordnete Blair an. »Wir gehen indessen weiter. Unser Auftrag ist schließlich noch nicht erfüllt.«

Maarten und die anderen saßen nach wie vor in ihrem Versteck und beobachteten verzweifelt die Zerstörung Victorys. Die Aufständischen schienen tatsächlich keinen Stein auf dem anderen lassen zu wollen und vernichteten in ihrem aufgestauten Hass alles, was die Siedler sich in den letzten Monaten aufgebaut hatten. Erst als plötzlich ein schriller Ruf erklang, hielten sie inne und stürmten in Richtung Uferstraße davon.

»Nimm Adahy mit und finde heraus, was sie aufgescheucht hat«, raunte der Baron Memnon zu. »Wir werden inzwischen versuchen zu retten, was noch zu retten ist.«

Der Mandingo nickte, und wenig später war er mit dem Halbblut in der Dunkelheit verschwunden.

»Ich werde mit ihnen gehen«, erklärte Pimentel mit besorgtem Gesicht. »Ich weiß zwar nicht, was die Sklaven von Victory vertrieben hat, bevor sie ihre Zerstörung vollenden konnten, aber da immerhin die Möglichkeit besteht, dass ihr nächstes Angriffsziel Eldorado ist, ist mein Platz jetzt auf meiner Plantage.«

Maarten stimmte ihm zu. Ein kurzer Händedruck und der Engländer eilte davon.

Van Aelst hingegen stürzte sich mit seinen Leuten in die Flammenhölle. Die Holzhütten waren zwar verloren, aber vielleicht gelang es, wenigstens die Ernte und das Ziegelgebäude der Zuckerkocherei zu retten. Vorsorglich hatten sie vor dem Angriff Wasser und Decken zum Löschen bereitgestellt, und da die Aufständischen dieses Lager nicht entdeckt hatten, konnten sie es nun nutzen. Schnell waren die Decken angefeuchtet und schon schlugen die Männer auf die züngelnden Flammen ein.

Verbissen kämpften die Siedler gegen das Feuer, bis die Gefahr endlich gebannt war. Sie hatten es geschafft. Victory war gerettet! Die Baumwolle stand so gut wie unversehrt auf den Feldern und auch das bisher nicht geschnittene Zuckerrohr konnte weitgehend vor den Flammen bewahrt werden. Die Zuckerkocherei war zwar zum größten Teil ausgebrannt, doch das Gebäude stand und der Lagerraum mit dem bereits produzierten Rohzucker konnte gelöscht werden. So war also auch diese Ernte nicht verloren.

Als die Männer sich erschöpft zwischen den noch qualmenden Hütten auf den nackten Erdboden fallen ließen, dämmerte bereits der Morgen. Ihre Gesichter waren vom Ruß geschwärzt, Haare und Kleidung angesengt und die meisten hatten kleinere Brandwunden an den Händen davongetragen, aber ansonsten waren alle wohlauf.

Anneke versorgte Wunden – säuberte sie, strich Adahys Salbe darauf und legte Verbände an. Als sie sich neben

Maarten hockte und nach seinen Verletzungen schaute, fragte sie leise: »Haben wir es überstanden oder werden sie noch einmal zurückkehren?«

»Das werden wir erst sagen können, wenn wir wissen, was sie aufgeschreckt hat«, gab er zurück und sah zu Catarina und Jakob hinüber. Die junge Frau verband gerade die Hände ihres Mannes. Dabei liefen ihr die Tränen über die Wangen.

Anneke war seinem Blick gefolgt. »Sie ist halb verrückt vor Sorge um den Kleinen«, erklärte sie leise.

»Ja, natürlich« erwiderte Maarten. »Das sind wir alle. Ich verstehe überhaupt nicht, wo Barbara bleibt. Sie muss doch mitbekommen haben, dass die Aufständischen weitergezogen sind.«

»Vielleicht hat sie sich im Dunkeln im Wald verirrt und musste das erste Tagelicht abwarten, um zurückfinden zu können«, vermutete Anneke. »Gewiss trifft sie jeden Augenblick ein.«

Als Catarina Jakobs Wunden versorgt hatte, erhob sie sich, richtete sich gerade auf und wischte ihre Angst energisch beiseite. Dann ging sie weiter, zu dem nächsten Verletzten. Nur nicht nachdenken.

Jakob trieb die Sorge um Sohn und Schwester auf die Uferstraße. Hier schien alles ruhig zu sein. Von den Aufständischen war nichts zu sehen. Von Barbara allerdings ebenso wenig. Unruhig schlug er den Weg in Richtung Eldorado ein.

Vielleicht ist Barbara auf die Plantage Pimentels geflohen, dachte er und beschleunigte seinen Schritt. Als er jedoch um die nächste Wegbiegung eilte, stolperte er fast über einen Mann. Es war ein Schwarzer, vermutlich einer der Aufständischen. Er war tot!

Erschrocken konnte Jakob nun weitere Leichen erkennen, die auf der Straße lagen. Hier musste ein schreckliches Gemetzel stattgefunden haben. Doch wer hatte sich den Aufständischen entgegengestellt?

Und dann entdeckte er Memnon. Erleichtert atmete er auf. Zumindest dem Freund schien nichts geschehen zu sein.

Der Mandingo beugte sich über einen Mann, einen Verletzten offensichtlich. Eilig ging Jakob weiter und konnte, als er näher herangekommen war, erkennen, dass es sich bei dem Verletzten um einen Trapper handelte, der wie die Leibwächter Savelles gekleidet war. Verständnislos schüttelte er den Kopf. Ein Scherge des Mausgesichts? Das ergab keinen Sinn. Die Plantage Savelles lag weit genug stromabwärts und war daher, zumindest im Augenblick, noch sicher vor den Aufständischen.

Memnon hatte Jakob noch immer nicht bemerkt, aber er war nun nahe genug, um verstehen zu können, was der Mandingo sagte: »Los, du Galgenstrick, rede endlich. Was hattet ihr hier zu suchen. Und wage es nicht, mir noch einmal weismachen zu wollen, dass Savelle euch den Auftrag gegeben hat, uns gegen die aufständischen Sklaven zu unterstützen.«

Das Gesicht des Mannes war wachsweiß, sein Lederhemd blutgetränkt. Offensichtlich war er schwer verletzt und rang mit dem Tode. Trotzdem verzog er seine Lippen zu einem spöttischen Grinsen.

»Was für ein schlauer Nigger du doch bist«, höhnte er. »Aber du hast tatsächlich recht. Wir …« Ein Hustenanfall unterbrach den Trapper. Aus seinem Mundwinkel rann Blut. Dennoch fuhr er fort, sobald er wieder zu Atem gekommen war: »Wir wollten euch nicht helfen. Natürlich nicht. Wir wussten nicht einmal, dass die Aufständischen schon bis zu eurer Plantage vorgedrungen waren. Aber als sie aus dem Wald auf uns einstürmten, mussten wir uns natürlich unserer Haut wehren. Und damit haben wir euch doch auch geholfen, oder? Sei also dankbar, Mann.«

Misstrauisch sah Memnon den Waldläufer an. Er war ein Mann Savelles, ohne Zweifel. Und aus dieser Richtung war bisher noch nie etwas Gutes gekommen.

»Du hast meine Frage noch immer nicht beantwortet«, fuhr er den Trapper mit scharfer Stimme an. »Was hattet ihr hier zu suchen?«

»Nun gut, Nigger«, ächzte der Waldläufer. »Du hast inzwischen genug Zeit mit mir vergeudet und kannst nun ohnehin nichts mehr ändern. Darum werde ich dir erzählen, was du hören willst. Wir haben eure feine Barbara von Cappel und ihren Neffen in unserer Gewalt. Und wir haben sie gut versteckt. Ihr könnt suchen, bis ihr schwarz werdet.« Der Mann kicherte. »Ach nee, das seid ihr ja schon.« Ein erneuter Hustenanfall hindert den Trapper daran, weiterzusprechen.

Entsetzt sah Memnon auf und bemerkte in diesem Augenblick Jakob. »Der Mann lügt«, versuchte er den Freund, aber auch sich selbst zu beruhigen. »Er lügt die ganze Zeit. Warum sollte er ausgerechnet diesmal die Wahrheit sagen? Barbara und das Baby sind auf Victory, nicht wahr?«

Jakob schüttelte den Kopf und beugte sich zu dem Waldläufer hinab. »Du wirst sterben, und das bald. Willst du deinem Schöpfer mit einer Lüge auf den Lippen gegenübertreten?«

»Es ist die Wahrheit«, hauchte der Mann kraftlos. »Die Rache Savelles hat euch getroffen. Schon bald werden das Kind und die gerissene Dame, die unserem Auftraggeber so übel mitgespielt hat, auf ein Schiff gebracht. Ihr Ziel ist der Harem des Sultans von Konstantinopel. Ihr werdet beide niemals wiedersehen.«

Als Barbara die Augen aufschlug, sah sie sich verwirrt um. Sie war an Händen und Füßen gefesselt und befand sich auf einem Boot, das, von zwei Männern gelenkt, den James River hinabfuhr. Verstört schüttelte sie den Kopf. Eine tiefe Ohnmacht hatte ihr für eine Weile gnädiges Vergessen geschenkt, und nur mit Mühe wollte es ihr gelingen, sich wieder in der Wirklichkeit zurechtzufinden.

Doch dann kehrte die Erinnerung mit Macht zurück und entsetzt fuhr sie auf. Wo war das Kind? Erst jetzt bemerkte sie den kleinen Jakob, der friedlich neben ihr auf den Planken lag und schlief. Adahys Saft schien noch immer zu wirken. Die Erleichterung währte jedoch nur einen Augenblick, dann begann sich die Angst auszubreiten – eine Angst, die Sinne und Verstand lähmte, die das Herz zum Klopfen brachte und den ganzen Körper erzittern ließ.

Verzweifelt bemühte sich Barbara, dieses Gefühl zu unterdrücken, sich nicht davon beherrschen zu lassen. Wenn ich Jakob und mich retten will, erkannte sie, muss ich einen klaren Kopf bewahren. Also, was war geschehen? Sorgfältig versuchte sie, sich jedes Detail in Erinnerung zu bringen: die Fackeln auf der Uferstraße. Die Männer, die sie fälschlicherweise für Miliztruppen gehalten hatte und die das Glück kaum fassen konnten, ihr und ihrem

Neffen zu begegnen. Die beiden Boote, die am Anlegesteg Victorys warteten.

Kein Zweifel. Die Begegnung war keine zufällige. Die Banditen waren darauf aus gewesen, sie und das Kind zu entführen. Aber warum? In wessen Auftrag?

Verständnislos schüttelte Barbara den Kopf und musterte die Männer, die das Boot lenkten, ein wenig genauer. Beide trugen wilde Bärte, waren bis an die Zähne bewaffnet und wirkten alles andere als vertrauenswürdig. Einer von ihnen war wie ein Seemann gekleidet, der andere wie ein Trapper.

Wie ein Trapper?

Savelles Leibwache, schoss es Barbara durch den Kopf. Natürlich, das Mausgesicht steckte hinter der Entführung. Würde dieser schreckliche Mensch denn niemals Ruhe geben?

Offensichtlich hatten die Männer noch nicht bemerkt, dass sie wieder zu sich gekommen war, und schienen, zumindest im Augenblick, andere Probleme zu haben. Aufgeregt redeten sie miteinander, und Barbara musste sich anstrengen, die Worte verstehen zu können.

»… müssen die aufständischen Sklaven gewesen sein, die unsere Leute überfallen haben. Keine Ahnung, warum sie sich bereits heute auf Victory herumtrieben. Wir können nur hoffen, dass unsere Männer den Angriff überlebt haben.«

»Das erfahren wir früh genug«, meinte der andere. »Wir jedenfalls halten uns an die Absprache und werden auf unsere Gefangenen aufpassen und im Versteck auf die anderen warten. Alles andere wird sich finden.«

Verwirrt schüttelte Barbara den Kopf. Von welchem Angriff sprachen die Männer? Sie konnte sich nicht erinnern.

Sie hatten sie die Treppe der Steilküste hinabgedrängt und in das Boot gestoßen, dann war sie ohnmächtig geworden. Wenn es einen Angriff gegeben hatte, musste dieser danach stattgefunden haben.

Sollten die Banditen tatsächlich auf die Aufständischen getroffen sein, konnte sie nur hoffen, dass Jakob und die anderen nicht an den Kämpfen beteiligt waren.

Und wenn doch? Wenn vielleicht alle umgekommen waren? Die schreckliche Ungewissheit zerrte an ihren Nerven.

Darüber darf ich jetzt nicht nachdenken, wies Barbara sich selbst zurecht. Gewiss geht es ihnen allen gut. Ich muss mich auf das Nächstliegende konzentrieren: auf Jakobs und meine Befreiung.

»Was wollt Ihr von mir? Wer seid Ihr? Wohin bringt Ihr uns?« Barbara rechnete zwar nicht damit, eine Antwort von ihren Entführern zu erhalten, wollte aber nichts unversucht lassen.

»Ah, unsere teure Freundin ist aufgewacht«, grinste der Trapper. »Nun, Madam, habt Ihr süß geträumt?«

Wie sie erwartet hatte, wurden ihre Fragen nicht beantwortet. Die Männer schenkten ihr weiter keine Beachtung und lenkten schweigend das Boot durch die Strömung.

Barbara nahm nun die Ufer genauer in Augenschein, doch der dichte Wald sah überall gleich aus und ließ keinerlei Rückschlüsse darauf zu, wo sie sich befanden. Auf jeden Fall fuhren sie stromabwärts, und da es schon heller Tag war, vermutlich bereits seit mehreren Stunden.

Der kleine Jakob neben ihr bewegte sich unruhig. Sicher würde er bald erwachen. Besorgt betrachtete Barbara das schlafende Kind.

Hätte ich nicht ihn, sondern die Verbandstasche aufgenommen, wäre er jetzt bei seiner Mutter und in Sicherheit, dachte sie.

Nach einer weiteren Stunde Fahrt stießen die Männer das Boot mit ihren langen Stangen ans Ufer. Ein Schilfgürtel schien das Weiterkommen zu behindern, doch sogleich stellte Barbara fest, dass er lediglich die Einfahrt zu einem Nebenfluss des James Rivers verbarg. Schon bald hatten sie das Schilf hinter sich gelassen und konnten weiterfahren.

Der kleine Fluss war nicht breit, an den Ufern jedoch von dichtem Buschwerk umsäumt, aus dem sich immergrüne Eichen, Dschungelpalmen und hohe Zypressen erhoben. Dazwischen wuchsen blühende Sträucher. Ein Paradies – wenn auch ein trügerisches.

Sie bringen uns ans Ende der Welt, stellte Barbara entsetzt fest. Keine Menschenseele wird uns hier finden.

Wenig später stakten die Männer den Kahn ans Ufer. Erst im letzten Augenblick erblickte Barbara das versteckte Bootshaus, dann hatten sie auch bereits die Einfahrt passiert. Nun war sie sich ganz sicher: Nur Savelle konnte hinter der Entführung stecken, denn ohne Frage befanden sie sich hier auf seinem Anwesen.

Als Barbara aus dem gleißenden Sonnenlicht in das Innere des Bootshauses kam, konnte sie in der Dunkelheit zunächst nichts sehen. Nur langsam gewöhnten sich ihre Augen an das Dämmerlicht und sie erkannte einen Steg, an dem der Kahn nun anlegte.

Die beiden Männer brachten sie und Jakob in einen kleinen Raum und nahmen ihr die Fesseln ab.

»Schließlich musst du dich um das Kind kümmern«, grinste der Trapper. »Aber sei gewarnt. Jeder Gedanke an Flucht ist sinnlos.« Dann schlossen die Männer die Tür hinter sich.

Barbara war allein und sah sich aufmerksam um. Der Raum war leer, bis auf einen Kamin und ein wenig Stroh, das in einer Ecke aufgeschüttet lag. Es gab nur die eine Tür, durch die die Männer gerade verschwunden waren, und ein Fenster, das jedoch zu klein war, um hindurchsteigen zu können. Ein richtiges Gefängnis. Doch die Wände waren aus Holz und nicht aus Ziegeln.

Barbara betrachtete die dicken Bohlen ein wenig genauer und musste einsehen, dass es auch auf diesem Wege kein Entrinnen gab. Das alte Eichenholz war im Laufe der Jahre ebenso gehärtet wie der rote Lehm, mit dem die Ritzen verfugt waren. Ohne entsprechendes Werkzeug war diesen Wänden niemals beizukommen.

Ihr Blick fiel nun auf den großen Kamin. Sorgfältig untersuchte sie ihn. Wozu braucht ein so kleiner Raum eine derart große Feuerstelle? Richtig hineintreten konnte sie, in dieses Ungetüm. Und sie tat es auch, konnte aber auch hier keinen Hinweis auf eine eventuelle Fluchtmöglichkeit ausmachen.

In diesem Augenblick begann Jakob leise zu weinen.

Sofort kehrte Barbara zu ihm zurück. Er lag im Stroh und sie nahm ihn jetzt auf.

»Du hast Hunger, nicht wahr, mein kleiner Schatz?«

Beim Klang ihrer Stimme beruhigte sich das Kind für einen Augenblick, dann begann es jedoch wieder zu weinen.

Sie brauchte unbedingt etwas zu essen für den Kleinen. Und ein sauberes Tuch, um ihn wickeln zu können.

Suchend sah sie sich um und entdeckte eine Karaffe mit einer klaren Flüssigkeit auf dem Kaminsims. Sie holte sie herbei und kostete. Es war Wasser. Wieder setzte sie den Krug an, legte ihre Lippen auf die des Kindes und gab ihm in kleinen Schlucken davon. Anschließend löste sie das Tuch, in das er gewickelt war, säuberte ihn damit, so gut es ging, und zerriss dann ihren Unterrock, um ihn erneut wickeln zu können. Dann nahm sie Jakob auf, wiegte ihn in ihren Armen und summte dabei leise ein Liedchen.

Plötzlich wurde die Tür hinter ihr geöffnet.

»Tante und Neffe – was für ein rührendes Bild«, höhnte eine hohe Fistelstimme.

Savelle!

Barbara musste sich nicht umwenden, um zu wissen, wer eingetreten war.

»Ich weiß schon lange, dass Ihr der Auftraggeber dieser Entführung seid«, sagte sie mit ruhiger Stimme. »Doch bevor Ihr mir den Grund dafür nennt, brauche ich einen Mehlbrei mit Zuckerwasser und saubere, weiche Baumwolltücher für das Kind.«

Für einige Sekunden blickte das Mausgesicht verwirrt drein. Mit allem hatte Savelle gerechnet, nur nicht mit dieser gefassten Frau, die sich ihren Stolz, trotz der misslichen Situation, bewahrt hatte.

»Es ist nicht an Euch, Forderungen zu stellen, Madam«, fuhr er sie wütend an. »Abgesehen davon habt Ihr Euch alles, was jetzt geschieht, selbst zuzuschreiben. Schließlich wart Ihr es, die dabei geholfen hat, dass mir übel mitgespielt wurde.«

Barbara hielt es noch immer nicht für nötig, sich umzuwenden. Nein, dieses kleine, aufgeblasene Männchen konnte ihr wirklich keine Angst einflößen.

»Wir haben Euch übel mitgespielt?« Nun war es an ihr, höhnisch aufzulachen. »Oh nein, Mister, wir haben uns lediglich unser Eigentum zurückgeholt, das Ihr Euch unrechtmäßig angeeignet habt.«

Unwirsch wischte Savelle ihren Einwand beiseite. »Recht oder Unrecht – das ist im Augenblick nicht die Frage, Madam. Glaubt mir, Ihr habt ganz andere Probleme. Eure Zukunft zum Beispiel – die scheint mir nämlich alles andere als erfreulich.«

Wenn er gehofft hat, Barbara durch diese Andeutung einzuschüchtern, hatte er sich abermals geirrt.

Gleichgültig zuckte sie mit den Schultern. »Glaubt Ihr wirklich, Savelle, dass Ihr Einfluss auf unser Schicksal nehmen könnt? Nun, ich bin überzeugt, dieses Vergnügen wird Euch nicht lange erhalten bleiben. Meine Familie wird es nicht zulassen. Und bisher ist es den Meinen noch immer gelungen, Euch zu besiegen.«

Savelle schäumte vor Wut. Woher nahm dieses Weibsstück nur den Mut und die Arroganz?

»Freut Euch nicht zu früh«, zischte er sie an. »Diesmal werden weder Euer Bruder noch der feine Baron van Aelst Gelegenheit bekommen, mir meinen Plan zu verderben. Ich stehe nämlich nicht alleine gegen ihn, sondern habe tatkräftige Unterstützung. Eure Familie hat mehr Feinde als Ihr ahnt, Madam.«

Barbara lachte befreit auf. Es war so einfach, das Mausgesicht zu reizen und dazu zu bringen, Auskünfte zu geben. Jakob und die anderen waren am Leben, das zumindest hatte sie mit diesem Gespräch in Erfahrung gebracht. Nur, wer waren ihre Gegner, von denen dieser schreckliche Mensch gesprochen hatte? Barbara war fest entschlossen, ihm auch dieses Geheimnis zu entlocken.

»Ihr irrt, Savelle. Wir haben überhaupt keine Feinde. Nicht einmal Euch kann man so bezeichnen, denn das hieße, Euch zu viel Ehre anzutun. Ihr seid höchstens eine Plage, ein lästiges Geschwulst, das man vergaß, rechtzeitig auszurotten. Ein Versäumnis, das nun gewiss so schnell wie möglich nachgeholt werden wird.«

»Das dürfte schwerfallen«, erwiderte Savelle mit hasserfüllter Stimme. »Denn Eure Leute würden sich diesmal nicht nur meinen Leibwächtern gegenübersehen, sondern auch einer ganzen Horde Piraten. Erinnert Ihr Euch? Ihr nahmt ihnen ihr Schiff und ließet sie auf einer einsamen Insel zurück. Stellt Euch vor, Madam, das haben diese Männer übel genommen, sehr übel sogar, und sie sind zu allem entschlossen.«

Erschrocken zuckte Barbara zusammen. Sie war froh, dass sie dem Mausgesicht noch immer den Rücken zuwandte und er ihre Reaktion auf diese Neuigkeit nicht bemerken konnte. Wie um alles in der Welt war Savelle auf diese Piraten gestoßen? Unwillkürlich musste sie an Catarinas schreckliche Vision vom Tod John Ripleys denken. Konnte es da einen Zusammenhang geben? Nur mit Mühe unterdrückte sie die aufkeimende Furcht. Was war mit John geschehen? Hatten die Piraten den Freund wirklich ermordet und sich Savelle angeschlossen?

»So schweigsam, Madam? Habe ich es nun doch geschafft, Euch zu beunruhigen?«

Aus dem vorderen Teil des Bootshauses drangen Stimmen. Savelles Männer waren zurück. Diese Tatsache schien ihm um vieles wichtiger als das Gespräch mit der verhassten Frau, das ohnehin zu nichts zu führen schien. Hastig schlug er die Tür hinter sich zu und eilte davon. In der Aufregung hatte er sogar vergessen, den Schlüssel herumzudrehen. Doch Barbara gab sich keiner Illusion hin. Eine Flucht würde ihr trotzdem nicht gelingen. Aber vielleicht würde sie Neuigkeiten erfahren, wenn sie lauschte. Leise öffnete sie die Tür und spitzte die Ohren. Sonderlich anstrengen musste sie sich dabei nicht. Die Männer sprachen laut genug.

»Verdammt, Savelle. Das ist Eure Schuld. Hättet Ihr das Vorhaben besser geplant, hättet Ihr wissen müssen, dass wir den aufständischen Sklaven geradewegs in die Arme laufen. Nun habe ich nahezu alle meine Leute verloren und stehe ohne Mannschaft da.«

»Nun, wie es aussieht, habe ich gleichfalls viele meiner Männer eingebüßt.« Savelles hohe Stimme klang zornig. »Im Übrigen sind Eure Anschuldigungen völlig aus der Luft gegriffen. Ich bin im Gegenteil sogar sehr sorgfältig vorgegangen, und nach dem, was meine Spione in Erfahrung gebracht haben, war es nicht vorhersehbar, dass die Nigger sich bereits in dieser Nacht Victory vornehmen würden. Der Angriff war ohne Frage erst für die nächste Nacht vorgesehen. Das hätte auch wunderbar gepasst, um die Aufständischen für die Zerstörung der Plantage verantwortlich machen zu können. Die Planung war also perfekt. Das lass ich mir nicht anders vorwerfen. Es war einfach ein … ein Unfall.«

»Ein Unfall?«, begehrte der Pirat auf. »Meine Männer sollen einem Unfall zum Opfer gefallen sein? Nein, Savelle, fest steht, dass Ihr am Tode meiner Mannschaft die gleiche Schuld tragt wie diese verdammten Sklaven. Ihr habt unsere Abmachung gebrochen, also sind auch wir nicht mehr verpflichtet, sie einzuhalten. Wie gewünscht lieferten wir Barbara von Cappel und ihren Neffen. Was den Baron, seine Frau und den Rest der Familie angeht, sind wir nicht mehr zuständig. Zahlt uns die versprochene Belohnung, dann verschwinden wir. Ich denke, das ist im Interesse aller.«

Savelle schüttelte den Kopf. »Bringt mir noch den

Baron, die Baronin und den Pimentel. Den Rest der Familie könnt ihr einfach töten. Dann bekommt Ihr Eure Belohnung.«

»Nein, Savelle. Wir sind draußen. Gebt uns das Geld und wir verschwinden. Darauf könnt Ihr Euch verlassen. Wenn Ihr Euch weigert, wird es Euch nicht gut bekommen. Und darauf könnt Ihr Euch gleichfalls verlassen.«

»Nun gut, meine Herren. Dann beuge ich mich der Gewalt«, gab Savelle nach. »Wartet hier. Ich werde das Geld holen.«

Barbara hörte Schritte, dann klappte eine Tür. Ungläubig schüttelte sie den Kopf. Bei allem, was sie über das Mausgesicht wusste, hielt sie es für unwahrscheinlich, dass er tatsächlich bereit war, die Piraten auszuzahlen. Auch einer der Banditen schien so zu denken: »Der hat zu schnell nachgegeben, Blair. Ich weiß zwar nicht, was der Kerl vorhat, aber ganz gewiss wird er nicht bezahlen, was er uns schuldet.«

»Halt's Maul, Mel«, brummte der Piratenkapitän. »Savelle hat keine Wahl. Wir sind zu dritt und er ist allein. Ob von seinen Waldläufern noch einer lebt, weiß keiner. Und wo die hin sind ebenso wenig. Er ist uns ausgeliefert.«

Der Mann lachte spöttisch auf. »Dann wäre es vielleicht klüger gewesen, ihn nicht alleine gehen zu lassen.«

»Verdammt, du hast recht«, gab Blair nach kurzem Überlegen zu. »Wir sollten den alten Gauner nicht aus den Augen lassen. Los, hinterher.«

Barbara hörte nun von ihrem Lauscherposten aus Schritte. Vermutlich gingen die Piraten zu der Tür, hinter der Savelle gerade verschwunden war. Doch die war, wie es schien, abgeschlossen. Energisch rüttelten die Männer an der Klinke und verlangten lautstark Einlass – vergeblich.

Barbara beugte sich ein wenig weiter vor, um die Piraten sehen zu können. Natürlich, ihr Streit mit Savelle kam ihr sehr gelegen, aber darum ging es ihr im Augenblick nicht. Die Stimme des Mannes, den man Mel nannte, kam ihr bekannt vor – zumal er unverkennbar mit deutschem Akzent gesprochen hatte. Doch sosehr sie sich auch bemühte, es gelang ihr nicht, einen Blick auf ihn zu erhaschen.

Jakob begann wieder zu weinen. Rasch eilte Barbara zurück zu ihrem Neffen. Natürlich, er hatte noch immer nichts zu essen bekommen.

Nebenan hörte sie das Geräusch berstenden Holzes. Offensichtlich brachen die Piraten die Tür auf.

»Er ist fort!«, stellten sie zornig fest. »Savelle hat sich aus dem Staub gemacht.«

»Die Frage ist nur, wie?«, hörte sie einen der Piraten fassungslos sagen. »Wir haben ihn alle drei in den Raum gehen sehen. Hier gibt es kein Fenster und keinen zweiten Ausgang. Er kann sich doch nicht in Luft aufgelöst haben.«

In diesem Augenblick stieß Barbara einen überraschten Laut aus. Ihr war eingefallen, wem die Stimme gehörte: Melchior. Ihrem Schwager. Nachdem sie ihn weggeschickt hatte, war er nicht zurück, sondern unter die Piraten gegangen. Aber warum?

»Du musst dich niederlegen, Jakob. Du hast die letzte Nacht kein Auge zugemacht, und es nützt niemandem, am wenigsten Barbara und deinem Sohn, wenn du zusammenbrichst.«

Anneke hatte leise gesprochen, um Catarina, die neben

Jakob lag und gerade vor Erschöpfung ein wenig Schlaf gefunden hatte, nicht zu wecken.

Auch Jakob dämpfte seine Stimme, als er antwortete: »Wie sollte ich jetzt wohl Schlaf finden? Nein, wir müssen Barbara und meinen Sohn suchen und sie aus den Händen Savelles befreien, bevor er seinen schrecklichen Plan verwirklichen kann. Ein Harem in Konstantinopel? Der Mann ist doch nicht mehr bei Sinnen.«

»Zurzeit kennen wir weder den Aufenthaltsort von Savelle noch den von Barbara und deinem Sohn«, gab Maarten zu bedenken. »Wo also willst du anfangen zu suchen? Da ergibt es doch viel mehr Sinn, auf die Rückkehr Adahys zu warten. Wenn jemand die Spur der Halunken aufnehmen kann, dann er.«

Memnon pflichtete ihm bei. »Gewiss wird der Indianer bald zurückkehren, weil er die Entführten gefunden hat und für ihre Befreiung Hilfe benötigt. Darum müssen wir hierbleiben.«

»Ich kann trotzdem nicht warten«, stöhnte Jakob. »Diese Untätigkeit macht mich verrückt.« Er erhob sich. »Und darum werde ich jetzt zu Savelles Plantage reiten. Der Kerl soll mir gefälligst Rede und Antwort stehen. Leibwächter hin oder her.«

»Nun, was die Trapper des Mausgesichts angeht«, erklärte Memnon, »so kann ich mir nicht vorstellen, dass es noch viele davon gibt. Die Aufständischen haben wirklich ganze Arbeit geleistet. Ich werde Jakob aber trotzdem begleiten.«

»Ich bin auch dabei«, bot Grimm bereitwillig an.

»Es ist gut«, gab Maarten zu. »Es kann ja durchaus sein, dass sich dieser Irre auf seiner Plantage verkrochen hat. Also reitet in Gottesnamen.«

»Ich werde noch einige meiner Leute mitnehmen«, meinte Memnon. »Vielleicht werden wir auf Adahy treffen, vielleicht wird er hierher zurückkehren. In beiden Fällen wird er genug Unterstützung finden, um Barbara und den kleinen Jakob zu befreien.«

Zur selben Zeit trat Adahy durch das Tor von Savelles Plantage. In der vergangenen Nacht hatte er beobachtet, wie zwei Männer Barbara und ihren Neffen in ein Boot stießen und mit ihnen flussabwärts fuhren. Eine Weile konnte er dem Kahn auf der Uferstraße folgen, bis die Strömung zu schnell geworden war. Er lief trotzdem weiter und erreichte schließlich Savelles Plantage. Nun lag das Anwesen wie ausgestorben vor ihm. Noch nicht einmal ein Torwächter war auf seinem Posten. Dass hier etwas nicht stimmte, war offensichtlich.

Um nicht vom Haus aus entdeckt zu werden, mied der Indianer die Eichen bestandene Allee. Sorge machten ihm im Augenblick allein die Bluthunde. Vor ihnen konnte er sich nicht verstecken. Sobald sie seine Witterung aufgenommen hatten, würden sie versuchen, über ihn herzufallen.

Wie erstaunt war Adahy jedoch, als er die Hunde in ihrem Zwinger lärmen hörte. Von ihnen hatte er nichts zu befürchten. Das Glück schien mit ihm zu sein.

Vorsichtig ging er weiter und erreichte wenig später das Herrenhaus mit den weißen Säulen. Die Vordertüre war zwar abgeschlossen, aber einer der Hintereingänge ließ sich problemlos öffnen. Lautlos trat der Indianer ein. Die mit vielen Kunstschätzen ausgestattete Halle war menschenleer, und Adahy fragte sich bereits, ob sich überhaupt jemand im Haus aufhielt. Waren denn tatsächlich alle Leibwächter Savelles an dem geplanten Überfall auf Victory beteiligt gewesen? Und wenn ja, waren sie alle in dem Kampf mit den aufständischen Sklaven umgekommen oder würden die Überlebenden jeden Augenblick hier auftauchen?

Adahy wusste es nicht, aber Vorsicht war auf jeden Fall geboten. Leise schlich er also durch das Haus und durchsuchte jedes Zimmer. Schließlich betrat er einen prächtig ausgestatteten Raum, bei dem es sich offensichtlich um Savelles Arbeitszimmer handelte. Die Wände waren mit chinesischen Tapeten versehen, der mannshohe Kamin bestand aus weißem, mit rosigen Adern durchzogenem Marmor. An den Wänden hingen silberne Leuchter, auf dem Boden lag ein dicker, orientalischer Teppich, die Platte des Mahagonischreibtisches war sorgfältig poliert und schimmerte wie feinste Seide.

Auf der anderen Seite des Zimmers saß ein Mann in einem Sessel. Es war einer der Leibwächter. Er schlief tief und fest.

Ohne einen Laut zu verursachen, trat Adahy näher, überwältigte den Trapper und fesselte ihn.

»Wo ist dein Herr?«

Der Leibwächter gab keine Antwort. Mit undurchdringlichem Gesicht sah er den Indianer an. Erst als er ein Geräusch vernahm – es schien direkt aus dem Kamin zu kommen –, weiteten sich seine Augen erschrocken. Mit diesem musste es eine besondere Bewandtnis haben, dachte Adahy und reagierte sofort. In Windeseile knebelte er den Mann, damit dieser keinen Laut mehr von sich geben konnte. Dann wollte er sich den Kamin genauer ansehen. Als er jedoch bemerkte, dass die Rückwand langsam zur Seite glitt und sich öffnete, fuhr er zurück und verbarg sich schnell hinter dem Kaminvorsprung. Konnte es sein, dass die Feuerstelle einen Geheimgang verbarg?

Tatsächlich, wenig später trat ein Mann aus der Öffnung.

Es war Savelle.

Neunzehntes Kapitel

»Ich muss nach Jamestown, Jiminez, und das so schnell wie möglich. Es bleibt keine Zeit mehr, einen Hausnigger aus den Sklavenquartieren zu holen. Du wirst unsere Sachen packen müssen und mich anschließend auch begleiten. Die Frau und den Jungen nehmen wir mit. In Jamestown wartet bereits ein Kapitän mit seinem Schiff, der …«, er unterbrach sich. »Jiminez? Wo steckst du, du Hundesohn? Hatte ich dir nicht befohlen, hier vor dem Kamin Wache zu halten?« Suchend sah Savelle sich um und entdeckte seinen geknebelten und gefesselten Leibwächter. Doch bevor er den Unglücklichen aus seiner Lage befreien konnte, trat Adahy dazwischen.

»Hundesohn?« Vorwurfsvoll schüttelte er den Kopf. »Aber mein Herr, so spricht man doch nicht mit seinem Leibwächter, mit dem Mann, der dein armseliges Leben schützen soll.«

Ehe Savelle sich versah, lag er, gleichfalls gefesselt, neben seinem Leibwächter auf den Dielen.

»So, mein Freund. Nun erzähl dem guten Adahy alles, was er wissen muss. Erleichtere dein Gewissen und versuch gar nicht erst, mir etwas zu verheimlichen. Du musst nämlich wissen, meine Mutter war eine Indianerin vom Stamme der Cherokee, und die haben mich vieles gelehrt. Unter anderem, wie man aus verschwiegenen Menschen richtige Plappermäuler macht. Zugegeben, die Prozedur ist unangenehm und schmerzhaft, aber auf jeden Fall wirkungsvoll. Darauf kann man sich immer verlassen.«

»Spar dir deine Drohungen, Rothaut«, giftete Savelle wütend. »Wenn du mich nicht sofort losbindest, wirst du es bereuen. Das schwöre ich. Ich werde mich doch von einem Indianer nicht einschüchtern lassen. Schließlich seid ihr auch nichts Besseres als die Nigger. Sklavenseelen allesamt.«

Adahy lächelte amüsiert und machte es sich in einem Sessel bequem. »So wie du kläffst, Savelle, frage ich mich, ob du nicht selbst der Sohn einer Hündin bist. Aber kommen wir endlich zur Sache. Ich will wissen, wo Barbara von Cappel und ihr Neffe sind, und du wirst es mir erzählen, jetzt. Ansonsten werde ich mit der Prozedur der Wahrheitsfindung beginnen.«

»Das wagst du nicht«, hielt Savelle dem Indianer entgegen. Doch seine Stimme klang nicht mehr ganz so überzeugt.

Adahy grinste süffisant. »Verlass dich drauf. Und es würde mir, dem Wilden, sogar Vergnügen bereiten.« Er erhob sich und plötzlich war jede Heiterkeit aus seinem Gesicht verschwunden. Mit schneidender Stimme sagte er: »Leider fehlt mir die Zeit für das Vorspiel. Die Sache mit dem Ohrenabschneiden, die mit den kleinen Holzspänen, die unter die Fingernägel getrieben werden und die mit dem Versengen der Fußsohlen im Feuer müssen wir daher leider überspringen. Ich werde gleich mit dem Ende beginnen.« Mit einer schnellen Bewegung griff der Indianer nach dem Messer in seinem Gürtel. Dann kniete er neben Savelle nieder und riss seinen Kopf an den Haaren hoch.

»Was hast du vor?«, rief der Anwalt entsetzt aus.

»Ich werde mir deinen Skalp holen, weißer Mann«, entgegnete der Indianer und setzte das Messer an.

»Warte!« Savelles Stimme klang vor Angst und Panik noch schriller als gewöhnlich. »Ich werde alles sagen, was du wissen willst.«

»Na also, es geht doch.« Adahy ließ den Kopf des Mannes so plötzlich los, dass er laut auf den Fußboden schlug. »Dann beginn mit deinem Bericht. Wo hältst du die Frau und das Kind versteckt?«

»Sie ist in einem Bootshaus, das an einem Nebenarm des James Rivers liegt«, entgegnete der Anwalt stöhnend. Ihm dröhnte der Schädel.

»Sind sie und ihr Neffe wohlauf?«

»Wir haben ihnen kein Haar gekrümmt.«

»Wie viele Männer bewachen sie?«

»Als ich sie verließ, waren sie zu dritt.«

Adahy nickte zufrieden. »Du machst das sehr schön, weißer Mann«, grinste er. »Nun verrat mir noch eins, dann will ich dir ein wenig Ruhe gönnen. Dieser Kamin ist der Eingang zu einem Geheimgang, nicht wahr?«

Savelle zögerte, doch als der Indianer erneut das Messer zückte, nickte er hastig.

»Wo mündet er?«

»In dem Bootshaus, in dem sich die Entführten befinden.«

»Ebenfalls in einem Kamin?«

Der Anwalt nickte abermals. »Er steht in einem Zimmer, das exakt so ausgestattet ist wie dieser Raum.«

Adahy erhob sich, trat in den Kamin und untersuchte die Rückwand. Er entdeckte einen versteckten Hebel, und als er ihn betätigte, öffnete sich die Mauer nahezu lautlos. Er steckte den Kopf durch die Öffnung, aus der ihm modrige Luft entgegenschlug, konnte jedoch nur die ersten Stufen einer ausgetretenen Steintreppe erkennen. Der Rest lag in tiefster Dunkelheit. In einer Halterung steckte ein noch glimmender Kienspan, und in dem hölzernen Behälter, der darunter stand, befand sich ein reichlicher Vorrat an Fackeln. Er nickte anerkennend.

»Die Sache macht mir einen soliden Eindruck. Aber der Gang scheint schon älter zu sein. Hast du ihn anlegen lassen?«

Savelle schüttelte missmutig den Kopf. »Nein, er wurde in der Zeit der Indianerkriege von den Vorbesitzern dieses Anwesens gebaut. Ich habe das alte Haus zwar abreißen lassen, den Gang jedoch erhalten und nur die Zugänge erneuert.«

Adahy grinste. »So, so. Aus der Zeit der Indianerkriege. Ein Schutz gegen den roten Mann also. Dann ist es ja fast Ironie des Schicksals, dass ein Indianer ihn nun nutzt, um zwei Weiße vor einem Weißen zu retten.«

Noch einmal kehrte er zu den beiden Männern zurück und prüfte sorgfältig ihre Fesseln.

»Lasst Euch die Zeit nicht lang werden, meine Herren. Früher oder später komme ich zurück und erlöse Euch aus der misslichen Lage. Ich nehme an, der Baron wird Euch dann der weißen Gerichtsbarkeit übergeben. Und dafür solltet ihr dankbar sein, denn was die Gesetze der Indianer mit Verrätern vorsieht, würde Euch gewiss viel weniger gefallen.«

Geschickt entzündete Adahy den Kienspan, steckte sich einige Fackeln in den Gürtel und machte sich auf den Weg. Vorsichtig stieg er die Stufen hinab und befand sich dann in dem Gang, der zwar schmal war, aber so hoch, dass er bequem stehen konnte. Der Boden bestand aus festgetretenem Lehm und war eben genug, um rasch auszuschreiten. Nach etwa zweihundert Metern kam der Indianer an eine Weggabelung.

»Verdammtes Mausgesicht«, fluchte er leise. »Davon hat der Gauner natürlich nichts verraten. Rechts oder links – welches ist der richtige Weg?«

»Ich habe mich oft gefragt, welches Ziel du hattest, nachdem du Victory verlassen hast«, meinte Barbara gedankenvoll. »Auf die Idee, dass du unter die Piraten gegangen sein könntest, bin ich allerdings nicht gekommen, Melchior Ried. Und ich kann es noch immer kaum glauben.«

Gleichgültig zuckte der Spenger mit den Schultern. »Es hat sich so ergeben.«

»Was mich dennoch interessieren würde: Gehörtest du dem Lumpenpack schon an, als du auf die Plantage kamst? Und hattest du mit all deinen honigsüßen Worten nur eins im Sinn – uns auszuspionieren?«

»Denk doch, was du willst«, gab Melchior ungerührt zurück.

Zornig spuckte Barbara vor ihm aus. »Wie um alles in der Welt konnte ich jemals glauben, dich zu lieben?«

Spöttisch zwinkerte Melchior ihr zu. »Gräm dich nicht, Schwägerin. Wir machen alle Fehler, hin und wieder.«

Seine Kumpane lachten belustigt auf, doch dann mischte sich Blair Goodlight in das Gespräch. »Ich denke, wir sollten das rührende Familientreffen hier beenden und überlegen, was nun zu tun ist. Immerhin ist nicht auszuschließen, dass Savelle uns die Hüter des Gesetzes auf den Hals hetzt. Eine wirkungsvolle Art, uns loszuwerden, ohne uns auszahlen zu müssen.«

Melchior nickte mürrisch. »Du hast sicher recht. Das würde jedoch bedeuten, dass wir hier so schnell wie möglich verschwinden müssen. Was aber wird aus Hank und den anderen? Bis jetzt wissen wir doch gar nicht, ob wirklich alle in dem Kampf mit den Niggern umgekommen sind. Ich jedenfalls habe ihre Leichen nicht gesehen.«

»Ich auch nicht«, entgegnete Blair. »Aber er und natürlich auch die anderen wissen alle, wo die Black Angel liegt. Daher denke ich, dass es sicherer ist, auf dem Schiff zu warten, als hier, in der Höhle des Löwen.«

»Gut, einverstanden. Ziehen wir uns also zurück, solange wir es noch können«, stimmten seine beiden Mitpiraten zu. »Die Frage ist nur, was wir mit den beiden hier machen?« Mel wies auf Barbara und ihren Neffen.

»Wenn ich es mir recht überlege«, antwortete Blair nachdenklich, »war Savelles Plan eigentlich gar nicht so schlecht. Ich habe zwar keine Beziehungen zum Sultan von Konstantinopel, aber jeder Seeräuberkapitän, der etwas auf sich hält, ist zumindest einmal in seinem Leben beim Ali-Bey von Tunis vorstellig geworden. Auch er wäre gewiss bereit, ein gutes Stück Geld für eine deutsche Adelige springen zu lassen. Und wenn nicht er, dann eben der Pascha von Algier, der Dei von Tripolis oder der Sultan von Marokko. Alle Fürsten an der Barbareskenküste unterhalten einen Harem und arbeiten außerdem eng mit Freibeutern und Korsaren zusammen. Warum also sollen wir uns nicht von ihnen für den hiesigen Verlust entschädigen lassen? Schade nur, dass die Kleine nicht blond ist. Dann würde sie gewiss noch mehr Geld einbringen.«

Die Piraten lachten zustimmend.

»Das ist längst nicht die schlechteste Idee. Vielleicht sollten wir uns ohnehin von diesen Gewässern erst mal fernhalten. Und im Augenblick stehen uns ja sogar zwei Schiffe zur Verfügung: Hanks Black-Angel und unsere Princess, die sicher immer noch im Hafen von Jamestown liegt und auf ihren Kapitän wartet.«

Barbara fuhr auf. Dass man sie und ihren Neffen an der nordafrikanischen Küste in einen Harem verkaufen wollte, schien ihr so absurd, dass sie gar nicht bereit war, darüber nachzudenken. Dagegen war das Verschwinden von John Ripley wesentlich greifbarer.

»Was habt ihr Halunken mit John Ripley gemacht?«, fauchte sie die Männer an und hatte trotz ihres energischen Auftretens schreckliche Angst vor der Antwort. Sollte sich Catarinas Vision tatsächlich bewahrheitet haben?

Blair Goodlight lachte dröhnend auf. »Verdammt, Mädchen, schau mich nicht so böse an, sonst bekomme ich es noch mit der Angst zu tun. Aber um deine Neugier zu befriedigen und weil es nun ohnehin gleichgültig ist: An deinem verehrten Ripley fressen sich schon lange die Fische satt.« Mit einem Ausdruck des spöttischen Bedauerns breitete er die Arme aus. »Es war natürlich ein Unfall – keine Frage –, mit dem er allerdings hätte rechnen müssen, als er sich unser Schiff aneignete.«

»Ihr habt ihn umgebracht, ihr Mörder«, rief Barbara mit Tränen in den Augen aus. »Aber das werdet ihr büßen. Das schwöre ich beim Leben meines Neffen. Ihr werdet eurer gerechten Strafe nicht entgehen!«

»Die Kleine nimmt den Mund ein wenig voll«, brummte Blair unwillig. »Man sollte ihn ihr wirklich stopfen.« Drohend näherte er sich Barbara. »Ich hätte nicht wenig Lust, dir für deine Worte eine tüchtige Tracht Prügel zu verpassen.«

Melchior stellte sich ihm in den Weg. »Lass gut sein, Käpt'n. Wir haben jetzt weiß Gott andere Probleme. Es wird gleich dunkel. Sollen wir noch heute Abend aufbrechen oder erst morgen früh?«

Blair ließ sofort von Barbara ab und wiegte nachdenklich den Kopf. »Ich denke, dass wir den Schilfgürtel lieber bei Tageslicht passieren sollten. Wir machen uns also morgen früh auf den Weg. Bis dahin sind wir hier allemal sicher.«

Die beiden Piraten stimmten sofort zu.

»Wir sind ganz deiner Meinung«, antwortete Mel. »Dann sollten wir uns jetzt aber auch auf das Nächstliegende konzentrieren.« Er grinste. »Auf das Abendessen. Ich habe nämlich inzwischen einen Bärenhunger.«

Blair lachte versöhnt auf. »Genau. Unser Freund Savelle hat für ausreichend Proviant Sorge getragen. Sieh zu, dass du uns etwas Essbares zubereitest, Mädchen. Und vergiss auch deinen eigenen Magen und den des Kindes nicht. Schließlich steht uns eine lange Seereise bevor. Und wir wollen doch den Barbareskenfürsten keine halb verhungerten Gerippe anbieten.«

In diesem Augenblick drang aus dem Zimmer, in dem Savelle verschwunden war, ein Geräusch. Erstaunt sahen die Männer sich an.

»Haben wir dem alten Gauner etwa Unrecht getan und er ist doch noch da?«, raunte Blair ungläubig. »Aber wie kann das sein? Wir haben doch den ganzen Raum gründlich durchsucht?«

Als das leise Knarren jedoch erneut zu hören war, gab

Goodlight seinem Kumpan ein Zeichen: »Geh nachschauen, was los ist.«

Gehorsam machte der Mann sich auf den Weg. Als er nach einigen Minuten noch immer nicht zurück war, hielt Blair die Ungewissheit nicht länger aus.

»Alles muss man selber machen«, brummte er. »Ich werde lieber einmal nach dem Rechten sehen. Behalt du unsere Gefangene im Auge. Sie soll endlich mit dem Abendessen beginnen. Ich komme noch um vor Hunger.« Mit energischen Schritten betrat der Pirat den Raum. Bevor seine Augen sich jedoch an das Dämmerlicht gewöhnen konnten und er den niedergeschlagenen Körper eines Mannes sah, wurde er selbst überwältigt.

»Das Messer in deinem Rücken ist zweischneidig und scharf. Wenn du nicht parierst, werde ich zustechen und du findest dich schneller im Jenseits wieder, als du denken kannst«, zischte Adahy dem Piratenkapitän zu.

Blair nickte als Zeichen, dass er verstanden hatte.

»Und nun vorwärts. Führe mich zu deinen beiden Gefangenen.« Goodlight vor sich her schiebend, verließ der Indianer den Raum.

»Adahy!« Erleichtert sah Barbara dem Indianer entgegen. »Wie haben …?«

»Nicht jetzt. Für Erklärungen ist später Zeit«, wurde sie von dem Halbblut mit ruhiger Stimme unterbrochen. »Wir müssen so schnell wie möglich hier verschwinden. Besorgt mir einen Strick, damit ich die Männer binden kann, und holt dann Euren Neffen. Wir haben keine Zeit zu verlieren.«

Barbara nickte und lief schnell zu der Anlegestelle des Bootshauses. Richtig, hier lagen mehrere Leinen, fein säuberlich aufgerollt. Rasch ergriff sie zwei dieser Taurollen und eilte dann so schnell sie konnte zurück. Während Adahy nun begann, dem Seeräuber Fesseln anzulegen, holte Barbara den kleinen Jakob.

Mit ihrem Neffen im Arm lief sie zurück, hielt dann aber, als sie die Männer erreicht hatte, erschrocken inne. Gerade in diesem Augenblick kam der Pirat aus dem Arbeitszimmer gewankt. Ganz offensichtlich hatte er sich noch nicht richtig von dem Schlag des Indianers erholt und stand noch recht unsicher auf seinen Beinen. Aber in seinen Händen hielt er unübersehbar eine Pistole. Ein Schuss löste sich und Barbara schrie erschrocken auf. Doch es war nicht Adahy, der getroffen zu Boden sank. Es war Melchior. Bisher hatte er sich vor dem Indianer verborgen gehalten, um sich nun, im letzten Augenblick, vor ihn zu werfen und ihn zu schützen.

Verwirrt schüttelte Barbara den Kopf. Aber ihr blieb keine Zeit, um nachzudenken. Schon hatte Adahy sich auf den Angreifer gestürzt und ihn erneut überwältigt. Wenig später lagen beide Piraten verschnürt auf den Dielen des Bootshauses, nicht weit entfernt von dem leise stöhnenden Melchior.

Fassungslos sah Barbara auf ihren Schwager hinab. »Warum hast du das getan?«, fragte sie erschüttert. »Bist du doch nicht zu den Piraten übergelaufen?«

Melchior verzog sein schmerzverzerrtes Gesicht zu einem Grinsen. »Natürlich nicht. Was denkst du eigentlich von mir? Aber würdest du jetzt bitte nach meinem Arm sehen? Er schmerzt wirklich ungemein.«

Statt der noch immer fassungslosen Barbara beugte sich nun Adahy zu dem Verletzten hinab.

»Ich danke Euch«, sagte er schlicht. »Ihr habt uns gerettet.« Dann untersuchte er den Arm. »Es ist ein glatter

Durchschuss«, stellte der Indianer fest. »Wir brauchen trotzdem einen Verband, damit Ihr nicht noch mehr Blut verliert.«

Barbara wandte den Männern den Rücken zu und machte sich an ihrem bereits zerfetzten Unterrock zu schaffen. Sie riss einen weiteren Streifen ab und reichte ihn Adahy. Und während der Indianer Melchiors Wunde verband, erklärte dieser: »Nachdem du mich fortgeschickt hattest, bin ich mit dem Flachboot zurück nach Jamestown gefahren. Dort wollte ich meinen Kummer im Alkohol ertränken und stieß dabei in einer Kaschemme auf die Piraten. Sie saßen am Nebentisch und berieten sich. So erfuhr ich von ihren Plänen. Und da ich dachte, dir und den Deinen so am meisten zu helfen, schloss ich mich ihnen an und …«

»Das könnt Ihr alles später besprechen«, unterbrach Adahy ungeduldig. »Wir haben keine Zeit mehr zu verlieren und müssen jetzt aufbrechen.«

Der Indianer führte die beiden zurück in das Arbeitszimmer und öffnete die Tür zum Geheimgang. Barbara trug ihren Neffen, und Melchior bekam nun eine Fackel in die Hand gedrückt.

»Folgt mir.«

Barbara war viel zu verblüfft, um etwas sagen zu können. Ein geheimer Gang? Natürlich, das war die Erklärung für Savelles mysteriöses Verschwinden. Eigentlich hätte sie gleich darauf kommen müssen, aber wer konnte denn schon hier, in dieser Wildnis, so einen aufwendig gebauten Geheimgang vermuten?

Bald darauf kamen sie an eine Abzweigung.

»Dort entlang führt der Gang zu einem anderen Bootshaus«, erklärte Adahy. »Es ist noch weiter vom James River entfernt und noch besser versteckt als das Gebäude, aus dem wir gerade kommen.«

»Und der Weg, den wir nehmen, wo mündet er?«, wollte Barbara wissen.

»Im Herrenhaus von Savelles Plantage«, lautete die Antwort. »Kommt, wir haben es gleich geschafft.«

Wenig später erreichten sie eine steinerne Treppe und stiegen die Stufen empor. Adahy steckte, oben angekommen, seine Fackel in die dafür vorgesehene Halterung. Dann betätigte er den Mechanismus, der die Rückwand des Kamins aufgleiten ließ.

Nun ging alles ganz schnell. Bevor der Indianer den Gang verlassen konnte, stürzten drei Männer herein – Savelle und zwei seiner Leibwächter. Der eine schwang einen großen eisernen Schürhaken und traf den Indianer damit so heftig am Kopf, dass dieser wie ein gefällter Baum zu Boden sank.

Erschrocken schrie Barbara auf. Doch dann zögerte sie nicht länger. Sie griff nach Adahys Fackel, warf sich herum und rannte die Stufen wieder hinab, so schnell sie ihre Beine tragen konnten. Das Kind eng an sich gepresst, entglitt die Fackel ihren Händen, aber sie hielt nicht an, um sie aufzuheben. Sie lief weiter in die Dunkelheit hinein. Hinter sich hörte sie ein Kampfgemenge.

»Lauf weiter. Halt nicht …«, rief Melchior ihr auf Deutsch zu. Dann verstummte er. Offenbar hatten die Halunken auch ihn überwältigt, aber Barbara nahm sich nicht die Zeit, sich umzusehen.

Und dann hörte sie die Schritte hinter sich, die ihr eilig folgten. Ihr Vorsprung schmolz, schon konnte sie das Keuchen ihres Verfolgers vernehmen.

Barbara versuchte noch schneller zu laufen. Ihr Herz

schlug heftig, aber sie gab nicht auf. Unablässig hetzte sie weiter, fest entschlossen, Jakob in Sicherheit zu bringen. Doch das Geräusch der Schritte hinter ihr wurde immer lauter. Schließlich hatte der Mann sie eingeholt und eine Hand griff hart nach ihrer Schulter.

Das Warten war quälend.

Wo befanden sich Barbara und das Kind? Wie ging es ihnen? Waren sie überhaupt noch am Leben?

Um nicht ständig nachdenken zu müssen, stürzten sich die auf Victory Zurückgebliebenen in die Arbeit. Es gab viel zu tun, denn die aufständischen Sklaven hatten eine große Verwüstung hinterlassen. Die Reste der verbrannten Hütten mussten beseitigt und Zelte als Nachtquartier aufgeschlagen werden.

Pimentel, dessen Plantage, ohne Schaden zu nehmen, davongekommen war, hatte sich bereit erklärt, Frauen, Kinder und Vorräte aus ihrem Versteck zu holen. Eine Handvoll Afrikaner begleitete ihn. Nachdem die Sklaven auf die Piraten und Savelles Trapper gestoßen waren, hatte sich die große Gruppe aufgelöst und der Aufstand war zusammengebrochen. Allerdings konnten sich immer noch versprengte Gruppen der Rebellen im Wald versteckt halten. Und allein war es nicht ratsam, ihnen in die Hände zu laufen.

Auf Victory machte man sich bereits daran, die vergrabenen Maschinen zu bergen, während Maarten und Anneke zu den Thompsons ritten, um dort nach dem Rechten zu schauen.

Die Nachbarplantage war ebenso verwüstet wie Victory, aber die Menschen waren alle wohlauf und bereits bei den Aufräumungsarbeiten.

Als Maarten und Anneke zurückkehrten, standen auf Victory schon wieder die ersten auf den Zuckerrohrfeldern, um die restliche Ernte einzubringen. Das Leben musste weitergehen. Trotzdem stand über allem die Sorge um Barbara und den kleinen Jakob. Catarina half zwar, so gut sie es vermochte, und war doch wie gelähmt.

»Warum nur habe ich nicht gleich nach Barbara gesucht?«, warf sie sich vor. »Stattdessen habe ich mich von meiner Angst leiten lassen und bin blindlings davongelaufen.«

Die anderen versuchten sie zu trösten, da sie jedoch selbst krank vor Sorge waren, klangen ihre Worte leer und hohl. Sie alle hofften, dass Adahy eine Spur gefunden hatte, dass er wusste, wo die Vermissten gefangen gehalten wurden, und dass genug Zeit blieb, sie zu befreien, bevor ihre Entführer sie außer Landes bringen konnten.

Als die Frauen und Kinder aus dem Versteck zurückkehrten, erschraken sie beim Anblick des Anwesens. Auch die Afrikanerinnen konnten nicht fassen, welches Unglück über Victory hereingebrochen war. Selbst die Kinder waren heute still und in sich gekehrt. Sie alle liebten Barbara und das Baby, alle sorgten sich um sie.

Adoua fiel Catarina laut schluchzend in die Arme. »Sie werden zurückkommen«, stieß sie unter Tränen hervor. »Ihnen darf einfach nichts Schreckliches widerfahren.«

Unglücklich hielten die Frauen einander umklammert, und die Männer standen mit hängenden Armen hilflos daneben.

Es war ein gefährlicher Weg, den Jakob und seine Freunde zurücklegen mussten, um die Plantage des verbrecherischen Anwalts zu erreichen. Obwohl Savelles Leute zahlreiche aufständische Sklaven im Kampf getötet hatten und dabei viele von ihnen selbst umgekommen waren, konnte man doch immer noch Gruppen von ihnen begegnen – voller Hass und zu allem entschlossen.

Dennoch kamen die Reiter unbehelligt voran und atmeten erleichtert auf, als sie schließlich auf die lange erwarteten Milizsoldaten trafen, die stromaufwärts marschierten.

Man tauschte sich kurz aus und zog dann in entgegengesetzten Richtungen weiter. Nun fühlten sie sich erheblich sicherer und ritten zügig voran.

Die Sonne ging bereits unter, als sie Savelles Plantage erreichten. Erstaunt sahen sie sich um. Das sonst so stark bewachte und stets verschlossene Tor war einen Spaltbreit geöffnet, von den Trappern fehlte jede Spur.

Verwundert ritten die Freunde die Eichen umsäumte Allee hinauf. Außer den wie wild kläffenden Bluthunden in ihren Zwingern war alles ruhig. Im Park schien sich keine Menschenseele aufzuhalten und auch aus dem stattlichen Herrenhaus drang kein Laut zu ihnen herüber. Wie ausgestorben lag es in der Abenddämmerung.

Die Haustür war verschlossen und selbst auf anhaltendes Klopfen erschien niemand, um zu öffnen. Kopfschüttelnd gingen die Männer um die Villa herum und fanden schließlich die geöffnete Hintertür, die bereits, wenige Stunden zuvor, von Adahy benutzt worden war. Doch im Gegensatz zu dem Indianer schlichen die Männer nicht vorsichtig durch das Haus, sondern begannen geradeheraus mit der Durchsuchung. Sie durchkämmten die Villa vom Keller bis zum Boden, fanden jedoch keinen Anhaltspunkt auf Barbaras Aufenthaltsort.

Am Ende trafen sie alle in Savelles Arbeitszimmer wieder zusammen.

»Nichts!« Erschöpft ließ sich Grimm in einen Sessel fallen. »Wir haben jeden Winkel durchsucht, aber das Haus ist menschenleer. Vielleicht sollten wir uns in den Sklavenquartieren umhören. Irgendjemand muss doch wissen, wo Savelle und seine Leute stecken.«

Jakob nickte müde. Er wusste nicht mehr, wann er das letzte Mal gegessen, wann er zuletzt geschlafen hatte. Nie zuvor in seinem Leben hatte er sich so entkräftet gefühlt. Aber schlimmer als die Erschöpfung war die Hilflosigkeit, die von ihm Besitz ergriff, ihn mutlos und verzagt werden ließ.

Auch Memnon und die Afrikaner waren am Ende ihrer Kräfte und ließen sich einfach auf Savelles dickem Teppich nieder. Nur für einen Augenblick die müden Glieder ausstrecken und die brennenden Augen schließen.

Als der Mandingo am Boden lag, machte er jedoch eine Entdeckung, die ihn sofort wieder auffahren ließ. Die Rückwand des Kamins war einen Spaltbreit geöffnet, und aus dieser Öffnung ragte ein Fuß heraus.

»Seht nur!«, rief er den Freunden zu und sprang auf, um das Ungeheuerliche näher zu untersuchen.

Auch Jakob und Grimm stürzten nun herbei und blickten fassungslos auf den Fuß, der in einem Mokassin aus weichem Leder steckte.

»Adahy!«, stieß Jakob hervor. »Aber wie …?« Er unterbrach sich und stemmte sich nun mit aller Kraft gegen die Wand, um den Spalt zu vergrößern.

»Die Mühe ist vergebens«, erklärte Grimm und schob den Freund einfach beiseite. Hastig tastete er das Innere des Kamins ab und hatte tatsächlich bald den Hebel gefunden, der den Mechanismus auslöste. Mit leisem Knarren glitt die Wand auseinander.

»Es ist der Zugang zu einem geheimen Fluchtweg«, erklärte Grimm. »Auch im Schaumburger Land gab es viele alte Häuser mit solchen Gängen. Sie wurden im Großen Krieg angelegt. Wenn man von irgendwelchen Soldaten oder Marodeuren angegriffen wurde, konnte man durch den Geheimgang entwischen.« Schon hatte er den Gang betreten und beugte sich über den Mann, der nun vor ihm lag. Es war tatsächlich Adahy – und er lebte! Leise stöhnend drehte der Indianer den Kopf.

»Ihr müsst Euch beeilen«, flüsterte er unter Schmerzen. »Vielleicht könnt Ihr sie noch einholen.«

»Von wem redet Ihr?«, wollte Jakob aufgeregt wissen. »Wen können wir vielleicht einholen? Und wo sind meine Schwester und mein Sohn?«

In diesem Augenblick erhob sich Melchior. Er sah zum Fürchten aus. An seinem Oberarm trug er einen Verband, der von Blut getränkt war, und sein Gesicht war völlig verschrammt – eine Folge des Sturzes, nachdem auch er niedergeschlagen worden war.

Er hielt sich den schmerzenden Kopf, drängte aber gleichfalls zur Eile. »Kommt«, forderte er die Männer auf. »Ich werde Euch führen.«

Jakob war unsicher, ob er dem Fremden trauen konnte. »Wer seid Ihr überhaupt?«

»Ich bin Melchior Riet, Barbaras Schwager. Und nun eilt Euch. Wir haben keine Zeit mehr zu verlieren.« Melchior wartete nicht länger. Er entzündete eine Fackel und taumelte in den Gang hinein. Ihm war übel und er hatte Schmerzen, aber er biss die Zähne zusammen.

»Folgt ihm. Schnell!«, drängte Adahy. Dann wurde er wieder bewusstlos.

»Zwei Mann bleiben bei ihm«, ordnete Jakob an. »Bringt ihn, sobald es sein Zustand zulässt, nach Victory. Die Übrigen kommen mit mir.«

So schnell er es vermochte, lief er nun Melchior hinterher. Als er ihn eingeholt hatte, erkannte er erst, wie schlecht es dem Deutschen ging. Er stützte ihn.

»An der Abzweigung rechts«, keuchte Melchior. »Dann erreichen wir ein Bootshaus, das an einem Nebenfluss des James River liegt. Von dort aus wird Savelle versuchen, nach Jamestown zu fliehen. Zwei seiner Leibwächter sind bei ihm – und Eure Schwester mit Eurem Sohn.«

Melchior schaffte es noch bis zu der Weggabelung, dann brach er zusammen. »Lauft«, stieß er mühsam hervor. »Von hier aus findet Ihr den Weg allein.«

Jakob nickte. »Danke«, sagte er und rannte weiter. Seine Männer folgten ihm.

Wenig später erreichten sie eine Treppe, eilten hinauf und standen wieder vor einer Mauer. Auch hier fand Grimm schnell den in einer Nische versteckten Hebel. Er betätigte ihn und die Wand öffnete sich. Sie hatten das Bootshaus erreicht, aber es war leer. Sie kamen zu spät.

Enttäuscht sah Jakob sich um. »Seht nur«, sagte er dann. »Hier liegt noch ein Boot. Sie können keinen großen Vorsprung haben, also werden wir ihnen folgen. Aber wir sollten den Mann aus dem Geheimgang mitnehmen. Dann verlieren wir keine Zeit mit dem Suchen des Weges, von diesem Bootshaus aus bis zum James River.«

Grimm hatte verstanden und eilte gemeinsam mit Memnon sofort zurück zum Geheimgang.

Währenddessen lösten die übrigen Männer die Leinen des Bootes und öffneten das Tor des Bootshauses. Jakob fand Stakstangen, aber auch mehrere Ruder.

»Rasch, helft mir, alles ins Boot zu bringen. Je schneller wir auf dem Wasser sind, umso besser.«

Der Kahn war fertig zum Ablegen, als die Männer mit Melchior wiederkamen.

»Zum James River geht es links herum«, erklärte der Spenger. Dann wurde er ins Boot gehoben.

Sofort legten sich die Männer in die Ruder und brachten den Kahn in die Strömung.

»Die Mündung in den James River ist in einem hohen Schilfgürtel versteckt«, erklärte Melchior. »Er sieht ziemlich undurchdringlich aus, ist aber nicht besonders breit. Wenn Ihr Euch in der Mitte des Flüsschens haltet, ist die Durchfahrt am einfachsten.«

Als sie bald darauf das Schilfrohr erreicht hatten, zogen sie die Ruder ein und stakten durch das Röhricht. Melchior hatte recht. Es war nicht sonderlich schwierig, das Hindernis zu bewältigen. Nur die inzwischen eingebrochene Dunkelheit erschwerte die Passage. Erleichtert atmeten sie auf, als der James River vor ihnen lag. Ohne zu zögern legten sie nun die Ruder wieder in die Dollen.

»Zuuugleich«, kommandierte Jakob und das Boot nahm Geschwindigkeit auf.

Mit aller Kraft legten sich die Männer in die Riemen und trieben den Kahn so schnell wie möglich vorwärts. Sie waren zu zehnt. Und vor jeder Flussbiegung hofften sie verzweifelt, dahinter endlich Savelles Boot zu entdecken. Doch sobald sie die Windung bewältigt hatten, bot sich ihnen im fahlen Mondlicht das gleiche Bild: ein friedlich dahinfließender Strom, der hinter einer weiteren Schleife verschwand – sonst nichts. Nur einmal kam ihnen ein Flachboot entgegen. Es hatte Tabak geladen. Die Schiffer waren bereits auf der Suche nach einem Schlafplatz für die Nacht und staksten in Richtung Ufer.

»Ich verstehe das nicht«, brummte Memnon schließlich ungeduldig. »Savelles Vorsprung beträgt nur wenige Minuten. Müssten wir ihn nicht längst eingeholt haben? Immerhin hat er nur zwei Männer zur Verfügung und ist demzufolge viel langsamer als wir.«

Mit seinen Worten sprach der Mandingo laut aus, was seine Freunde seit einer Weile beschäftigte.

»Ich habe auch schon darüber nachgedacht«, gab Jakob zu. »Auf dem Weg nach Jamestown ist Savelle natürlich an seiner Plantage vorbeigekommen und könnte dort Halt gemacht haben.«

»Aber dann hätten wir doch ein Boot am Anlegesteg sehen müssen«, ächzte Grimm erschöpft. Er war das Rudern nicht gewohnt, es strengte ihn sichtlich an.

»Auf keinen Fall hatte das Mausgesicht genug Zeit, seinen Kahn mit der Hilfe von nur zwei Männern an Land zu verstecken.«

Die anderen mussten ihm recht geben.

»Und wenn sein Ziel gar nicht Jamestown, sondern Charles City ist, das kleine Städtchen stromaufwärts?«, gab Memnon zu bedenken. »Dann würden wir in die falsche Richtung rudern.«

Doch Grimm konnte das nicht glauben. »Er will doch Barbara und ihren Neffen auf ein Schiff bringen, so viel wissen wir immerhin. Ein Schiff, das nach Übersee segelt. Und das wird schwerlich von Charles City aus möglich sein.«

»Aber das Städtchen hat immerhin eine Postkutschenstation«, warf Jakob ein. »Vielleicht zieht Savelle es vor, einen Weg zu nehmen, der zwar wesentlich weiter, aber zugleich auch sicher vor Entdeckung ist.« Doch dann hielt er die Idee selbst für absurd. »Nein, so kommen wir nicht weiter. Vielleicht entdecken wir Savelles Boot bereits hinter der nächsten Flussbiegung, vielleicht hinter der übernächsten. Es hat keinen Sinn, jetzt umzukehren und in der anderen Richtung weiterzusuchen. Zunächst müssen wir sicher sein, dass er nicht nach Jamestown gefahren ist.«

Die Freunde nickten. Natürlich hatte Jakob recht. Aber die Zweifel blieben und wurden mit jeder Minute quälender.

Adahy hatte sich in der Zwischenzeit ein wenig erholt. Zwar brummte sein Schädel von dem Schlag noch immer heftig, aber die Wunde hatte wenigstens aufgehört zu bluten. Mithilfe der Afrikaner verband er nun seinen Fuß, der zwischen die Tür des Geheimgangs geraten war, dann übernahm er wie selbstverständlich die Führung:

»Wir müssen nach den beiden Piraten im Bootshaus sehen«, ordnete er an, während er nach einem Gegenstand suchte, der ihm als Krücke dienlich sein konnte. Schließlich griff er sich einen von Savelles kostbaren Stühlen und schlug ihn so gegen die Wand, dass Sitz und Vorderbeine abgetrennt wurden. Dann brach er entschlossen die Lehne entzwei und betrachtete zufrieden das Ergebnis: ein oben leicht gebogener Holzstab, der zwar ein wenig kurz war, aber immerhin seinen Zweck erfüllte. Versuchsweise klemmte Adahy sich die provisorische Krücke unter die Achsel und machte, unter dem anerkennenden Grinsen der Afrikaner, einige Schritte. Es funktionierte!

»Das Mausgesicht wird wahnsinnig, wenn es erfährt, was ich aus seinem wertvollen Mobiliar gemacht habe«, lachte er schadenfroh, wurde dann jedoch gleich wieder ernst. »Also, machen wir uns auf den Weg. Ich bin sehr neugierig zu erfahren, was aus den beiden Piraten geworden ist, die ich dort gefesselt zurückgelassen habe. Vermutlich wird Savelle sie mit nach Jamestown genommen haben. Aber das sollten wir besser genau wissen.«

Die Männer betraten also erneut den Geheimgang und erreichten schließlich das Bootshaus. Hier war jedoch alles ruhig. Blair Goodlight und sein Kumpan lagen noch immer gut verschnürt auf dem Holzboden.

Adahy lachte herzlich. »Offensichtlich hat die Zusammenarbeit zwischen dem Mausgesicht und den Piraten nicht lange funktioniert. Er hat es nicht einmal für nötig erachtet, ihnen die Fesseln zu lösen, geschweige denn sie mit sich zu nehmen. Nun ja«, feixend sah er auf die beiden hinab. »Der Herr war in Eile. Dafür muss man Verständnis haben. Und uns seid ihr als Pakete ohnehin lieber.«

Adahy und die beiden Afrikaner schleppten die Piraten in den Geheimgang und schlossen sorgfältig die Kamintür, keinen Augenblick zu früh, wie sich jetzt zeigen sollte. Vom Bootssteg her hörten sie jemanden rufen.

»Blair! Mel! Verdammt, wo steckt ihr denn alle?«

Es war Hank Blackpool, der nun näher kam. Offensichtlich war er überzeugt davon, auf seine Kumpane zu stoßen, denn er plapperte munter weiter: »Teufel auch, bin ich froh, endlich dieses Versteck erreicht zu haben. In den Wäldern wimmelt es noch immer von aufständischen Sklaven und Milizsoldaten. War gar nicht so einfach, hierher …«

Der Pirat verstummte, als er Adahy und seine Männer entdeckte. Er zögerte einen Augenblick, wusste nicht, ob er Freund oder Feind gegenüberstand. Dann warf er sich jedoch herum und wollte fliehen. Schnell hatte er das Boot, in dem er gekommen war, wieder erreicht und zerrte an den Leinen. Bevor er sie jedoch zu lösen vermochte, hatten die Afrikaner ihn bereits eingeholt und überwältigt.

Wenig später brachten sie Hank gut verschnürt zu den anderen Piraten in den Geheimgang.

Gerne hätte Blair laut geflucht, als er seines Kumpanen ansichtig wurde. Immerhin machte Hanks Festnahme seine letzte Hoffnung auf Befreiung zunichte. Da der große Piratenkapitän jedoch geknebelt war, konnte er nur wütend mit den Augen rollen und an seinen Fesseln zerren.

»Tröstet euch«, schmunzelte Adahy vergnügt. »Statt auf eure Freiheit könnt ihr euch ungetrübt auf euren Richter freuen. Die nach Jamestown zurückkehrenden Milizsoldaten werden euch gewiss gerne mitnehmen. Wie es heißt, wird in diesem Land mit Piraten kurzer Prozess gemacht. Nun, da könnt ihr ja fast sicher sein, dass auf euch bereits ein guter und solider Strang wartet.«

Nachdem die Piraten sicher unter Verschluss saßen, bemerkten die Männer erst, wie müde und hungrig sie waren. Sofort machten sie sich auf die Suche und fanden im Küchenhaus eine wohlgefüllte Speisekammer. Zwar hatten sie gegenüber den Freunden, die die Verfolgung Savelles aufgenommen hatten, ein schlechtes Gewissen, sich nun satt essen und danach endlich einmal wieder ein Stündchen schlafen zu können, aber wem würde es helfen, wenn sie die Gelegenheit nicht nutzten? Immerhin, niemand vermochte zu sagen, was die Zukunft bringen würde, mit welchen Anstrengungen zu rechnen war. Da war es allemal besser, neue Kräfte zu sammeln.

Zwanzigstes Kapitel

Auf Victory war alles ruhig. Zwischenzeitlich war die Miliz eingetroffen. Es bestand also keine Gefahr mehr, dass die Aufständischen zurückkehrten.

»Ich werde heimgehen und dort nach dem Rechten sehen«, beschloss Pimentel. »Hier kann ich im Augenblick ohnehin nicht helfen. Gebt mir aber bitte sofort Bescheid, wenn ihr etwas Neues hört.«

»Ja, natürlich«, erwiderte Maarten. »Betet mit uns, dass wir bald eine Nachricht bekommen. Das Warten und die Ungewissheit sind einfach schrecklich.«

»Ich begleite Euch bis zur Uferstraße«, erklärte Catarina. Zwar war auch sie erschöpft, aber gleichzeitig zu ruhelos, um sich niederzulegen.

Gemeinsam machten sie sich auf den Weg. Als sie wenig später das Ufer des James River erreicht hatten, blickte der Engländer traurig auf seine Begleiterin hinab.

»Selbst zum Abschied fallen mir keine Worte ein, die Euch Trost spenden könnten, liebe Catarina. Ich bin ebenso verzweifelt wie Ihr. Letztlich war ich es, der Barbara und Euren Sohn in diese gefährliche Situation gebracht hat. Ich hätte wissen müssen, dass Savelle sich nicht ungestraft die Landbriefe abjagen lässt.«

Catarina schüttelte den Kopf. »Nein, lieber Freund. Das ist nicht wahr. Einzig Savelle trägt die Verantwortung für Barbaras und Jakobs Verschwinden. Niemand sonst.« Sie begann leise zu weinen. »Ach Henry, wenn den beiden etwas zugestoßen ist, weiß ich nicht ...« Jäh unterbrach sie sich.

Sie standen auf dem Kamm der Steilküste und konnten weit über den Strom blicken. Ein kleines Flachboot fuhr gerade unten vorbei, und eben das war es, was Catarinas Aufmerksamkeit erregte.

»Schnell, bückt Euch«, zischte sie ihm aufgeregt zu. »Man darf uns vom Fluss aus nicht sehen.«

Aus dem Schutz des Dickichts heraus beobachteten sie nun den Kahn, der ohne Eile den James River hinauffuhr.

»Was ist geschehen?«, wollte Pimentel erstaunt wissen.

Catarina wies auf das Flachboot.

»Seht selbst. Könnt Ihr den Mann erkennen, der dort unten an Deck sitzt?«

Pimentel blickte hinunter und fuhr unwillkürlich zurück. »Es ist Savelle!«

Fassungslos sahen sie einander an.

»Er fährt flussaufwärts. Jakob und die anderen werden aber gewiss vermuten, dass er in Richtung Jamestown flieht«, überlegte Pimentel.

Catarina nickte. »Ob er Barbara und meinen Sohn bei sich hat?«

Der Engländer zuckte mit den Schultern. »Ich kann sie nirgends entdecken, aber ich vermute es. Sicher hält er sie unter Deck versteckt.«

»Was können wir tun?« Verzweifelt sah Catarina den Freund an. »Wir müssen doch irgendetwas unternehmen.«

Nachdenklich blickte Pimentel auf das Flachboot hinab. »Natürlich müssen wir etwas unternehmen«, sagte er. »Und ich weiß auch schon, was. Schnell, Catarina. Ihr lauft und holt Hilfe. Maarten und die anderen sollen die Abkürzung über die Felder nehmen und sich so schnell wie möglich am Anlegesteg von Thompsons Plantage einfinden. Dort treffen wir uns. Wenn wir Glück haben, wird es dort noch ein Boot geben, das die aufständischen Sklaven nicht zerstört haben und mit dem wir die Verfolgung aufnehmen können. Ich werde die Uferstraße entlanggehen und Savelle nicht aus den Augen lassen. Gott sei Dank scheint er sich ja in völliger Sicherheit zu wiegen und es darum nicht so eilig zu haben.«

Catarina sparte sich jede Entgegnung und lief, so schnell ihre Füße sie tragen konnten, in Richtung Victory davon. Schon von Weitem rief sie die Männer zusammen, und tatsächlich dauerte es nur wenige Augenblicke, bis sich eine Gruppe unter Maartens Führung auf den Weg machte.

Catarina kniete erschöpft nieder. »Bitte Herr, hilf meinem Sohn und Barbara, hilf uns allen«, betete sie verzweifelt und sank dann bewusstlos zusammen.

Es war Adoua, die sie so fand und Anneke rief. Gemeinsam brachten sie die Ohnmächtige in eines der Zelte und betteten sie behutsam auf ein Lager.

Wird dieses grauenhafte Abenteuer denn niemals ein Ende finden?

Barbara hatte sich auf dem Lager, das man ihr unter Deck des Flachbootes bereitet hatte, zusammengerollt wie ein Kind. Der kleine Jakob war nicht bei ihr. Um sie vollends in ihre Gewalt zu bringen, hatten die Entführer ihr das Kind entrissen.

»Ohne den Jungen werdet Ihr viel gefügiger sein, Madam«, hatte Savelle gegrinst. »Und die Reise wird auf diese Weise für uns alle viel angenehmer werden.«

Verzweifelt hatte Barbara versucht, sich dagegen aufzulehnen.

»Was wollt Ihr machen, wenn er Hunger bekommt«, gab sie zu bedenken, »wenn er gewickelt werden muss oder einfach weint, weil ich nicht bei ihm bin. Er ist doch schließlich an meine ständige Gegenwart gewöhnt.«

Doch Savelle hatte ihre Einwände nicht gelten lassen. »Wir werden schon mit ihm fertig«, lautete seine Antwort. »Keine Sorge. Es wird ihm an nichts fehlen, solange Ihr Euch ruhig verhaltet.«

Barbara war keine andere Möglichkeit geblieben, als sich zu fügen. Aber die Sorge um ihren Neffen raubte ihr fast den Verstand. Um sich abzulenken, rief sie sich die letzten Ereignisse noch einmal in ihr Gedächtnis zurück: Savelles Leibwächter hatte sie im Geheimgang gestellt. Als sie sich heftig wehrte, nahm er ihr einfach das Kind aus dem Arm und ging voran. Widerspruchslos war sie ihm nun gefolgt. Zu einem Bootshaus hatte er sie geführt, in dem sich wenig später auch Savelle einfand. Schnell hatten die Männer nun das kleine Flachboot ausgerüstet und mit Proviant beladen. Offensichtlich schienen sie es sehr eilig zu haben, und Barbara schloss daraus, dass die Verfolger ihnen dicht auf den Fersen waren. Savelles Feinde waren jedoch ihre Retter, und so versuchte sie alles, um das Ablegen hinauszuzögern. Das entging dem Mausgesicht nicht, und es drohte damit, den kleinen Jakob einfach in den Fluss zu werfen. Da erst hatte sie sich gefügt und in der Kabine unter Deck einschließen lassen.

In dem winzigen Raum war es fast dunkel. Nur durch ein kleines Bullauge fiel etwas Licht hinein. Barbara blickte durch dieses kleine Fenster und sah, wie das Flachboot ablegte, das schmale Flüsschen bis zu seiner Mündung hinunterfuhr und schließlich in den James River einbog. Zu ihrem größten Erstaunen legten die Männer den Kahn jedoch nicht in die Strömung Richtung Jamestown, sondern stakten flussaufwärts. Sollte am Ende Charles City das Ziel sein? Dort würden Jakob und die anderen sie niemals vermuten. Zum ersten Mal während dieses Abenteuers stieg nun Angst in ihr auf, schreckliche und lähmende Angst. Bisher war sie immer noch von ihrer Rettung überzeugt gewesen, aber nun? Wie um alles in der Welt konnte sie gerettet werden, wenn niemand auch nur im Entferntesten ihren Aufenthaltsort ahnte?

Mutlos legte Barbara sich nieder und weinte bittere Tränen. Ich muss den Tatsachen ins Auge blicken, versuchte sie sich selbst wieder aufzurichten. Gewiss, Savelle will mich in den Harem eines Barbareskenfürsten verkaufen, aber bis zur nordafrikanischen Küste ist ein weiter Weg, zu weit, als dass es nicht eine Möglichkeit geben wird, doch noch zu entkommen.

Henry Pimentel war völlig erschöpft und außer Atem, aber er hatte es geschafft. Das kleine Flachboot Savelles fuhr noch immer gemächlich den James River hinauf. Er hatte es nicht aus den Augen gelassen und dabei offensichtlich keine Aufmerksamkeit erregt. An Bord schien man sich noch immer in völliger Sicherheit zu wähnen.

Noch einmal beschleunigte der Engländer seinen Schritt, um das Boot nun zu überholen. Er konnte die Anlegestelle der Thompson-Plantage schon sehen und musste unbedingt die Treppe zum Steg hinuntergelangen, ohne vom Wasser aus entdeckt zu werden. Hoffentlich waren die Freunde bereits eingetroffen und hoffentlich gab es ein Boot, mit dem sie die Verfolgung aufnehmen konnten.

Voller Freude erkannte Pimentel wenig später, dass an dem Anleger tatsächlich ein Kahn lag – ein großes Ruderboot, schwer und plump zwar, aber besetzt mit mehr als zehn Mann. Maarten und seine Leute waren bereits da.

Erleichtert atmete der Engländer auf.

»Nun kann euch nichts mehr geschehen, Barbara«, murmelte er leise. »Wenn ihr an Bord dieses Flachbootes seid, werden wir euch in wenigen Minuten aus den Klauen eurer Entführer befreit haben.« Mit letzter Kraft eilte er die Treppe hinunter. Maarten lächelte ihm trotz der Anspannung triumphierend entgegen.

»Er hat verspielt, Pimentel. Jetzt hat das Mausgesicht endgültig verloren!«

Henry nickte grinsend und sprang ins Boot, während die Männer mit fliegenden Händen die Leinen lösten. Mit vereinten Kräften ruderten die Männer nun der Mitte des Stroms entgegen. Sobald das Flachboot auf ihrer Höhe war, wollten sie längsseits gehen.

Doch mittlerweile war auch Savelle aufmerksam geworden. Es dauerte einen Augenblick, bis er die Gefahr erkannte, dann handelte er schnell.

»Wenden!«, rief er mit seiner hohen Stimme den Trappern zu. »Schnell, wir müssen wenden.« Eilig griff er nun selbst nach einer Stakstange und unterstützte die Bemühungen seiner Leibwächter.

Tatsächlich gelang es den Männern, das Flachboot zu drehen und nun, so schnell die Strömung und ihre drei Stangen es zuließen, den James River hinunterzufahren.

Hastig nahm das Ruderboot die Verfolgung auf. Aufmerksam beobachtete Maarten das fliehende Flachboot.

Hin und wieder, wenn es hinter einer Flussbiegung verschwand, verlor er es zwar für kurze Zeit aus den Augen, aber es war trotzdem deutlich zu sehen, dass sie Savelles Kahn immer näher kamen.

Und hinter der nächsten Flussbiegung war das Flachboot plötzlich verschwunden!

»Das kann doch nicht sein«, rief Maarten ungläubig aus. »Dieses elende Mausgesicht kann sich doch nicht in Luft aufgelöst haben. Übersahen wir einen Nebenarm, in den er eingebogen sein könnte?«

Pimentel schüttelte entschieden den Kopf und suchte mit seinen Augen verzweifelt das Ufer ab. »Vielleicht sind sie in eine schnellere Strömung geraten und nur hinter der nächsten Biegung verschwunden«, vermutete er.

Die anderen nickten. Das klang plausibel, und mit aller Kraft legten sich die Männer in die Riemen, um den vermeintlichen Vorsprung so schnell wie möglich wieder aufzuholen. Schon hatten sie die nächste Biegung erreicht und fast überwunden, als einer der Afrikaner im letzten Augenblick eine Entdeckung machte.

»Seht dort. Unter den überhängenden Zweigen der alten Weiden halten sie sich versteckt.«

Hastig wendeten die Männer den Kahn und fuhren zurück. Bereits wenige Minuten später näherten sie sich vorsichtig dem Flachboot. Bevor sie jedoch längsseits anlegen konnten, sprang Savelle aus der Deckung hervor.

»Wenn ihr auch nur einen Fuß an Bord meines Schiffes setzt, werde ich meine Gefangenen ins Jenseits befördern«, kreischte er und fuchtelte wild mit einer Pistole herum.

Seine Verfolger lachten ihn jedoch nur noch aus.

»Wenn du meinem Enkel und seiner Tante auch nur ein Haar krümmst, werde ich dich bei lebendigem Leibe in kleine Stücke hacken und den Fischen zum Fraß vorwerfen«, antwortete Maarten mit drohender Stimme und schwang sich entschlossen auf das Flachboot hinüber. Pimentel und die Afrikaner folgten ihm auf dem Fuße.

Nach einem kurzen Handgemenge waren Savelle und seine Leibwächter überwältigt.

Maarten überließ es den anderen, sie zu binden, und eilte unter Deck. Aus angstgeweiteten Augen sah Barbara ihm entgegen. Als sie jedoch den Baron erkannte, stürzte sie auf ihn zu.

»Endlich, endlich«, war alles, was sie sagen konnte, während ihr die Tränen der Erleichterung über die Wangen liefen. Einen Augenblick hielten sie einander umklammert. Dann löste Barbara sich aus Maartens Armen.

»Wo ist der Kleine? Geht es ihm gut?«

Erschrocken sah Maarten sich um. »Ich dachte, er wäre bei dir.«

Entsetzt schüttelte Barbara den Kopf. »Er muss an Deck sein. Ich dachte, ihr hättet ihn schon vor mir gefunden.«

Voller Angst stürzten sie aus der Kabine. Maarten nahm sich sofort den gefesselten Savelle vor. »Wo ist das Kind? Los, Mann, rede!«

Doch diesmal ließ der Anwalt sich nicht so schnell einschüchtern. Er hatte begriffen, dass ihm von diesen rechtschaffenen Männern keine unmittelbare Gefahr drohte. Gewiss, sie beabsichtigten ihn vor ein Gericht zu zerren, aber sie würden ihm, dem Wehrlosen, nicht das Leben nehmen.

Er grinste bösartig. »Keine Ahnung. Der Junge muss uns irgendwie abhandengekommen sein. Vielleicht ist er ins Wasser gefallen.«

»Lasst die Frechheiten, Savelle«, fuhr Maarten ihn an. »Und rückt mit der Sprache heraus. Wo haltet Ihr das Kind versteckt?«

Das Grinsen verstärkte sich. Ganz offensichtlich war das Mausgesicht nicht bereit, eine Antwort zu geben, ohne einen Vorteil für sich herauszuschlagen.

In diesem Augenblick fühlte sich Maarten beiseitegeschoben. Es war Barbara, die nun vortrat und sich zu dem Anwalt niederkniete. In der Hand hielt sie ein großes, zweischneidiges Messer.

»Wo ist mein Neffe?«

Sie hatte die Stimme nicht erhoben, sondern eher leise gesprochen. Trotzdem erkannte Savelle, dass Barbara zu allem bereit war. Und als sie ihm das Messer an die Kehle setzte, ahnte er bereits, dass sie in der Lage war, gnadenlos zuzustechen.

Trotzdem war er noch immer nicht bereit, seinen letzten Trumpf aus der Hand zu geben.

»Lasst mich frei und ich werde euch den Jungen übergeben«, verlangte er mit herrischer Stimme.

Barbara schüttelte nur den Kopf. »Die Zeit für Verhandlungen ist vorbei, Savelle. Sag mir sofort, wo der Junge ist, oder ich werde dich umbringen. Und ich habe keinen Zweifel daran, dass der Anblick deines Todes die Zungen deiner Leibwächterschnell lösen wird. Also …?«

Voller Angst spürte der verbrecherische Anwalt, wie sich der Stahl der Klinge tiefer in seine Haut bohrte. Ein kurzes Zögern noch, dann war sein Widerstand gebrochen.

»Das Kind liegt in einem kleinen Fach unter den Planken«, beeilte er sich nun zu erklären. »Hinten am Heck. Gleich neben der Backbordkiste.«

Sofort ließ Barbara von dem Mausgesicht ab und eilte zu

der angegebenen Kiste, doch Maarten kam ihr zuvor und hielt gleich darauf seinen Enkel in den Armen. Das Baby hatte friedlich in seinem Versteck geschlafen und öffnete nun, so jäh aus dem schützenden Nest gerissen, unwillig die Augen. Schon verzog sich sein Mund zum Weinen. Als der Junge jedoch seinen Großvater erblickte, überlegte er es sich ganz schnell anders und begann zu lächeln, bis das ganze kleine Babygesichtchen strahlte. Mit Tränen in den Augen drückte Maarten seinen Enkel an sich.

Barbara stand neben ihm. Endlich war der Wahnsinn vorbei. Sie konnte ihr Glück kaum fassen. Doch dann zeigte sich plötzlich, dass auch sie, die eben noch so entschlossen um ihren Neffen gekämpft hatte, Nerven besaß. Ihre Knie gaben nach und sie fiel unsanft auf die Bootsplanken. Aus ihren Augen stürzten die Tränen und sie weinte und schluchzte, als könnte sie niemals wieder damit aufhören.

Unsicher standen die Männer um sie herum und blickten besorgt auf sie nieder. Keiner von ihnen wusste, wie er mit diesem Gefühlsausbruch umgehen sollte.

Erst als Barbara das tränenüberströmte Gesicht hob, mit zitternden Lippen ein Lächeln versuchte und sagte: »Ich danke euch. Ich danke euch allen von ganzem Herzen!«, waren sie wieder erleichtert und wagten es, ihre angemessenen Jubelschreie über die geglückte Rettung auszustoßen.

Wenig später legten sie mit dem Flachboot vom Ufer ab und machten sich auf den Weg – zurück nach Victory.

Verzweifelt starrte Jakob vor sich hin. Er und seine Männer hatten die Verfolgung Savelles aufgegeben, weil sie einsehen mussten, dass sie die Pläne des Anwalts falsch eingeschätzt hatten.

»Wenn dieser elende Hund tatsächlich nach Charles City gefahren ist«, sprach Memnon seine Befürchtungen laut aus, »ist sein Vorsprung nun so groß, dass wir ihn nicht mehr einholen können.«

Grimm stimmte ihm bedrückt zu. »Trotzdem ist noch nicht alle Hoffnung verloren«, tröstete er. »An der Postkutschenstation von Charles City werden wir bestimmt Auskunft erhalten, ob und wann er wohin gefahren ist. Mit schnellen Pferden sind wir dann vielleicht immer noch in der Lage, ihn zu stellen.«

Memnon pflichtete ihm bei. »Außerdem bleibt noch eine andere Möglichkeit«, versuchte nun auch er dem wie gebrochen dasitzenden Jakob neuen Mut zu machen. »Vielleicht hat man auf Victory Neuigkeiten, die uns weiterhelfen. Wir brauchen ohnehin neuen Proviant, und da wir direkt an der Plantage vorbeifahren, können wir auch kurz anhalten, nicht wahr, Jakob?«

Als der Angesprochene seinen Namen vernahm, sah er den Mandingo zwar an, aber sein Gesicht war so leer, dass Memnon nicht wusste, ob der Freund seine Worte überhaupt verstanden hatte. Besorgt wechselte er einen Blick mit Grimm. Doch der war genauso ratlos, und so setzten sie ihre Fahrt, den James River hinauf, schweigend fort.

Die Reise schien kein Ende zu nehmen und zog sich quälend in die Länge. Doch endlich hatten sie den Anlegesteg Victorys erreicht. Mit vom langen Sitzen schmerzenden und lahmen Gliedern schleppten sie sich die rohbehauene Holztreppe hinauf und überquerten die Uferstraße. Bald kamen die Zelte in Sicht, die anstelle der verbrannten Hütten aufgestellt worden waren. Und zwischen den Zelten saßen Menschen, die ausgelassen lachten und feierten.

Verständnislos sahen sich die Neuankömmlinge an.

»Was geht hier vor?«, stieß Jakob mit vor Zorn heiserer Stimme hervor. »Wie können sie es wagen …? In dieser Situation …?«

Anneke war die Erste, die die herannahenden Männer entdeckte. Mit lachendem Gesicht lief sie ihnen entgegen.

»Barbara und das Baby sind hier«, rief sie ihnen schon von Weitem entgegen. »Maarten und den anderen ist es gelungen, die beiden zu befreien!«

Ungläubig hielt Jakob seine Schwiegermutter an den Schultern fest. »Ist das wahr? Ist das wirklich wahr?«

Anneke nickte lachend. »Aber ja. Würde ich es sonst sagen? Barbara schläft im Augenblick. Sie ist sehr erschöpft, aber ansonsten ist sie unverletzt und wohlauf. Ebenso wie der Junge. Er ist bei Catarina im Zelt.« Anneke strahlte vor Freude und Erleichterung über das ganze Gesicht. »Es ist mir zwar unbegreiflich, wie sie bei diesem Lärm ein Auge zumachen konnte, aber die Männer sind so glücklich über die erfolgreiche Rettung, dass sie gar nicht auf die Idee kommen, ein wenig Rücksicht zu üben«, fügte sie hinzu, aber das hörte Jakob schon nicht mehr. Er stürzte ins Lager, schaute in die Zelte und verschwand schließlich in einem.

Memnon, Melchior und Grimm folgten ihm langsam. Als sie in das Zelt traten, in dem Catarina sich mit ihrem Sohn niedergelegt hatte, sahen sie den Freund wieder. Weinend kniete er vor dem Lager seiner schlafenden Frau, hatte einen Arm um sie und einen um seinen Sohn geschlungen, der friedlich neben seiner Mutter schlief.

Einen kleinen Augenblick beobachteten die Männer das friedliche Bild, dann zogen sie sich leise zurück. Memnon und Grimm gingen zu den Feiernden, während Melchior sich auf die Suche nach Barbara machte.

Der nächste Morgen verlief auf Victory so ausgelassen wie der Abend zuvor. Die Bewohner der Plantage und ihre Freunde saßen an einem rohgezimmerten, langen Holztisch – einem neuen, da der alte den Flammen zum Opfer gefallen war –, unterhielten sich angeregt und tranken dampfendes Warmbier aus irdenen Bechern.

Miteinander scherzende Frauen trugen Brot, Eier und gebratenes Fleisch auf und Kinder liefen herum und spielten lachend Fangen.

Auch Jakob und Catarina, die ihren Sohn auf dem Schoß hielt, ließen sich das Frühstück schmecken. Ansonsten beteiligten sie sich jedoch nur wenig an den Gesprächen der anderen. Sie waren viel zu glücklich, einander wiederzuhaben, und wollten dieses Gefühl erst einmal ganz auskosten, bevor sie bereit waren, zur Tagesordnung überzugehen.

Maarten, dessen Laune darüber, dass das Glück endlich wieder nach Victory zurückgekehrt war, fast überschäumte, bemerkte ihre Zurückhaltung nicht einmal. Er wollte Pläne für die Zukunft schmieden, in der es – endlich – keine dunklen Wolken mehr geben würde.

»Wenn die restliche Ernte eingebracht und gut verkauft ist, könnten wir mit dem Bau des Herrenhauses beginnen«, schlug er vor. »Was sollen wir uns mit der Errichtung von Blockhäusern aufhalten?«

Pimentel pflichtete ihm bei.

»Zumal man ohne Zweifel in Zukunft auf Victory

schauen wird. Ihr seid die Ersten, die Zucker raffinieren, Baumwolle anpflanzen und eine Maschine zum Kämmen der Fasern einsetzen. Diese Plantage wird tonangebend für die ganze Region werden – da erwarten die Leute einfach etwas anderes als schlichte Blockhütten.« Er zwinkerte vergnügt mit den Augen und alle lachten.

Selbst Jakob, der seinen Blick nur ungern von dem geliebten Gesicht seines Sohnes löste, meinte nun: »Ihr habt recht. Ein schönes großes und luftiges Haus aus Zypressenholz würde sicher nicht nur den Leuten, sondern vielmehr auch uns, den Menschen, die darin leben wollen, gefallen.«

Anneke stimmte gleichfalls begeistert zu. »Oh ja, Maarten. Lass uns dieses Haus bald bauen. Das heißt«, fügte sie gleich darauf kleinlaut hinzu, »natürlich nur, wenn wir genug Männer dafür haben. Eigentlich wird doch jede Hand auf den Feldern und bei den Rodungen gebraucht.«

»Das ist richtig«, lächelte Maarten, »aber wenn unsere Ernten das halten, was sie versprechen, werden wir in der Lage sein, neue Sklaven zu kaufen.«

Verständnislos sah Anneke ihn an. »Sklaven?«, wiederholte sie entsetzt.

»Sie würden es natürlich nicht bleiben«, lachte Maarten, »sondern frei sein wie die Afrikaner auf Victory. Die Thompsons machen es uns doch vor. Darum habe ich auch bereits mit Memnon gesprochen, und er hat sich bereit erklärt, mit mir gemeinsam die Käufe zu tätigen. Immerhin muss es sich um Afrikaner handeln, die sich mit den unseren verstehen und gern bereit sind, sich in unsere Gemeinschaft einzufügen.«

Anneke war sofort überzeugt. »Das ist eine wunderbare Idee, Maarten. Auf diese Weise können wir das Los vieler armer Verschleppter lindern und haben zugleich schon bald wieder ein richtiges Dach über dem Kopf.«

Der Baron schmunzelte. »Doch zuvor, denke ich, haben wir noch andere Probleme zu lösen. Ich nehme an, William und Henry, ihr werdet nun so schnell wie möglich auf eure Plantagen zurückkehren?«

Die beiden Angesprochenen stimmten ihm mit Nachdruck zu. »Ja, dort wartet jede Menge Arbeit auf uns.«

»Dann werden Grimm und Melchior sich um Adahy und die zurückgelassenen Afrikaner kümmern, die vermutlich noch immer auf Savelles Plantage warten. Einverstanden?«

Die beiden Männer nickten. »Außerdem müssen das Mausgesicht und seine Spießgesellen nach Jamestown geschafft und dem Gouverneur übergeben werden. Wollt ihr das übernehmen?« Fragend schaute Maarten auf Jakob und Memnon. Die beiden waren gleichfalls sofort einverstanden.

»Wir brechen noch heute auf«, erklärte Jakob und fügte grinsend hinzu: »Schließlich müssen wir jetzt nicht mehr auf ein Flachboot warten, sondern haben einen eigenen Kahn an unserem Steg liegen. Genau genommen gehört er zwar eigentlich Savelle, aber ich denke, er wird in Zukunft darauf verzichten können.«

Lachend pflichteten die anderen ihm bei.

»Das Mausgesicht wird leider keine Verwendung mehr dafür haben«, spottete Pimentel vergnügt. »So wie es seinen ganzen prächtigen Besitz nicht mehr genießen kann, wenn wir es erst einmal in die harten, aber gerechten Arme des Gesetzes gelegt haben!«

»Noch eins«, sagte Maarten und wurde unwillkürlich ernst. »Gebt den Männern auf der Princess Bescheid. Sie müssen wissen, dass John Ripley nicht mehr unter den Lebenden weilt. Das wird zwar eine traurige Nachricht für sie sein, aber alles ist besser als die schreckliche Ungewissheit, mit der sie jetzt leben.«

Wenig später wurden William, Rich und Pimentel verabschiedet. Die Siedler winkten den Scheidenden noch lange nach – dankbar dafür, in der neuen Heimat innige Freundschaften geschlossen zu haben, Freundschaften, bei denen jeder wusste, dass er sich stets und bedingungslos auf den anderen verlassen konnte.

Nachdem auch die Männer, die ihre Aufträge ausführen wollten, aufgebrochen waren, machten Maarten und Anneke sich selbst auf den Weg. Sie wollten sich persönlich vom Ausmaß der Zerstörung überzeugen, die der Sklavenaufstand verursacht hatte. Und schon bald konnte Maarten feststellen: »Wir haben sehr viel Glück gehabt. Außer den verbrannten Hütten ist kein nennenswerter Schaden entstanden. Schon in wenigen Tagen wird uns nichts mehr an die schreckliche Katastrophe erinnern.«

Anneke nickte und sah sich mit strahlenden Augen um. War es tatsächlich keinen Tag her, als ihr die Zukunft noch düster und Angst einflößend erschien? Wie schnell sich das Blatt doch wenden konnte. Dabei fiel ihr Juan ein. »Ich hoffe, dass der Junge bald zurückkehrt. Wir müssen ihm Ripleys Tod so schonend wie möglich beibringen. Für ihn war der Kapitän schließlich so eine Art Ersatzvater. Das arme Kind. Nun hat er wirklich nur noch uns.«

Schon bald hielt wieder der Alltag auf Victory Einzug. Das Zuckerrohr wurde geschlagen und verarbeitet, die Baumwolle geerntet und gekämmt. Man begann neue Felder zu roden und ein Dorf für die Afrikaner zu errichten.

Wie Maarten es vorhergesehen hatte, brachten die Ernten so guten Gewinn, dass die finanziellen Probleme schon bald der Vergangenheit angehörten.

Nur der Prozess, der Savelle und den Piraten gemacht werden sollte, belastete sie noch. Die van Aelsts und die von Cappels waren allesamt als Zeugen geladen und traten die Reise nach Jamestown mit sehr gemischten Gefühlen an. Zum einen waren sie natürlich an einer Verurteilung der Männer interessiert, die ihnen so viel Leid angetan hatten, zum anderen wollten sie in die Zukunft blicken und die Vergangenheit mit den schrecklichen Erinnerungen endlich hinter sich lassen.

Tatsächlich wurde die Verhandlung für sie zu einem Albtraum, weil sie all die Gefühle der letzten Wochen noch einmal erleben mussten, und sie fühlten sich erleichtert, als es vorüber war.

Howard Savelle, Hank Blackpool, Blair Goodlight und ihre Spießgesellen wurden vom Gericht für schuldig befunden und zu lebenslanger Zwangsarbeit in den Sümpfen verurteilt. Da bekannt war, dass die Männer in den Strafkompanien zumeist nicht länger als ein paar Jahre überlebten, bevor sie an dem gefährlichen gelben Fieber starben, das von unzähligen Mücken übertragen wurde, kam der Schuldspruch einem Todesurteil gleich.

Dennoch hielt sich das Mitleid der Siedler in Grenzen. Schließlich standen auf dem Schuldenkonto der Delinquenten Mord, Entführung, Erpressung und zahlreiche andere Delikte. Nun hatten sie eben den Preis für ihre Übeltaten zu zahlen.

Am Tag nach der Gerichtsverhandlung fand eine Trauerfeier für John Ripley statt. Da sein Leichnam niemals aufgefunden wurde, sollte die Totenmesse im Hafen von Jamestown abgehalten werden.

Traurig blickte Anneke in das brackige, dunkle Wasser, das die sterblichen Überreste des Freundes für immer verborgen hielt. Und während der Prediger seine Worte sprach, nahm Anneke den Tod des Freundes zum Anlass, um endgültig mit ihrer Vergangenheit zu brechen.

Natürlich nicht mit ihrer Familie in Hamburg und Strongoli, mit der sie auf ewig in Liebe verbunden sein würde und die sie schmerzlich vermisste. Aber mit all den dunklen Schatten, die ihr Leben so schwer gemacht hatten und noch immer belasteten. Die Zeit, in der sie als Hexe gejagt worden war, und die, in der man Catarina und Barbara der Zauberei bezichtigte und verfolgte. All das Schreckliche, das ihnen in diesem Zusammenhang wiederfahren war – es sollte nun für immer begraben werden und ihr Dasein nie wieder beschweren.

Anneke zog ein goldenes Amulett aus der Tasche. Es stellte den höchsten Maya-Gott Itzamná dar. Mit ihm hatte ihre Geschichte einst begonnen. Diese kleine Skulptur, die europäische Gemüter als Teufelswerk ansahen, hatte sie seinerzeit in den Sumpf der Hexenverfolgung gezogen. Als sie ihm entkommen war, gab es stets eine vage Planung, das Amulett eines Tages in seine Heimat Mexiko zurückzubringen. Doch nun wusste sie, dass es dazu nicht mehr kommen würde. Nie wieder wollte sie sich auf ein Abenteuer einlassen, sondern bis zu ihrem Lebensende hier, in Virginia, bleiben, auf der Plantage Victory, die ihr Heimat geworden war.

Anneke hielt ihre Hand mit dem Amulett über das Wasser des Hafenbeckens und öffnete sie. Fast geräuschlos tauchte Itzamná in die dunkle Flut und entschwand schnell ihren Blicken.

Wer vermochte schon zu sagen, wohin ihn das Meer spülen würde, diesen Maya-Gott. Vielleicht brachte es ihn ja sogar zurück in seine mexikanische Heimat.

Zehn Jahre danach.

Es war viel geschehen in dieser Zeit.

Victory war zu einer der führenden Plantagen am Strom geworden. Meilenweit dehnten sich die Baumwoll-, Tabak- und Zuckerrohrfelder, und mittendrin erhob sich ein stattliches, zweigeschossiges Herrenhaus, in dem Maarten, Anneke, Jakob und Catarina lebten, aber auch drei gesunde Kinder lärmten – der zehnjährige Jakob, ein achtjähriges Mädchen namens Denise und das Nesthäkchen, der vierjährige John Henry.

In unmittelbarer Nähe des Hauses stand das Dorf, in dem die Afrikaner lebten. Mehr als vierhundert waren es inzwischen, die hier eine neue Heimat gefunden hatten. Auch Memnon und seine Familie hatten sich am Rande der kleinen Siedlung ein behagliches Zuhause errichtet und waren mit ihrem Schicksal völlig ausgesöhnt.

Direkt gegenüber von Victory, auf der anderen Seite des James River, lag die Plantage der Riets. Hier stand gleichfalls ein prächtiges Haus aus weiß gestrichenem Zypressenholz, und auch hier tapsten inzwischen Kinderfüßchen herum. Barbara und Melchior fühlten sich sehr wohl in ihrem eigenen Reich. Und wenn sie Lust auf ein Schwätzchen mit Familie und Freunden hatten, mussten sie nur auf die kleine Fähre steigen, die die beiden Plantagen miteinander verband.

Auf Eldorado, der Pflanzung zur rechten Victorys, waren die Pimentels zu Wohlstand und Ansehen gelangt.

Henry hatte geschickt gewirtschaftet und kalkuliert und war vorsichtshalber beim Anbau von Tabak und Indigo geblieben.

Und die Plantage der Thompsons, zur linken Victorys, die während des Sklavenaufstandes vollkommen zerstört worden war, war größer und prächtiger als jemals zuvor aufgebaut worden. In einem Flügel des Hauses lebte Rich. Dass er offiziell als Sklave galt, machte ihm nichts aus. Er kannte seinen Wert und genoss das Ansehen, das ihm von seiner Umgebung entgegengebracht wurde.

Der Thompson-Plantage gegenüber, auf der anderen Seite des James Rivers, hatte Grimm sich sein bescheidenes Anwesen aufgebaut. Es ernährte ihn gut, und mehr verlangte er nicht. Es gehörte zu dem bestgehüteten Geheimnis der Freunde, dass seine Frau eine Afrikanerin war. Da Ehen zwischen Schwarzen und Weißen in Virginia bei Strafe verboten waren, hatten die beiden lange suchen müssen, bis sie einen Geistlichen fanden, der bereit gewesen war, sie heimlich zu trauen. Dass Grimm mit vollständigem Namen Thomas von Grimmelshorst hieß, erfuhren seine Freunde erst bei diesem Anlass.

Die Grimms lebten sehr zurückgezogen und pflegten nur Umgang mit den befreundeten Nachbarn. Das tat der Liebe jedoch keinen Abbruch, und so war es ein glückliches Heim, das sich der ehemalige Wegelagerer eingerichtet hatte.

Die Einzigen, die die verschworene Gemeinschaft am James River verlassen hatten, waren Juan und der Halbindianer Adahy. Der junge Spanier, der Kapitän Ripleys Anteil an der Princess geerbt hatte, fuhr nun zur See und beförderte alle nur erdenklichen Waren über die Weltmeere. Doch wann immer ihn ein Auftrag nach Jamestown führte, kam er nach Victory zurück, zu den Menschen, die ihm Heimat waren.

Der Cherokee hingegen war zu seinem Volk in den südlichen Appalachen zurückgekehrt. Er half seinen Leuten, Handelsabkommen mit den Weißen abzuschließen, kam aber immer wieder gern an den James River zu Besuch.

Von Howard Savelle, Hank Blackpool und Blair Goodlight hörten die Freunde am Strom nie wieder.

Das Einzige, das sich nicht verändert hatte, war der James River. Langsam und behäbig floss er dahin – vorbei an der Landschaft und den Menschen, die dem ständigen Wandel unterlagen.

Und in seinem Wasser glitzerte die Sonne.

Glossar

Alsterthor: Teil der mittelalterlichen Stadtmauer Hamburgs als Verbindung vom Pferdemarkt zur Binnen-Alster. Nach dem Bau des großen Wallrings, der 1616 bis 1628 unter der Leitung von Johan van Valckenburgh um Hamburg errichtet worden war, war es überflüssig geworden und blieb nur als Straßenname erhalten – das allerdings bis heute.

Backschafter: Seine Aufgabe war und ist es bis heute, die Back (den Tisch) aufzudecken und nach Beendigung der Mahlzeiten wieder abzudecken. Weiterhin zählen dazu das Aufräumen und Säubern (Aufklaren) der Back. In den alten Zeiten großer Segelschiffe war es üblich, dass der Backschaftsdienst vom Schiffjungen besorgt werden musste.

Barbareskenstaaten: So wurden die nordafrikanischen Piratenstädte zwischen Ägypten und dem Atlantik genannt, insbesondere Tunis, Tripolis, Algier, Constantine und Barka. Haupteinnahmequelle der Barbaresken – das Wort leitet sich von »Barbar« ab – war die Piraterie und damit einhergehend Menschenraub, Sklavenhandel und Lösegelderpressung. Schätzungen zufolge wurden in den Barbareskenstaaten zwischen 1530 und 1780 etwa 1,25 Millionen Menschen versklavt, die meisten davon durch Raubzüge an den Küsten Italiens, Spaniens und Portugals.

Bastionen: mit Kanonen bestückte Verteidigungsstellungen, die zudem mit Wachhäusern und Pulvermagazinen ausgestattet waren.

Campitelli, Francesco, Prinz von Strongoli II und Baron von Melissa (1596–1668). Das Fürstentum Strongoli erbte er von seinem im Alter von nur vierunddreißig Jahren verstorbenen Bruder Annibale Campitelli (1590–1624). Francesco, der lediglich zwei uneheliche und damit nicht erbberechtigte Töchter besaß, vermachte Güter und Titel seinerseits an seinen Neffen Domenico Pignatelli (1631–1698), den Sohn seiner Schwester Giovanna.

Donazella: Alt-Italienisch. Jungfrau oder auch Maid.

Dorfschulze: auch Bürgermeister oder Schultheiß genannt. Er hatte die Ordnung in der Gemeinde aufrechtzuhalten. Zudem zog er oftmals Steuern ein und diente am Niedergericht als Richter.

Duckdalbe: Darunter versteht man in den Hafengrund eingerammte Pfähle zum Befestigen von Schiffen.

Fallreepstreppe: eine Schiffstreppe, die den Höhenunterschied zwischen Kai und Bordwand überbrückt und zum Ein- und Aussteigen dient.

Friesen: eine der ältesten Pferderassen Europas, die ursprünglich aus Friesland kommt. Die erste Erwähnung eines Friesenpferdes stammt bereits aus der Römerzeit – und zwar von Tacitus und Julius Cäsar. Im neunzehnten Jahrhundert war die Rasse vom Aussterben bedroht, konnte aber durch effektive Zucht gerettet werden. Heute werden Friesen vorwiegend als Fahr- und Reitpferde eingesetzt. Mit ihrem glänzenden dunklen Fell, den langen, gewellten Mähnen und Schweifen, den muskulösen Körpern und dem eleganten, schwungvollen Gang sind die wunderschönen Pferde inzwischen weltweit bekannt und beliebt.

Fronerey: eine Art Untersuchungsgefängnis, das direkt dem Scharfrichter unterstellt war. Die »Marterkammer« befand sich im Keller. Bis zum »Hamburger Brand« von 1842 stand die Fronerey schräg gegenüber dem Hauptportal der St. Petri Kirche an einem großen Platz, der *»Berg«* genannt wurde. Neben der Frohnerei befand sich der Pranger mit dem »Brautstuhl«, einem Käfig, in dem Prostituierte zur Schau gestellt wurden. Die Hamburger Fronerey war eine gefragte Lehrstätte für zukünftige Henker und ständig mit Auszubildenden und Gesellen besetzt.

Fuß: altes, bereits in vorgeschichtlicher Zeit genutztes Längenmaß, das je nach Region zumeist zwischen 28 und 32 Zentimeter maß. Ein Hamburger Fuß entsprach heutigen 28,66 Zentimeter. Übrigens: Auf ein Fuß gingen sechszehn *»Fingerbreit«* – in Hamburg jeweils 1,79 Zentimeter. Das Einzige heute noch übliche Fußmaß, der Englische Fuß, beträgt 30,48 Zentimeter – was einer Schuhgröße von mehr als 48 entspricht. International wird die Einheit Fuß vor allem noch in der See- und Luftfahrt angewandt.

Galeone: Sie war Ende des sechzehnten Jahrhunderts und weit in das siebzehnte Jahrhundert hinein der dominierende Kriegsschifftyp und wurde in sehr unterschiedlichen Größen und Ausprägungen gebaut. Ihren Namen bekam sie vom Galion, einer mit einer Reling versehenen Plattform, die über den Bug des Schiffes hinausragte, die das Bedienen des »Blinden« erleichterte – eines Rahsegels, das unter dem Bugspriet gefunden wurde.

Hamburger Berg: ein ehemaliger Vorort Hamburgs, der zwischen dem Millerntor und der Altonaer Stadtgrenze lag. Die zahlreichen Hügel des Vorortes wurden abgetragen, um Material für die Errichtung der außerordentlich hohen Festungswälle zu gewinnen und zugleich freies Schussfeld vor den Mauern. Im Jahre 1833 wurde das Gebiet in St. Pauli umbenannt – nach der auf dem Pinnasberg gelegenen Kirche, die dem Apostel Paulus geweiht wurde.

Hanseaten: In Hamburg gab es kein Patriziat und keine Aristokratie – das war auch nicht erwünscht. Schon 1276 wurde Rittern das Wohnen innerhalb der Wälle Hamburgs untersagt und bis 1860 war der Erwerb von innerstädtischen Grundstücken durch Adelige verboten. Die Hamburger Oberschicht, die Hanseaten also, setzten sich zusammen aus Bürgermeistern und Ratsherren, Großkaufleuten und Reedern, Rechtsgelehrten und Hauptpastoren. Sie zeichneten sich aus durch kaufmännischen Wagemut, Gediegenheit, Verlässlichkeit (»Handschlag genügt«), Zurückhaltung sowie der Fähigkeit zur Selbstironie. Sie verstanden sich als »freie Bürger« und waren nicht weniger Stolz darauf als die hochmütigsten Aristokraten. Getragen wurden sie und ihr großer Wohlstand – wie üblich – durch die in ärmlichsten Verhältnissen hausenden und lebenden Arbeiterinnen und Arbeiter. Bezeichnend für die Hanseaten war jedoch die stete Erneuerung ihrer Klasse, die mit ihrem unternehmerischen Erfolg zusammenhing – frei nach dem Motto: »Kaufmannsgut ist wie Ebbe und Flut.«

Hexenwaage von Oudewater: Seit 1482 wurden hier, im Rahmen der Hexenprozesse, *»ehrliche«* Wiegeproben durchgeführt. Zuerst im Rathaus, ab 1595 auf der Stadtwaage. Eine offizielle Autorisierung für diese Beweisfindung erhielt die Stadt 1545 von Kaiser Karl V. Bis heute wurde dieses Privileg von keinem nachfolgenden Herrscher widerrufen. Eine Hexe, so hieß es, wog wesentlich weniger als gewöhnliche Menschen. Wie hätte sie sonst auf einem Besenstiel fliegen können? Brachte eine Verdächtige/ein Verdächtiger jedoch ein normales Gewicht auf die Waage, galt er als unschuldig. Übrigens: Es gab in Oudewater keine einzige Wiegung, bei der jemand als zu leicht befunden wurde.

Hopfenmarkt: Er war bei seiner Entstehung der Hauptplatz des mittelalterlichen Hamburgs. Vierzig bis sechzig Marktbuden hatten hier Platz – sowie eine amtlich zugelassene Verkaufsstelle für Fleisch. Seinen heutigen Namen erhielt der Platz im 14.Jahrhundert, da es inzwischen vor allem die zahlreichen Hamburger Bierbrauer waren, die hier ihren Hopfen einkauften. Rund hundert Jahre später wurden auf dem Hopfenmarkt wieder alle Lebensmittel angeboten. Gemüse und Getreide kam aus den Vierlanden, die zum Hamburger Stadtgebiet gehörten. Zur Erinnerung daran steht auf dem Hopfenmarkt heute der Vierländerin-Brunnen. Noch bis Mitte 2014 fand auf dem Hopfenmarkt donnerstags ein Wochenmarkt statt. Dann verbot das Bezirksamt – nach mehr als sechshundert

Jahren – die Markttätigkeit auf dem Hopfenmarkt. Die Begründung: Das Warenangebot wäre zu wenig wochenmarkttypisch.

Hornwerk: ein vorgeschobenes Außenwerk, das mit Kanonen bestückt war und üblicherweise an besonders gefährdeten Abschnitten einer Festungsanlage errichtet wurde. In Hamburg hatte das Hornwerk die Hafenzufahrt zu schützen.

Hüggel: Er ist ein etwa zweihundertfünfundzwanzig Meter hoher, rund fünf Kilometer langer und ein Kilometer breiter Höhenzug im niedersächsischen Landkreis Osnabrück. Er liegt zwischen dem nahen Teutoburger Wald im Süden und dem Wiehengebirge im Norden, etwa acht Kilometer entfernt von Osnabrück.

Isern Hinnerk: Eiserner Heinrich. So nannte ihn der Volksmund, wegen seiner starken Mauern. Regulär hieß der mit Schiefer gedeckte und einem halbreisförmigen Außenwerk verstärkte Festungsteil Blauer Turm. Er stand am nordwestlichen Ende des Jungfernstiegs, damals Reesendamm, wurde 1488 gebaut und 1727 abgebrochen.

Itzamná: Er war die höchste Gottheit und zudem der Schöpfergott der Maya. Gott des Himmels und der Erde, Schöpfer der Wissenschaften und Künste. Er galt den Maya als allgütiger Vater und ist in den Bilderhandschriften als riesige, reptilienartige Gestalt dargestellt, die aber auch die Züge eines alten Mannes aufweist, mit großer gebogener Nase, faltigem Gesicht und zahnlosem Mund.

Karavelle: ein zwei-bis viermastiger Segelschifftyp des vierzehnten bis siebzehnten Jahrhunderts. Es zeichnete sich durch ein hohes Heck, geringen Tiefgang und besondere Schnelligkeit aus. Karavellen spielten eine besondere Rolle bei Entdeckungs-, Forschungs- und Handelsfahrten nach Amerika und entlang der westafrikanischen Küste.

Kerkmann, Heinrich (1587–1666): Er war vierzig Jahre lang Bürgermeister der Stadt Lemgo und berüchtigt für seine Hexenverfolgungen. Er arbeitete eng mit seinem Studienfreund Johannes Berner zusammen, der sein Amt als Stadtsekretär sogar sechzig Jahre innehatte.

Meile: Im Römischen Reich entsprachen fünf Fußlängen einem Doppelschritt, also einem vollen Schrittzyklus aus zwei aufeinanderfolgenden Schritten. Tausend Doppelschritte wurden »mille passus«, also tausend Schritte, genannt. Aus der mille wurde die Meile und entsprach etwa eineinhalb Kilometern.

Millerntor: Das erste Millerntor – ursprünglich noch »Mildradis-« oder »Milderdor« – lag nördlich des heutigen Rödingsmarkts, im Gebiet der Straße Graskeller. Im sechzehnten Jahrhundert wurde es nach Nordwesten verlegt, in die Nähe der heutigen Ellerntorbrücke. 1621 wurde das Tor im Zuge des Baus der Wallanlagen für die Neustadt dann noch weiter nach Westen, nahe dem heutigen Millerntorplatz, verlegt. Die letzte Toranlage wurde dort 1819 erbaut. Als einziges Überbleibsel ist jedoch nur das nördliche Wachhaus bis heute erhalten geblieben. Die Herkunft des Namens ist umstritten. Während die einen behaupten, dass sich der Name des Tores von der im Mittelalter sehr angesehenen und sogar heiliggesprochenen englischen Prinzessin Miltratis ableitet, behaupten andere, dass die lateinische Bezeichnung »porta 'militis«, Soldatentor also, namensgebend gewesen wäre. Wieder andere glauben, dass das Tor nach dem Ratsherrn Enno Miles aus dem dreizehnten Jahrhundert benannt wurde. Am wahrscheinlichsten ist jedoch die einfachste Version: Millerntor bedeutet schlicht und einfach *»Mittleres Tor«*, da es vor dem Bau der Wallanlagen (1615–1626), als es noch am Rödingsmarkt stand, drei Tore an der westlichen Stadtbefestigung gab – im Süden das Schaartor und im Norden das Dammtor.

Otto V., Baron von Schaumburg: Er war der letzte Baron von Holstein-Pinneberg und Schaumburg. Am vierzehnten November 1640 starb Baron Otto im Alter von sechsundzwanzig Jahren auf mysteriöse Weise – nach einem Bankett mit dem schwedischen General Johan Banér, der kurz zuvor Ottos Residenz Bückeburg zu seinem Hauptquartier gemacht hatte. Der Baron wurde im Mausoleum der St. Martini-Kirche in Stadthagen beigesetzt. Da er keine Nachkommen hinterließ und die Schaumburger mit ihm im Mannesstamm ausgestorben waren, entbrannte nun ein langer Erbstreit. In dieser Zeit waren die Bewohner der Baronschaft Schaumburg quasi sich selbst überlassen – ohne Herrscher, Recht und Gesetz.

Philipp I., Baron zu Schaumburg-Lippe (1601–1681): Nach dem Tode seines Cousins, des Baronen Otto V. zu Schaumburg, wurde ihm – nach langen Erbstreitigkeiten – die Baronschaft Schaumburg-Lippe zugesprochen. Die Verträge wurden 1647 unterzeichnet und 1648 im Westfälischen Friedensvertrag bestätigt. Baron Philipp I. gilt als Stammvater des Hauses Schaumburg-Lippe, das bis heute existiert und dem Hochadel Europas zugerechnet wird.

Pinasschiff: auch Pinas genannt, war im Ursprung ein aus den Niederlanden stammender dreimastiger Schiffstyp des siebzehnten Jahrhunderts, der vorwiegend als schwer bewaffnetes Handelsschiff im Ostindien- oder Amerikahandel eingesetzt wurde. Es sind schnelle, wendige Segler mit geringem Tiefgang, die über ein Kanonendeck verfügten und daher auch für militärische Zwecke genutzt werden konnten.

Schaartor: Der Begriff *»Schaar«* bedeutet *»hohes Ufer«*. Das in Elbnähe gelegene Schaartor wurde im dreizehnten Jahrhundert erbaut und war Teil der mittelalterlichen Stadtbefestigung Hamburgs. Nach der Errichtung des großen Wallrings, von 1616 bis 1628 unter der Leitung von Johan van Valckenburgh, wurde es überflüssig und abgerissen, vermutlich im siebzehnten Jahrhundert. Die Straße Schaartor, die Schaartorbrücke und die Schaartorschleuse erinnern bis heute daran.

»Scherben bringen Glück«: Der aus dem Töpferhandwerk stammende Begriff »Scherbe« bezeichnete ursprünglich alle irdenen Gefäße, die in alter Zeit als Vorratsbehälter dienten. Und »Scherben bringen Glück« bedeutete demgemäß, dass viele mit Nahrungsmitteln gefüllte Gefäße für deren Besitzer eine glückliche Fügung darstellten. Aus dieser Tatsache heraus und in Verbindung mit dem Brauch, böse Geister durch Lärm zu vertreiben – wer will schon in der Hochzeitsnacht einen kichernden Kobold auf der

Bettkante sitzen haben –, wurde die Sitte, am Vorabend einer Hochzeit Geschirr zu zerschlagen.

Scirocco: auch Sirocco oder Schirokko genannt, ist ein heißer Wind, der von der Sahara über das Mittelmeer nach Südeuropa gelangt. Oftmals tritt er im Frühjahr, frühen Sommer und Herbst auf. In Extremfällen können Geschwindigkeiten eines tropischen Wirbelsturms erreicht werden. Er entsteht durch die Druckdifferenz zwischen kühlen Tiefdruckgebieten in Südeuropa und der heißen Luft über der Sahara. Wegen seiner Entstehung über der Wüste führt der Scirocco große Mengen Sandstaub mit sich, wodurch die Luft eine gelblich-rötlich-bräunliche Färbung bekommt.

Sextant: das klassische nautische Messinstrument, das seit Jahrhunderten für die astronomische Navigation auf See eingesetzt wird. Standortbestimmung mithilfe von Gestirnen erfordert genaue Messungen und Berechnungen.

Smith, John (1580–1631): Er war ein englischer Söldner und Abenteurer, der 1607 die erste englische Siedlung in Nordamerika – Jamestown – mitbegründete. Im Dezember des gleichen Jahres wurde er von den Algonkin-Indianern gefangen genommen. Er sollte am Marterpfahl hingerichtet werden, wurde jedoch durch die Häuptlingstochter Pocahontas (um 1595–1617) gerettet. 1608 wurde John Smith zum Führer der Kolonie gewählt.

Smutje: Er ist der (oftmals ungelernte) Koch auf Schiffen und sein Arbeitsplatz die Kombüse – die Schiffsküche.

Stellwagen, Friedrich (1603–1660): Er war ein deutscher Orgelbauer, der in Halle/Saale geboren wurde, in Ottensen bei Hamburg eine Lehre absolvierte und ab 1634 bis zu seinem Tode in Lübeck wirkte. Dort hatte er einen General-Orgelpflegevertrag mit allen fünf Hauptkirchen inne – St. Heathern, Dom, St. Jakobi, St. Petri und St. Aegidien.

Taranto, Golfo di: zu Deutsch: Golf von Tarent. Die Bucht liegt im Ionischen Meer und verleiht der Stiefelform Italiens ihr Aussehen. Der Golf, zwischen Stiefelabsatz und Sohle liegend, wurde nach der Taranto benannt.

Trionfi-Karten: Sie waren Vorläufer der Tarot-Karten. Allerdings bestand der Satz bei Trionfi aus lediglich siebzig Karten, während ein Tarot-Spiel achtundsiebzig Spielkarten benötigt.

Valckenburgh, Johan van (um 1575–1625): ein niederländischer Ingenieur, der vor allem durch den Festungsbau bekannt wurde. Stadtbefestigungen hat er u.a. in Lübeck, Bremen, Emden, Rostock, Lüneburg und Hamburg gebaut.

Warmbier: In der »Oeconomischen Encyclopädie« von Johann Georg Krünitz aus dem achtzehnten Jahrhundert heißt es: »Warmbier ist ein Getränk, dessen sich unsere Großältern im vorigen Jahrhundert, und zu Anfange des jetzigen, fast auf eben die Art, wie wir itzt des Caffee, und mit besserm Nutzen für ihre Gesundheit, bedienten. Hin und wieder trinkt man auch noch heut zu Tage, besonders auf Reisen und in Wirthshäusern auf dem Lande, wo man auf keinen guten Caffee hoffen darf ...« Bei der Zubereitung wurde Bier erwärmt, Ei, Mehl, Butter, Salz und Zucker hineingerührt und, je nach Geschmack und Geldbeutel, Ingwer oder Muskat hinzugegeben. Warmbier, ebenso wie Biersuppe und Bierbrei, galten als nahrhafte und stärkende Lebensmittel und wurden auch Kindern verabreicht.

Weise Frau: In vergangenen Zeiten mangelte es vielfach an einer flächendeckenden medizinischen Versorgung. Die wenigen studierten Ärzte lebten in den Städten oder an den Höfen des Adels. Daher war die Landbevölkerung mit ihren gesundheitlichen Problemen auf die Hilfe von Weisen Frauen angewiesen. Sie waren heilkundig, kannten sich mit der Kraft der Kräuter aus, waren als Hebammen tätig und bewiesen oftmals seherische Fähigkeiten. Während die Weisen Frauen in Mitteleuropa seit dem dreizehnten Jahrhundert als Hexen, Zauberinnen und Teufelsbuhlinnen verfolgt wurden, genossen sie in weiten Teilen Südeuropas hohes Ansehen.

Westsee: Für die alten Römer war das große Meer im hohen Norden das »Germanische Meer«. Die Engländer nannten es »Deutsches Meer«, Skandinavier, Deutsche und Niederländer sagten »Westsee«. Das hat im wahrsten Sinne des Wortes mit dem Standpunkt des Betrachters zu tun. Da aber jedes Kind einen weitgehend einheitlichen Namen haben sollte – für Seekarten etc. –, einigte man sich schließlich auf »Nordsee«. Nur die Dänen nennen die Nordsee bis heute oftmals »Vesterhavet«, also »Westmeer«. Und wenn sie so richtig kräftig poltert, die gute alte Nordsee, bekommt sie auch schon mal den Namen »Blanker Hans«.

VIRGINIA